长江师范学院学术著作出版基金资助出版

中国诗歌的
分化与纷争

（1989年—2009年）

周　航◎著

人民出版社

序

周航的博士论文《中国诗歌的分化与纷争（1989年—2009年）》即将付梓，这是一件值得祝贺的事。至少，这部书的出版是对他2007年至2010年在北师大攻读博士学位期间所付出心血的见证和交代。身为导师，学生嘱我写序，我是难以拒绝也乐于接受这个任务的。

论文原题为《1990年代以来中国诗歌观念研究——以"盘峰论争"为中心》，周航告诉我人民出版社有意出版，我就与他一道结合出版社的意见商量再三后最终定下目前这个书名。

2007年、2008年之交，北师大文学院着手编撰10卷本《中国当代文学编年史》，周航是其中的编撰者之一。接受任务之后，周航在国家图书馆待了差不多半年时间，查阅了数千册图书资料，其中甘苦想必只有他自己知道吧。他所查阅的资料与当代诗歌密切相关，尤其是20世纪80、90年代以来中国诗歌的历史和现状。后来，他与我在讨论博士论文开题时，表示出对当代诗歌论争的兴趣。在学校和我家中，他与我数度讨论，最后确定以"盘峰论争"为中心来展开对90年代以来诗歌观念的研究。他的论文写得十分艰难，在我看来：一是因为他并非科班出身，所受的正规学术训练有限，让他一下子操作数十万字的博士论文，我不得不担忧；二是他的论文资料性很强，需要查找大量原始资料，这就需要很强的学术甄别能力和高超的学术概括能力，这方面也是我所担心的。但令人欣慰的是，周航最终完成了30余万字的博论写作，而且还顺利通过了答辩并得到了张健教授、张柠教授、李怡教授、程光炜教授、陈晓明教授等多位校内外专家的好评。

对周航的博士论文，答辩之前我曾作如此评价："周航的论文《1990年代以来中国诗歌观念研究——以"盘峰论争"为中心》以较为开阔的历史和学术视野，展开了对这一时期中国诗歌的历史演变与内部观念的讨论，其中涉及的'知识分子写作'与'民间写作'等现象十分复杂，所涉及的诗歌写作事件与文本内容也尤为庞杂，但周航以较为合理的框架和角度对这些问题与现象作了有效的归纳与处理，理出了一个较为清晰的精神主线和历史走向。虽然论文尚存在某些粗疏与问题，但总体上工作量大，内容充实，分量较为厚重，为当代诗歌历史与诗学的研究提供了一个有价值的文本。"人大的程光炜教授是周航博士论文的答辩主席，他当时也作了肯定的评价："论文涉及大量原始资料，对纷繁复杂且错综交叉的诸多现象做了有效归纳和诠释，对目前过于表面化的研究状况提供了一个较为深入的成果，对90年代以来诗歌历史与诗学观念的研究具有积极的推动作用，对'民间写作'和'知识分子写作'两大诗歌现象与观念的历史生成及来龙去脉的研究，尤为细致。论文观点明确，论述层次清晰，材料丰富，体现了作者良好的专业基础和研究能力。略嫌不足之处在于，对材料的处理还不够精当，某些论述缺少个人的独到见解。总体上，这是一篇比较扎实厚重的论文。"这些是对周航在北师大三年学术生涯的最大肯定，同时这也是他走上学术之路正式迈开的第一步。

就这本书的内容来看，主要包括以下六个方面：绪论、90年代的转折与诗歌观念的变异、90年代以来诗歌观念的流变、"知识分子写作"观念研究、"民间写作"观念研究、世纪之交以来诗歌观念的多元状况。具体而言，第一，大致梳理了"盘峰论争"的"过去"、"此刻"与"未来"，重点指出了论争有其必然的根源与其所造成的影响及后果。第二，论述了90年代断裂、转折的诗歌现状与诗歌观念变异的事实。讨论了此时期诗歌观念的转化、诗歌界对此时期观念变化的研究现状、创作中所体现出来的若干观念趋向、总体梳理当时所出现的几种代表性的观念流向与形态。这是对90年代诗歌观念格局的统摄性研究。其中解决了一个重要问题："民间写作"观念是如何从"知识分子写作"中分化出来的。第三，按不同时期来考察、分析90年代诗歌观念的流变。第四，对"知识分子写作"诗歌观念的研究，包括："知识分子写作"的前史、该观念提出与形成的过程、"盘峰论争"之前的代表性观点、论争之后的代表性观点。第五，"民间写作"诗歌观念的研究，包括："民间写作"的前史、其观念提出与形成的过程、"盘峰论争"之前的代表性观点、论争之后的代表性观点；第六，综合论述了世纪之交以来诗歌观念的多元状况，包括："盘峰论争"中的焦点问题及引发大讨论的情形、"70后"诗歌观念的浮出、"民间写作"的延伸与扩散，其中包括网络诗歌美学与"眼球经济"的介入与"低诗歌运动"，等等。

本书的内容相当丰富，但作为学术研究专著，我们还需看到其研究的有效性，也即其研究意义。本书以"盘峰论争"为中心发散式地考察了20世纪90年代以来中国诗歌观念内部的演进与分化的脉络，重点关注"知识分子写作"与"民间写作"两种诗歌观念的来龙去脉，同时兼顾其他诗歌观念并存与发展的历史，特别是"盘峰论争"对新世纪以来中国诗歌观念的新变化所产生的影响。对这一领域的研究，将为中国当代文学和当代诗歌敞开一段有效的诗歌历史。总之，其理论价值体现为：试图透过90年代以来丰富的诗歌现象与理论争锋来讨论当代诗歌观念的转折和变异，揭示其复杂的构成和特征，是对目前过于表面化的研究现状洞开了一个全新的研究视角，它既是新视野下的研究，也是离心发散式的综合研究，其对90年代以及新世纪以来的诗歌历史与诗歌观念的研究将起到积极的推动作用。

整体来看，这本书的创新之处表现在两个方面：第一，之前尚无关于"盘峰论争"深入并结合90年代以来诗歌观念的全面的研究成果；第二，之前尚无以"盘峰论争"作为有效视角来发散式考察90年代以来中国诗歌观念演变史的综合性成果。所以，周航做的是一个微观和宏观结合起来的研究。可以说，他为当代诗歌研究作出了一定的贡献。

　　以上一些话，除了简单介绍本书的来龙去脉和大致内容之外，也肯定了本书的学术价值和理论意义。我对周航这本书的出版表示祝贺，同时也预祝他在今后的学术生涯中走得更远、更好！

张清华

2013年12月

　　（张清华，北京师范大学教授、博士生导师，文学院副院长、国际写作中心执行主任，中国当代文学研究会常务理事。）

绪 论

20世纪90年代的诗歌正在逐步远离我们，但将其真正历史化尚需一个沉淀、挖掘和整理的过程。世纪末的"盘峰论争"，是中国诗歌承上启下的一个关节点，它的发生有其历史的必然性，其影响和意义却在新世纪以来的当下。我们可以试探性地去回顾与研究90年代以来的诗歌，以探询其影响和意义的有效性。尽管用代际或纪年来考察文学和诗歌仍存在诸多异议，可多年来形成的研究范式与惯性已造就了一种"现实"，由于这种"现实"的沉积，使得我们对这段诗歌历史的研究有着期待并抱有一定的信心。

"盘峰论争"与90年代以来的诗歌是怎样的一种关系？它作为世纪末诗界最重要的事件，究其实，它是先锋诗歌写作阵营内部的分裂，所以先锋的特定文学含义又加强了研究"盘峰论争"的重要性。我们除了要弄清它当时的基本状况、来龙去脉之外，还要对它作探源式的研究。十余年过去，回头再看"盘峰论争"，自然有很多值得去探讨的话题。它的发生是偶然的，还是必然的？如果是偶然的，那它对诗界的震荡为何那般巨大？如果是必然的，那么它发生的历史原因究竟何在？作为论争对立的双方，"知识分子写作"出现在先，"民间写作"出现并与前者发生分野在后。两者从酝酿、确立再到分野，实际上贯穿了整个90年代诗歌观念分化的过程，不仅上接80年代的诗歌存在，同时也下启新世纪以来的诗歌发展变化。所以，"盘峰论争"与90年代以来的中国诗歌就形成了密不可分的关系。作为一个标志性的诗歌事件，以它为中心辐射发散式地来研究整个90年代以来的诗歌，尤其是诗歌观念的演变，就成为一个有效的视角与行文中轴。当然，"盘峰论争"只是研究的一个切入口，它不能也不应该遮蔽90年代以来更为广阔而庞杂的诗歌"中间地带"或"边缘地带"，这是在研究当中需要注意的。

那么，"盘峰论争"究竟是一个什么事件呢？

1999年4月16日至18日，由中国社会科学院文学所当代室、北京市作家协会、《诗探索》编辑部、《北京文学》编辑部在北京市平谷县盘峰宾馆联合举办了"世纪之交：中国诗歌创作态势与理论建设研讨会"。这是继1998年3月在北京召开的"后新诗潮研讨会"之后的又一次重要诗会，也是世纪末甚至是整个20世纪中国诗歌界争论最为激烈的一次诗会。

这次诗会由谢冕、吴思敬、李青、兴安共同主持。任洪渊、林莽、于坚、西川、王家新、臧棣、杨克、伊沙、侯马、徐江、西渡、小海、车前子、孙文波、陈仲义、唐晓渡、程光炜、陈超、沈奇、刘福春、张清华、刘士杰、章德宁、柴福善、李静、张颐雯、杨少波、彭俐、王庆泉等全国近40位诗人、诗歌理论批评家、编辑到会。

会上，围绕"世纪之交：中国诗歌创作态势与理论建设"的会议主题，两拨诗人与批评家纷纷发表对立性的意见，相互驳斥，言辞激烈，继而形成立场明显不同的两大阵营。其中一方有王家新、唐晓渡、陈超、臧棣、程光炜、西川、孙文波、西渡等，他们被指认为"知识分子写作"的主要代表；另一方有于坚、伊沙、徐江、沈奇、侯马、杨克等，他们被指认为"民间写作"的主要代表。于坚在发言中对"知识分子写作"提出了尖锐的批评，他指出：诗人要关心大地、关心环境、关心日常生活，在自己母语之光的照耀下写作，并强调诗歌写作的原创性。沈奇认为"知识分子写作"反映了一种文化心态，即贵族的心态。伊沙与徐江主张诗歌界应向公众敞开，诗人应在今天的市场时代谋求生存之道。王家新在发言中为"知识分子写作"进行辩护，他对"日常生活"写作倾向表示质疑，认为任何伟大的诗人都不可能完全和他的时代保持一致。孙文波也为这一观点进行了辩护，他认为"知识分子写作"这一概念的提出和使用与当代语境的变化有关系，不是一个孤立的问题，许多伟大的诗人同时都是知识分子，并且写作也无法回避西方的文化与精神资源。西渡也反驳了否定"知识分子写作"的观点，认为知识并不脱离生命，将利用西方的诗歌资源说成是"买办"是一种强辞。唐晓渡在发言中就"知识分子写作"发表了自己的看法，他认为"知识分子写作"是当代中国特定语境中的产物，它本身并不是一个诗学命题，关键是它在当代诗歌语境中的具体含义；关于

"原创"问题，他认为应谨慎使用这一概念，防止变成一种大而无当的夸耀口实。①总的来看，论争双方主要围绕语言资源、美学趣味，诗歌经验三大方面的观点分歧来展开。"知识分子写作"强调书面语写作，追求贵族化审美趣味，持守超越日常经验的人文关怀精神；"民间写作"则强调口语化写作，追求平民化的审美趣，看重日常经验的呈现与表达。"盘峰诗会"作为论争的开端，它发动了整个"盘峰论争"的引擎，揭开了之后更为激烈论争的序幕。

会后，被指认为"知识分子写作"和"民间写作"两大阵营的诗人、批评家，分别在《北京文学》《诗探索》《大家》《山花》《文艺报》《中华读书报》《南方周末》《中国青年报》《文论报》《中国图书商报》《科学时报•今日生活观察》《诗参考》《华人文化世界》《太原日报•文学周刊》《文友》等报纸杂志发表文章，针对对方的诗学观点与立场进行激烈的争论和抨击。"民间写作"一方重要论争文章有：于坚《穿越汉语的诗歌之光》《当代诗歌的民间传统》《诗歌之舌的硬与软——关于当代诗歌的两种语言向度》《真相——关于"知识分子写作"和新诗潮诗歌批评》、伊沙《世纪末：诗人为何要打仗？》、谢有顺《内在的诗歌真相》《诗歌在疼痛》、韩东《论民间》、沈奇《秋后算账——1998：中国诗坛备忘录》《何谓"知识分子写作"？》、沈浩波《谁在拿90年代开涮？》《让争论沉下来》等。"知识分子写作"一方重要论争文章有：程光炜《新诗在历史脉络之中——对一场争论的回答》、唐晓渡《致谢有顺君的公开信》、张曙光《90年代诗歌及我的诗学立场》、孙文波《我理解的90年代：个人写作、叙事及其他》、西川《思考比谩骂更重要》、王家新《知识分子写作，或曰"献给无限的少数人"》《从一场濛濛细雨开始》、西渡《写作的权利》、臧棣《诗歌：作为一种特殊的知识》、陈超《关于当下诗歌论争的答问》、姜涛《可疑的反思及反思话语的可能性》、蒋浩《民间诗歌的神话》、杨远宏《暗淡与光芒》、桑克《诗歌写作从建设汉语开始：一个场外的发言》、周瓒《"知识实践"中的诗歌

① 参见张清华：《一次真正的诗歌对话与交锋——"世纪之交：中国诗歌创作态势与理论建设研讨会"述要》，载《诗探索》1999年第2辑。又载《北京文学》(精彩阅读)1999年第7期。

"写作"》等。①

这场诗歌论争被名之为"盘峰论争"或"盘峰论战""盘峰诗会""盘峰会议"，也有人戏称之"盘峰论剑"（陈超语），这次论争大约持续到2000年底才渐趋平息。在论争过程中，谢冕、吴思敬、任洪渊、陈仲义、林莽、王光明、张清华、崔卫平、刘福春等评论家发表了较为客观的意见，一定程度上在论争双方之间起到了某种调解作用。总的来说，整个论争过程参与者众多，不仅在诗歌界激起巨浪，对整个文学批评界也产生了巨大的影响。这是继20世纪80年代初期"朦胧诗"论争以来的又一次重大的诗歌论争事件，"同时也势将成为世纪末的一次具有总结与清理意义的重要会议。它既是对20年来新诗潮发展历程的认真回顾又是对新世纪诗歌前途的认真面对，也是对诗歌在当下的处境、情状以及诗人应持的写作立场的认真检讨、辨析与反省。"②

回顾这次论争，最直接的诱因与导火索有二：一是两种诗歌"选本"的暗中较劲，即程光炜编选的《岁月的遗照》③和杨克主编的《1998中国新诗年鉴》④。后者的编选与出版明显针对前者而来。前者多少带有精英意识的个人行为，后者却有明显群体意识的民间力量。二者之间的较劲由开始的隐性经过"盘峰论争"之后转变为显性，最明显的标志就是王家新、孙文波编选《中国诗歌：九十年代备忘录》与杨克每年一度持续主编《中国新诗年鉴》，对立双方俨然都在构筑自己一方的工事桥头堡。二是双方撰文公开叫板。这种"叫板"从"民间"一方肇始，最早源于沈浩波

① 本书所列篇目仅为一部分。双方重要论争文章主要集中收录于《中国诗歌：九十年代备忘录》(王家新、孙文波编，人民文学出版社2000年版)、《1999中国新诗年鉴》(杨克主编，广州出版社2000年版)、《2000中国新诗年鉴》(广州出版社2001年版)等几本书中，在此不一一详列。

② 张清华：《一次真正的诗歌对话与交锋——"世纪之交：中国诗歌创作态势与理论建设研讨会"述要》，载《诗探索》1999年第2辑。

③ 社会科学文献出版社1998年版。列入洪子诚主编《九十年代文学书系》。

④ 花城出版社1999年版。

的《谁在拿90年代开涮》①一文，后是于坚发表《诗人的写作》②，再是谢有顺发表《内在的诗歌真相》。③一石激起千层浪，"知识分子"一方群起而回应，"王家新、唐晓渡、孙文波、臧棣、西渡等在《科学时报·今日生活观察》《中国图书商报》和《文论报》撰文，对他们的指责予以反驳，并对1999年2月由花城出版社出版的杨克主编、明显是与《岁月遗照》'对立'的《1998中国新诗年鉴》表示了不满。这种'批评'与'反批评'，成为一场发生在世纪之交的诗歌论争的敏感的'导火索'。"④有意思的是，沈浩波、谢有顺虽然没有参加"盘峰会议"，但由于他们言论的"导火索"作用，在会议上二人却也成为"缺席审判"的对象。此外，1999年5月互联网上出现"诗坛英雄排行榜"，后又被《文友》《华人文化世界》等转载，程光炜认为这"对这场论争起到了推波助澜的作用"。⑤

　　尽管论争有直接的诱因，但纵观20世纪整个90年代的诗歌脉络，二者之间的矛盾隐伏却由来已久，而且这种观念分化的最早根源甚至可以上溯到20世纪80年代中后期诗歌纷繁复杂的范式命名。1989年之后，诗坛经历了短暂平静，又于90年代初期开始酝酿并形成新的诗歌观念，"知识分子写作"成为当时没有太大争议的主流。90年代中期以后，随着不少"知识分子写作"诗人身份的明显转变，出国、经典化、学院化、权威化，"知识分子写作"一派似乎成为既有利益的获得者。自1989年他们与政治的紧张关系得到缓解，从而"知识分子写作"逐渐失效，既有的诗歌秩序出现松动，"民间"一派开始厌恶"知识分子写作"的做派并逐渐发出了自己的声音。特别是各种"权威"诗歌选本的不断面世，于坚、韩东、伊沙等

---

① 沈浩波该文最早发表于北师大自印小报《五四文学报》上，他时为北师大中文系一名本科生。后发表于《中国图书商报》1998年10月30日，又转载于《文友》1999年第1期。

② 载《中华读书报》1998年9月23日。

③ 载《南方周末》1999年4月2日。

④ 程光炜：《中国当代诗歌史》，中国人民大学出版社2003年版，第353页。

⑤ 程光炜：《中国当代诗歌史》，中国人民大学出版社2003年版，第353页。

有影响的诗人被忽视，"民间"一方不得不进行"话语权力的争夺"[1]，所以"'盘峰论战'并不是什么美学之争"。[2]

论争的根源由来已久，论争之后亦余波不尽，最重要的有"龙脉诗会"和"衡山诗会"，诗歌观念有更新更细的表述，诗坛继续分化。这些对新世纪以来的中国诗歌发展、分化与诗坛多元格局的形成都产生了巨大的影响。

1999年11月12—14日，《诗探索》编辑部、《中国新诗年鉴》编委会、中国社会科学院文学所在北京昌平龙脉宾馆联合主办了"'99中国龙脉诗会"。批评家谢冕、杨匡汉、吴思敬、孟繁华、王光明、张柠、孙绍振等，"民间写作"诗人和批评家于坚、沈奇、杨克、谢有顺、伊沙、徐江等，还有车前子、树才、莫非、杨晓民等在内的40余人参加了此次诗会，而"知识分子写作"一方则集体缺席。"龙脉诗会"就"盘峰论争"及其他一些诗学问题进行了热烈的论争与对话，论争文章分别刊载于《诗探索》《山花》《北京文学》《文论报》《文友》等刊物上。这是一次相对平和而且带有反思意味的诗会，正是在这次诗会上，莫非、树才、车前子等人在对"盘峰论争"表示不满的同时又提出了"第三写作"或"单独者"写作的诗学主张，也即后来的"第三条道路"。[3]

继之，2000年8月18—21日在南岳衡山举行了"九十年代汉语诗歌研究论坛"，也称"衡山诗会"。"'衡山诗会'最有价值的收获在于持'民间立场'的诗人内部所发生的诗学观念的分歧与论争"，[4]"民间写

---

[1] 姜涛：《可疑的反思及反思话语的可能性》，《中国诗歌：九十年代备忘录》，人民文学出版社2000年版，第137页。

[2] 这是沈奇在"龙脉诗会"上发言的观点。见孙基林《世纪末诗学论争在继续——'99中国龙脉诗会综述》，《诗探索》1999年第4辑。

[3] "龙脉诗会"之后，谯达摩、莫非、树才等诗人编选《九人诗选》，明确提出"第三条道路"的诗歌观念，为"盘峰论争"后诗歌观念的多元化趋向提供了有力的佐证。

[4] 谭五昌：《世纪之交的中国新诗状况：1999—2002年》，《诗探索》2003年第3-4辑。

作"诗人内部年轻一代的代表人物沈浩波对自己阵营实施瓦解，这种内斗的结果同样昭示了"民间写作"本身内部的矛盾性。次年初，沈浩波与韩东之间发生了所谓的"沈韩之争"，此为"衡山诗会"的延续。事实表明，"意气之争"不仅会出现在"知识分子写作"与"民间写作"之间，"民间写作"内部同样会出现更为激烈的意气与话语权的争夺，而且更显"民间写作"的江湖气、浮躁与功利性。

不过，无论是哪次论争的发生，它们都"是在'盘峰论争'（包括'盘峰诗会'以后的一系列诗歌论争）对国内诗歌写作以及诗学观念产生全方位冲击的背景下举行的，它意图对20世纪90年代以来一系列重要的诗学命题进行深入广泛的探讨。"①正是在论争作用的推动下，"盘峰论争"之后才出现了一些真正意义上的诗歌现象，比如"70后"诗歌的崛起、"下半身"诗歌运动、中间代诗歌运动，等等。我们在考察这些诗歌现象时会发现，它们都受"盘峰论争"直接或间接的影响。

综上所述，我们粗略梳理了"盘峰论争"的"过去""此刻"与"未来"，基本上可以肯定，"盘峰论争"是一个历史的关节点，它不是偶然发生的，它切切实实是20世纪90年代诗歌观念分化的一个必然结果，而且还奠定了新世纪诗歌观念多元格局的基础。从而，我们可以通过它来梳理90年代诗歌分化的历程，通过它来透视贯穿整个90年代诗歌的历史与新世纪诗歌发展的向度，为后面的论述充分展开一个整整二十年的巨大时间区间。

接下来就"盘峰论争"的研究现状作一个点状的粗略考察，以期探讨研究"盘峰论争"的必要性及其意义。

凡研究中国当代文学与当代诗歌者，几必言及"盘峰论争"。不胜枚举之余，可观其共识，即此论争为世纪之交的"重大事件""标志性事件"。接着，就是对"盘峰论争"作简单的定性、起因与意义的分析，一般而言，能提供给我们的只是结论性的东西。对论争的发生学探源，对"知识分子写作""民间写作"没有作观念史的梳理。大多数停留在以下几个方面：论争只是无谓的意气与权力之争，论争中浮出水面的"知识分子写作"与"民间写作"两种倾向或立场是虚构的、根本就是无法去认

① 谭五昌：《世纪之交的中国新诗状况：1999–2002年》，《诗探索》2003年第3–4辑。

定的伪命题，承认论争有其必然的原因、也承认对之后诗坛格局产生的影响但没有切实弄清其内在的脉络，把论争中体现出来的美学分歧只是概括为"圣化写作与俗化写作"或"神话写作与反神话写作"的二元对立等。它们都没有对论争作更深层次、全方位的发掘、整理与研究。不过，对论争中两种立场的纵向梳理的研究倒是出现不少，从微观上给我们提供不少有益的资料与见解，然而纵横交错宏观意义上的研究却凤毛麟角。在以往相关研究的基础上，现今来讨论"盘峰论争"有无意义或反映在其中的问题是否为伪命题已不重要，"知识分子写作"与"民间写作"的概念成立与否已无关大体，问题是带有这两种倾向的诗歌观念贯穿20世纪90年代，并直接导致了主流诗歌观念的分化，这是客观的事实且不容置疑。那么，"盘峰论争"作为一个关节点，使这两种不同立场的诗歌观念由隐性的对立到显性的冲突，它直接关系到一个时代的诗歌历史的形成，对其进行研究的有效性也将是毋庸置疑的。

对"盘峰论争"最早作出集中性评价的要算论争不久后举行的"龙脉诗会"。谢冕认为论争"说明社会已恢复了常态"，"现在众声喧哗的局面才是真实正常的"。孙绍振也持赞同论争的态度，"诗人就应该这样敢骂、敢哭、敢恨，敢于坚持原则"。徐敬亚认为论争的发生说明"现在外部的环境宽松了，矛盾自然从内部发生"。于坚认为，论争中"已经没有了官方意志，没有了朦胧诗时代的意识形态压力"。孟繁华认为论争中两种立场的对立是"伪命题"。另外，张柠、肖鹰、王光明、吴思敬、伊沙等多人也表达了各自的观点。[①]总的来说，他们都是就事论事，都是对论争这一事件的表态。这些"表态"在承认论争积极性意义的同时，也附带性考虑到社会意识形态方面的因素，虽然有一定的启发意义，但还没有上升到研究的高度。

对于20世纪90年代中国社会与文化转型期所发生的文化事件，有论者将之与西方相应时期作了一定程度的对比，二者之间确实存在某种可比性，这也为我们认识"盘峰论争"提供了一定的借鉴意义。对于"知识分子写作"和"民间写作"，"前者的姿态，似乎更近似于六七十年代之

---

① 参见孙基林：《世纪末诗学论争在继续——99中国龙脉诗会综述》，《诗探索》1999年第4辑。

交，欧洲知识分子'退入书斋，以书写颠覆语言秩序'、以文本作为'胆大妄为的歹徒'的选择；而后者则选取某种甘居边缘的态度，以文化的放纵与狂欢的姿态挑战或者说戏弄权力。从某种意义上说，'书斋'间的固守与'边缘'处的狂欢，正是90年代知识分子或曰文化人的两种最具症候性的姿态。"① 这种说法虽然是与西方某个特定时期的文化状况作了一个横向的比较，但它在某种程度上指出了论争发生的历史必然性。这种观点同时指出，无论是"知识分子写作"还是"民间写作"，双方的身份并无本质的差异，它们都是文化人也即知识分子的带有某种征候性的写作姿态。张清华指出，"盘峰论争"的双方本是亚当与夏娃的关系，本是二位一体的，并不存在"对立"的关系，他们之间之所以发生争执，只是"身份的幽灵"在作祟。② 持类似观点的相当普遍，所以不少论者认为论争是伪命题。

论争开始后第二年，《南方文坛》辟出"关于两种诗歌论争的批评"的栏目，发表了张闳、王光明、耿占春、洪治纲四人的讨论文章，③ 他们的观点对谈论"盘峰论争"事件本身来说较有代表性。耿占春认为论争一开始就不是"对话"而是一种"判决"，是"民间写作"对"知识分子写作"的判决，最终使论争沦为"一场话语暴力"。他分析了论争中的一个核心问题："本土话语"与"西方话语"，在他看来，双方所强调的"本土气质"并无冲突，其差异在于："民间"一方所说的"本土"带有民族主义和帝国主义的背景冲突，而"知识分子"一方的本土性"只是寻求修辞与现实关系的策略，是以'个人主义'的方式对中心话语的偏离，也是对真理的诱惑的一种修辞学的偏离"。耿占春言辞之间明显倾向于同情"知识分子写作"一方。张闳与洪治纲指出论争是"权力和派性"在作祟，诗学问题被掩盖和扭曲，是一种"庸俗的谁是谁非"之争，论争中的

---

① 戴锦华主编：《书写文化英雄》，江苏人民出版社2000年版，第93页。

② 参见赵丽宏主编：《鲸鱼出没的黄昏》中张清华的言论，上海文艺出版社2007年版，第86页。

③ 四人文章分别为：张闳《权力阴影下的"分边游戏"》、王光明《相通与互补的诗歌写作——我看"民间写作"与"知识分子写作"》、耿占春《真理的诱惑》、洪治纲《绝望的诗歌》。

一系列对立范畴都是"刻意制造出来的"，所以他们表现出了对诗歌界的失望之情。王光明的态度相对中和，他认为"'民间写作'和'知识分子写作'都是具有互补意义的诗歌话语实践"，而且他通过诗歌史的先例认定这是一种必然现象。从他们的讨论文章中，我们可以看出"知识分子写作"一方在整个90年代所产生的巨大影响与惯性。然而不久之后"民间写作"的喧哗与"知识分子写作"的沉寂却又令他们始料不及。这从另一侧面证实了"民间写作"在当时具有相当的合理性与适时性。但是"民间写作"的泛滥狂欢与自身瓦解，又再一次证实了王光明所说的他们之间互补性的客观可能。

吴思敬的"圣化写作与俗化写作"①、李震的"神话写作与反神话写作"的观点则是对论争双方作分类学的贴标签行为。吴思敬的言论是在做一种调和的工作，他以90年代诗歌发展的历程为线索，认为论争双方的立场其实是一种"圣化写作与俗化写作"的体现，二者之间"互相矛盾、互相作用、互相补充"，这与王光明的观点类似，是一种最为普遍的观点。他联系到美国60年代后期艾略特与威廉斯诗歌观念的对峙现象，联系到莎士比亚圣化与俗化的两面性，从而为论争双方开脱，认为这种论争形式不仅在不同国家的不同时期的文学界会发生，而且也会发生在个人身上，总之它们之间"并没有不可逾越的鸿沟"。李震提出"盘峰论争""实质上是反神话与神话写作的一场公开对垒和最后论战"，它是"神话写作与反神话写作"的分野，而且这种状况自80年代以来，"一直贯穿整个90年代"。②李震的观点极具建设性与远见性，对"盘峰论争"的研究提供了一个十分有效的视角，他的标签贴得尽管有待争议，但比吴思敬的观点更为合理而有时代性。李震与吴思敬的研究比较客观中和，可由于时间的限制，他们对之前的概括虽然有效，但他们无法对之后的态势作出精准的预测。新世纪之初的诗歌界又出现了更为复杂的现象，结合他们的研究成果与最近几年的诗坛现状，才有可能对"盘峰论争"进行更为全面的研究。

---

① 参见吴思敬：《当今诗歌：圣化写作与俗化写作》，《星星》2000年第12期。
② 李震：《先锋诗歌的前因后果与我的立场》，《2000中国新诗年鉴》，杨克主编，广州出版社2001年版，第596—604页。

相对于单个论者的自由见解，文学史家对"盘峰论争"的研究显得慎重且又具有综合性质。洪子诚对论争的发生虽然没用"必然"一类的字眼，但却对双方矛盾的由来已久做了不容置疑的定评："这一诗界的矛盾当然不自今日始。一个明显的征象是，从80年代中期以来，有关诗歌时期与诗歌'范式'的划分与命名（新诗潮/后新诗潮；朦胧诗/后朦胧诗；朦胧诗/第三代诗；现代主义诗歌/后现代主义诗歌；第三代诗/90年代诗歌；青春期写作/中年写作；北方/南方；北京/外省……），就包含着多种交错、混杂的分歧；诗人之间，不同诗歌社团、'圈子'之间的矛盾也时有显露。"[1] 这道出了诗歌史上的一个共性现象，也为世纪末论争的发生提供了一个发生学的探源线索。但值得特别提出的是，从20世纪80年代到90年代，这种矛盾尤为突出，以至到世纪末的关节点不得不爆发，这才是问题的症结所在。也有文学史把"盘峰论争"说成是"不同文化价值立场"争论的表现，同时也"集中显示了90年代诗歌创作两种主要的艺术倾向"。[2] 这就把论争提高到文化与艺术的综合立场上来讨论了。还有文学史把"盘峰论争"上升到一个新纪元的高度上来认识，"'盘峰论争'表明，诗歌的分化已经深入到新诗潮的内部，这是80年代以来诗歌发展演变的结果，也许从此诗歌界的论争不再是一些外部和表面的问题，一个新的起点正在出现。"[3]

林林总总对"盘峰论争"的研究与评论，无不指出它在中国当代诗歌史上的重要性。偏激也好，客观也好，它们已明确了一个事实：研究"盘峰论争"将是有效与有意义的。由此我们也认清了另一个事实：对"盘峰论争"的研究还不够深入、不够全面，还有待后来研究的补充与提高。

所以说，就目前研究的整体状况来看，之前的研究还相当表层化。对"盘峰论争"的研究现状及研究意义，程光炜有很清醒的认识，"就目前来看，如想比较清醒地认识诗歌论争的价值和内在矛盾，还有待时日。但如果放在当代中国新诗发展的长河中看，这场论争毕竟又是90年代文化转型大阵痛的一个诗化的折射，是当代诗人心理情绪和心路历程的真实反

---

[1]　洪子诚：《中国当代诗新诗史》(修订版)，北京大学出版社2005年版，第274页。

[2]　於可训：《中国当代文学概论》，武汉大学出版社2009年版，第231页。

[3]　张健主编：《新中国文学史》(上卷)，北京师范大学出版社2008年版，第332页。

映。仅此而言，对它的继续探讨和分析仍有相当的必要。"①本书正是在现有研究背景之下，对与"盘峰论争"相关的整整20年的诗歌历史进行全面的梳理，特别是通过追溯论争中显性冒现的两种对立的诗歌观念来展开整体性的论述，试图从20年的大区间中来探讨中国诗歌的演变历程。

现在交代一下本书写作的整体构想。其中涉及研究方法、写作思路和具体章节的设计以及一些相关需提前说明的问题，等等。

由于本书是通过以诗歌史上某一重大事件为切入口来考察一个时期的诗歌历史，故在研究方法上重视史料的梳理。研究将依重客观史实，在整体上用历史的、辩证的、知识考古的方法对"盘峰论争"进行追本溯源的研究，以期对1989年至2009年中国诗歌的演变历程进行较为全面的观照，并在已有研究成果的基础上进行提升。此外，考虑到参与"盘峰论争"的绝大多数人仍然活跃在当今诗歌界，因此，访谈将是获取第一手资料的重要渠道，在本书写作过程中将贯彻这一做法。

在写作思路和具体章节设计上，全书主体包括绪论、五章与结语七个部分。各部分具体构想如下：

"绪论"：大致梳理"盘峰论争"的"过去""此刻"与"未来"，重点指出论争有其必然的根源与其所造成的影响及后果。也大致呈现出世纪之交中国诗歌批评的乱象。

第一章主要论述20世纪90年代断裂、转折的诗歌现状与诗歌观念的变异。具体内容包括：讨论此时期诗歌观念的转化、针对诗歌观念转化研究的现状、诗歌创作中所体现出来的若干倾向、梳理几种代表性的诗歌流向与形态。本章是对90年代诗歌格局的统摄性研究。其中要解决的一个重要问题是，"民间写作"观念是如何从"知识分子写作"中分化出来的。众所周知，在"盘峰论争"中显性浮现出来的"民间写作"较之"知识分子写作"出现要晚，虽然"民间"这个词出现很早，但在1989年后到90年代初期，专业性的"知识分子写作"无疑占据了诗坛主流。直至90年代中期，在多种因素的推动下，"民间写作"才从"知识分子写作"中分化出来，这是本章的关注点。

在第一章基础上，第二章按不同时期来考察、分析90年代诗歌的流

---

① 程光炜：《中国当代诗歌史》，中国人民大学出版社2003年版，第357页。

变。实际上，本章是个时间模型，与第一章格局模型不同的是，它是不同历史时期的统摄性研究，是第一章的具体化。唯有深入具体历史时期，才能认清历史的阶段性和曲折性，这是本章能够成立的基点。具体考察的历史时期包括：90年代前期（初期）、90年代后期（分化期）、1999年后（多元期），另外还要综合分析目前对此流变研究的情况。

第三章是"知识分子写作"诗歌观念的研究，包括："知识分子写作"的前史、该观念提出与形成的过程、"盘峰论争"之前和之后的代表性观点及其评析。

第四章是"民间写作"诗歌观念的研究，基本结构与前章相同，包括："民间写作"的前史、其观念提出与形成的过程、"盘峰论争"之前和之后的代表性观点及其评析。

第五章将论述世纪之交以来诗歌观念的多元状况，包括：综合论述"盘峰论争"中的焦点问题以及引发大讨论的状况、"70后"诗歌观念的浮出、"民间写作"的延伸与扩散（其中包括网络美学和眼球经济的介入与"低诗歌运动"）。

此外，还有一些时间和概念性的东西需要在此作些简单的说明。

本书的时间考察范围界定在1989年至2009年，但与书中内容主要是考察20世纪90年代以来的诗歌略有不符，这是有原因的。1989年是个特殊年份，本年度发生了一系列包括社会的、政治的、文学的大事，学界在研究20世纪90年代的什么现象时往往把"1989"作为起点，这基本上已达成共识，本书也采取这一做法。此外，本书中出现的"80年代"指"20世纪80年代"；同样地，"90年代"指"20世纪90年代"；书中若出现简称的情况，不再另作说明。

"盘峰论争"在文学史上有不同的称谓，遍览与此相关的研究文章，也由各人所好，随意称之。考虑到全书行文的一致性，本书在接受不同称谓的同时也做一个统一命名的工作，即全书均采取"盘峰论争"这一命名。

"知识分子写作"与"民间写作"在不同的研究文章中也有差异不大的称谓，出于与"盘峰论争"统一命名相同的原因，在本书中将只采用

"知识分子写作"与"民间写作"两个常态概念。另外，无论这两个命名科学与否，还是为所有人接受与否，本书都不考虑命名与正名方面的工作，只将对其客观性的存在尽量作出客观的研究。

关于"中国诗歌"。本书题目中的"中国诗歌"即指"中国新诗"。具体来说，是指在"五四"前后的白话文运动中由胡适等人开创并经历了近百年发展历史的中国新诗。它并不包括其他的诗体形式，比如：旧体诗词、山歌、民歌、歌词、散文诗、儿歌、儿童诗，等等。除此之外，本书要讨论的诗人不包括港澳台诗人，也不包括长期身居国外的中国诗人。

关于"诗歌观念"。"诗歌观念，是诗歌美学的灵魂，它既反映着一定诗歌的美学品格，一旦形成，也能引导诗歌的美学追求，因此，它实质上是某种美学原则的根本体现。新的诗歌观念不是先验存在的某种理念，也不是个别诗人的思想闪光，而是从一代人在创作实践对前在的传统诗歌观念的扬弃和创造性补充中生成的。它是一代诗歌史的产儿，身上流淌着一代诗人的精血。"[1]它与题目中的"中国诗歌"是一种"包含于"的关系，是一个时期内中国诗歌美学追求的历程。它不是单一的文本研究，也不是着眼于现象潮流研究，但它又与二者分不开，它们是缠绕交织在一起的。整体而言，本书是一种综合性的研究，但重点可能在"诗歌观念"上。

需要说明的是，观念形态并非仅仅表现为某个具体的观点，它还表现为某种趣味；不一定是已有的明确的表述，它有时还需要去提炼；它甚至只是"言""行""做""写"的一种体现，能让人感觉得到的某种内在的观念形态，比如诗歌的行为艺术等等。

总而言之，本书要聚焦的是文学史研究中的一个重要领域，即20世纪90年代以来中国诗歌的历史概貌，这个阶段诗歌所呈现出来的整体性特征无疑是书名中的两个关键词："分化与纷争"。

---

① 张德厚：《新时期诗歌美学考察·导言》，北京大学出版社1995年版，第3—4页。

目　录

绪　论…………………………………………………………………………………… **001**

第一章　20世纪90年代的转折与诗歌观念的变异………………………………… 001

　　第一节　1989年：起点与转折……………………………………………………… 002

　　第二节　20世纪90年代诗歌观念的形成与转化 ………………………………… 009

　　第三节　20世纪90年代诗歌文本中的观念转变呈现 …………………………… 029

　　第四节　20世纪90年代诗歌观念的主要流向与形态 …………………………… 043

第二章　20世纪90年代以来诗歌观念的流变 …………………………………… 047

　　第一节　断裂、消沉与再生长的初期……………………………………………… 048

　　第二节　发育、形成与分化的中后期……………………………………………… 055

　　第三节　冲突与走向多元的新世纪………………………………………………… 059

　　第四节　20世纪90年代以来诗歌观念流变的研究状况 ………………………… 067

第三章　"知识分子写作"观念研究……………………………………………… 073

　　第一节　"知识分子写作"前史…………………………………………………… 074

　　第二节　"知识分子写作"早期概念的提出……………………………………… 093

　　第三节　"知识分子写作"的酝酿与涌动………………………………………… 107

　　第四节　"知识分子写作"的深化与发展………………………………………… 138

第四章　"民间写作"观念研究…………………………………………………… 151

　　第一节　"民间写作"前史………………………………………………………… 152

　　第二节　"民间写作"代表性个案（一）：于坚 ………………………………… 175

　　第三节　"民间写作"代表性个案（二）：韩东、伊沙 ………………………… 203

　　第四节　"民间写作"的杂语呈现………………………………………………… 220

第五章　世纪之交以来诗歌观念的多元状况……………………………………… 239

　　第一节　"盘峰论争"的发生与论争焦点 ………………………………………… 240

　　第二节　"70后"诗歌观念的浮出………………………………………………… 260

　　第三节　网络语境下"民间"的延伸与扩散……………………………………… 272

结　语…………………………………………………………………………………… **283**

参考文献……………………………………………………………… 287

附录 与诗歌有关：从89后到新世纪…………………………… 313

第一章 ▶ 20世纪90年代的转折与诗歌观念的变异

　　1989年对中国来说是一个重要的年份，对中国文学与诗歌界来说亦如是。1989年成为新时期文学进入90年代的一个断裂面与转折点，这是一个已达成共识的话题。之后，中国诗歌发生了巨大的变化，同时诗歌观念也发生了明显的变异。从90年代初期"知识分子写作"的一枝独秀，到90年代中后期的"民间写作"观念的兴起，诗坛逐渐形成两大观念对立的现状。这一对立并非凭空而起，它有一个蕴含在历史中的断裂、转折、变异、孕育、生成、茁壮、凸显的过程。考察其间不同诗歌观念形成的背景、成因、史实与研究现状，并对比80年代的诗歌，即为本章的主要内容。本章是对90年代诗歌观念格局作统摄性的研究，但核心是要解决"民间写作"是如何从"知识分子写作"中分化出来的。

第一节　1989年：起点与转折

一、1989年：起点

　　欧阳江河在长达两万多字的《'89后国内诗歌写作：本土气质、中年特征与知识分子身份》[①]中要努力阐明的观点之一就是要把"1989年"作为20世纪90年代诗歌的起点。该论文成为研究20世纪90年代诗歌极其重要的一篇，它不仅提出90年代诗歌转折点的问题，而且阐明了其中的几个重要概念，最重要的是它还成为世纪末"盘峰论争"的理论源头与导火索之一。所以，将其称之为20世纪90年代诗歌研究的统摄性的、具有极强预见性的纲领论文并不过分。在此我们只留意作为转折点的"1989年"，其他内容留待后文去阐释。

　　1989年是个非常特殊的年份，属于那种加了着重号的、可以从事实和时间中脱离出来单独存在的象征性时间。对我们这一代诗人的写作来说，1989年并非从头开始，但似乎比从头开始还要困难。一个主要的结果是，在我们已经写出和正在写的作品之间产生了一种深刻的中断。诗歌写作的

---

① 载《花城》1994年第5期，文末注明写于1993年。原载《今天》1993年NO.3，又载《南方诗志》1993年夏季号。后收入作者文集《站在虚构这边》，三联书店2001年版。

某个阶段已大致结束了。许多作品失效了。就像手中的望远镜被颠倒过来，以往的写作一下子变得格外遥远，几乎成为隔世之作，任何试图重新确立它们的阅读和阐释努力都有可能被引导到一个不复存在的某时某地，成为对阅读和写作的双重消除。

才华横溢的年轻诗人海子和骆一禾的先后辞世，将整整一代诗人对本性乡愁的体验意识形态化了，但同时也表明了意识形态神话的历史限度。对诗人来说，这意味着那种主要源于乌托邦式的家园、源于土地亲缘关系的收获仪式、具有典型的前工业时代人文特征、主要从原始天赋和怀乡病冲动汲取主题的乡村知识分子写作，此后将难以为继。①

我们所说的"起点"是以欧阳江河文中所说的"某个阶段已大致结束"为基础的。他敏锐地指出，这个"结束"是以1989年的"非常特殊"与海子和骆一禾的先后辞世为标志的。当然，后来的研究文章大多数都提到了这两点，但欧阳江河的超常洞见为之后的研究提供了足够的判断自信。

差不多同期，1993年远在伦敦的王家新在回答诗人陈东东和黄灿然的问题时说："80年代末对我个人很重要，但它是否成为一代诗歌的转折点，这很难说。从大体上看，1989年标志着一个实验主义时代的结束，诗歌进入沉默或是试图对其自身的生存与死亡有所承担。作为一代诗人——不是全部，而是他们其中经受了巨大考验的一些，的确来到一个重要的关头。"②他认为一种更高也更严格尺度之下的诗歌从此将要诞生，这种诗歌有别于早期朦胧诗也有别于新生代的个人化写作，这种"转折"正是从此时正式开始的。

西川也表达了类似的观点。他说："对所有的诗人来讲，1989年都是一个重要的年头。青年们的自恋心态和幼稚的个人英雄主义被打碎了，带给人们一种无助的疲倦感；它一下子报废了许多貌似强大的'反抗'诗

① 欧阳江何：《1989年后国内诗歌写作：本土气质、中年特征与知识分子身份》，《站在虚构这边》，三联书店2001年版，第49—50页。
② 王家新：《回答四十个问题》，《为凤凰找寻栖所——现代诗歌论集》，北京大学出版社2008年版，第280页。

歌和貌似洒脱的'生活流'诗歌。诗人们明白，诗歌作为一场运动结束了。"①他认为金钱也同时闯入人的精神世界，而且是在国家的驱使下，从而人们本来不稳的价值观念就受到了冲击。其结果便是诗人与国家意识形态、中心价值体系的疏离，从而加深了诗人的内心矛盾，增加了诗歌中的怀疑成分。

谢冕在一篇以"1989—1999"为年代界定的诗论中也表达了大致相同的看法。他先从海子、骆一禾的自杀说起，接着沉痛而诗化地描述了当年的事件。"从夏天到春天，八十年代最后一年的中国，仿佛又一次经历了1976年那样的大地震。惊天动地的雷鸣电闪中，中国大地有一个剧烈的颤动，中国的天空则留下了一道刻骨铭心的永远的隐痛。"从而他得出一个结论："理想主义的火种已在八十年代末的社会阵痛中暗淡下来。"同时又明显感觉到，在当时大的社会环境制约下，诗歌内部开始了急剧的嬗变。②

后来程光炜在《岁月的遗照》③一书的《导言•不知所终的旅行》中讲到回忆中的一件事，"恰在1991年初，我与诗人王家新在湖北武当山相遇，他拿出他刚写就不久的诗《瓦雷金诺叙事曲》《帕斯捷尔纳克》《反向》等给我看。我震惊于他这些诗作的沉痛，感觉不仅仅是他，也包括在我们这代人心灵深处所发生的惊人的变动。我预感到：八十年代结束了。抑或说，原来的知识、真理、经验，不再成为一种规定、指导、统驭诗人写作的'型构'，起码不再是一个准则。"④

这种"结束"的感觉应该在"第三代诗人"日渐式微的80年代中后期已经开始滋生，"1989事件"与诗人的自杀事件使诗歌的断裂感正式显形。于是才有了欧阳江河与程光炜等众多论者关于"惊人的变动"的结论，类似的还有唐晓渡的"时间的神话终结"观等等。这种意识在几乎众口一词的声音中终于成为一种"现实"。1989年作为20世纪90年代诗歌的

① 西川：《答鲍夏兰鲁索四问(选二)》，《诗神》1994年第1期。
② 谢冕：《20世纪中国新诗：1989—1999》，《山花》1999年第11期。
③ 程光炜编选，社会科学文献出版社1998年版，系洪子诚、李庆西主编"90年代文学书系"之诗歌卷。
④ 程光炜编选：《岁月的遗照》，社会科学文献出版社1998年版，第1—2页。

起点遂成定论。

尽管如此，有一点需要说明的是，其实在1989年以前，就有论者指出诗界的明显"转折"已经开始，只是后来1989年实在太不平凡了，才有最终的1989年转折之说。刘湛秋认为1988年已是诗界"基本完成自我调整的一年"，他发现在这一年中，"扯旗拉派"的少多了，"诗进入沉静"，并预感到这种"沉静"会让诗歌艺术有"真正的长进"。① 谢冕就像他之前发现朦胧诗价值时一样，他也敏锐地感觉到了当时诗歌内部的变化。"已经不存在一个统一的诗歌运动。一个完整的诗歌太阳已经破碎，随之出现的是成千上万由碎片构成的太阳"，"诗歌正试图确认一个更为奇特也更为陌生的秩序，它考验我们的适应力与耐性"。② 最值得注意仍然是欧阳江河，由于他后来那篇重要文章的出现，使得我们忽略了他之前的观点表达。实际上，他早就发现诗歌内部的"转折"，"在当今中国诗坛，从舒婷到翟永明，诗歌的青春已完成了从二十多岁到三十岁的必要的成长，并在思想和情感的基调上完成了从富有传统色彩的理想主义到成熟得近乎冷酷的现代意识的重要的过渡；而从北岛等人到柏桦等人，诗歌也已完成了从集体的、社会的英雄主义到个人的深度抒情的明显转折。这种过渡和转折，我们还可以从张枣、陈东东、西川、钟鸣、陆忆敏、万夏、韩东、伊蕾等人的创作中看到。种种事实说明诗歌的变化已经不是表面的，而是发生在思想和感情深处的普遍而意味深长的改变。"③ 欧阳江河后来的文章让我们思考，他为什么把这个转折点又定在1989年呢？也许我们可以这样去理解，尽管诗歌界内部在之前的确已发生了变化，但1989年更有代表性，更有象征意义，所以更具标志性。

对这个"时间起点"持怀疑态度的也不乏其人。论者张立群指出80年代与90年代这种转折意义上的"断裂"只是一种"表面化"的感受，他认为"1989年"有被夸大与误读的成分。在他眼中，"90年代经济文化的转型力量以及由此带来人们心灵的错位和'影响的焦虑'无疑是巨大而持久

---

① 刘湛秋：《双轨：躁动和沉静》，《人民日报》1989年5月16日。
② 谢冕：《选择体现价值》，《诗刊》1988年第10期。
③ 欧阳江河：《从三个视点看今日中国诗坛》，《诗刊》1988年第5期。

的"。① 总而言之，他认为欧阳江河那篇著名论文只是对那种"转折"所作出的初步考察和说明。

细加思考，如果把90年代与80年代的诗歌加以比较，前者所发生的转型确实是漫长与逐步实现的一个过程，除了之前的一些背景因素之外，还要与之后的诸多内外因一道才会最终促成20世纪90年代诗歌的整体转型。所以，在考察"90年代诗歌"观念形成史时，"1989年"只能作为一个权宜的起点，而不是一个完全没有争议的铁定的时间界碑。

即便如此，我们还是要把"1989年"作为一个断裂的开始，也正是从这一年开始，诗歌界才开始了真正的转折，这是一个不容争辩的事实。有一点可以肯定，最先看到这种断裂与转折的，除了一些文学史家之外，最主要的当是"知识分子写作"的诗人兼诗评家们。他们的自觉，使他们成为转折开始时的诗歌先锋。这种先锋性不仅体现在他们的诗歌创作中，更重要的是，他们的诗歌观念表述或诗歌批评起到了重要的引领作用，而且这种作用在当时的诗歌界深具启发性。从这点看，我们不难理解，为何在90年代初期"知识分子写作"成为诗歌界的主流，"民间写作"为何不在此时喷薄而出。最易于理解的一个理由就是，作为本来就是同位一体的二者，在此时期与时代同时深陷一种紧张的关系之中，它们之间美学趣味的差异只能退居其次，从而在总体上坚守于同一战壕里。

二、90年代诗歌观念的转化

以1989年为界，中国诗歌前后时期呈现出不同的景观，当然这种不同之中又有许多可比之处。比如说，70年代末到80年代初的诗歌是对之前30年诗歌主流的断裂，而1989年后到90年代初又是对80年代诗歌的断裂。这种断裂既相类似，又有很大的不同。80年代初期的朦胧诗在两个方面对之前的诗歌产生了断裂，断裂的结果之一是现代诗艺的出现，二是带有极强的启蒙色彩。当然现代诗艺更大程度上是对40年代现代派诗歌的延续，是对政治味浓烈的口号式诗歌的一种反叛；而启蒙色彩则是对30年来诗歌主流意识形态的一种"反抗"，同时它本身不可避免地也带有另类意识形态

---

① 张立群：《拆解悬置的历史——关于90年代诗歌研究几个热点话题的反思》，《文艺评论》2004年第5期。

意味。随着西方思潮的大量涌入，80年代中期的诗歌开始出现了前所未有的喧哗局面。特别是第三代诗歌运动的兴起，文化诗与反文化诗分化出不同的路向，在对朦胧诗反叛之余，又增添了新的诗歌观念色彩，其实这是80年代诗歌的第二次裂变。与第一次裂变不同的是，第二次裂变发生在诗歌内部，是诗歌观念的分化，而不是与政治意识形态的抗衡。

　　1989年之后又是怎样的一种裂变呢？与80年代相比，诗歌又呈现出怎样的一种转折呢？1989年后到90年代初的几年，诗坛突然沉寂。当然并不是没有新的诗歌出现，不过即使有，也与诗歌的本真、知识分子性相去甚远，从而激不起多大的浪花。比如，西部边塞诗、新乡土诗、汪国真的通俗诗等等。表面上看，90年代初期"知识分子写作"观念的浮现，与80年代初期朦胧诗的背景貌似相同，比方说，都是在与政治、社会的紧张关系中出现的。它们二者都带有一定的启蒙性质，说到底都是外部环境促成了各自观念的诞生。又比如，与启蒙性质相关的，朦胧诗的批判性和英雄主义色彩与"知识分子写作"的批判性，也有很大的类同性。只是不同的是，90年代初期的诗歌虽然仍有批判性，但它已完全失去英雄主义的意味而充满了悲情色彩。80年代初文化环境虽然春寒料峭却仍然具有"立"的倾向，是解冻期的来临。而90年代初却是经历一次寒冬之后噤若寒蝉的"废"的走势，所以难免充斥着悲情色彩。正是这种走势促成了90年代诗歌远离了80年代，并开始某种转折。这种转折在1993年之前还是含混的，与其他诗歌夹杂相生，之后日见明显。两者之间最明显的差异表现为，80年代初是以诗歌的集体觉醒为特征，90年代初则在开始确立一个"个人写作"的时代。当然，这种"个人写作"的观念与80年代中期第三代诗歌运动前后的文化诗与反文化诗一脉相承，只不过在前期是单一化的呈现。90年代中期及以后出现的转化又在80年代中期的背景下明显起来，即"民间写作"观念凸现并从"知识分子写作"的主体格局中分化出来。我们甚至可以说，90年代的"知识分子写作"与"民间写作"的诗歌观念是从80年代中期的文化诗与反文化诗延伸与转化而来的。世纪末的"盘峰论争"，也正是这种转化的综合结果。正是如此，我们从中才可更清楚地看出90年代诗歌的自身特征。

　　综合以上分析，相对于80年代，90年代的诗歌有以下具体的转化表现，这些转化都与诗歌观念有关：

第一，从运动更迭频繁的诗歌观念时代过渡到深具"个人写作"品质的时代。这是由诗歌从时代的中心即与政治紧密关联转向边缘的社会文化外部环境所决定的。80年代是所谓的"诗歌年代"，而90年代则走入商品市场经济时代，这种转变不依人的主观意志而转移。

第二，80年代的诗歌是共同赴宴的，山头林立，各自呼号，是一出大合唱；90年代除延续80年代的诸多特征之外，又转向诗歌美学追求的分化与分裂。也就是说，80年代诗歌特征的形成多与外部环境有关，当然也有自身内部的发展，但90年代多与本身内部相关。虽然也受外部环境影响，但是前者是大外而小内，后者则是因外而有内。

第三，80年代是个人英雄主义的时代，90年代则是个人主义或自由主义的时代。英雄自然离不开政治与主流意识形态因素，个人自然离不开个性的美学追求。前者明显承受了之前三十年诗歌氛围所带来的影响，比如"红卫兵情结"，比如过度夸大文学的社会作用。后者更多面对文学本身，是试图超越自己并走向世界的努力。

第四，80年代的论争是与政治有关的，而且多由外部因素干涉而引起，并由外部盖棺论定。而90年代的论争多与文学性有关，与审美趣味有关，它由内部引起，也难有最终的统一结论，这势必造成一种多元杂生的局面。

第五，80年代中期的文化诗与反文化诗转化为90年代的"知识分子写作"与"民间写作"，其中有血脉的延续性，但更有本质的区别。最明显的表现是：80年代偏重记忆与憧憬，而90年代偏重当今与现实；80年代更多的是乌托邦式抒情，而90年代更多的是日常化叙事。总之，一个是"远"，一个是"近"；一个是飞翔，一个是着陆。

第六，在时代潮流的裹挟之下，诗歌观念的转化还有另一些表现。其一，诗人改变身份，从80年代风急浪高的诗歌潮头上激退，认为诗歌不再是人生追求的目标。其二，诗人的写作方向改变，不少诗人把诗歌的精神融入小说与散文随笔的创作中。其三，不少诗人因有着与西方接轨的强烈愿望而出国，从而西方的语言与思想资源在诗歌创作中多有呈现。其四，从80年代走来的诗人，随着年龄的增长，已从青春期写作过渡到中年写作，有些从纯粹写诗转变到写评兼顾，诗美的有些追求发生了十分明显的变化，而且这种转化是普遍性的。等等。

　　总之，20世纪90年代诗歌观念的转化是多方面的，是复杂与综合的。其中，既有延续与转化，也有相当程度的变异。

第二节　20世纪90年代诗歌观念的形成与转化

　　"90年代诗歌"的内涵，这本身包含了不同诗歌观念的表达。整体意义上的观念表述，必然会形成90年代综合性的诗歌观念。同时，在表述和形成的过程中，会蕴含一个不断渐变和转化的过程，从而最终确立起90年代诗歌的独特性和合法性。同时，对90年代诗歌观念转化的研究也是值得我们多加关注的。

一、"90年代诗歌"内涵的不同表述

　　洪子诚、刘登翰虽然在《中国当代新诗史（修订版）》中列出一节"'90年代诗歌'的概念"的名目，但总的来看只是一个含混的概念。迄今为止，也许还没有关于"90年代诗歌"的一个确切、有效而为公众所认同的定义。因为这不是一个简单的名词术语，非几句话就能概括出这个特定时期的诗歌内涵。更何况它仍在近距离范围内，甚至还在延伸变化，其争议也难以一时尘埃落定。洪、刘二人提到，"在90年代末以后，有关'90年代诗歌'的看法呈现更复杂的情况。一些当初强调'中断'的诗人，对自己的看法有所修正。另一些诗人和批评家，虽然可能承认'90年代诗歌'的说法，但倾向于将这个'时期'的特征看作是80年代诗歌的成熟与深化。"所以就整体而言，"90年代诗歌"的含义"基本上是为了有助于对诗歌现象的描述而做出的段落的划分"，但也不是严格的时期概念，这只是一种"权宜"性质。①

　　程光炜认为1990年后的诗歌不仅在时间概念上，也在"心境"上真正进入90年代。他明确提出90年代诗歌"出现了新的局面"，并分析了其中

---

① 洪子诚、刘登翰：《中国当代新诗史》（修订版），北京大学出版社2005年版，第248—251页。

原因。第一，运动的新诗潮为个人写作的倾向所代替；第二，80年代的先锋诗歌阵营在进入90年代以后出现了明显而公开的分化和分裂；第三，诗歌的作用日渐减弱，大众化文化挤压整个文学空间，但文学与诗歌本身的魅力和永恒价值因素得以凸显。他分别从历史继承中的转变、诗歌阵营的分化与文学的生存空间三个方面来对90年代诗歌的整体氛围进行了概括，这种概括是公允而客观的。①

20世纪90年代本来就是一个混合多元时期，每个个体都有很大的空间与自由来表达不同的观点，出现对诗歌不同的理解尚在情理之中。没有不同的观点，也就失去了研究对象的土壤，对"90年代诗歌"概念内涵的不同表述的回顾与梳理，其目的就是弄清其中多元的特征。

较为全面地考察"90年代诗歌"概念的内涵，至少要从两个方面来进行。其一，要将90年代诗歌与80年代诗歌作纵向比较，厘清二者的异同；其二，要概括90年代诗歌的新质，认清其独特性。

其一，90年代诗歌与80年代诗歌纵向之粗略比较。

纵览90年代以来的诗歌批评，从来就不缺少为90年代诗歌争得文学史地位的努力。"败家子"说、"萧条"论、"丰富而又贫乏"、郑敏与于坚的否定论、周涛的"十三问"，等等，这类"诗歌危机"论不时冒现，②但仍无法阻挡更多对90年代诗歌价值肯定的评价。总的来看，在肯定与否定之间，肯定明显占有优势。当然这只是针对诗界内部而言，整个文学界对诗歌的评价未见得乐观。下文将就肯定方面而展开。

王家新肯定90年代诗歌是在肯定80年代诗歌的基础上进行的。他认

---

① 程光炜：《中国当代诗歌史》，中国人民大学出版社2003年版，第339—343页。
② 分别参见孙绍振：《向艺术的败家子发出警告》，《星星》1997年第8期；谢冕：《丰富而又贫乏的年代——关于当前诗歌的随想》，《文学评论》1998年第1期；郑敏：《世纪末的回顾：汉语语言变革与中国新诗创作》，《文学评论》1993年第3期；周涛：《新诗十三问——〈绿风〉诗刊百期献芹》，《绿风》1995年第4期；于坚的一系列诗学文章主要在肯定80年代诗歌与反对"知识分子写作"层面上从而对90年代诗歌进行否定的。关于90年代诗歌的危机论说十分普遍，早在1989年张颐武就发表《诗的危机与知识分子的危机》一文，与此类似的文章后来愈见普遍，在此难以具体一一列举。

为，"90年代之所以呈现出显著的不同于以往的诗歌景观和诗学特征"，是有着"诸多深刻历史原因"的。具体表现在：一是从80年代走过来的诗人的自身成熟，二是90年代社会和文化语境的变化以及诗歌作出的回应。我们以为，这个看法不属历史虚无主义，有一定的合理性，但如要防止进化论的影响，就必须掌握90年代诗歌的创作实绩这个决定性的因素。在王家新看来，90年代诗歌在80年代的基础上确实取得了显著的成就，"不是少数几个诗人和批评家的'幻觉'"。①

张曙光并不担心"90年代诗歌"是否成立，是否准确，是否能够从80年代的诗学特征中独立出来并具自身的合法性。他认为，"80年代诗歌是从对朦胧诗的反动入手的"，其反叛姿态的"草莽"性质十分明显；"90年代诗歌显得更加沉潜，也获得了更为自由的空间"，他的本意并不是贬低80年代诗歌。他要强调的是，"90年代诗歌并不具有强烈的反叛性但无疑更加注重诗学上的建设，这无疑是成熟的标志。"②

孙文波如此给80年代诗歌定位："它的活跃的、激进的、夸炫的氛围，以及由此形成的多少有些混乱的局面，为90年代的诗歌变化提供了可资总结的经验。"他又特别强调，不希望他的观点被人理解为是对80年代诗歌的否定与对90年代诗歌的过誉评价。他认为应该从传统与现实的双重理解上来理解90年代诗歌的复杂性。③

王珂的态度十分鲜明，他干脆说出："我绝不赞同90年代诗歌比80年代诗歌落后，是'沉寂期'，而是回归诗的本体、恢复诗的本色的、八仙过海各显神通的大浪淘沙式过渡期。"④

即使众多的声音都表示，90年代诗歌是在80年代诗歌的基础上发展起来的，但对90年代诗歌的诸多折中式的赞誉，于坚还是十分尖刻地提出了反面意见。他认为这是文人们自我营造的"幻觉"。他认为，90年代诗歌

---

① 王家新：《从一场濛濛细雨开始（代序）》，《中国诗歌：九十年代备忘录》（王家新、孙文波编），人民文学出版社2000年版，第1页。

② 张曙光：《90年代诗歌及我的诗学立场》，《中国诗歌：九十年代备忘录》（王家新、孙文波编），人民文学出版社2000年版，第3—9页。

③ 孙文波：《我理解的90年代：个人写作、叙事及其他》，《诗探索》1999年第2期。

④ 王珂：《为何出现"萧条论"——为90年代诗歌一辩》，《诗探索》1999年第1期。

的风气依靠诗歌以外知识来源式的东西，即：阅读、理论、外国名词、出国等。在他眼中，80年代是"伟大的"，"没有80年代的第三代诗歌，新潮诗歌批评是什么东西？"[①]

　　"民间写作"的代表人物于坚、韩东、伊沙等人分别从其他的视角来肯定90年代诗歌的价值地位。于坚从未停止对90年代诗歌的阐述，他的《0档案》等一系列诗作影响颇大，可以说他本人就已构成了90年代诗歌的意义所在，尽管他更留恋80年代的诗歌氛围。韩东从"民间立场"出发，认为"民间写作""构成了九十年代诗歌写作真正的制高点和意义所在"。[②]他的言论是针对"知识分子写作"一方的，当然也是为了肯定"民间写作"的价值，但关键是他在毫无保留地肯定"民间写作"的同时，也就充分肯定了90年代诗歌。而伊沙则认为他开创了"后口语"诗歌，独自承担了"后现代"诗歌，在他看来这是真正的当代诗歌。与韩东一样，他在肯定自己的同时也就从侧面充分肯定了90年代诗歌的价值。类似的还有很多，比如"非非"的很多观点。

　　对以上两种对立的观点进行调和的论者也不乏其人，只是态度看似暧昧实则清楚。沈奇认为，"谁都知道，作为时空概念的中国大陆之'90年代诗歌，是一个多种路向并进、多元美学探求并存的集合。这种集合中'有80年代朦胧诗、第三代诗人的分延与再造，也有在生命形态和美学趣味上与80年代判然有别的新的诗歌生长点的开启与拓展。"[③]谢冕当然看到了对立双方的火药味。他肯定了80年代"热情的试验与创造"，而90年代是诗的"收获季节"。但是，这位当初"朦胧诗"的极力鼓吹者，回忆起80年代的累累果实时不无留恋之情，在这前提下，他坚信90年代的创造力相对贫弱，因为，"整个诗歌界似乎没有发生过什么激动人心的事件"。他的矛盾态度在游移摇摆之余，又承认："诗的进步却是无可置疑的事

---

①　于坚：《真相——关于"知识分子写作"和新潮诗歌批评》，《1999中国新诗年鉴》（杨克主编），广州出版社2000年版，第587—604页。

②　韩东：《论民间》，《芙蓉》2000年第1期。

③　沈奇：《中国诗歌：世纪末的论争与反思》，《诗探索》2000年第1、2合辑。

实。"①

　　无论怎样去评价90年代诗歌，其实正如程光炜所言的"90年代诗歌：另一意义的命名"，都是从90年代的诗歌语言策略的层面上来说的。②臧棣在《后朦胧诗：作为一种写作的诗歌》中早就明确指出了90年代诗歌的"最基本的写作策略"："它将'诗歌应是怎样的'、中国现代诗歌'应依傍什么样的传统'等诗学设想暂时搁置起来，先行进入写作本身，在那里倾尽全力占有历史所给予的写作的可能性；让中国现代诗歌的本质依附于写作中的诗歌的写作，而不是相反。"③这大概已道出事情的本质，80年代与90年代的诗歌，孰强孰弱？并不关乎问题的关键。

**　　其二，90年代诗歌的独特性。**

　　从欧阳江河、肖开愚等人开始，贯穿整个90年代直到新世纪以来，从来就不缺少对90年代诗歌特征的整理与概括。比如：欧阳江河用"本土气质、中年特征与知识分子身份"来总结诗歌进入90年代后的特点；王珂用

---

① 谢冕：《丰富而又贫乏的年代——关于当前诗歌的随想》，《文学评论》1998年第1期。

② 参见程光炜：《90年代诗歌：另一意义的命名》，《山花》1997年第3期。程光炜的观点其实在《北京文学》1997年第2期上就已有同题的精练的表述："……所谓'九十年代'并非仅仅在时间的意义上，或者说，它不只是一个时间的范畴，九十年代诗歌实质是指观念上的一种深刻的东西，它是一个'告别'，更是在告别过程中精神上的'茫然无着'，因此，它要求诗人、诗论家与自己所熟悉和强大的知识系统痛苦地分离，然后，又与他们根本无从'熟悉'的知识系统相适应，相互隐喻。从这一个时代到另一个时代，从一下语境到另一个语境，在所谓'转型'的、两大话语摩擦的缝隙里，意指的正是九十年代诗歌最真实、最痛切的文化语境。……那么，也就是说，诗歌目前所进行着的是与一种叙事策略、一类旋律、构思、句法、语感、节奏、音韵的亲人般的骨肉分离。而九十年代诗歌，在我们面前展现着的恰恰就是这样一个令人难以接受、但又不得不承担的灰色、黯淡的工程，迄今为止，人们所能做的无非是对它古怪、多义、矛盾的能指的最粗浅的命名。"

③ 参见臧棣：《后朦胧诗：作为一种写作的诗歌》，原载《中国诗选》理论卷，成都科技大学出版社1994年版；选入王家新、孙文波编选的《中国诗歌：九十年代备忘录》，人民文学出版社2000年版。

"个人化、平民化、多元化、多级化"四大特征来概括90年代诗歌；[①] 张清华用"存在与死亡"来概括90年代诗歌的主题，[②] 等等。这其中当然也包括一些预见性的观点、大量的诗人论与诗歌文本解读。特别是见解独到的诗人论与诗文本解读，把90年代诗歌的特征具体化了。宏观现象概论与微观文本解读，确实成为自80年代末以来诗歌界的一道亮丽风景。另外，诸多诗歌概念及其不同的阐释，其公约部分使90年代的诗歌特征尤为鲜明。所以，我们应该通过对这些概念的粗略梳理来洞窥90年代诗歌的特征。

90年代的诗学概念可谓层出不穷，一边是文学（诗歌）日益边缘化，一边是诗歌内部"建设"热闹非凡。普遍的观点认为，文学（诗歌）的没落在所难免，但其回归自身内部的倾向却又十分明显。这是理解诸多90年代诗学概念的一个前提。90年代诗学概念最主要的有："知识分子写作""民间写作""个人（化）写作""中年写作"，等等。还有一些如"新乡土诗""零度写作""口语写作""女性诗歌""纯诗写作""网络诗歌""后口语写作""校园诗歌"，等等。不一而足。这些诗学概念标新立异，各执己见，互有交叉。与此相关的一些概念也相继提出，如：叙事性、及物性、本土化、日常性（日常经验）、平民化、口语化、非历史化，等等。但真正影响较大，在诸多诗学概念中具有公约性的主要还是"个人（化）写作""知识分子写作"与"民间写作"。

关于"个人（化）写作"。

"个人（化）写作"说到底是一种策略，表明了一种立场。它是在诗歌干预生活、进行思想启蒙失败后并不断被边缘化的情况下应运而生的。理论上，"个人（化）写作"并没有很大的意义，而且颇为人所诟病。严格说，一切写作都是"个人（化）写作"，不仅指作为个体的独立行为，而且还应是最起码的姿态，唯其如此才是真正意义上的写作。但是这个概念为何在90年代被提出来？而且竟然成为一个普泛性的诗学概念？总的来说，这与90年代的社会文化语境有关。"这一观念的提出，具有对抗权力与商业化大潮席卷的意义。……也许实际情况是出于无奈，但提出之时，

① 王珂：《为何出现"萧条论"——为90年代诗歌一辩》，《诗探索》1999年第1辑。
② 张清华：《存在与死亡：关于九十年代诗歌的主题》，《诗神》1999年第6期。

却是一种主动而神圣的姿态，是一种与体制与世俗的决裂。"①

　　"个人（化）写作"作为一个诗学概念被明确提出是在90年代中期，但由谁第一个提出却难以考证。据孙文波说，有关"个人写作"的含义，王家新、肖开愚等人已经有很好的论述，肖开愚的几篇关于90年代诗歌写作的论文表达相当清楚，只是开始时没有用到"个人写作"② 这个词。③ 粗略考察一下，关于90年代"个人（化）写作"表述的诗学论文，确实有不少。欧阳江河、王家新、肖开愚、唐晓渡、胡续冬、陈超、于坚、臧棣、谭五昌、吴思敬、孙文波、陈仲义、王光明、陈旭光、崔卫平、杨远宏、南野、张学梦，等等。他们都写过相关文章。下文以王家新、孙文波、胡续冬三人的观点为例，"个人（化）写作"的含义即见一斑。

　　王家新早在1996年就有以下较为完整的表述：

　　……在某种意义上，"不是我们说话，而是话说我们"，指的正是这种情况。我想这就是我们在中国提出"个人写作"的特定历史语境。词在具体的使用中才有意义，抽去了"个人写作"的历史背景及上下文，它就什么也不是。

　　那么，在这样一个历史语境中提出"个人写作"也就有了意义。其意义在于自觉地摆脱、消解多少年来规范性意识形态对中国作家、诗人的支配和制约，摆脱对于"独自去成为"的恐惧，最终达到能以个人的方式来承担人类的命运和文学本身的要求。有人望文生义，把"个人写作"贬为一种"锁进抽屉"里的写作，其实"个人写作"恰恰是一种超越了个人的写作。它和文革后人们提出的"自我表现"有着根本的区别。"自我表现说"从抽象的人性价值及模式出发，而个人写作则将自己置于广阔的文化视野、具体的历史语境和人类生活的无穷之中。换言之，它是封闭的，但又永远是开放的。它将永无休止地在这两者之中形成自身。

　　此外还应看到，"个人写作"已不仅是一种理论上的设想。80年代

① 曹文轩：《20世纪末中国文学现象研究》，北京大学出版社2002年版，第278页。
② 后来肖开愚也明确使用"个人写作"这一概念，比如他在1997年1月《北京大学研究生学刊·文学增刊》创刊号上发表《个人写作：但是在个人与世界之间》。
③ 孙文波：《我理解的90年代：个人写作、叙事及其他》，《诗探索》1999年第2辑，文末第5条注释。

末尤其是90年代以来，中国当代诗歌就其最具实力与探索意识的那部分而言，其实已进入到一个个人写作的时代。无视这种转变，批评就会失效。……①

王家新强调的是"个人写作"的历史语境及其开放性，否定的是"望文生义"式的理解。他认为自80年代末到进入90年代以来，诗歌已进入"个人写作"的时代，看不到这点动态的诗歌批评是无效的。

稍后不久，胡续冬提出了自己的看法。他把"个人写作"置于"知识分子写作"的名下来讨论，并且具体到列举不少诗人作为例证，包括：王家新、西川、臧棣、欧阳江河、孙文波、张曙光、陈东东、肖开愚、翟永明、黄灿然、钟鸣、王寅、西渡、孟浪、柏桦、吕德安、张枣。他认为他们的写作"开拓出了一个属于他们的深沉、开阔、复杂并具有独特话语活力的诗歌空间"。在他眼中，"个人写作"是作为一种话语策略提出的，是对被朦胧诗、新生代诗所忽视个性理性的着重强调，它直接反拨了80年代在集体惯性中打着个人旗号的诗人们实际从事"沉浸于写作的个性无限制地进入表达的喜悦中无暇进行任何自省"的写作。这是"诗人自身批评意识、批评能力的勃兴"。②

迟至世纪末，孙文波总结性地论述了"个人写作"。他阐述了这一概念产生的背景："进入90年代，一些诗人对体系化的理论不再热衷，当他们重新领悟了诗歌在具体的历史语境下，并没有超验的自由，而会被制度化地变为某种集体语言的牺牲品，并进而会使充满激情、抱负的单纯对抗性写作失效时，提出了'个人写作'的概念。"他进而概括其意义："'个人写作'的提出是适时的，它使得一些诗人在写作的过程中，始终保持了以历史主义的态度，对来自于各个领域的权势话语和集体意识的警惕，保持了分析辨识的独立思考态度，把'差异性'放到了首位，并将之提高到诗学的高度，同时又防止了将诗歌变成简单的社会学诠释品，使之

---

① 王家新：《夜莺在它自己的时代——关于当代诗学》，《诗探索》1996年第1期。

② 参见胡续冬：《在"亡灵"与"出卖黑暗的人"之间——关于90年代知识分子个人诗歌写作》，原载《北京大学研究生学刊》1997年第1期，后选入《中国诗歌：90年代备忘录》，第298—309页。

成为社会学的附庸。"①

　　"个人（化）写作"虽然是90年代一个重要的诗学概念，但来自反面的声音认为它本身就欠缺科学性，而且导致在其名义下的一些非类写作大行其道。张清华认为"个人写作"存在一个误区，"它本来应该是相对于上个时代的意识形态写作和80年代的集合性冲击的'群体写作'的，但实际上它却同时成了对个人经验方式以及写作的自闭性的庇护，成了它回避某种应具备的道德勇气、社会良心、理想精神的合法包装，成了它对时代语境表示冷漠与茫然的时髦装饰，成为轻便地拒绝写作责任、掩盖作品缺点的托辞，这是值得普遍警惕的。"② 我们不妨把"个人（化）写作"当作一个客观的概念去进行研究，但也不能因它可能存在的不科学性而去轻易否定。

　　关于"知识分子写作"与"民间写作"。

　　之所以将"知识分子写作"与"民间写作"并置于此，有以下几个理由：第一，这是90年代以来出现频率颇高、最重要的两个诗学概念；第二，这是一对看似对立的诗学概念，有比较研究的意味；第三，这一概念虽然相互对立，但又相互交叉，并没有不可逾越的鸿沟；第四，在"盘峰论争"中，这是两个互不相让的观念与立场，一场重要的诗歌论争因之而起。

　　按理说，无论是"知识分子写作"，还是"民间写作"，都是浮大而虚空的概念。如果离开特定的历史语境与概念产生的社会文化背景，都将无从谈起，更不用说在此进行诗学意义上的研究。

　　"知识分子"（intellectuals）自近现代以来就是一个世界性的概念，不仅有普泛的所指，而且是人文研究中的一个核心词语。葛兰西把知识分子分为两类：一类是传统的知识分子（traditional intellectuals），包括老师、教士、行政官吏；另一类是有机的知识分子（organic intellectuals），"这类人与阶级或企业直接相关，而这些阶级或企业运用知识分子来组织利益，赢得更多的权力，获取更多的控制。"③ 这些似乎与本文中的两类

---

① 孙文波：《我理解的90年代：个人写作、叙事及其他》，《诗探索》1999年第2辑。
② 张清华：《九十年代诗坛的三大矛盾》，《诗探索》1999年第3辑。
③ [美]爱德华·W·萨义德：《知识分子论》（单德兴译），三联书店2002年版，第11页。

写作毫无关联，它的概念所涉宽泛而模糊。但是在当今全球化的语境下来谈论这个话题，它作为大背景所起到的烘托作用还是较为明显的。又诚如葛兰西在《狱中札记》中所言："因此我们可以说所有的人都是知识分子，但并不是所有的人在社会中都具有知识分子的作用。"[①]

什么"知识分子写作"，什么"民间写作"，不都是知识分子所为吗？为什么还分出个对立的双方呢？它们之间的区别又在哪里？它们在当时的中国文化语境中又起到了什么作用？这些很难去作出完整的回答，但是我们可以将之放到具体的90年代文学（诗歌）语境中进行一些具体的分析，从而去考察诗歌中"知识分子写作"与"民间写作"两种观念的来龙去脉。

萨义德的"知识分子论"除了大量分析葛兰西的观点，在更为广阔的层面上（包括民族、传统、流亡、专业人士、权势、诸神，等等）进行论述外，也理所当然而又颇有意味地考虑进中国知识分子的情况。他认为中国存在传统意义上的宫廷知识分子（courtintellectuals），这类人是"对有权势的人发言的知识分子，而他们自己也成了有权势的知识分子"[②]。他反对这种"顾问"的角色，真正的知识分子"扮演的应该是质疑"，特别是面对权威与传统更应如此。萨义德所谓的"顾问"是意识形态意义上的，"质疑"则是现代个人知识分子意义上的，不过，萨义德还是不够了解中国知识分子的实际情况。在中国，这两种情况并不是孤立存在、截然有别的。90年代中国知识分子的思想状况尤为复杂，体现在文学（诗歌）上的知识分子精神亦如是。

程光炜可能利用了葛兰西与萨义德的一些理论来解释90年代的诗歌。当然他更多关注的是中国诗歌的现实，是用自己的思想与语言来研究中国当代的诗歌现象，而不是一个机械的唯理论者。我们发现，他在90年代的两种对立倾向写作的批评上确实是个不可缺少的人物。比如，他先是认为

---

① 转引自[美]爱德华·W·萨义德：《知识分子论》（单德兴译），三联书店2002年版，第11页。

② [美]爱德华·W·萨义德：《论知识分子——萨义德访谈录》，《知识分子论》（单德兴译），三联书店2002年版，第103页。这次访谈是本书译者单德兴于1997年8月18日在美国萨义德执教的哥伦比亚大学进行的。

诗歌写作是广泛意义上的"知识分子写作",后又把"知识分子写作"区分为以下三类:一是受当代政治文化深刻影响的"知识分子写作",二是西方文化意义上的"知识分子写作",三是有着中国传统文化背景的"知识分子写作"。他进而具体分析了一种"知识分子写作"的消失,"八十年代诗歌在现社会的消失,实际是与社会运动关系密切的葛兰西所言一代'有机知识分子'的消失,一种与写作而言的传统的永不复归。"① 而传统文化背景的"知识分子写作"又是那样的普泛而不够鲜明与现代,所以,指认、研究与倡导90年代"知识分子写作"(西方文化意义上)的特征、精神就进入了他的研究视野。

程光炜并非"知识分子写作"概念的提出者,他只是后来的进一步阐释者,包括王家新在内。② "知识分子写作"的前身应该是后朦胧诗(第三代诗)在80年代所倡导的"文化诗",后来经过西川、陈东东、欧阳江河的命名阐释,以及再后来众多诗人与诗评家们的倡导,遂成一股明显的潮流。直至"盘峰论争",这股潮流最终以一种"倒叙"的方式进入研究视野,从而更为人所注目。

一般认为,最早提出"知识分子写作"概念的是诗人西川,时间是1987年。他在《答鲍夏兰·鲁索四问》中提到,1987年8月《诗刊》组织"青春诗会",会上他提出"诗歌精神"和"知识分子写作"的概念。次年,陈东东创办民刊《倾向》,明确提出应把"知识分子写作"上升为一种诗歌精神。稍后,张颐武把第三代诗歌所面临的危机看作诗与诗人(知识分子)的危机,他说:"诗人是知识分子中最具先锋性的部分,他们最敏感地传达了知识分子的境遇。"③ 那么,知识分子的写作就显得尤为重要。欧阳江河写于1993年初的《'89后国内诗歌写作:本土气质、中年特征与知识分子身份》,则将"知识分子写作"的概念具体化、清晰化、

---

① 程光炜:《九十年代诗歌:另一意义的命名》,《北京文学》1997年第2期。此文为简略本。全文最早载《学术思想评论》1997年第1期,后又载《山花》1997年第3期。
② 对"知识分子写作"内涵的阐释,程光炜与王家新是举足轻重的两个人。此处指王家新的重要论文《知识分子写作:或曰"献给无限的少数人"》,此文分别载于《诗探索》1999年第2期与《大家》1999年第4期,后又选入王家新、孙文波编选的《中国诗歌:九十年代备忘录》(人民文学出版社2000年版)。
③ 张颐武:《诗的危机与知识分子的危机》,《读书》1989年第5期。

理论化。"盘峰论争"稍前与之后，这一概念得到进一步的阐释，从而使"知识分子写作"成为90年代诗歌的核心概念之一。

"民间写作"作为一种立场，似乎更有"群众"基础，因为它更容易被看作继承了中国诗歌的传统观念，正所谓"好诗来自民间"。它与"知识分子写作"相对立，从而，"西方"与"本土"、"现代"与"传统"之间又再次出现相持的局面。更何况，新诗诞生之初就面临这一矛盾。在某种意义上讲，这两种立场是久悬而未决的一对矛盾，同时也是一个统一体，它们其实贯穿了整个新诗发展史。只是在90年代的诗歌语境中，它们有着更为独特与具体的称谓和内涵而已。应该说，二者都具"先锋性"，而且代表着两个极端。"民间写作"重在宣扬个人的欲望与重视在日常生活中寻找真实的感觉；而"知识分子写作"则宣扬诗歌的使命感与人的理性存在，寻找的是一种精神的提升与语言的纯化。不过，"民间写作"的理论阐释却后于"知识分子写作"，可由于它占据着写作伦理的制高点，容易登高一呼众者云集。再者，"民间写作"迎合了消费时代大众欲望的潮流，容易为世俗化的语境所理解与接受。鉴于此，两种不同倾向的写作在世纪末的火并，就成为学理意义上的一个命题。

"知识分子写作"源于80年代中期"纯诗"与"文化诗"，而"民间写作"则源于同期的"口语诗"与"反文化诗"。前者有其概念的明确提出与发展期，后者却显得相对模糊，不过也不是无迹可循。1984年12月，海子写了长诗《传说》，而且作了一篇题为《民间主题》的序言。海子第一次为我们贡献了"民间"的诗学概念，虽然他的"民间"概念与后来的"民间写作"内涵截然不同，然而却对"民间写作"概念的确立富于启发意义。其边缘化的所指及与土地亲近的特征，对"民间写作"来说都可视为一种值得依赖的资源。

考察"民间写作"概念的前史与提出过程并非如"知识分子写作"那般清晰可辨，难于在此做一次粗线条的梳理，只有留待后面辟出专章进行论述。不过，"民间写作"诗歌观念在90年代中期开始即已普遍存在，并与"知识分子写作"观念产生分化，这却是有目共睹的。

对于"民间写作"的内涵，于坚、韩东、谢有顺、沈奇等人均有较多的阐释。

　　在于坚看来，"好诗在民间"，这不仅是"汉语诗歌的一个伟大的传统"，而且是"当代诗歌的一个不争的事实"。其中的一个理由就是，"二十年来，杰出的诗人无不出自民间刊物"，包括《今天》《他们》《非非》等等，这些民间刊物才是真正的文学标志。进而，他给民间下了一个定义："民间的意思就是一种独立的品质。民间诗歌的精神在于，它从不依附于任何庞然大物，它仅仅为诗歌本身的目的而存在。"① 于坚认为，"民间社会总是与保守的、传统的思想为伍，在激进主义的时代，民间意味着保守的立场……是民间保持了传统中国的基础"。如果90年代诗歌存在的话，那也是转移到了民间，"诗歌的权威性、标准、影响力是在民间"。所以，他认定90年代是重返民间的时代，"重返民间一方面是从空间和立场上重返民间，从时代中撤退，回到一个没有时代的民间传统上去，另一方面是重返诗歌内部的民间，创造那种没有时间的东西。当代文学是在诗歌中重返出现了那种不害怕时间的东西，从而重新确立了文学的经典标准"。② 于坚对"民间写作"观念的阐释颇具代表性，他的立足点基于对"知识分子写作"的颠覆，从而彰显"民间写作"的诗歌观念。

　　韩东在80年代中期即以"诗到语言为止"而蜚声诗坛；"盘峰论争"中，他又抛出《论民间》，与于坚彼此呼应。他认为民间不是虚构，而是"一个基本的事实"。"一方面是大量的民间社团、地下刊物和个人写作者的出现，一方面是独立意识和创造精神的确立和强调"。后者即为"民间写作"的立场。他举出民间刊物与民间人物来加以佐证，进而讨论90年代"民间写作"的具体形态，并断定"民间写作"是90年代的中坚。在他看来，那些"已经完成使命"的诗人们热衷于参加国际汉学会议，是一种脱离民间的背叛行为。他认为多元格局中民间的意义就在于"维护文学的绝对价值意义及其尊严"。③

---

① 　参见于坚：《穿越汉语的诗歌之光（代序）》，杨克主编《1998中国新诗年鉴》。

② 　于坚：《当代诗歌的民间传统》，陈思和主编《21世纪中国文学大系》，春风文艺出版社2002年版。

③ 　韩东：《论民间》，《芙蓉》2000年第1期。此文为《1999年中国诗年选》代序。后收入《1999中国新诗年鉴》，广州出版社2000年版。

与于坚、韩东比较起来，年轻的评论家谢有顺更像是一个助阵者。他认为，诗歌的"民间写作"是由于坚、韩东开创的，"民间写作"中的日常生活和口语不是一个策略，不是贫乏无味的代名词，而是其中蕴含着一个诗学难题。倡导诗歌的"民间写作"，"这实际上是一次重大的、意义深远的诗学转型。"① 沈奇则以"秋后算账"的姿态为90年代诗歌"命名与正名"，以认同"重返民间"的态度来进行反思。他认为民间诗刊、诗报才是纯正的诗歌阵营，而"知识分子写作""演变成了一种宰制性的权力话语。"②

作为"知识分子写作"代表人物的西川在90年代中期曾提出过知识分子也是属于民间的，后来也不止一次说过类似的话。比如，"知识分子是'大民间'的一部分，从来就是这样。在'知识分子'和'民间'之间生生划出界限，这是一种畸形风尚所致。"③ 诗人于坚尽管在当时论争的前后态度十分决绝，极力提倡"民间写作"并贬抑"知识分子写作"，但是他心中十分清楚，他论敌的观点也并非一无是处，尤其是多年后，他能客观公正地看待论争中二者在当时对立的原因与意义。他在承认二者的对立是势所必然的同时，也看到了其在90年代诗学建设上的积极意义。特别是，他认为，"盘峰论争"的发生，使自由主义在中国诗界真正扎下了根，使得其后的文学上的批判日益成为一种常态，而不是政治层面上的批判或批斗。持不同文学观念的人可以你指责我，我也可以指责你，尽管不乏暴力的意味，但总比"文革"式的批斗与戴帽子要好得多。④ 这无形之中为"知识分子写作"与"民间写作"的不同观念之争赋予了另一重文学史意义。

总而言之，作为不同形态诗歌观念的"知识分子写作"与"民间写作"，是在同一大前提下的不同美学追求的表现，各自是完全可以独立延

---

① 谢有顺：《1999中国新诗年鉴》"序"，广州出版社2000年版。

② 沈奇：《中国诗歌：世纪末论争与反思》，《沈奇诗学论集（卷一）》，中国社会科学出版社2005年版。

③ 安琪：《西川访谈：知识分子是"民间"的一部分》，《经济观察报》2006年3月27日。

④ 于坚的观点出自与笔者的一次访谈，具体内容参见附录。

伸的。两者之间既有区别，又有交叉，并不是不可调和的一对观念。它们与其他的观念形态一道构成了90年代诗歌观念的多元格局景观。

二、90年代诗歌观念转化的研究

诗歌界当然首先包括诗人、诗评家，其次也应包括诗歌史学家与一些专门从事诗歌研究的人员。他们每每在谈及90年代诗歌观念时，无不关注它相对于80年代诗歌的诸多转化。这是事实，也是共识，只是有不同的表达与各自的观点。在此很难做到完整性的研究综述，只是就一些有代表性的研究成果作一番考察，以进一步论证90年代诗歌成立的自足性与诗歌观念分化的复杂性。

张清华《内心的迷津》一书中的"第一辑：思考九十年代"，不仅较为全面地考察了90年代诗歌的林林总总，而且集中讨论了90年代诗歌观念转化的问题。从大的方面说，这种转化体现在"精神"与"语言"两个方面。

总的来看，张清华先从90年代诗歌表面化的整体际遇出发再来分析诗歌观念转化的深层动因。在80年代，诗歌"会成为人们沟通思想、交流感情的最合适有力的媒介物"；到90年代，这种想法与行为"会被认为是可笑与可怜的"。这种最外在性的变化显示了诗歌的危机。他分析其中原因："由于诗歌艺术天然的反功利性、反大众消费性和形而上的精神特征，同我们这个时代日益被强化的彻头彻尾的功利主义、实用主义和强调感官娱乐的大众文化消费的趋向之间，产生了尖锐的冲突。"[1] 这种危机所带来的后果之一就是，"90年代诗歌写作的主要空间已从'主流'诗坛转向民间"，从而使真正的诗歌处于一种"'空转'状态"。[2] 这就是90年代诗歌最盛行的"个人写作"诗学观念产生的背景，同时这也是针对于80年代"群体写作"观念的一大转变。

上升到精神与哲学层面上，西方存在主义的影响与90年代的现实因素

---

[1]　张清华：《今日诗坛究竟危机何在？》，《内心的迷津》，山东文艺出版社2002年版，第30页。

[2]　张清华：《九十年代诗坛的三大矛盾》，《内心的迷津》，山东文艺出版社2002年版，第35—36页。

决定了诗歌的深层观念的转化。在他看来，"在80年代中后期，当诗歌走入文化（历史）与'反文化'二元对立的困境进退两难无法自拔的时候，'非非主义'诗人对语言症结的发现为诗歌打开了一条通向存在哲学的通道。"①我们知道，90年代最重要的两大诗歌观念"知识分子写作"和"民间写作"的前身即为诞生于80年代中期的文化诗与反文化诗，这里，张清华是在为我们梳理从彼到此的演化历程。特别是他提到，"在经历了80年代末的精神挫折之后，彻底放弃批判的启蒙立场和逃避当下话语情境，而代之以对个体精神的抚慰与抽象价值的关怀和叩问，便成为必然的选择。"②这种"必然的选择"自然导致诗歌的必然转化。文化诗的单调通过存在主义有所改观，并导向个体写作的发生，这似乎是良性的走向，从这点上来看，90年代这一路向的诗歌观念的的确确发生了重大的改变。但问题是，当杨炼等人主导的文化"智力活动"经由"个人写作"的通道发挥到极致时，就"无限放大了语言活动的功能和过程，并因此而产生了关于写作的职业化（在一些诗人那里被表述为'知识分子写作'）的优越心态，而这种放大和优越感在使写作变得空前精致玄妙的同时也构成了对真实和经验本身的遮蔽"，③而且其中还包括了语言本体论所带来的负面效应。

从80年代的文化诗与反文化诗转变到90年代的"知识分子写作"与"民间写作"的过程中，他还提到海子与新乡土诗的昙花一现与过渡作用，这同时也揭示了90年代诗歌观念演化过程中"从神启到世俗"的变迁过程。海子崇高的终极意义上的悲剧深透"神示的曙光"。在1989年到1991年的特殊时期，海子式的终极关怀直接催生了"新乡土诗"。这种带有浓厚土地情结的诗歌转向有何文化意义？"无疑，回归农业家园的意识作为对人类逐步脱离原初生存状态而跃步走向工业化文明过程中由生存异化所导致的痛苦的价值补偿，随着工业化程度的加强，将愈加自觉和强

---

① 张清华：《存在的巅峰或深渊：当代诗歌的精神跃升与再度困境》，《内心的迷津》，山东文艺出版社2002年版，第4页。

② 张清华：《存在的巅峰或深渊：当代诗歌的精神跃升与再度困境》，《内心的迷津》，山东文艺出版社2002年版，第5页。

③ 张清华：《另一个陷阱或迷宫》，《内心的迷津》，山东文艺出版社2002年版，第18页。

化。"① 看来，这个观念的出世确实有其历史的合理性并起到一定的桥梁作用。但是，"它前接海子的麦地主题，将之世俗化和浅表化；后又迎合感伤主义的逃避与怨闷；另外，它还暧昧地制造了诗歌'回归现实''服务人民''歌咏劳动'的假象，因此受到各方奇怪的误读与欢迎。"② 有意思的是，它的突然中断正是由80年代反文化诗的继承者伊沙来完成的。1992年伊沙的《饿死诗人》"以反讽的语调无情地揭穿了土地神话的制造者'叶公好龙'式的道德虚妄"③。伊沙的出现，在反衬出80年代文化诗与反文化诗的观念分歧历史的同时，也揭开了90年代"知识分子写作"与"民间写作"诗歌观念分化的序幕，"也是一种意味深长的转向象征"。④从而，也让我们看到90年代诗歌观念分化的历史延续性与诗歌内部的必然性。总之，从80年代到90年代诗歌精神的转变，用张清华的一句话来说就是："'从启蒙主义到存在主义'的一种转折。"⑤

在诗歌本体的语言层面上，后结构主义的语言观直接促成了90年代诗歌的语言转化。其实，90年代诗歌语言方面的转化本身就蕴含在精神的转化之中，最早从80年代中期后的"非非主义"就已经从理解存在主义哲学语言观开始某种变化了。与此同期，还有韩东的"诗到语言为止"观念的滋生。这些都对90年代诗歌语言的转变产生了极大的影响。稍后80年代末的海子与90年代初的新乡土诗，诗歌中的语言意象一下子与太阳、麦地等紧密联系起来。直到1992年的伊沙，"他一个就足以证明后结构主义的语言策略与写作观念对当代先锋诗歌的影响。"⑥ 与此同期而兴起的，还

① 张清华：《从神启到世俗：诗歌"终极关怀"的变迁》，《内心的迷津》，山东文艺出版社2002年版，第25页。

② 张清华：《九十年代诗歌的格局与流向》，《内心的迷津》，山东文艺出版社2002年版，第43页。

③ 张清华：《从神启到世俗：诗歌"终极关怀"的变迁》，《内心的迷津》，山东文艺出版社2002年版，第26页。

④ 张清华：《九十年代诗歌的格局与流向》，《内心的迷津》，山东文艺出版社2002年版，第45页。

⑤ 张清华：《存在与死亡：关于九十年代诗歌的主题》，《内心的迷津》，山东文艺出版社2002年版，第52页。

⑥ 张清华：《九十年代诗歌的格局与流向》，《内心的迷津》，山东文艺出版社2002年版，第43页。

有从80年代走来的文化诗与反文化诗的语言策略的改变，具体而言，就是"知识分子写作"与"民间写作"语言观的变化。这种转变，张清华形象地指出90年代诗歌语言观陷入到"语言的迷津"。这种"迷津"充分体现在诗歌话语的复杂性与游移性上，这正是90年代诗歌语言转化的一个重要征象。对语言的"恶作剧"，"对言说过程的过分迷恋"，"一种没落的贵族情调"，① 等等，这些都是具体的表现，与80年代语言的集体式命名呈现出充分的差异。这种转变带来的后果之一就是诗歌意义的丧失与自我瓦解。

李震在《神话写作与反神话写作》②一文中极力表述从80年代到90年代诗歌观念的巨大变化。他认为"神话写作"是80年代以来汉语先锋诗歌的一个主导倾向，同时也衍生另一种观念形态的写作"反神话写作"。③ "反神话写作"是1989年后汉语诗歌在各种内外因素压迫下，"个人写作意识"开始萌发后才显强势的。进入90年代后，诗歌观念呈现出巨大的变化，即："神话写作"与"反神话写作"尽管仍是诗歌的两种倾向，但已构成明显分野，"这是一种综合的、全面的分化，以至于构成诗歌观念的革命性裂变。"而且他断言，"反神话写作势必成为我们这个时代诗歌写作的主要形态"。他的研究预言了世纪末"盘峰论争"的发生，从中我们可以看到论争的必然性，而且他还准确预言了"知识分子写作"的式微与"民间写作"的勃兴。他在另一篇文章《先锋诗歌的前因后果与我的立场》④也重申了这一观点，并坚信，"90年代是神话写作走向衰落的历史"，"在90

① 张清华：《语言的迷津》，《内心的迷津》，山东文艺出版社2002年版，第58页。

② 载《非非》1993年第六卷/第七卷合刊。

③ 李震文中所谓的"神话写作"的所指范围很广，"中西方诗歌及至现代主义时期，本质上仍是神话写作"，是在"反对现代的科学——工业文明，追怀古典的神性原则和神话幻象的状态中完成的"。"反神话写作"构成"从动机到精神状态再到具体的语言策略完全相反的倾向"，"这种写作在与神性的对抗、甚至亵渎中凸现人自身的真实、健康和快乐，反对任何形式的造神运动，以直面现实生存场景的精神来确立失去神灵庇护的个体生存原则和新的诗歌生态。"见李震：《神话写作和反神话写作》，《非非》1993年第六卷/第七卷合刊。

④ 李震：《先锋诗歌的前因后果与我的立场》，《2000中国新诗年鉴》，广州出版社2001年版，第596—604页。

年代具有先锋性的诗歌写作应该是反神话写作"，"90年代诗人的口语，已不是80年代简单的日常用语，而是诗人自己的母语。"

吴思敬认为，90年代诗歌观念是一次"精神上的逃亡"，因为，"80年代新时期的启蒙文化与理想主义已经终结"。他以于坚的《0档案》为例，"它以一种极端的形式反映了诗人对90年代以来知识分子现实处境的无奈与逃避"。①这种"逃亡"其实直接反映为诗歌观念的转化，这种转化与90年代的诗歌现实环境有着直接的关联，而且它有着实实在在的物质体现。他在后来一篇文章中对80年代以来两种写作观念进行对照论述，并将之命名为：圣化写作与俗化写作。很明显，它们对应着"盘峰论争"中的"知识分子写作"与"民间写作"。他认为，这两种观念在80年代即已存在，"在圣化写作方兴未艾的八十年代，俗化写作便已悄然出现了"，此时期它们是两种互补性的写作观念。只是，"到了九十年代，随着商品经济大潮的卷地而来，俗化写作的势头也就越刮越猛了。"②在他看来，这就是90年代诗歌观念的一种转变，最终的结局就是导致了"盘峰论争"不可避免的发生。

陈超则用自创的"历史想象力"的变化来概括诗歌观念从80年代到90年代的转变。从80年代末到1993年，他认为诗歌观念经历过两次转变。第一次是89年到90年代初期。"90年代初期的诗坛有两种主要的想象力类型：一种是颂体调性的农耕式庆典诗歌……另一种是迷恋于'能指滑动'，'消解历史深度和价值关怀'的中国式的'后现代'写作"。"大约在1993年后，先锋诗歌写作较为集中地出现了想象力向度的重大嬗变与自我更新，它以深厚的历史意识和更丰富的写作技艺，吸引了那些有生存和审美敏识力的人们的视线，很快就由局部实验发展到整体认知。"③陈超的观点，既包括"知识分子写作"，也包括"民间写作"观念的诞生并漫延的一种赞许。他以西川、于坚、王家新等先锋诗人为例来说明。这已

---

① 吴思敬：《精神的逃亡与心灵的漂泊——90年代中国新诗的一种走向》，《星星》1997年第9期。

② 吴思敬：《当今诗歌：圣化写作与俗化写作》，《星星》2000年第12期。

③ 陈超：《深入生命、灵魂和历史的想象力之光——先锋诗歌20年，一份个人的回顾与展望》，《游荡者说》，山东文艺出版社2007年版，第12页。

是针对80年代诗歌观念的一种巨大变化，到90年代中期，这种观念倾向之间又发生另一种互向性的变化，即："在论争之前的90年代中期，'知识分子诗人'的写作已明显加入了对'现实生存'的处理，而'民间诗人'的写作已明显有灵魂追问的分量。"① 在他看来，这种变化都"同样扩大了先锋诗的历史想象力"。无疑，陈超的观点较为公允，他道出了二者之间二位一体的本质。

敬文东把90年代诗歌观念的转化说成是"乌托邦的丧失"，而且从"纯粹的抒情转为成分浓厚的叙述或陈述"。因为90年代是一个"晚报的出口处与银行的入口处"的时代。于是乎，"90年代汉语诗人有可能把更多的精力，放在对凡庸日常生活的处理上。"从80年代的"记忆""渴望"转化为90年代的"对今天、对现在的重视"。这就是他认识到的90年代诗歌观念转化的线索。②

总之，与以上观点相类似而又各有特点的研究文章还有很多，比如陈旭光、谭五昌的《平民与贵族的分化——"第三代"诗人的心理文化特征》③《断裂转型分化——90年代先锋诗的文化境遇与多元流向》即为一例。④ 这些还不包括"盘峰论争"中"知识分子写作"与"民间写作"两种立场的诗人、诗评家的大量带有论争性质的研究文章。

无论论者怎样对比分析90年代诗歌在80年代的基础上发生了如何的重大转变，还是研究90年代诗歌自身的复杂、丰富与分化的历程，最后的结果它们都无不指向世纪末的"盘峰论争"。似乎那场论争能使整个90年代主要诗歌观念的分野得到一次大清理与大结局的收场，然后又以此为起点，去激活新世纪到来后新一轮诗歌观念衍生与杂变的浪潮。

---

① 陈超：《深入生命、灵魂和历史的想象力之光——先锋诗歌20年，一份个人的回顾与展望》，《游荡者说》，山东文艺出版社2007年版，第23页。

② 参见敬文东：《我们的时代，我们的生活》，《诗歌在解构的日子里》，北京大学出版社2008年版，第134页。

③ 载《中国青年研究》1997年第1期。

④ 载《诗探索》1997年第3期。

第三节　20世纪90年代诗歌文本中的观念转变呈现

80年代是一个诗歌狂欢的时代，朦胧诗、第三代诗、文化诗与反文化诗、女性诗歌……它们依次粉墨登场，俨然推拱起一个诗歌演出的高潮。1989年如惊雷闪电，各路锣声戛然而止，突然出现一片静场。继而，海子如一位乡村歌手，远在天堂的他凌空在中国诗坛缺席指挥了一场短暂的田园诗音乐会。伊沙的搅场，令新乡土诗不禁脸红而迅速尴尬退出。接下来，"非非"复出，文化诗与反文化诗在重整衣衫、改头换面后又先后探出头脑并大呼而上，与其他各路人马一道又共同敲打起90年代诗歌的一出戏。只是80年代的风光不再，观众席上寥寥，诗坛平添几分寂寞。尽管如此，从文化诗与反文化诗脱胎而来的"知识分子写作"与"民间写作"在90年代却如杜鹃啼血，力撑起90年代的诗歌台柱。两个角色为争主演之功，终于世纪末的最后一年撕破脸，也即爆发了诗歌界闻名的"盘峰论争"。

以上略带戏说地回顾了诗歌从80年代进入90年代的简要历程。问题是，各种观念路向的诗歌在进入90年代后，在创作中，都表现出不同的观念变化的趋向，这种变化是普遍的。想综合全面地考察体现在诗歌文本中的观念变化，存在相当的难度。故下面就一些有代表性的创作来作一个大致的考察，对象包括"知识分子写作""民间写作"的代表诗人，"非非"创立者周伦佑，"女性诗歌"代表翟永明。

一、"知识分子写作"与"民间写作"诗歌观念的转变

现在读到的天书以眼睛为文字：每一只眼睛是一种语言的消逝或一堆风景的破碎，繁殖禁忌和遁辞。回声浮动，层层山群睡如美人。黄梅之雨在无可奉告中悬挂，遍地歌哭晒成盐中之盐。

现在触摸到的本体形同乌有：面对空旷八荒，面对生生灭灭、聚散无常、千人一面的族类，悬棺无魂可招，无圣可显。皇皇天道泼为风水，一空耳目幻象。

无冕无国的诸王之王：那是谁？

这是欧阳江河1983至1984年间写的长诗《悬棺》中的一段。如果不标

明出处，你会认为这是中国新诗的体式吗？或者当作它是历史散文？或是沉重的哲思短语？事实上，他的诗与同期杨炼的《敦煌》《西藏》等一道都列入80年代中期的文化诗。我们在承认它的文化气质和悲剧性，并把对死亡和生存的思考寄托于历史感厚重的物质代表"悬棺"的同时，也会发觉其中所包含的"生涩、冗长和故作深奥的毛病"。① 其后，欧阳江河体现在其诗作中的观念出现了逐渐的变化，反映在他一系列的作品中，如：《汉英之间》（1987）、《玻璃工厂》（1987）、《快餐馆》（1989），等等。直到他在1990年写出《傍晚穿过广场》等诗时，其实他的创作观念已完成了一次质的转化。那就是从对文化、哲学、语言的思考与实验过渡到对时代甚至是日常的及物性的触摸，比如：《咖啡馆》《时装店》《计划经济时代的爱情》，等等。

　　我不知道一个过去年代的广场/从何而始，从何而终/有的人用一小时穿过广场/有的人用一生——/早晨是孩子，傍晚已是垂暮之人/我不知道还要在夕光中走出多远/才能停住脚步？/……正如一个被践踏的广场迟早要落到践踏者头上/那些曾在一个明媚早晨穿过广场的人/他们的黑色皮鞋也迟早要落到利剑之上/象必将落下的棺盖落到棺材上那么沉重/躺在里面的不是我，也不是/行走在剑刃上的人

　　《傍晚穿过广场》也是一首长诗，但如上面诗句所示，它有新诗的形式，并不像《悬棺》那般"散"。而且，在这两首诗中都提到"棺材"的死亡意象，只是以前的高蹈的"悬"，而现在却是可真切感觉到棺材的"那么沉重"。也就是说，以前的是过于哲学化的抽象，现在是现实化的思考，二者之间体现出一种诗学观念的截然不同与转化来。如果说之前是技术的、文化的与哲学的，创作观念转变之后则是修辞的、现实及物的、悲剧性的。作为诗歌观念延续性的产物，我们宁可将这种转变视作他诗歌观念的整合。这种创作观念的转变，基本上奠定了欧阳江河的艺术生命。程光炜评论："对欧阳江河来说，1988年以前的创作是它的'序曲'，80年代末到90年代初是'主体部分'，而1993年以后，则走向了最后几个乐曲。"② 尽管欧阳江河在1993年之前就已完成了他创作观念的转变，但他的

---

① 张清华：《欧阳江河与西川：两个个案》，《内心的迷津》，山东文艺出版社2002年版，第237页。

② 程光炜：《欧阳江河论》，《程光炜诗歌时评》，河南大学出版社2002年版，第186页。

这个转变对整个90年代的诗歌或对"知识分子写作"观念的影响都是巨大的。

　　在某种意义上说，"知识分子写作"代表诗人西川的意义不在80年代到90年代诗歌创作观念的转化上，因为"创作的'分期'在西川身上是不明显的"。①他诗歌观念循着自己的路数是一个不断上升与丰富的过程。不过，他80年代中期以前颇具个性特征的"抒情特质"与形式上的"简约与单纯化趋势"占了上风。②西川在"86新诗大展"时，就以"西川体"而令人瞩目，他诗中的理智与沉稳完全有别于当时的大势所趋，甚至与80年代中期诗歌青春式的狂欢格格不入。这就是"知识分子写作"观念最早的萌芽，虽然他当时的诗是就反感"市井口语描写平民生活"而进行的反拨，但同时也有别于当时盛行的文化诗倾向。在这点上，"沉静的诗思"③成为西川最大的特征并为诗坛所注目。总的来说，他写于1989年之前的《在那个冬天我看见了天鹅》《在哈尔盖仰望天空》《雨季》《李白》以及他的一批"十四行"诗作，都反映了他前期的主体特征。以1989年为界，他写了《为海子而作》《为骆一禾而作》等诗，随着他世界观所发生的变化，他的诗歌观念也发生相应的变化。而且，经历"89"后，他之前的诗歌创作也无法再适应90年代以来的历史、文化、社会、生存的语境，也无法表现当代人的精神世界。那么反映到诗人创作观念上的变化，就成为必然的事。

　　有一种神秘你无法驾驭/你只能充当旁观者的角色/听凭那神秘的力量/从遥远的地方发出信号/射出光来，穿透你的心/像今夜，在哈尔盖/在这个远离城市的荒凉的/地方，在这青藏高原上的/一个蚕豆般大小的火车站旁……

　　这是西川写于1987年的《在哈尔盖仰望天空》中的诗句。

　　我怀念你就是怀念一群人/我几乎相信他们是一个人的多重化身/往来于诸世纪的集市和码头/从白云获得授权，从钟声获得灵感/提高生命的质量，创造，挖掘/把风吹雨打的经验转化为崇高的预言/我几乎相信是死亡

---

①　程光炜：《中国当代诗歌史》，北京大学出版社2003年版，第367页。
②　张清华：《欧阳江河与西川：两个个案》，《内心的迷津》，山东文艺出版社2002年版，第241—242页。
③　刘纳：《西川诗存在的意义》，《诗探索》1994年第2期。

给了你众多的名字/谁怀念你谁就是怀念一群人/谁谈论他们谁就不是等闲之辈

　　这是他悼亡诗《为骆一禾而作》中的诗句。从"神秘"的思考到"死亡"宿命的追问，这确实是精神遭受沉重打击之后的诗歌体现。自此，"90年代以来，西川的诗歌发生了极大的变化，体现了向历史想象力、包容力、反讽、情境对话、悖论、戏剧性、叙述性综合创造力的敞开"。①西川诗歌创作分期虽不明显，但我们可以说，"89"（1989年）作为一个从天而降的触媒，还是明显影响到了西川诗歌观念的变化。比如他的《坏蛋》《厄运》《巨兽》《鹰的话语》等，都能反映出这种变化。这对90年代初期"知识分子写作"诗歌观念的兴起也树立起了一种参照物的作用。

　　90年代中期，西川的创作进入一个相对稳定期，这与他80年代中后期的创作存在某种相似性。比如，《空想的雪山》《荷兰的清晨》《重读博尔赫斯》，等等。"这些短诗，继续着对自然、爱与恨、人的处境和本质，以及生命意识的探索，与前期创作不同的是，它们开始具有了某些玄学的内涵。"②在此时期，"民间写作"诗歌观念正在开始孕育对"知识分子写作"观念的对抗，西川的诗歌创作或许恰好会成为"民间写作"批评的口实。

　　任何诗人都要经历一个甚至几个蜕变期，这样才能走向成熟，王家新也一样。在整个20世纪80年代，从1982年之前受朦胧诗影响而写出像《桥》《北京印象》一类的诗作，到1986年后产生艺术自觉而写作《夏日正午的记忆》《刀子》等作品，应该说这还不能说成他诗歌观念的转变，尽管他先后受过朦胧诗、文化诗、结构主义与新批评等的影响，但这些仍然只能说是他自然经历的自我诗学训练阶段。他留学英国后的八九十年代之交，这对他来说是个非常重要的时期，诗歌观念的转变令他写出了《瓦雷金诺叙事曲》（1989）、《一个劈木柴过冬的人》（1989）、《帕斯捷尔纳克》（1990）、《词语》（1990）、《卡夫卡》（1990—1992）等等

---

① 陈超：《深入生命、灵魂和历史的想象力之光——先锋诗歌20年，一份个人的回顾与展望》，《游荡者说》，山东文艺出版社2007年版，第13页。
② 程光炜：《西川论》，《程光炜诗歌时评》，河南大学出版社2002年版，第207页。

重要诗作，从而实现了他诗歌创作观念的一次大转变。

诚如他在1990年写的《转变》一诗中的自白：

> 如此逼人/风已彻底吹进你的骨头缝里/仅仅一个晚上/一切全变了/这不禁使你暗自惊心/把自己稳住，是到了在风中坚持/或彻底放弃的时候了

如此直接的表述，确实少见。因为谁都看得出，其中的"一切全变了"意味着什么。这是一个时代的彻底之变，诗人的观念也必须随之而变，否则不如"彻底放弃"。所以，程光炜赞之曰："王家新是相对于一个时代的诗人。"[①]这种观念与创作之变，充分体现在同期的《帕斯捷尔纳克》一诗中。

> 终于能按照自己的内心写作了/却不能按一个人的内心生活/这是我们共同的悲剧/你的嘴角更加缄默，那是//命运的秘密，你不能说出/只是承受、承受，让笔下的刻痕加深/为了获得，而放弃/为了生，你要求自己去死，彻底地死

王家新选择了坚持，却以"彻底地死"的姿态，这就是时代的"悲剧"。王家新诗中透露出的这种"承受"感，充分透射出他诗歌观念从80年代到90年代期间的重大转变。其中原因可作如此解释："由于人们思想的急速发展与社会现状之间产生的矛盾，促使中国社会在商品经济还没有发育成熟的情况下，就发生了社会和文化的大规模'转型'。作者以敏锐的眼光注意到时代惊人的变化，同时意识到，不只是一代人的命运，而且是整个社会观念将要发生深刻的变化。"[②]王家新诗歌观念的变化是必然的，这是一种社会观念变化的诗性体现。

90年代中期，王家新的诗中出现了喜剧性与挽歌因素，这也是他诗歌观念发生转化的另一种表现，但这不是决定性的，不构成诗歌观念从80年代到90年代转化过渡中的扭结点。

于坚体现在创作中的诗歌观念较为丰富，其中"口语诗"是其中最为突出的理论之一，他是一个自觉把观念贯彻在诗歌写作中的诗人。在80年

---

① 程光炜：《西川论》，《程光炜诗歌时评》，河南大学出版社2002年版，第207页。
② 程光炜：《王家新论》，《程光炜诗歌时评》，河南大学出版社2002年版，第165页。

代，他以一首《尚义街六号》令诗坛吃惊，并且开创了一代诗风，实现了对"朦胧诗"的颠覆，使他成为第三代诗人中的佼佼者，从而确立了他在中国诗坛上的地位。写于1992年、发表于1994年《大家》创刊号上的《0档案》在延续了他惯有的口语诗风格外，他的诗观又发生了一次重大的转向。

尚义街六号/法国式的黄房子/老吴的裤子晾在二楼/喊一声　胯下就钻出戴眼镜的脑袋/隔壁的大厕所/天天清早排着长队/我们往往在黄昏光临/打开烟盒　打开嘴巴/打开灯/墙上钉着于坚的画/许多人不以为然/他们只认识梵高/老卡的衬衣　揉成一团抹布/我们用它拭手上的果汁/他在翻一本黄书/后来他恋爱了/常常双双来临/在这里吵架　在这里调情/有一天他们宣告分手/朋友们一阵轻松　很高兴/次日他又送来结婚的请柬/大家也衣冠楚楚前去赴宴/桌上总是摊开朱小羊的手稿/那些字乱七八糟/这个杂种警察一样盯牢我们/面对那双红丝丝的眼睛/我们只好说得朦胧/像一首时髦的诗……

这就是《尚义街六号》开头的诗句，这首诗不能算长诗，但也不短。与当时兴起的文化长诗比起来，它却是反文化的。似乎二者之间形成了一种映衬的关系。这首写于1984年6月，发表于1986年第11期《诗刊》头条上的诗，自一面世就引来巨大争议。它用日常口语的风格，将最常见的一些生活琐事裹挟进诗句中，而且极具讽刺与叙事的效果。显而易见的是，他诗中传达出的一种观念，是与"朦胧""时髦"相悖的。不言而喻，他开创性的诗观是对当时朦胧诗与刚抬头的文化诗的反拨，其意义与影响都不可低估。他写于1985年的长诗《飞碟》，在延续了《尚义街六号》风格的同时，又有了一定的拓展，那就是增加了对历史、文化、环境等因素的思考。到1992年《0档案》的面世，于坚的诗观又经历了一次明显的转变，比以前的诗更具争议性。我们不妨把这首诗作为于坚进入90年代后诗观转变的一个标志。

卷末（此页无正文）

附一　档案制作与存放

书写　誊抄　打印　编撰　一律使用钢笔　不褪色墨水

字迹清楚　涂改无效　严禁伪造　不得转让　由专人填写

每页300字　简体　阿拉伯数字　大写　分类　鉴别　归档

类目和条目编上号　按时间顺序排列　按性质内容分为

A类B类C类　编好页码　最后装订之前　取下订书针

曲别针　大头针等金属　用线装订　注意不要钉压卷内文字

卷页要裁齐　压平　钉紧　最后移交档案室　清点校对无误

由移交人和接收人签名　按编号找到他的那一间　那一排

那一类　那一层　那一行　那一格　那一空　放进去锁好

关上柜子　钥匙旋转360度　熄灯　关上第一道门

钥匙　旋转360度　关上第二道门　钥匙

旋转360度　关上第三道门　钥匙　旋转360度

关上钢铁防盗门　钥匙旋转360度

拔出

　　以上文字在叙说什么？至少有一点可以肯定，这绝对不是传统意义上的诗。但这确实就是于坚《0档案》长诗中的最后一节。前文还有七个诗节："档案室""卷一出生史""卷二成长史""卷三恋爱史（青春期）""卷三正文（恋爱期）""卷四日常生活（包括：1住址、2睡眠情况、3起床、4工作情况、5思想汇报、6一组隐藏在阴暗思想中的动词、7业余活动、8日记）""卷五表格（包括：1履历表登记表会员表录取通知书申请表、2物品清单）"。于坚板着面孔，似乎在一本正经地做着什么公事，或整理什么文件。整首长诗的严肃性却在不经意间被自身消解了，从而体现出另类意义：严肃外衣之下的现代社会的某种荒唐性。如果说这就是"诗"的话，它的非诗性给诗本身带来极大的解构力量。它一诞生，即在中国诗坛掀起轩然大波，其惊世骇俗的一面确实让世人侧目。

　　这首诗被张柠说成是"词语集中营"。"《0档案》尽管有着'叙事'的外表，但它本质上是诗的"；"他重新在真正的诗的层面上关注了'个体成长史'（个体的遭遇），并且将问题置换成'词的争斗和演变史'这样一个更本质的诗的问题"；而且，"《0档案》在诗学的意义上对当代汉语词汇所进行的清理工作，其意义是巨大的"。①

陈超分析认为，这是于坚进入90年代后"真正具有历史承载力和强大命名力"的作品，"它既可视为一部深度的语言批判的作品，同时也是深入具体历史语境，犀利地澄清时代生存真相的作品"，"诗人写出它们对个人生存的影响，激活了我们的历史记忆"。②

于坚后来自己说："《0档案》不是对文体的探索，而是对存在的澄明。是存在的状况启示我创造了那种形式。"③ 这至少表明了一种态度，表明他对现实的一种诗性的思考。

于坚的这种转化再次稳固了他在90年代诗歌中的地位，而且加重了他与"知识分子写作"相抗衡的分量。他不仅充分利用了口语的优势，同时也拥有"知识分子写作"历来为人所称道的对历史的深度思考，这使得以他为代表"民间写作"有足够的力量在世纪末的论争中与对手分庭抗礼而不见败相。

对于伊沙，我们不妨看作是口语诗从80年代到90年代诗歌的一次宏观转变。先来看他的《饿死诗人》：

那样轻松的你们/开始复述农业/耕作的事宜以及/春来秋去/挥汗如雨收获麦子/你们以为麦粒就是你们/为女人迸溅的泪滴吗/麦芒就像你们贴在腮帮上的/猪鬃般柔软吗/你们拥挤在流浪之路上的那一年/北方的麦子自个儿长大了/它们挥舞着一弯弯/阳光之镰/割断麦秆自己的脖子/割断与土地最后的联系/成全了你们/诗人们已经吃饱了/一望无际的麦田/在他们腹中香气弥漫/城市最伟大的懒汉/做了诗歌中光荣的农夫/麦子以阳光和雨水的名义/我呼吁：饿死他们/狗日的诗人/首先饿死我/一个用墨水污染土地的帮凶/一个艺术世界的杂种

伊沙：《饿死诗人》（1990）

---

① 张柠：《〈0档案〉：词语集中营》，《1999中国新诗年鉴》，广州出版社2000年版，第438—454页。

② 陈超：《深入生命、灵魂和历史的想象力之光——先锋诗歌20年，一份个人的回顾与展望》，《游荡者说》，山东文艺出版社2007年版，第15页。

③ 于坚：《棕皮手记·1997～1998》，《拒绝隐喻》，云南人民出版社2004年版，第62页。

我们无法否认，在1989年之后，80年代的实验主义性质的诗歌已呈日落西山之势。无论是韩东与于坚的口语诗，还是胸怀哲学与文化意味的文化史诗，都难以为继。"89事件"与海子等诗人的死亡，一方面是压抑了诗歌的神经，另一方面又升腾起另一种乌托邦意象。海子诗歌神话的崛起，以"玫瑰""麦地"等为代表的意象一时浪漫地盛开于诗歌领域，回归"故乡"与放逐"情乡"和"惨痛"现实逆流而上成为诗坛一股潮流。尽管后来被称为"民间写作"代表的于坚与被称为"知识分子写作"一路的诗人于1993年前后都有显目的表现，但在诸如"海子现象"式漫延之背景下，"又复归披着现代主义外衣的浪漫主义主流，实在令所有真正严肃诚实的先锋批评家们为之发奢"。① 于此当口，伊沙冒现，一首《饿死诗人》，让诗人们在"神性"的庇护之下而又对现实充满无力感的疲软现状披露无遗。尽管对《饿死诗人》的滞后批评在数年后有所扭转，比如《诗探索》在1995年第3期集中发表对研讨《饿死诗人》与《结结巴巴》的文章，但是从今天的眼光看来，伊沙的诗歌在一跨入90年代门槛的时候就表现出了不可阻挡的先锋性，对90年代的诗坛来说，则是开启了另一路诗风的先河。

伊沙在这首诗中表达的，正如他在一篇文章的第一句就大声叫喊："'饿死诗人'的时代正在到来"，这个要"饿死"的诗人是有所指的。他指的是那些诗坛的"遗老遗少"们。他们之所以要饿死，是因为有以下的一些原因：认为文学主宰时代，"纯诗"成为一种借口，以意象与隐喻来终身偷懒，喜欢维持秩序而怕"乱"，无聊地思考终极意义，假的平民意识，为"人民"写作，等等。真正的诗人是不会饿死的，如果不想饿死，就要以真诚的姿态迎接"后现代"。他认为这才是诗歌和艺术自我解放的最佳方式。"后现代首先是一种精神，一种人生状态，无章可循，无法可治"，对于诗歌而言，要"到语言发生的地方去。把意义还原来一次事件。"这就是伊沙写作《饿死诗人》的精神来源。②

再来看他的《结结巴巴》：

结结巴巴我的嘴/二二二等残废/咬不住我狂狂狂奔的思维/还有我的腿

---

① 沈奇：《伊沙诗二首评点》，《诗探索》1995年第3期。
② 伊沙：《饿死诗人开始写作》，《诗探索》1995年第3期。

//你们四处流流流淌的口水/散着霉味/我我我的肺/多么劳累//我要突突突围/你们莫莫莫名其妙/的节奏/急待突围//我我我的/我的机枪点点点射般/的语言/充满快慰//结结巴巴我的命/我的命里没没没有鬼/你们瞧瞧瞧我/一脸无所谓

伊沙：《结结巴巴》（1991）

这样"结巴"的表达是诗吗？而且还是平白如水却流得不太畅的"口语"之水。这是一首充满语言实验性质的诗。它一经诞生即特立独行，"独自承担"，它具备不可复制性。一旦复制，就不成为诗，就知道出自何方。这样的诗最大限度地诠释了于坚所言的"有意味的形式"之深意，就像于坚《0档案》的不可复制性，伊沙的这首诗也是一次性写作的最佳范例。这是否正是"民间写作"一方所说的"原创性"？

如果仅仅把这首诗理解为一种诗体的实验，则是天大的误会。这绝不是一首一张"结结巴巴我的嘴"要去表达"一脸无所谓"的诗作，伊沙不仅在作一次语言的后现代式的冒险，而且也在经历一次灵魂的历险。只是他把这次语言的风险性与内容的时代失语性巧妙地融为一体，堪称"文章本天成，妙手偶得之"之作。语感极强的语言形式的能指，与时代失语的内容所指，二者在这首诗中碰撞、交融并发生一种不可阻挡的力量，从而走向一阵先锋"突围"的快感。所以，"这首看似带有'施暴'性质的纯形式实验，却无意间楔入了这个时代的隐痛之处，而抵达为时代命名的高度——在这里，形式完全代替了内容进而成为内容（'有意味的形式'）"。①

总的来说，从80年代起过来的两路诗人，在进入90年代后，创作中的诗歌观念变化是普遍性的，包括肖开愚、孙文波、张曙光、陈东东、柏桦、张枣、韩东，等等。他们创作中诗歌观念的变化，直接滋生了90年代两大诗歌观念的对立，并最终指向世纪末的论争。

二、"非非"周伦佑与"女性诗歌"翟永明诗歌观念的转变

周伦佑在当代诗坛上的地位无可争辩，他的特点就是作为一个体制外

---

① 沈奇：《伊沙诗二首评点》，《诗探索》1995年第3期。

的写作者而存在。但是他的"非非"与"后非非"主张却一直震动着中国诗歌的神经。至少作为一个真正具有民间精神的诗人及其诗观，任何诗人与研究者都无法避开他而来谈论中国当代诗歌的发展进程。当然，对以他为代表的"非非"，其理论与创作的脱节或不相匹配的现象也历来为人所诟病。但是当我们考察周伦佑的创作，他的观念与创作之间的联系还是相当紧密的。特别是1989年之前与之后，他的诗歌创作与观念呈现出明显的变化。

用他自己的话来说，他在80年代的代表作是《自由方块》，而在90年代的代表作则是《刀锋二十首（组诗）》，特别是《在刀锋上完成的句法转换》更具代表性；而且他明确表示，前后有一个明显的诗歌观念的转变。他作了一个简要的概括：1989年之前他追求的是散文化、结构主义、杂语狂欢、跨文类写作，等等；进入90年代，他消解与解构之前的观念与创作，特别是《非非》复刊后，他强调创作要对现实介入，坚持"红色写作"而反对"白色写作"。他认为，他的这种转变不是他一个人的转变，而是随着时代语境的转换大多数诗人的转变。[①]

《自由方块》在形式上并不独特，80年代中期是流行长诗、史诗、文化诗的时期，它也具有这一特点。全诗洋洋数千言，无论如何，都会给读者一种纷杂繁复的感觉。然而我们却能够明显看到周伦佑在诗体语言上作出的努力和尝试，正如他所言，总的来说是结构主义的，是"形式"的。诗的结尾如此写道：

> 你没有从哪里来，
> 你什么也不是，
> 你不到什么地方去。
> 我吃故我在，
> 如此而已。

从如此"非"诗中，我们还是可以看出诗人强烈的情感逻辑，那就是从内心喷涌出的某种生命的虚无感。究其实，是一种悲剧意识在支撑着

---

① 2010年3月9日晚上9时左右，笔者拨通身居成都周伦佑的电话，重点谈到他的诗歌观念与创作从80年代到90年代的转变问题，他热情而认真地作答，表述了以上观点。

诗，是对"人"的终极价值表示怀疑的一种诗化表现，诗中总有"死"如幽灵般在晃荡。总的来说，其诗歌观念是一种"天空"式的，高蹈的，形而上的东西。

写于1991年1月的《在刀锋上完成的句法转换》却呈现出另一种精神层面的东西。这不仅是"句法"的转换，而且是完成了他观念中的从"形式"到"内容"的转变。诗中有如下句子：

> ……
> 现在还不是谈论死的时候
> 死很简单，活着需要更多的粮食
> 空气和水，女人的性感部位
> 肉欲的精神把你搅得更浑
> 但活得本质是另一回事
> 以生命做抵押，使暴力失去耐心
> ……

很明显，从80年代的思考"死"到"现在还不是谈论死的时候"，周伦佑现实了，实在了，想到面包与女人了，但是精神的追求则与生命有关。这似乎更辩证一些，与生活的原形更接近一些。周伦佑本人对此有很清醒的意识，他在一篇文章中如此描述这种转化：

> ……以1989年为界，之前的非非主义（1986—1988）为非非主义的第一阶段，可称之为"前非非写作"时期，主要理论标志为反文化、反价值和语言变构，作品一般具有非文化、非崇高、非修辞的特点；1989年以后，以《非非》复刊号（1992）的出版为标志，一直到现在，为非非主义的"后非非写作"时期，其写作基点是："从逃避转向介入，从书本转向现实，从模仿转向创造，从天空转向大地，从阅读大师的作品转向阅读自己的生命——以血的浓度检验诗的纯度。"强调对当下现实的关注，全力倡导"大拒绝、大介入，深入骨头与制度"的体制外写作，在绝不降低艺术标准的前提下，更强调作品的真实性、见证性和文献价值。[1]

---

[1] 周伦佑：《后非非写作的诗性历程》，《刀锋上站立的鸟群——后非非写作：从理论到作品》，周伦佑、孟原主编，西藏人民出版社2006年版，第1—2页。

他的话虽然说的是"非非"与"后非非",但确实讲清楚了他自己创作观念的转化。

对于他这一转化的意义,有论者说:"周伦佑在1992年提出'红色写作'的主张……在反对新语境下的个人主义、蒙昧主义和缺乏现实及物性的'白色写作'方面,敏感的非非诗人又做出了新的贡献。它有效地推动了20世纪90年代中国诗歌史中人本主义和启蒙主义思潮的自觉。"①

在80年代的诗歌界,总有些东西脱颖而出,而且总被人积极地去命名。比如,翟永明在1984年完成了她的第一个大型组诗《女人》,其中所包括的二十首抒情诗均以独特奇诡的语言风格和惊世骇俗的女性立场而迅即震撼了文坛。之后不久,唐晓渡第一次为翟永明的诗歌命名为"女性诗歌"。他说,"作为一个完整的精神历程的呈现,《女人》事实上致力于创造一个现代东方女性的神话:以反抗命运始,以包容命运终。"②

在类似评论的催生之下,那个毕业于成都电子科技大学、曾就职于某物理研究所的四川女性翟永明,几年间真的造就了中国当代诗歌的一个神话,从而为当代诗歌史写下了不可缺少的一页。她的诗歌创作特立独行,不愿归入任何流派,至今都在坚持而自成一路。翟永明并不承认自己诗歌观念在这么多年来发生了很大的变化,在她心目中诗歌是"内心的个人宗教"。但她又坦言:"从写诗的初期到现在,写作的性质,艺术的性质肯定有所改变,因为世界已经改变,时代已经改变,大众传媒也飞速地改变着人们思考和鉴赏的能力,但是,一个敏感的诗人,不会完全漠视这样的变化。"③在她观念中,人生经验总是包含着时代和历史的经验的。不过,不变的是她始终隐含在诗歌中的"女性意识"。

可我们还是得说,翟永明的诗歌观念从80年代到90年代确实经历了较大的变化,大多数研究者看到了这点,她前后期的作品也明显反映出来这

---

① 张清华:《在"文本"与"人本"之间——关于〈非非〉的一个简单轮廓》,《悬空的圣殿——非非主义二十年图志史》,周伦佑主编,西藏人民出版社2006年版,第336页。

② 唐晓渡:《女性诗歌:从黑夜到白昼——读翟永明的组诗〈女人〉》,《唐晓渡诗学论集》,中国社会科学出版社2001年版,第212页。

③ 翟永明:《内心的个人宗教》,《星星》2002年第7期。

个客观事实。

《渴望》

今晚所有的光只为你照亮
今晚你是一小块殖民地
久久停留，忧郁从你身体内
渗出，带着细腻的水滴

月亮像一团光洁芬芳的肉体
酣睡，发出诱人的气息
两个白昼夹着一个夜晚
在它们之间，你黑色眼圈
保持着欣喜

怎样的喧嚣堆积成我的身体
无法安慰，感到有某种物体将形成
梦中的墙壁发黑
使你看见三角形泛滥的影子
全身每个毛孔都张开
不可捉摸的意义
星星在夜空毫无人性地闪耀
而你的眼睛装满
来自远古的悲哀和快意

带着心满意足的创痛
你优美的注视中，有着恶魔的力量
使这一刻，成为无法抹掉的记忆

这是《女人》组诗中的一首。诗中的独白性十分明显，喃喃自语中莫不是在作自我心灵的抚摸。1985年写的《静安庄》语言则更为成熟，不过没有超出《女人》的路向。1989年后她旅居美国两年，1992年回国后，相继写出了《咖啡馆之歌》《乡村茶馆》等一系列诗作。"此间，她诗风一变，激越沉郁的内心独白被冷静反讽的世情观察所更替，紧张敏感的口吻也为克制沉静的语调所取代。"①

最终，翟永明还是承认了她创作观念的变化，她自己也分析了其中的原因。除了中国国内发生了政局的变化外，她还指出："我的旅美经历使我考虑问题的方式发生了变化，我后来的写作倾向于叙述性和分析性，也跟我在美国的生活有关。"② 《咖啡馆之歌》一开篇便交代时间、地点和场景，然后拼贴了咖啡馆里不同的角落所寓指的含义，最终诗人明白自己"外乡人"的身份。"忧郁缠绵的咖啡馆/在第五大道/转角的街头路灯下/小小的铁门"。如此诗句一改80年代她诗歌中的纤柔女性意识成分，采取的却是戏剧加小说的叙事策略，这确实令诗歌的客观性与批判色彩随之增加。

综上所述，虽然不够全面，但从以上几个诗歌"主流"的转化中，我们大体上可以证实诗歌在进入20世纪90年代以来观念的明显转折。这种变化不是某个诗人的喜好所带来的，它有着时代因素的必然性。同时，这也为我们研究90年代的转折与诗歌观念的变异提供了足够的信心。

第四节　20世纪90年代诗歌观念的主要流向与形态

客观地说，如果没有20世纪80年代的杂语狂欢打下了诗歌的基础，可能就没有90年代多元格局的产生；如果没有1989年的风云突变，就不会有90年代沉潜之后的涌动。80年代为90年代的诗歌打下了良好的基础，1989年起到了扳道工的作用，90年代诗歌在改变了一定方向后在80年代的多轨上继续延伸与拓展，沿途又出现了许多新的风景，如此定位三者的关系应该是公允的。

宏观考察20世纪90年代诗歌观念的主要流向与既有形态有一定的难度，但至少可以勾勒出大致轮廓。以回望的姿态来看，即或"知识分子写

---

① 1988年翟永明写了《女性诗歌与诗歌中的女性意识》，1995年她又写了《再谈黑夜意识与女性诗歌》，文中一再强调女性意识问题。不过，她觉得这种诗歌中的"女性意识"，是性别意识与艺术品质的结合。

② 参见张晓红与翟永明的访谈文章《走进翟永明的诗歌世界》（2002年9月10日）。张晓红：《互文视野中的女性诗歌》，广西师范大学出版社2008年版，第273页。

作"与"民间写作"是两个虚设的概念，但其作为主要的诗歌观念流向与形态的存在和分歧，在整个90年代的确是有迹可循的。只是它们之间又生发出一些旁门分支，需要我们去做具体的考察。这还不包括一些带有过渡性质的或短期存在的观念。

我们可以从海子之后的新乡土诗谈起。新乡土诗无疑是继海子之后与大地最为接近的，并且可以与之相联系来谈论的一种观念流向。海子打破了杨炼式文化史诗的框架而走入另一种"大诗"风范，那就是"对家园或精神之父的追寻以至再造"。① 集中了麦地、草原、太阳、天堂等诸多与乡土相关的意象。海子以及与他同为一脉的骆一禾、戈麦的死，又推动了海子诗歌的神话色彩。加之1989年的风波，使人们共同喑哑无声而走向某种逃避。其结果导致了90年代初回望家园式的诗歌以一种新古典主义的姿态骤然兴起。随着伊沙的出现，这种回望家园式的新乡土诗又悄然回到古典之中去。

伊沙1990年的《饿死诗人》与1991年的《结结巴巴》以一种后现代口语的方式进入90年代诗歌。它恶作剧式的反讽风格，仅一次出击就彻底冲散了周围笼罩着的貌似古典的泥土气息。同时也打歪了80年代以来精英们的写作姿态，无论是对于文化诗写作者，还是反文化诗写作者，均是如此。要说继承，倒是有韩东《有关大雁塔》的些许遗风，又可从80年代中期如"莽汉"一类粗鄙化风格中见其踪影。但其姿态之激进，言辞之犀利，韩东又远莫能及。伊沙的观念特立独行，贯穿90年代，几成一种常态而存在。直至新世纪初，令人惊诧的沈浩波"下半身"诗观的出现，伊沙才算找到一个更见超出的传人。如果说80年代的现代主义是精英的，那么在90年代影响颇大的伊沙则是民间的。

差不多与伊沙同期的1990年至1991年，汪国真通俗诗歌成为热门话题。汪国真诗歌中只有爱情与友谊，愉悦、痴狂、逃避、安逸、自恋，等等，这些东西充斥于诗行中，吸引了大批青少年与女性的眼球。他与台湾诗人席慕容一道成为当时中国大陆狂热消费的对象。他的观念迎合了90年代初中国转型开始时大众文化的消费口味，"汪国真的成功实在是历史的

---

① 燎原：《从"麦地"向着太阳飞翔》，《星星》1998年第10期。

误会，它只昭示了意志衰弱和精神退化的潜在的特征。"[①]

经历了几年的沉寂，具有知识分子性的诗人在1989年的阵痛之后，渐显峥嵘。继1987年西川、陈东东首提"知识分子写作"精神之后，1993年欧阳江河写出《'89后国内诗歌写作：本土气质、中年特征与知识分子写作》长文。这是"知识分子写作"诗歌观念在90年代正式崛起的标志。在此之前，以民刊《反对》《倾向》《南方诗志》为这一观念垫底；在此之后，西川、陈东东、王家新、唐晓渡、程光炜、臧棣、西渡、孙文波、姜涛等一大批"知识分子写作"代表诗人与批评家进行不同层次的阐释与拓展延伸，使之成为90年代中期之前最见特色的主流诗歌观念。《诗探索》1996年第1期上发表王家新的《夜莺在它自己的时代——关于当代诗学》和程光炜的《误读的时代》。这两篇文章力图确立"知识分子写作"在90年代的主流地位并强调秩序的建立，带有总结诗坛的意味。特别是王家新在文中显露出对"口语诗"的质疑，这助推了"民间写作"一方的对抗心理。

口语诗从80年代走来，也曾风光一时。于坚90年代初《0档案》发表，伊沙也以后现代口语诗一鸣惊人，这充分显示了口语诗的活力。对于"知识分子写作"一方的微词，"民间写作"自然不甘人后，也正是从这时期开始，"民间写作"一方风生水起起来，面对"知识分子写作"的自鸣得意不由得心生积怨。无奈对方暂时得理得势，而且几乎资源尽占而奈何不得，只有暂且忍气吞声。"知识分子写作"后来越来越圈子化、专业化、知识化、学院化、玄学化甚至是西化的倾向，逐渐偏离了初期的知识分子的精神性追求，这几成其软肋。90年代中期之后，1989年的紧张气氛逐渐消逝，随着市场经济改革的不断深入，中国的经济地位与政治地位不断上升，文人与政治的紧张关系自然得以松懈，民族主义与本土意识不断增强。这为"民间写作"一方提供了良机并找到讨伐对手的对策。由此，90年代中期后两种诗歌观念的矛盾不断深化，以致在"盘峰会议"上最后摊牌肉搏。

在20世纪90年代的整个过程中，其他诗歌观念与形态也时而冒现并形成一定的影响。其中包括"非非"在内的众多形形色色的民刊所提出的诗学主张，昌耀、周涛等主张的新边塞诗，充满地域色彩的燕赵诗风、东

---

① 魏义民：《"汪国真热"实在是历史的误会》，《诗歌报月刊》1991年第7期。

北的黑土诗、南方特区的打工诗，等等，不一而足。它们都以诗的名义作为一种形态而存在，它们都坚持自身的诗学观念，形成90年代十分繁复的诗歌观念大杂烩。一个值得注意的现象是，90年代以来，随着国际互联网的逐步普及，媒体发生了革命性的变化，随之网络诗歌以一种崭新的姿态出现。网络诗歌的杂语性、狂欢性、隐身性、面具性，一露无余，其传播速度之快令人惊讶，其产量之高非得用天文数字来形容。这一切大大改变了现代人的诗歌观念。至少，诗歌再也不是神圣的东西，任何人只需要一点诗歌常识都可一展身手，再也不愁发表渠道而去迎合任何主流的要挟。网络诗歌的出现，可能是90年代诗歌现场最大的改变之一。这在全人类的诗歌史上，都有可能是掀开了开天辟地的一页。其对诗歌的意义与影响之大，我们至今都无法对其进行准确评估，这将是一个漫长的思考过程，而且还要看这个过程中可能出现的每个阶段性的结果。

从以上所谓的多元格局中，我们能够感受到90年代诗歌观念的大致流向与形态。虽然各自不同而显复杂，我们仍然可以看出其中一些共同性的观念流向。第一，从80年代中期盛行的"非历史化"倾向转变到90年代的"历史化"倾向。它体现在对现实的介入姿态上，也体现在对日常的不同理解与表述上，充分表现出一种及物性。这同时显现在"知识分子写作"与"民间写作"两种观念中，只是程度不同与阶段不同。第二，在大众文化与精英文化的挣扎中，一边是甘心"献给无限的少数人"，一边又担心诗歌日益边缘化、没落的危机，这体现在任何一种诗歌观念中。第三，都有规范意识，都有权力意识，都坚持自己的观念而生发建立秩序的愿望。由此而来的是，整个90年代，诗歌的圈子化严重，无论是民刊，还是流派，还是网站，都体现出一种江湖性。这当然显示了在诗歌日益边缘化过程中，能使各自的诗歌进入文学史的强烈意愿。这是历次诗歌论争的心理机制。第四，共同拥护"个人写作"的合法性。认为诗歌摆脱了政治的附庸地位，自由主义创作似乎到来，同时也免不了写作落寞的心境。

任由90年代的诗歌观念如何复杂，由于时代语境与时代发展的变化，诗歌本身也发生了变化。一个不可否认的事实就是，本同为"知识分子"写作中的一根"肋骨"的"民间写作"终于从"知识分子写作"中分化了出来，并形成与之对垒的阵势。

第二章 ▶ 20世纪90年代以来诗歌观念的流变

本章实际上是一个时间模型的问题，它与第一章构成呼应与补充的关系。前章是一个总体观念格局的论述，本章是对具体历史时期的诗歌观念流变的论述，二者之间存在部分交叉关系。但本章强调历史分期的流变过程，并且还涉及"盘峰论争"之后多元走向的大体格局。讨论20世纪90年代诗歌观念的整体格局是全面性的认识，然而只有将这些观念放置到具体历史时期中进行具体化考察，阐释产生这种流变的历史与现实原因，并且突出其流变的过程，这样才能体悟出历史的阶段性与曲折性。

美国学者丹尼尔·贝尔曾经提到"文化话语的断裂"的问题，这似乎很切合中国从1989年后到90年代这个时段的实情。他在《资本主义文化矛盾》一书中说："文化和社会结构的断裂产生了普遍的、社会难以应付（个人也是同样）的紧张关系。"这种"紧张关系"其实分别出现于中国80年代初期、末期与90年代初期的几个历史时段。他认为，面对这种情况，将会出现一个关键性问题："现代社会中文化本身的聚合力问题，以及文化（而不是宗教）能否提供一个广泛的或超验的终极意义，甚或日常生活的满足。"这在中国90年代初期的诗歌界表现得十分明显。在"知识分子写作"观念还没有正式确立之前，这种"聚合力"就没有形成。反而是，"低俗文化的蔓延大有颠覆严肃文化之势；而畅言无忌的亚文化向社会各重要阶层提供了种种自我中心的模式。"这正可以用来解释为何诸如"汪国真诗歌现象"在当时流行的原因，还有后来的网络诗歌恶搞现象。不过，当我们来考察中国90年代诗歌的时候，尤其是在思考刚刚开始时的那种断裂、消沉与再生长，以及后来的发展与分化的整个过程的时候，如果从诗歌本身出发，我们会十分赞同丹尼尔·贝尔另外担忧的一个问题："潜在问题不是这些显见的社会学发展，而正是让现有文化失去内聚力的话语——即语言，以及语言表达经验的能力——的断裂。"[①] 借鉴他的这些分析来考察90年代以来诗歌的历史，将会大有裨益。

第一节　断裂、消沉与再生长的初期

20世纪90年代初期的诗歌经历了一个断裂、消沉与再生长的时期。但是，我们又可以把90年代初期看作是一个凝聚点，因为它并不是一个很

---

① 以上引文均出自［美］丹尼尔·贝尔：《资本主义文化矛盾》，严蓓雯译，江苏人民出版社2007年版，第89—90页。

精确的，界限十分明显的年代划分。它的模糊性体现在一个"知识分子写作"意识不断增强的过程之中。由于1989年后诗歌精神的集体暗哑，相对而言，诗歌从1989年到90年代初出现了某种真空的局面。随着时代语境的逐渐好转，诗歌中的知识分子性又逐渐复苏，以致此时期不同的诗歌观念能够体现出某种共同的特征而不至于产生明显的分化表征。或者可以说，真正具有知识分子性的不同诗歌观念，在此一时期都暗中共同面向时代而酝酿抗争的酵母，而在诗歌内部则表现出暂时的面向不同分歧的妥协。这就为90年代初期诗歌的再生长提供了一个以供孕育的温床，各自观念的顺利滋生和生长，也就为后来的分化打下基础与提供了某种可能。

总的来说，20世纪80年代的诗歌受制于主流、专业的批评家，还有官方文坛话语，诗人的观念往往体现在自身的创作中。不过，80年代中期以来，随着第三代诗人的出现与自由主义思潮的初兴，自我表达观念的欲望渐趋强烈，"'86现代诗群体大展"就是最直接的体现。诗派林立，自然各自的观念需要得到充分、适时的表达。比如"非非主义""莽汉主义"，等等。众所周知，1989年出现了中国社会思潮的大断裂，诗歌界也是如此。思想的断裂，让诗歌界也突然沉寂起来，从而进入一个相对的消沉期。

在经历了短暂的停歇后，90年代初诗人在沉痛之余难以隐抑思想的喷发，他们不满明显滞后的诗歌批评现状，又鉴于先锋诗歌存在一定的不可解性，终于忍不住自己跳出来说话。这就形成了90年代诗歌的一道独特风景，而且给整个90年代诗歌观念的发展以及后来发生分化的趋向带来了重大的影响。诗人自己说出来的话，将会更有分量，而且是直接从诗歌内部传出来的声音，与外界的批评相较，诗人的观念及其自觉将之运用到写作中，这对诗坛造成的冲击将会更大。

细作考察，我们会发现从1989年到90年代初期的几年间，诗歌观念的流变还是相当明显的。它既表现在具体创作现象上，也表现在新的诗歌观念的命名上，还表现在对诗歌本身合法性与新诗源头合理性的探究上，这种"怀疑"或"质疑"的观念贯穿了90年代的始终，并以不同论争的形式表现出来，甚至还引发了新世纪后关于新诗标准与传统的讨论。这也就是说，90年代前期的诗歌观念一开始就是复杂的，但是这种复杂之中又有突出的亮点，即"知识分子写作"观念的凸显。下面我们将从三个方面来考察90年代初期诗歌观念的流变，最后以"知识分子写作"观念的凸显作结。

第一，具体创作现象所表现出来的观念流变。

家园啊

游子从远方踉跄回来了

能否修复他本来面目

——节选自曹宇翔：《家园》（1989年《星星》新诗大奖赛获奖诗作）

自海子1989年卧轨自杀后，他的"太阳"便在中国出现暂时沉寂后照亮了"五月的麦地"。海子突然让中国诗歌在经历第三代诗歌后现代式的喧闹与"89年"的震惊后觉得以前有些东西不好玩了。于是在诗歌旅途中走得有点"远"的"游子"们突然想到了"家园"与"泥土"。海子的悲剧与现实的悲剧合二为一成为突降而来的诗歌语境，怀念海子与疲惫之后的回乡就成为不少诗人的姿态。"每一个接近他的人，每一个诵读过他的诗篇的人，都能从他身上嗅到四季的轮转、风吹的方向和麦子的成长。泥土的光明与黑暗，温情与严酷化作他生命的本质，化作他出类拔萃、简约、流畅又铿锵的诗歌语言，仿佛沉默的大地为了说话而一把抓住了他，把他变成了大地的嗓子，哦，中国广大贫瘠的乡村有福了！"① 这种观念在先锋诗歌暂时缺阵之际，一时成为流行的趋势而左右了诗坛。于是，新乡土诗成为被广泛关注的焦点。

从1989年开始到1991年，包括主流诗刊《诗刊》《星星》《诗歌报月刊》在内的多数刊物大量发表新乡土诗并配发评论与讨论文章，一时蔚为壮观。此时的新乡土诗俨然成为中国诗歌的主流，并形成北京诗人群、四川诗人群、上海诗人群、南京诗人群，尤见突出甚至是后来者居上的是安徽诗人群，代表诗人有陈先发、沈天鸿、罗巴、蓝角、祝凤鸣，等等。甚至有人在后来如此概括这股潮流："至此，我们已经看到了新时期以来，

① 西川：《怀念（代序二）》，《海子诗全集》，西川编，作家出版社2009年版，第11页。

中国现代主义诗歌从北岛等人的现代怀疑精神，到东方古典主义形而上的哲学体认和技术迷恋，再到第三代诗歌令人眼花缭乱的高空杂耍，以及经典性写作的文本建构等等之后，由对欧美现代哲学诗艺的浸染，再到中国乡土立场的回归，这样一个完整的艺术流程。"[①] 有论者把这种观念与写作潮流说成是"游子"意识在起作用，并对其定性："新乡土诗既不同于现代派的诗，又不同于旧乡土诗，但其创作队伍却是来自现代派诗人与乡土诗人，是一部分现代派诗人空间化（或曰乡土化）与一部分乡土诗人时间化（或曰现代化）的结果，由此两部分集合而成。这也反映了在中西文化撞击中必然发生的诗歌流派之间互融合流的趋向。"[②] 这种分析很是精当，也有相当的说服力。但是，这种过于冷静与无关痛痒的分析忽略了一个时代与政治的深层内因，即诗人们在80年代无限高涨的抒情氛围中被突然打断后的那一分悲情与无奈感。如此之下，充满挫折感的诗人们才突然掉头，转向一种原乡意义上的土地、家园，以寻求一种受伤后的心灵安慰与精神的暂时避难。究其实，新乡土诗的流行其原因很明显是80年代的启蒙主义突然中断而导致的一种原乡悲情，加上现实的压力导致诗人去寻找土地以求栖身。

新乡土诗的盛行，并不等于其他观念的消失。其他观念只是处于一种潮涨潮落的状态，有时休眠，有时冒现。它们之间有可能平行前行，有时也会交叉与碰撞。这种状态我们从西川、陈东东在1987年就提出"知识分子写作"观念并在90年代初逐渐发展、汪国真的市民通俗诗、于坚的《0档案》写作、伊沙后口语诗观的出现等等现象中来得到求证。一般认为，除了"汪国真诗歌现象"是一场"历史的误会"之外，其他诗歌观念的潮流都存在一定的合理性，对诗歌的发展来说都有可能产生一定的积极影响。

诗人从纯粹写诗到跳出来搞评论，也即除写诗外还对自己、诗歌本身、时代发出个人的声音，这似乎已隐含了某种征兆。那就是从80年代的感性向90年代的知性过渡，其他的说法还有，从集体写作到个人写作转变，从抒情向叙事转变，等等。只是诗人们的智慧抒发得有一个契机，

---

① 燎原：《重返"家园"与新古典主义》，《星星》1998年第11期。

② 袁忠岳：《现代"游子"的梦幻——也谈新乡土诗》，《星星》1992年9月号。

这个契机却恰好与中国的政治环境有关。在这个契机之后，中国的诗歌界果然有了一些改观，此契机如同"惊蛰"，让诗歌慢慢从几年的冬眠中苏醒。不过，诗人们苏醒后发现这个世界与几年前的世界竟然是如此的不同，他们不再是社会思想文化醒目的标志，他们在社会急剧转型的大浪潮中也见证了文化转型的事实。

1992年初，邓小平先后到武昌、深圳、珠海、上海等地视察，并发表了一系列重要讲话——南方谈话。针对1989年后社会中普遍存在的疑虑，邓小平重申深化改革并总结了之前十多年改革开放的"经验教训"，终于认定"发展才是硬道理"。① 全面发展市场经济并深化政治体制改革成为中国既定的方向，这就为一时"噤若寒蝉"的中国思想界突然松了绑。这个历史事件成为90年代真正的开端，也可视作90年代诗歌在初期的历史背景之一。1993年开始的"人文精神大讨论"也正是在这一历史背景下展开的，这一讨论是1992年后中国整个思想界、文化界、文学界开始松动的序幕。而事实上，从1992年开始，中国诗歌界也开始呈现出不同的面貌，"知识分子写作"观念也在1993年被正式提出与阐释。

综观这个阶段在诗歌创作中体现出来的不同观念，除了新乡土诗、汪国真诗、于坚诗、伊沙诗之外，更见突出的还是"知识分子写作"代表诗人们的诗。关于这些诗歌现象，在其他章节中会有进一步论述，在此不再细说。值得注意的是，只是在这一转型期中的90年代初期，重要诗歌观念的提出与促延，与民刊关系甚大。这些民刊有《倾向》《九十年代》《反对》《现代汉诗》《南方诗志》，等等。许多贯穿整个90年代的诗歌观念，比如"知识分子写作""知识分子精神""个人写作""中年写作""日常性""叙事""及物""综合"，等等，都由这些民刊提出、倡导、阐释并最终得到发展。而且不仅表现诗歌创作中，更重要的是直接进行理论上的命名和探索。

第二，新的诗歌观念的命名。

早在1987年8月，陈东东、西川在第七届"青春诗会"上就提出"知识分子写作"的概念，但并没有具体地阐释。1993年，西川在《答鲍夏

---

① 参见邓小平：《在武昌、深圳、珠海、上海等地的谈话要点》（1992年1月18日—2月21日），《邓小平文选》第3卷，人民出版社1993年版，第377页。

兰、鲁索四问》一文中明确提出并解释"知识分子写作"这一概念，而真正对"知识分子写作"作出全面综合解释的是欧阳江河，他于同年写出长文《'89后国内诗歌写作：本土气质、中年特征和知识分子身份》。这是90年代初期一篇极为重要的诗学文章，他一口气提出几个命题与概念并进行了深入论述：90年代从1989年开始、本土性、中年写作、知识分子写作、个人写作。其综合性是同时期其他任何诗学论文都无法相比的，他文中的每个概念都成为整个90年代不断被阐释的对象，而且不断得到延伸发展，从而我们可以将之称为90年代诗歌观念最早的集合。

其实欧阳江河文中的概念大多不是由他第一个提出，比如："知识分子写作"是由陈东东、西川在1987年"青春诗会"上提出；"中年写作"由肖开愚1989年夏在《大河》上一篇题为《抑制、减速、开阔的中年》的文章中提出。但是，他是第一个对这些重要的概念进行综合论述的诗人。这种意义在于显示了90年代初期诗人对诗歌观念高度的自觉性，从而加深了对诗人自身和对1989年至90年代初期中国诗歌的认识，深刻显示了90年代诗人观念中理性的上升，开辟了诗人在90年代初不仅介入现实还介入诗学理论的先河。欧阳江河文中的"个人写作"概念作为一种观念，成为90年代以来最为统摄性的一个概念。有论者指出，此文"把'知识分子写作'、'中年写作'以及'个人写作'这三个诗学范畴有意无意地混淆起来。事实上，欧阳江河的模糊表述反而明确地指出了这三者之间彼此叠合、纠葛不清的关联。"① 这与其说是指出欧文的不足，还不如说成是其文的特点。

1992年《非非》复刊号上唯一的理论与头条文章就是周伦佑的《红色写作》。这可能是最早的一篇涉及诗歌要介入现实，反对高蹈的诗学文章。"红色写作"概念的提出，是90年代初期诗歌观念的一个重要收获，它可能牵引了90年代诗歌观念中的介入现实、历史化、叙事性等一系列观念的浮现。该文副标题为：1992年艺术宪章或非闲适诗歌原则。文章开篇即指出，"中国现代诗刚刚经历了一个白色写作时期"，文中依次明确提出反对"白色写作"，拒绝"闲适""逃避"，提倡"口语化""介入现实"，重视"日常生活经验"，等等。

---

① 谭五昌：《20世纪90年代"个人写作"诗学探析》，《文艺争鸣》2009年第4期。

周伦佑的观念可以作为另一层面的代表，与欧阳江河的文章构成一种天然互补与相互响应的关系。如果欧阳江河代表"知识分子写作"一方，那么周伦佑则完全可以代表"民间写作"一方。他们之间并不存在明显分化的迹象。他们的观念共同指向80年代的诗歌历史，共同指向了1989年以来的诗歌现场，共同引领了诗歌今后的方向。可以说，他们的观念都是个人性的，都是充满"知识分子性"的，这其中分化的成分并不多，甚至没有。

当然，90年代初期的观念命名还包括伊沙的"饿死诗人"的隐喻，于坚的"拒绝隐喻"。关于他们的诗歌观念在后面章节中有较为详尽的论述，在此不多言及。

第三，怀疑、质疑与危机论——90年代初期诗歌观念的"不和谐音"。

1993年《文学评论》第3期头条发表郑敏三万字长文《世纪末的回顾：汉语语言变革与中国新诗创作》，对近一个世纪的语言变革及其与新诗创作的关系进行了思辨。该文迅即引发关于"文化激进主义"与"文化保守主义"的论争。《文学评论》先后发表了一系列文章，包括：范钦林的《如何评价"五四"白话文运动——与郑敏先生商榷》（1994年第2期）、郑敏的《关于〈如何评价"五四"白话文运动〉商榷之商榷》（1994年第2期）、张颐武的《重估"现代性"与汉语书面语的论争——一个九十年代文学的新命题》（1994年第4期）、许明的《文化激进主义历史维度——从郑敏、范钦林的争论说开去》（1994年第4期）、沉风、志忠的《跨世纪之交：文学的困惑与选择》（1994年第6期）。这次论争，历时一年半才平息。

老诗人郑敏的质疑诗观，掀起了整个90年代对新诗质疑与新诗危机论的浪潮。不时冒出的危机论使诗界不免产生一种动摇心态，这在客观上一方面促使诗歌界对新诗的历史作一次全面的回顾与反思，另一方面又不利于树立新诗发展的信心。1995年由周涛的《新诗十三问》引发的论争，把新诗的危机论推向高潮。其与诗歌创作与诗学理论的建设没有很大关联，却产生了巨大影响。尽管如此，它并没影响20世纪90年代诗歌观念流变的全局，它最终只是其中的一个不和谐音。

第二节 发育、形成与分化的中后期

　　源头可以追溯到80年代中期的一些诗歌观念，在进入90年代后发生转变并得到很好的发育、延伸与发展，并最终成为90年代的主导，比如"知识分子写作"与"民间写作"。在80年代诗歌创作是主流，并且在一定程度上引导观念的诞生；而90年代的情况发生了变化，在很多情况下，多元格局的诗歌成为诗歌界的现实而存在，并且反过来决定诗歌写作的流向。上节提到的一些观念有些刚刚诞生则走向消亡，比如新乡土诗和"汪国真诗歌现象"；有些概念出现后则显示出相当的活力，很快成熟，比如"知识分子写作"观念；有的观念在时代语境的变化之下产生，而且与其他观念形成对立的情形，比如"民间写作"；有的观念则蕴含于其他的不同观念之中，与它们具有相当的公约性，或虽然更偏向于某种观念却又被其他观念认可并使用，比如叙事性、日常性、及物性、介入、历史化、口语化，等等，它们几乎贯穿了整个90年代并能体现出不同时期的特征。以上这些，都可以放在90年代中后期中国诗歌观念的发展历程中来考察，并且大致出现一个从发育、形成到分化的过程。

　　上文提到的"过程"大致有两种驱动力：一种来自诗人寻求自我超越而产生焦虑感的内驱力，一种来自外界变化所导致的时代语境变化而产生的外驱力。相对于90年代初期来说，90年代中后期这两种驱动力表现得尤为明显。内驱力方面，于坚1994年的一席话相当有代表性。他说："写作是一种非常孤独的活计，与语言搏斗是人类最壮丽的事业。我早年写作，一挥而就的时候多，自以为才华横溢，其实往往落入总体话语的陷阱。我现在写诗，有时一首诗改写多达十几遍，我是在不断誊抄改动的过程中，才逐渐把握住一个词最合适的位置。去年我写作《0档案》，这首长诗是我写作经历中最痛苦的经历，在现存的语言秩序与我创造的'说法'之间，我陷入巨大的矛盾，我常体验到在庞大的总体话语包围中无法突围的绝望……"① "《0档案》" "总体话语"和"绝望"等一类的词语，充分体现了90年代初期于坚观念转变痛苦蜕变的过程。对于诗人的这种焦虑感，其实普遍反映在古今中外的诗人身上，可以说是"影响的焦虑"的直接后果。只是在中国的1989年后至90年代中期的这个过程尤其特殊，所以他的这种焦虑感也就凸显出更为独特的意义。他的这种焦虑感其实也体现在其他诗人的身上，在90年代初期尤为普遍。但是中国社会在向世纪末推进的过程中，社会、经济环境出现了极大的变化，诗人内部的观念也随之发生了变化，正是这种变化最后导致了诗歌观念的分化，甚至是世纪末的冲突。

外驱力不仅促使那个时代整体的诗歌观念发生了变化，出现了很多新的特征，也快速推动了诗人内部的分化。90年代初属于"知识分子写作"的诗人们在经历了精神的涅槃后，在诗歌上确实有不少的建树，而且迅速成为诗坛的掌控者。90年代中期，随着市场经济的进一步冲击，社会迅速进入晚报文化与银行利息的时代，于是启蒙主义自我瓦解，在这种背景之下，社会整体的文化结构进行了一次大洗牌。在这个短暂的过程中，属于"知识分子写作"诗人们的身份发生了或明或暗的变化。1989年后至90年代初期，他们与80年代初期的朦胧诗诗人们的处境基本一致，也就是他们与时代、政治之间保持着紧张的关系。换句话说，正是诗人们与时代、政治的紧张关系才造就了一代朦胧诗人与"知识分子写作"诗人。朦胧诗人被第三代诗人"PASS"，并不是他们与时代的关系缓和了，而是主要由于后现代思潮的开始兴起、影响的焦虑与诗歌命名的狂欢等一些因素所导致。而90年代中期"知识分子写作"开始失效，则是因为他们与时代、政治的紧张关系消失了，而且大多数成为市场经济语境下的既得利益获得者。有的诗人走出国门，在国外讨到不少好处，拿到大笔外币，求得职位，并且可以在国外安居，只是他们仍舍不得国内的资源与成名记忆，从而穿梭往来于国外与国内之间，有了海外归来的光环，从而成为"国际诗人"。有的诗人以前期的诗学评论作为基础进入学院，从一个诗人摇身一变而成为学院派诗人兼学者，从而拥有诗坛话语权与撰写文学史的特权，俨然成为官方与主流的代言人。还有一种情况也随之出现：90年代中期开

① 于坚：《诗人于坚自述》，《作家》1994年第2期。

始，"知识分子写作"的诗人开始了他们诗歌经典化的进程，文学史的编写，权威诗歌选本的编选，对为数不多的诗人的集中、跟踪式研究，等等，似乎诗歌也处于一个注重商品品牌的年代。如此一来，"知识分子写作"诗人的身份发生了根本性的变化，他们的写作也逐渐中产阶级化，体现在诗歌文本中的就是批判性减弱，职业性增强，悲剧意识淡化，表现自恋的、自我的、内心放大诸如此类观念倾向的增强。以上原因导致了"知识分子写作"日益圈子化和失去亲和力。

与此同时，以口语诗、平民化倾向明显的"民间写作"越来越反感"知识分子写作"的做派。"民间写作"的知识分子性在不断上升。随着"知识分子写作"精神的逐步退隐，中国的经济与国力也日益增强，国际地位稳步上升。"民间写作"观念适时的上升趋势，也就更符合本土化与民族主义在社会变化中的需求，从而使"民间写作"观念不仅从90年代初期的"知识分子性"当中剥离，而且也加快了与"知识分子写作"观念分化的速度。

下面粗略谈谈90年代中后期最主要诗歌观念发育、形成与分化的具体表现。

关于"知识分子写作"观念。"知识分子写作"观念从最初提出到再次提出与确立，其中有很清晰的线索，这与西川、陈东东、欧阳江河三人有着直接的联系。只是它再到不断深化、不同阐释甚至发生偏移的过程，则显得有些含糊与混乱，这个时期正是90年代中期及以后。大多数"知识分子写作"的诗人与诗评家都有各自的阐释。比如程光炜的《诗歌的当下境况与个人化写作》（1995）、《九十年代诗歌：另一意义的命名》（1997）、《不知所终的旅行——九十年代诗歌综论》（1997）、《我以为的90年代诗歌》（1998），等等。又比如王家新的《夜莺在它自己的时代——关于当代诗学》（1996）、《从炼金术到化学：当代诗学的话语转型问题》（1996）、《对话：在诗与历史之间》（1996）、《阐释之外——当代诗学的一种话语分析》（1997），等等。再比如西川的《诗歌炼金术》（1994）、《关于诗学中的九个问题》（1995）、《生存处境与写作处境》（1997）、《90年代与我》（1997），等等。以上几个人的例子就已能说明问题。到"盘峰论争"发生后，则掀起对其进行全面阐释的高峰，之后则渐趋平静，不断弱化，以至少有人提及。不过，从以上诗学文章发表的时间来看，大多集中在1995年之后，这个时间段说明了一个问题，那就是"知识分子写作"在90年代中期后加速了自己的命名。过盈而亏，也正是在这个时候，与他们对立的"民间写作"也开始加速了针锋相对的命名与阐释，从而加速了90年代诗歌观念内部分化的进程。

关于"民间写作"的观念。一般认为，这是一种"平民化"的诗歌观念。从80年代中期的第三代诗歌对朦胧诗的反动来看，就已呈现出平民化与贵族化的分化倾向。如果说朦胧诗是现代的、贵族的，那么第三代诗歌则貌似是后现代的、平民的。尽管90年代的语境已大不同于80年代，但对比90年代"知识分子写作"（贵族化）与"民间写作"（平民化）两种倾向的分化情形，历史却显示出惊人的相似性。只是不同的是，80年代是群体性的，而90年代则相当个人化。相对于"知识分子写作"一方的言辞确凿，概念明确而清晰，"民间写作"观念的正式形成却是在世纪末的那场论争之后。但这并不等于说之前它不存在，只是"民间写作"观念呈现一种分散状态，而且命名也没那么集中和统一。对"民间写作"观念的阐释，论争发生之前的代表人物当推周伦佑和于坚。周伦佑的代表文章有《红色写作》（1992）、《当代诗歌：跨越年代的言说》（1993）、《拒绝的姿态》（1993），当然他的阐释只是站在民间的立场上而进行"非非主义"的言说，并不是严格意义上的"民间写作"观念的直接阐述，而且他的文章都是发表于90年代初期。能够代表直接与"知识分子写作"观念对抗，并且其言论发表在论争发生之前的主要有于坚、沈奇、谢有顺等人。于坚自1982年就开始记录他诗学观念的随感，将之集中于《棕皮手记》并不断发表，他平民化、口语化的"民间写作"立场的观点几乎可以从中全部找到。他的其他主要文章有：《诗人于坚自述》（1994）、《传统、隐喻与其他》（1995）、《从"隐喻"后退———一种作为方法的诗歌之我见》（1997）、《穿越汉语的诗歌之光》（1998）、《诗歌之舌的硬与软——关于当代诗歌的两类语言向度》（1998），等等。于坚一系列的诗学主张，加上韩东80年代即已提出的"诗到语言为止"以及周伦佑90年代初期的理论，还有广大民刊所提供的观念的助阵，大众文化与网络文化的背景烘托，这一切实际上都为"民间写作"概念的最终明确提出奠定了坚实基础，这是一种喷薄欲出的态势。论争发生后，他对"民间写作"才有针对性极强的阐释。对"知识分子写作"一边倒的优势理论阐述与"权威"的发表，持"民间写作"的一方极为不适，明确表示对抗的文章除了于坚的之外，还有论争发生前不久发表的沈奇的《秋后算账——1998：中国诗坛备忘录》、谢有顺的《内在的诗歌真相》《诗歌与什么相关》，等等。"民间写作"的言论，迅速激起"知识分子写作"一方的反击。包括王家新、唐晓渡、孙文波、臧棣、西渡等人在内的"知识分子写作"一方纷纷撰文，对之表示不满。从而分野渐趋白热化，直到"盘峰论争"的发生。

　　在双方观念发育、形成与分化的过程中，还有些具体的观念变化十分引人注目。一是语言资源上，"知识分子写作"越来越多地使用西方的语言资源，而"民间"一方则强调本土口语或方言。二是内容上，前者同样更多地使用西方思想资源，而后者则强调母语的原创性。这同样还表现对历史化与现实的不同理解上，前者提倡一种曲折的介入方式，更多地以个人的体验来面对现实的诸多无奈，是一种升华式的拒绝。而后者则强调以一种日常性生活的形式来介入。三是前者越来越强调技术性，而后者则追求一种平民化的口语。四是前者在进入90年代中期以后，出现了喜剧与挽歌。而后者则体现为底层式的悲悯与对现世的直接关怀。总而言之，他们各自的观念是动态发展与变化的，双方从同一个起点出发，并逐步形成各自的观念形态，却为了同一个目标，最终分道而行之。这一切表现在他们诗歌中的语言策略的变化上，他们都充满了"个人性写作"而坚持自己观念的特质，这可能是双方能够相互对抗的动力所在，分化中又体现出了一种自由主义的品性。

第三节　冲突与走向多元的新世纪

　　"盘峰论争"之前，先是多种观念的生发，随着社会与文化语境的变迁，逐渐演化为两大观念的对立，并导致最后的火并。对于论争，有论者认为是毫无意义的"意气之争"，其实并不尽然。至少，双方为了求得自己的合法地位而极力发表自己的观点，对两种观念发展的历史来说，是一次大盘点大清理。虽然其中存在不少意气之词，但毕竟其中也不乏学理探求，这是我们不可忽视的。两种观念从90年代初到中后期的演变史，其实已给中国诗歌的发展提供了另一种可能性，那就是冲突后的结果与走向。从当下来回顾这场论争，它确实对日后诗歌观念的走向产生了极大的影响，并为再次走向多元的格局打下了基础。

1999年"盘峰论争"之后，一是"知识分子写作"与"民间写作"继续论战，一年后才渐趋平息，在这过程中，"知识分子写作"的声音已呈弱化趋势；二是"民间写作"内部开始出现分化，出现新的裂变；三是"第三条道路"、"70后"、"下半身"、"中间代"、网络诗歌等相继登场，发出了与以往不同的声音。作为考察20世纪90年代以来的诗歌分化的演变史，这些都成为必要的考察对象。

"知识分子写作"与"民间写作"的论战观念将在后面章节具体论述。

"民间写作"内部出现分化始于"盘峰论争"之后的另外两次"诗会"。其一是1999年11月12日—14日，由《诗探索》编辑部、《中国新诗年鉴》编委会、中国社会科学院文学所在北京昌平龙脉宾馆联合主办的"'99中国龙脉诗会"。其二是2000年8月18月—21日，在南岳衡山举行的"九十年代汉语诗歌研究论坛"——"衡山诗会"。这两次诗会"知识分子写作"代表人物悉数缺席，这就为"民间写作"一方内部的分化提供了可能。正如伊沙所言："有一种失去对手后的'无边的空虚'。"[1]失去了对手，那么矛头就应该指向自己一方了，这种"后现代"的态度从客观上促成了"民间写作"一方对自身的反思。也正是在这次诗会上，收获了另一种共识："'民间写作'与'知识分子写作'之外，诗坛事实上存在着大量显在或潜在的'另类写作者'。"[2]这就又为多元观念的即将诞生定下了基调，并默认它们存在的合理性。曾经以一篇《谁在拿"九十年代"开涮》让诗界大为震惊的"大学生"沈浩波，他几乎彻底否定了"民间写

---

[1]　孙基林：《世纪末诗学论争在继续——'99中国龙脉诗会综述》，《诗探索》1999年第4辑。

[2]　孙基林：《世纪末诗学论争在继续——'99中国龙脉诗会综述》，《诗探索》1999年第4辑。

作"的成名诗人，并指出之前"民间写作"在相当程度上是无效的。这种否定一切的勇气似乎也反映出诗歌艺术的独立、严肃与创新的某种品质，同时也可作为"盘峰论争"之后到新世纪诗歌观念再次分化的一个显目的标志。"民间写作"内部的分化还可以"沈韩之争"作为例子以观其特征与诗歌观念的分歧态势。

"沈韩之争"发生于2001年初。沈指"下半身写作"代表青年诗人沈浩波，韩指"前辈"诗人韩东。从他们二人之间的争吵开始发展成为以他们各自为代表的两派之争。沈浩波在2000年的"衡山诗会"上已对韩东提出批评，他又在《诗江湖》网站说："我知道我在衡山的发言让你感到疼了"，后来韩在2001年第1期的《作家》杂志上发文表达了对以沈为代表的先锋诗学的不屑，他说："比如我最近听说一位新的诗坛权威发明了如下公式：文学=先锋，先锋=反抒情。并且声称自己要'先锋到死'。先不说'先锋到死'有多么煽情，以上公式也太白痴了一些，而且误人。"之后，他们以及他们的阵营就在《诗江湖》进行了一次声势浩大的论争。

这又是一场从"诗学交锋"转变到"意气之争"的例子。韩东质疑沈浩波的先锋性，并认为其并非艺术上的个性。沈浩波则认为正是由于韩缺乏了先锋性才致使他90年代的诗歌失效，具体表现在"才子式的小吟咏""柔弱的小情调""小悲悯小抒情"等方面。沈、韩双方的盟友相继介入《诗江湖》《橡皮》《唐》等诗歌网站的论争中，最终演变成同一诗歌阵营内部的"话语权力"之争。支持韩东的以"《他们》派"为主，支持沈浩波的以"北师大帮"为主。此次论争最终以韩东单方面撤出结束。对这次论争进行描述与评论的文章主要有伊沙发表于2002年第2期的《芙蓉》上的《中国诗人的现场原声——2001网上论争回视》与谭五昌发表于2003年第3、4合辑《诗探索》上的《世纪之交的中国新诗状况：1999—2002》。这次论争在观念上提出了一些有益的启示，比如：杨黎的"民间和伪民间"之说、话语权力之说、沈浩波的"语言与身体"之说等等。但意义不能遮蔽丑陋的一面，谭五昌认为："'沈韩之争'充分暴露了不少'民间'诗人（尤其是年轻的诗人）身上所存在的严重的'江湖习气'及对待诗歌艺术的浮躁与功利心态。"① 这种"江湖习气"与网络的流行沆瀣

---

① 谭五昌：《世纪之交的中国新诗状况：1999—2002》，《诗探索》2003年第3、4合辑。

一气，又充分继承了80年代中期反文化诗与90年代以伊沙为主的后现代口语诗的粗鄙性，在诗歌观念上产生了另一种含混不清的又带有狂欢性质的新世纪现象。

"第三条道路"诗歌观念的产生与"龙脉诗会"有关，代表人物包括车前子、树才、莫非、杨晓民、谯达摩等。诗歌界针对"知识分子写作"与"民间写作"之争，提出了不仅仅是折中的"第三写作"或"单独者"的写作。这类写作是对90年代初即已提出的"个人写作"的充分延伸发展。下面一段话基本上可以呈现"第三条道路"的产生背景与大致观点：

此次会议，几位持有相对独立立场的诗人如车前子、树才、莫非、杨晓民等，就是他们中的代表。……他们在发言中，大都从个人角度阐明和申述自己的诗学态度与主张，并大多对这场论争持否定态度。车前子说他之所以坚持写作20年，"无非认为只有写作才是真正意义上的个人之事"。……他认为如果"知识分子写作"者有点像恢复高考时的心态，那么"民间立场"具有红卫兵情结，他们尽管铺陈平民化，内心里倒是这个时代的孤独英雄，有时不免以反抗者的姿态，做出些盗名媚俗之事。……莫非在发言中反对"诗歌中的秘密行会"，他认为无论神圣的还是庸俗的，这种行会"只能有利于滋生形形色色的头头脑脑，相应的是无头脑的诗歌大行其道"。由此，他批评这场争斗仅仅是无趣的名分之争。他所倡导的是另类的"第三写作"或"单独者"的写作。树才认为不同的声音可以对抗，但他担忧自我膨胀、意气用事。重要的不在对抗，而在如何认真写出自己真正有活力的作品。个人写作，就是将个人活生生的惨痛的经历投入其中，可以写下的和以后能写出的，都只能属于你自己，你只能站在你自己的立场上，而立场在写作自身，在写作过程之中，写是你个人的，评价则是另一回事。杨晓民说，他只坚持自己写诗。现代诗歌的确死了，仅仅以事件进入媒体，进入大众生活，就是一个证明。事实上诗歌与信息社会无关，它已缺乏在文化领域中的反思能力，我们只能回到自己，回到诗。[①]

---

① 孙基林：《世纪末诗学论争在继续——'99中国龙脉诗会综述》，《诗探索》1999年第4辑。

谯达摩、莫非、树才等人在"龙脉诗会"之后编选《九人诗选》并明确提出"第三条道路"诗歌观念，"盘峰论争"后中国当代诗歌写作与观念多元化由此开始。"第三条道路"也被认作是新世纪以来中国出现的第一个诗歌流派。

"70后诗歌运动"是以代际来命名的诗歌现象，论者谭五昌与诗人黄礼孩都曾考察这一运动产生的过程：1.序幕。1998年底，北京"蓝色老虎"现代诗歌沙龙在清华大学举办"七十年代出生诗人群体之声"活动。但据"70后"的"吹号手"黄礼孩说，"'70后写作'这一说法最早起源于1996年陈卫在南京创办的民刊《黑蓝》。"① 2.自觉运作。1999年5月，广东青年诗人潘漠子、安石榴等人策划的"1999年中国70后诗歌版图"在民间诗报《外遇》上推出。陕西青年诗人黄海、王琪在西安连续推出几期《七十年代》诗报。1999年12月，一批来自全国各地的70年代出生的青年诗人齐聚北大，举办"生于七十年代——中国诗歌新锐作品朗诵会"。"70后诗歌运动"遂成声势。3.标志性的确立。2001年1月，广东青年诗人黄礼孩在广州策划、主编民刊《诗歌与人》，刊物以"中国70年代出生的诗人诗歌展"为主旨，先后推出大量70后诗人的诗歌作品。2001年6月，黄礼孩编选《70后诗人诗选》，这部带有总结性质的诗选使"70后"诗人在诗坛终于拥有了一定的地位。谭五昌认为："'70后'诗歌运动无疑可看作'一代'诗人在承受着'前辈'诗人'影响的焦虑'和社会文化思潮对于诗歌的'冷漠'所构成的'双重压抑'中而进行的一次强力'反弹'与'突围'，他们力图以主动'建构'历史的方式为自己争得应有的诗歌地位，进而希图获得社会的关注与认可。"②

"70后""不可能共用一种诗歌美学"，"希望在求新求异的方向上一路挺进"，③ 这可能就是"70后"的诗歌观念。安石榴的观点很具代表

---

① 黄礼孩：《一个时代的诗歌演义——关于'70后诗歌状况的始末》，《诗选刊》2001年第7期。

② 参见谭五昌：《世纪之交的中国新诗状况：1999—2002》，《诗探索》2003年第3、4合辑。

③ 黄礼孩：《一个时代的诗歌演义——关于'70后诗歌状况的始末》，《诗选刊》2001年第7期。

性，他对"70后"的写作心理直接明了地说："你们不给我们位置，我们坐自己的位置；你们不给我们历史，我们写自己的历史。"①

沈浩波在概括"70后"产生的背景时说："在'知识分子'和学院写作横行的10年，是中国先锋诗歌停滞的10年，其中最大的受害者就是那些生于70年代前期的诗歌爱好者，用朵渔的话说，那是被'吓破了胆'的一代，先被海子的'麦地狂潮'给蹂躏了一把，后被知识分子的'修辞学'和'考据学'给唬弄了一把，就成了那个鸟样子了。"②作为"70后"诗人的代表沈浩波，正是在这一认识之下才推出了他"下半身"诗歌观念的。

"下半身"观念是在"70后"诗歌运动的过程中产生的，以2000年7月沈浩波推出《下半身》杂志为标志，其目的是要给"70后"重新洗牌（朵渔语）。值得注意的是，"下半身"观念的兴起和形成一股潮流与网络关系密切，包括"诗江湖""诗生活""唐""橡皮"等在内的诗歌网站直接使"下半身"成为中国一时显要的诗歌观念。沈浩波说，"《下半身》的创刊，才真正预示着'70后'诗人们真正成为中国先锋诗歌的中流砥柱"，"《下半身》的一举成名，离不开各诗歌网络站点的兴起……。"③

沈浩波在《下半身写作及反对上半身》中开宗明义就指出这种写作的意义在于："首先意味着对于诗歌写作中上半身因素的清除。"他的"上半身"包括：知识、文化、传统、诗意、抒情、哲理、思考、承担、使命、大师、经典、余味深长、回味无穷，等等。与之相对的，他的提倡的只是"下半身"，"它真实、具体、可把握、有意思、野蛮、性感、无遮拦"。这些都是"一种坚决的形而下的状态"，包括：贴肉状态、肉体的在场感、从肉体开始到肉体为止，等等。他要担当一种反文化的正面角色，认为只有肉体本身才能"回到了本质"。总之归为一句话："我们亮出了自己的下半身，男的亮出了自己的把柄，女的亮出了自己的漏洞。我

① 参见黄礼孩：《一个时代的诗歌演义》，《70后诗人诗选》，海风出版社2001年版。
② 沈浩波：《诗歌的"70后"与我》，《诗选刊》2001年第7期。
③ 沈浩波：《诗歌的"70后"与我》，《诗选刊》2001年第7期。

们都这样了，我们还怕什么？"①

　　2001年10月，安琪、黄礼孩为60年代出生的诗人编选了一本作品集《诗歌与人——中国大陆中间代诗人诗选》，安琪在序言中提出"中间代"的概念。于是，"中间代"就在"盘峰论争"之后、"70后"诗人崛起之后而诞生了。一方面，60年代出生的诗人多数属于第三代诗人，而且不少在90年代就已成名；另一方面，"60后"却后于"70后"而出世，而且还冠名为"中间代"，这未免显得奇怪。从这本诗选的内容来看，可以说是重要的，只是对这个命名引来不少争议，"是一个勉强的诗歌概念"②"一个策划的诗歌伪命名"③等类似的说法时常冒现。其中争议不无道理。在中国新诗史上，每一个诗歌潮流的命名都必有某种具体而实在的诗学主张提出，拿"70后"来说，正因沈浩波提出了"下半身"观念，才使"70后"诗歌截然有别于其他诗歌命名。"中间代"提出过什么诗学观念呢？应该是没有具体的诗学主张的，所以它的命名是"暧昧"的。"中间代"如果作为一个代际概念，那么在"知识分子写作"与"民间写作"，甚至是早前的"第三代诗人"，或者之后的"第三条道路"的诗人中，都有很多60年代出生的，比如"知识分子写作"诗人臧棣、西渡、陈东东等，不在人世的海子、骆一禾，"民间写作"的伊沙、韩东，不便分类的张枣、陆忆敏、唐亚平，等等，他们都属60年代出生的。如果说以上所提诗人是被强拉入这个阵营的话，那么"中间代"的命名就有为60年代出生但还没成名的诗人立传、入史的嫌疑了。中国诗歌史上，命名层出不穷。"盘峰论争"之后，又有"70后"与"下半身"的冒现，"命名疲乏症"成为一种普遍存在。④那么，"中间代"的出现并非如那本诗选编者所言："中间代"是时候了。

　　尽管"中间代"颇受争议，但它自面世后，还是为诗坛带来一些生

---

① 参见沈浩波：《下半身写作及反对上半身》，《2000中国新诗年鉴》，广州出版社2001年版，第544—547页。

② 燎原：《为自己的历史命名——关于"中间代"的随想》，《诗歌月刊》2002年第8期。

③ 梁艳萍：《中间代：一个策划的诗歌伪命名》，《文艺争鸣》2002年第6期。

④ 程光炜：《"中间代"一说》，《诗歌月刊》2002年第8期。

气。一是以其命名而推出了不少优秀的诗歌，二是在90年代以来的诗歌观念演变史上，毕竟还是提出了一些虽然不够统一集中但却有一定建设性的诗学主张。这些诗歌观念零散地出现，不能作为"中间代"的美学观念，一些较知名的有：臧棣的"诗歌是一种慢"、伊沙的"饿死诗人"与"结结巴巴"的后现代口语、古马的"用诗歌捍卫生命"、安琪的"我只对不完美感感兴趣"、汗漫的"诗人与鸟相似"、沈苇的"在瞬间逗留"，等等。这些观念有一定的独立性，但有些也同时属于之前一些潮流的既有观念，在此只是又再次被限定进"中间代"的观念范畴，所以这些观念的产生与"中间代"之间并没有必然的联系。

那么，"中间代"这一混杂的观念诞生或诗歌运动，与"盘峰论争"之后的观念分化又存在怎样的一种联系呢？其意义在于进一步表明了"盘峰论争"给诗坛带来了某种历史的焦虑感。也就是说，争权夺利、追求名分的意识影响到一些一直从事诗歌写作，但又不能堂而皇之被写入诗歌史的诗歌写作者们。他们从"盘峰论争"与"70后"诗歌运动中得到启发，也确实按捺不住在诗坛的寂寞位置而勉强出击，认为名分是争来的。不过，抛开这些不说，"中间代"诗人还是保持了充分的个性写作品质。他们用自己的诗歌来进行自我证明，并且表达自己的观点，比如反对观念写作、保持独立写作立场等，这本身并没有错，对诗歌的发展也是有利的。

综上所述，1999年"盘峰论争"之后，特别是进入新世纪以来，诗歌观念呈现多元分化的格局。这个局面更多时候是通过一系列诗歌论争事件来体现。新世纪以来，诗歌论争发生的频率超过新诗史上的任何时期，而且由于网络的普及发生得也更为容易，诗歌现场与诗歌观念也就在这种风雨飘摇之中显得更为混杂、无序而难以把握。"盘峰论争"之后，又发生了以下论争：沈韩之争（2001）、"新诗究竟有没有传统"的论争（2001—2008）、关于"新诗标准"问题的论争（2002—2008）、"关于现今写作中的中产阶级趣味问题"的论争（2006）、对90年代诗歌评价问题的论争（2006）、赵丽华"梨花体"诗歌事件的论争（2006），等等，这其中还不包括很多网络上发生的诗歌论争。这一切现象表面看起来，都似乎有发生的特定背景与事件支撑，但总的来看，大多数仍可视作为"盘峰论争"在某一方面的延续。

第四节　20世纪90年代以来诗歌观念流变的研究状况

　　对20世纪90年代以来诗歌观念流变的研究，最初的研究来自诗人本身，而且主要是"知识分子写作"的诗人。80年代末90年代初以来，不少诗人开始涉足诗歌批评领域，这不仅体现了他们对自身写作观念的调整，也可看出他们对诗歌研究的一种自觉。包括欧阳江河、王家新、西川、陈东东等诗人在内，也包括如诗评家程光炜在内的不少研究者最早开始了诗歌从80年代到90年代初的转型研究。也正是他们这期间的"断裂论""流变论"，才在很大程度上引导了整个90年代诗歌观念的流变。同时，他们自身的诗歌观念，也融入这个观念的流变之中。

　　文学史家洪子诚、刘登翰也明确提出这一研究现象的存在。"有关诗歌发生'断裂'的认定，不仅是事后的归纳，在90年代开端，一批活跃诗人还根据自身的历史意识与写作境遇，进行'转型'的设计和调整。他们在理论与写作实践上，刻意突出与80年代第三代诗的差异。对80年代后期的诗歌某种情况（'日常性'，以及'生活流''平民化''口语''文本意义放逐'等的绝对化强调）的反省，是'转型'提出的最初根据。'中断''终结''从头开始'等标示时间'断裂'刻度的用语，经常出现在他们此时描述精神和写作状况的文章中。"[①] 这种提纲挈领、分散式的观念流变研究，普遍出现于当代文学史与当代诗歌史中，它们能给我们提供一些可以进一步研究的线索。比如我们可以从这些研究中的"80年代末""80年代中后期""90年代初期""90年代末""世纪之交""新世纪以来"等字眼中去寻找具体的史实以及与史实相关的观念流变状况。从而为我们概括初期、分化期、多元期的诗歌观念流变史打下一个公认的基础。

　　另外，也有文学史家直接介入到具体的分期中进行探究，并且提出极有价值的观点。程光炜曾指出并分析了90年代诗歌"演进中的几个阶

---

① 洪子诚、刘登翰：《中国当代新诗史》（修订版），北京大学出版社2005年版，第250页。

段"，① 这是以"时间线索"来进行的研究。尽管他的研究是整体性的诗学研究，但从他的分析中我们还是可以看出那种明显的"观念"演变史的特征。

程光炜把"从1990年到1995年6月"界定为探索阶段。这个阶段经历了80年代末因受遏制而从青春期步入中年期、90年代初先锋诗的两种路向发展期，直到1995年5月底"贵州诗歌研讨会"召开。其中的一种路向是于坚、韩东、周伦佑继续"口语化"与"纯形式"的观念而对90年代的现实不察，另一路向是那些对诗歌观念作出"较大调整"的诗人，包括欧阳江河、王家新、肖开愚、西川、陈东东、翟永明等人。程光炜认为正是对现实的不同态度，才决定了这两个路向的价值，他明显偏向于后一种路向的观念转变。

他把"1995年7月到1999年年底"认作"诗学理论和创作的发展阶段"。他认为，1995年6月23日—28日在贵州召开的"当代诗歌学术研讨会"开始了"现代诗内部'共识'的破裂"。这种"共识"指的就是90年代前期诗歌中"知识分子写作"倾向，而此时期正是前文中提到的"民间写作"观念从"知识分子写作"观念中分化出来的90年代中期。程光炜认为这是新的发展阶段的开始，而且以1996年第1期《诗探索》发表王家新和程光炜的两篇文章作为标志。② 他的想法不无道理，正是在这两篇文章中，"知识分子写作"一方开始质疑与批评"民间写作"一方"口语诗歌"观念在当下的有效性，从而揭开了"民间写作"的反批评与90年代最主要两种诗歌观念分化的序幕。

当然，以洪子诚、刘登翰和程光炜等为代表的文学史家们对90年代以来诗歌观念的流变研究，都带有一种综合前人研究成果的性质，著史力避锋芒太露以求整合成一种共识。新世纪以来，尤其是近四五年来，这方面的研究日渐增多。考虑到后面章节中还要论及"知识分子写作"与"民间

① 参见程光炜的《中国当代诗歌史》"下篇 90年代的诗歌""第十四章 90年代诗歌略述"中的第三节"演进中的几个阶段"，中国人民大学出版社2003年版，第349—352页。
② 这两篇文章分别是程光炜的《误读的时代》与王家新的《夜莺在它自己的时代——关于当代诗学》。

写作"的方方面面，所以在此暂不考察持这两种观念的诗人一路走来对流变史方面的见解，在此主要关注其他的研究者对90年代以来诗歌研究的简略概况，而且主要集中在带有观念流变性质的研究成果上。总的来看，这些研究呈现出以下特征：

第一，关键词式研究。这是最常见的一种关注观念流变状况的研究形式。通过90年代以来所出现的一些最重要的概念、观点、观念术语等的阐释与梳理，以期从中理出一条发展流变的脉络。总的来说，对90年代以来所出现的所有观念性的概念，都多有人阐释，而且以所持观念的诗人与倾向于这类诗人的诗评家们为主来关注与阐释，并进行跟踪式研究。这方面的成果较多。就学界来说，也多有建树。比如：《20世纪90年代以来的诗歌叙事》（李志元、张健，2006）、《90年代中国诗歌关键词》（房芳，2007）、《90年代以来诗歌的"个人化"写作》（王士强，2007）、《追溯与穿越——重论九十年代以来诗歌"叙事性"问题》（张华，2008）、《论1990年代中国诗歌的戏剧化特质》（王昌忠，2009），等等。我们可以通过这一个个具体的散点来透视90年代以来诗歌观念的聚结点，从中也可以看到诗歌观念流变的关节点。

第二，整体式观照。其实，自有人提出"90年代诗歌"这一概念时，就不断有学者去论述这个概念成立的成因与发展过程。而且整体式的研究从90年代初中期开始就一直没有中断过，进入新世纪，由于与90年代逐渐拉开了距离，90年代诗歌的历史感逐渐彰显，从而研究也就不断深入。这方面的研究是文学史家们的首要目标，同时也是其他研究者的兴趣点所在，所以成果较多。比如：《内心的迷津》[①]中的"第一辑　思考九十年代"（张清华，2002）、《时代精神碎片的整理方式——20世纪90年代诗歌简论》（李志元，2005）、《简论20世纪90年代以来的诗歌写作》（李志元、张健，2006）、《论1990年代以来大陆新诗研究》（张桃洲，2007）、《大众消费文化时代的来临与九十年代以来诗歌的变化——

_____

① 张清华著，山东文艺出版社2002年版。此书"第一辑　思考九十年代"中有多篇诗歌观念流变的整体性的论述，比如：《存在的巅峰或深渊：当代诗歌的精神跃升与再度困境》《另一个陷阱或迷宫》《从神启到世俗：诗歌"终极关怀"的变迁》《九十年代诗歌的格局与流向》，等等。

对九十年代以来诗歌的再认识》（赵彬、苏克军，2007）、《消解中的重构：重审九十年代诗歌》（乔琦，2008）、《走向沉沦的中国当代诗歌——20世纪九十年代以来的诗歌状况评说》（杨守森，2009），等等。这种整体性的分析，多少带有综论与重新定评的性质。有些论者还做了重新分析与观念命名的努力，比如张立群的《论90年代以来中国新诗的心态意识》（2008）就是一种新的研究尝试。又比如张清华在《现今写作中的"中产阶级"趣味》一文的开篇就如此概括："自上个世纪九十年代以来，对于大多数写作者、尤其是成名的诗人来说，深陷于'中产阶级'趣味成了他们的普遍病症，这种病症在近一两年中更加明显起来。"[1]这种研究很显然是对90年代以来的诗歌观念做一个综合的分析与寻找观念中普遍存在的病症，意义确实重大。然而，我们还是可以从中找到诗歌观念流变史的脉络，这是离不开的，毕竟整个90年代，诗歌观念确实大大引导了诗歌写作的方向。

　　第三，具体的转型研究。转型、分裂、分化等成为90年代诗歌观念研究必须要去紧密联系的关键词，这是由整个时代的语境决定的。在诗歌现场，这种情况也成为一种不可否认的事实，所以这方面的研究是一个实实在在的命题。从90年代初期开始至今，从来就没有缺少过这类研究，这几乎是一个共识性的研究领域。只是有论者从不同角度，比如从文化与社会转型来研究诗歌转型的必然性，从启蒙的自我瓦解来阐明诗歌转型的社会思想与文化的背景，等等。这个领域的研究成果是比较多的。在90年代，陈旭光、谭五昌的多篇文章就是有力的证明，这为我们研究90年代诗歌观念的流变提供了极有价值的研究，为后来的研究打下了坚实的基础。[2]与

---

①　张清华：《现今写作中的"中产阶级"趣味》，《星星》诗刊2006年第2期。此文一经刊出即引起论争。

②　在90年代诗歌观念转型研究方面，陈旭光、谭五昌二人做了较多的研究，重要的文章有：《语言的觉醒——"后朦胧诗"转型论之二》（陈旭光，1994）、《主体、自我和作为话语的象征——"后朦胧诗"转型论》（陈旭光，1995）、《我们这个时代的文化转型与诗歌抒情》（陈旭光，1996）、《九十年代：文化转型与先锋诗歌的"后抒情"》（陈旭光，1996）、《断裂·转型·分化——90年代先锋诗的文化境遇与多元流向》（陈旭光、谭五昌，1997）、《艰难的转型与多元的无序》（陈旭光、谭五昌，1999）、《从感性到知性——中国现代主义诗歌"诗学革命"论》（陈旭光，1999）、《"中年写作"：文化转型年代的诗与思——90年代先锋诗歌诗学话语研究》（陈旭光、谭五昌，2000），等等。

此类似的还有罗振亚的《从意象到事态——"后朦胧诗"抒情策略的转移》、王士强的《宿命的下降或艰难的飞翔——论1990年代以来的当代诗歌转型》（2008），等等。

第四，流派与分类研究。流派，其实是对不同诗歌观念的分类，这类研究更为具体地深入到某种诗歌观念的研究中，其结果是从另一个侧面论证了诗歌观念分化与流变的过程。这类研究也较为丰富，尽管其中不少为简介性质的文章。比如对"知识分子写作"与"民间写作"的研究，在"盘峰论争"及之后出现很多，无法去统计。还有对"第三条道路""女性诗歌""70后""下半身""中间代"等一系列流派的研究，形成十分热闹的局面。比如：周瓒的《九十年代以来的中国女性诗歌》（2005）、阿翔的《1990年代以来诗派介绍》（2008）、唐欣的《略论中间代及中间代诗人》（2003）、杨远宏的《诗歌史情绪焦虑的突围——我看"中间代"命名》（2002），等等。

第五，具体诗人研究。这是微观的研究，既研究诗人的文本，也研究诗人诗歌观念的转变。总的来看，这是对90年代诗歌观念流变的一个有力的补充和必要的佐证。尤其是研究那些表达了重要观念的诗人，这将为我们研究诗歌观念的变迁史提供有力的个案证据。这类研究是很普遍的，比如，邹建军的《叶延滨90年代抒情诗创作综论》，程光炜的《王家新论》《欧阳江河论》《西川论》，张清华的《欧阳江河与西川：两个个案》《关于伊沙》等文章，都属此列。

第六，时间阶段性的研究。这涉及具体的年份，在某个年月时间段到底有何诗歌观念出现，有何重要诗歌作品面世，有何重要诗学理论文章，这些都成为具体的研究对象。比如程光炜的"阶段说"，谭五昌的《1999—2002中国新诗状况述评》，秦巴子的《2000，我的诗歌关键词》、蓝棣之的《论21世纪诗歌写作的几种新的可能性》、刘春的《2000江湖盘点》、伊沙的《现场直击：2000年中国新诗关键词》、韩作荣的《2000年的中国新诗》、康城的《70后诗歌回顾：2000—2001》，等等。还包括有些对诗歌年鉴、年选进行研究的文章，比如刘春的《近20年新诗选本出版的回眸与评说》（2005）。这些都能具体而真实地反映在某个具体历史时段的诗歌观念与诗歌创作的大致状况，为我们考察诗歌观念的流变史提供某个时间环节的借鉴。

此外，还有很多博士与硕士论文也是选取90年代诗歌为研究对象的。但是一般而言，要么是就某个观念作出单面性的研究，比如郑必颖的硕士论文《论作为诗歌流派的"知识分子写作"》、张军的硕士论文《"知识分子论"——一种当代诗歌观念的探讨》；要么是比较含混没有重点的研究，比如魏天无的博士论文《90年代诗论研究》。

从以上对90年代以来诗歌观念研究的多种状况来看，总的来说比较繁复，但能够给我们提供十分丰富的研究资料，这点是值得肯定的。丰富的研究成果恰恰说明了90年代诗歌的重要性，其流变历史的客观性，以及再次深入研究的必要性。但也显示出一些不足与有待进一步探究的地方，具体表现在：一、繁复中没有突出重点，没有综合有重点地研究90年代的诗歌观念；二、对90年代的诗歌观念流变史，至今没有此方面的研究出现；三、对90年代最重要的两种诗歌观念"知识分子写作"与"民间写作"至今还没有综合而深入的研究；四、对"盘峰论争"之后，因受其影响，对诗歌观念进一步分化与多元格局的产生这一后续的观念流变史，也没有综合的研究出现。

综上所述，对90年代以来的诗歌观念流变史的研究应该是一个综合、全面、有重点的研究，如此才会更有意义，更有成效。

第三章 ▶ "知识分子写作" 观念研究

本章在谈"知识分子写作"之前，我们无法绕过这个词条的限制定语——"知识分子"。"知识分子写作"的阐释核心应该与这个定语相关。从广义上来看，古今中外的一切写作都带有一定的知识分子特征。但是为什么在90年代的中国诗歌界却有如此的一个概念生成？并由此去定义一种诗歌写作类型？其中，必有其特指属性。它有怎样的特征？它的概念生成史是怎样的？它有哪些代表性的观点？这些都是本章要去考察的内容。

20世纪80年代中后期最早由诗人提出，然后发展、延伸至90年代末期并风行一时的"知识分子写作"，影响了新世纪以来的诗歌发展。回顾这个诗歌概念的生成史，对考察80年代末期以来，包括整个90年代至新世纪诗歌观念的演变史，无疑会提供一个有效的视角。但是如果我们孤立来考察这个概念，就会使它的生成缺乏理论基础。那么，欲考察"知识分子写作"，就得先简略梳理"知识分子"这个概念史，以及20世纪以来"知识分子"在中国语境中的大致状况，这将成为必要的基础与前提。唯其如此，"知识分子写作"才能找到合理的定位，才能使这个诗歌概念的生成找到合理的依据。

本章将循着以下思路来展开论述：先从"知识分子"中西方含义的粗略梳理入手，再到"知识分子"在中国20世纪语境中的理解，特别是对普通意义上的"知识分子"与文学意义上的"知识分子"关系的辨析，最后才是对"知识分子写作"概念的阐释，包括它的最初提出、发展，特定含义、意义，代表性阐释，以及对中国当代诗歌观念的影响，等等。在考察代表性的"知识分子写作"观念时，将以"盘峰论争"为界，分为前期和后期两部分。

第一节　"知识分子写作"前史

如果在此过多陈述或概括"知识分子"的具体含义与历史发展，对本书的构成并无大益，也无必要。但作为本章的一个理论基础，依然需要必要的简述。本节的重点不在于梳理这个概念的全部历史，而是强调知识分子的内涵所指在中西方的异同，及其在古今的大致差异。特别是在中国20

世纪的各个阶段，文学意义上的知识分子的不同身份及其所担负的责任，最后切入"知识分子写作"中的知识分子的特有属性和阐述这类写作的特质。适当区分普通意义上的"知识分子"与文学意义上的"知识分子"的涵义，这是必要的。具体到文学上来，适当区分作为作家主体的"知识分子"与作家作品中的"知识分子"形象，这也是有必要的。

一、"知识分子"概念在中西方

英国学者雷蒙•威廉斯（Raymond Williams）在他的《关键词：文化与社会的词汇》一书中把Intellectual作为"有知识的、知识分子"来解释。他在词源发生学的意义上为我们提供了一个简洁的理解"知识分子"概念的演变史。19世纪初期，Intellectual即已是"用来表示一个特别种类的人或从事一种特殊工作的人"，基本上是指那些从教会、政治的机制里跳出来并获得某种程度的独立自主思想的人。从19世纪末期的so-called intellectuals（所谓的知识分子，在当时的语境中从意识形态出发，带有某种负面的意思，有意思的是，这与笼罩在大部分阶段的毛泽东思想语境中的知识分子有些类似）到20世纪中叶以前的intellectuals（知识分子，此时强调的是"意识形态与文化领域里的直接生产者"，仍然不同于specialists或professionals即专家或专业人士），其中不可忽略的就是"知识分子"与社会政治的紧张关系。至于后来这种意义上的知识分子被政治收编或进入技术领域后的含义，则是走入到更为广义上的知识分子含义中了。这个词义的演变史，是"既复杂又饶富意义的"。[①]雷蒙•威廉斯简洁的词条解释其实蕴含了丰富的阐释空间。他告诉我们，"知识分子"从一开始就与政治密不可分，而且是一种对抗的关系。后来词义所指的宽泛化包含了"知识分子"精神妥协的一面，与政治合谋的一面，当然也有在知识层面上的精进的一面。

Wikipedia维基百科网站给intellectuals的释义是："'intellectual'一词表达了有文化的思想者的概念，而该词的早期用法，如在John Middleton Murry写的《知识分子演进》中，则更多地指涉'文学'层面的意义而不

① 参见雷蒙•威廉斯：《关键词：文化与社会的词汇》，刘建基译，生活•读书•新知三联书店2005年版，第244—247页。

是其'公众'层面的意思。"① 对"知识分子"的不同考察，我们很难得到一个终极性的准确答案。"有文化的思想者"的提法当然适合当今大众化的释义，而且强调的是"思想"，其中有某种含混的意思，既有与政治合谋，也有与政治避离的所指，"思想"与"文化"本身来说就是一个中性词。但值得注意的是，其中所提到的更多的是指涉"文学"，尽管其中确实有值得商榷的地方，但古今中外历来的"知识分子"都与文学紧密相连，这应该是一个不争的事实。中国自古以来就是个诗教的国度，从第一个"知识分子"——孔子开始到屈原，无不是把为国为民的思想以文学的形式表现出来（尽管孔子的文学是广义上的，但屈原却是楚辞的开创者，是地地道道的文学范畴），正所谓"不学诗，无以言"。之后历代的文人学士都无不以"文学"而立足于世，皆因诗文优秀而入仕。"生年不满百，常怀千岁忧"（古诗十九首之十五，汉魏时期无名氏作）的文学士人贯穿了历朝历代。写下"三吏""三别"的杜甫就是典型代表。西方从18世纪初期开始的启蒙运动（the Enlightenment），虽然覆盖了各个知识领域，如自然科学、哲学、伦理学、政治学、经济学、历史学、文学、教育学等，但其间却产生了一大批著名的思想家与文学家，如伏尔泰、狄德罗、卢梭等，他们无不在文学领域有很大的建树。中国近现代开始出现的诗界革命、小说界革命以及"五四"白话文运动，又无不以文学的外在形式来试图进行思想启蒙运动。这些都说明文学与"知识分子"具有天然的联系。只不过，在西方叫"知识分子"，在中国传统的叫法叫"士"。中国"知识分子"的叫法到现代才开始出现。

对于西方"知识分子"的起源及其与中国传统"知识分子"——"士"的比较研究，杜维明、叶启政、余英时等学者都做过比较深入的研究。钱穆对中国传统知识分子的流脉作过全面的梳理，② 许纪霖主编的

---

① 见 http://en.wikipedia.org/wiki/Intellectual#cite_ref-1，原文为：In English "intellectual" conveys the general notion of a literate thinker; its earlier usage， such as in The Evolution of an Intellectual（1920），by John Middleton Murry，connotes little in the way of "public" rather than "literary" activity.

② 参见钱穆：《国史新论》中的《中国知识分子》，三联书店2001年版。

《20世纪中国知识分子史论》①收录了不少与知识分子研究有关的文章。当然还有其他许多学者都作过中西方知识分子的研究，在此难以详列。

余英时在他的著作中除了溯源西方知识分子的概念，还力求找到中西方知识分子的公约点，并返回到中国自身的知识分子源头上来（毕竟，知识分子是一个来自西方的概念）。

……今天西方人常常称知识分子为"社会的良心"，认为他们是人类的基本价值（如理性、自由、公平等）的维护者。……这里所用的"知识分子"一词在西方是具有特殊涵义的，并不是泛指一切有"知识"的人。这种特殊涵义的"知识分子"首先也必须是以某种知识技能为专业的人；他们可以是教师、新闻工作者、律师、艺术家、文学家、工程师、科学家或任何其他行业的脑力劳动者。但是如果他的全部兴趣始终限于职业范围之内，那么他仍然没有具备"知识分子"的充足条件。根据西方学术界的一般理解，所谓"知识分子"，除了献身于专业工作以外，同时还必须深切地关怀着国家、社会、以至世界上一切有关公共利害之事，而且这种关怀又必须是超越于个人（包括个人所属的小团体）的私利之上的。所以有人指出，"知识分子"事实上具有一种宗教承当的精神。②

余英时从对西方知识分子的认识中，看到了中国的"士"传统，看到了中国几千年来的"诗教"传统。于是他得出结论，中国历史上的"士"大致相当于今天所谓的"知识分子"，那种"社会的良心"的诗教传统其实基本上反映了中国文化的特性，而且这种传统长达2500年。"士"在先秦是"游士"，秦汉之后则是"士大夫"。杜甫、韩愈、柳宗元、白居易，等等，足以代表当时"社会的良心"。在钱穆看来，中国新生意义上的知识分子，则是知识分子内在精神的觉醒，这种内在精神就是传统士人心中的宗教，它与诗教是密不可分的。这里存在一个不可解决的矛盾，既是宗教性的东西，那么它必然要普及大多数人身上（当然这与当今的普及性的知识教育不同），然而真正意义上的知识分子在中国很可能只是极少数的"士"，当然他们也是"低级的贵族"（顾颉刚语），在西方更多时

---

① 新星出版社2005年版。

② 余英时：《士与中国文化》，上海人民出版社1987年12月版，"自序"第2页。

候体现为一些知识阶层的精英或天才思想家。这种矛盾性，很容易联想到"知识分子写作"与"民间写作"之间的矛盾性。"知识分子写作"中的"知识分子性"肯定与传统意义上的知识分子性不可同日而语，而"民间写作"的民间大众性又与以往的知识分子性截然有别，两者之间是极为含混而矛盾的一对概念，用中国古代与西方的知识分子概念去套取它们的实质，很明显不大可能。然而反过来思考，"知识分子写作"是否具有现代技术主义的一面？"民间写作"是否具有传统中"士"的一面？这又是一个饶有趣味的话题。总之，两类写作立场是大众与精英矛盾的一种表现形式。他们都是与诗教有一定关系，他们都是知识分子，然而他们之间的矛盾又不可调和。

关于这个矛盾也同时体现在葛兰西与班扬对知识分子的论述上。"因此，我们可以说所有人都是知识分子，但并非所有的人在社会中都具有知识分子的职能。"[①]葛兰西是在把知识分子分成传统的知识分子（代代从事相同工作的知识分子）与有机的知识分子（主动参与社会，努力改变众人心意的知识分子）两类的基础上说这话的。回到"知识分子写作"与"民间写作"诗人身上，他们其实同属有机知识分子。他们从事的都是所谓的先锋写作，只是"知识分子写作"更多指向内在的、技术上的与形而上的，而"民间写作"更多的是传统意义上的大众化与"社会良知"。虽然前者参与社会的意识不强，后者的专业意识较为淡薄，但它们都是有机知识分子范畴上的概念（尽管葛兰西的"有机"概念多指"新的阶级所彰显的新型社会中部分基本活动的'专业人员'"[②]）。有意思的是，"知识分子写作"与"民间写作"和葛兰西所划分的城市型与乡村型知识分子竟然有某些相似之处。[③]对比之下，我们倒是可以把"知识分子写作"比作城市型知识分子写作，把"民间写作"比作乡村型知识分子写作。城市型"知识分子写作"多体现为城市学院派的特点，乡村型的"民间写作"则

① [意]安东尼奥·葛兰西：《狱中札记》，曹雷雨、姜丽、张跃译，中国社会科学出版社2000年版，第2页。

② [意]安东尼奥·葛兰西：《狱中札记》，曹雷雨、姜丽、张跃译，中国社会科学出版社2000年版，第2页。

③ [意]安东尼奥·葛兰西：《狱中札记》，曹雷雨、姜丽、张跃译，中国社会科学出版社2000年版，第9—11页。

更多体现"外省"、传统、民间的特色。它们之间的相同之处在于，与政治都没有任何瓜葛，与意识形态疏离，不同之处在于写作立场的差异。其中表现出来的这一共同特性确实有别于以往绝大多数的写作立场（无论是客观还是主观上的追求）。也就是说，他们的写作无论提倡什么，都是指向自身的写作立场，都是意图通过文字向读者表达一定的美学追求，终究只是与文字相关。葛兰西的一句话颇含意味："在中国，文字书写是将知识分子和大众截然分开的表现。"[①]葛兰西的知识分子观带有明显的"大众性"特点，而按照萨义德对法国人朱利安•班达的理解，葛兰西与班达代表两个极端。萨义德看到了班达眼中的知识分子"是一小群才智出众，道德高超的哲学家——国王（philosopherkings），他们构成了人类的良心"[②]。在这个意义上讲，"知识分子写作"与"民间写作"似乎与知识分子都不沾边。班达提出"知识分子的背叛"的警示意义，特别在于他提到知识分子赞同压抑人性方面的表现，并指出"现代知识分子背叛自身使命的三种态度"。其中，"第一，他赞颂所谓'国家'这个'庞然大物'稳如泰山，它被看成是一种浑然一体的现实，即'极权'国家。"[③]上文提到的两类写作观念似乎都与这种背叛无关，这与中国数十年来意识形态浓烈的写作观念是迥然有别的。

中国传统的知识分子（"士"）与文字（文学）有着天然的联系，甚至缠绕着一种情结。无论是李白式的带有江湖游士气质的知识分子，还是入仕朝廷式的科举之士，都逃不开这一范式，也即他们的骨子里都是"象征性的、文字的、思想的那一套"[④]。只是到了近代鸦片战争爆发之后，西方列强大举入侵中国以来，这种状况才有所改变。即以自然知识和技术为重心的"知识"逐渐改变了传统之"士"的思想世界。尽管严复翻译了西方穆勒、斯宾塞、孟德斯鸠、亚当•斯密等人的著作，但在很大程度上

---

① [意]安东尼奥•葛兰西：《狱中札记》，曹雷雨、姜丽、张跣译，中国社会科学出版社2000年版，第17页。

② [美]爱德华•W.萨义德：《知识分子论》，单德兴译，三联书店2002年版，第12页。

③ [法]朱利安•班达：《知识分子的背叛》，上海人民出版社2005年版，第19页。

④ 费孝通：《论知识阶级》，《20世纪中国知识分子史论》，许纪霖编，新星出版社2005年版，第105页。

仍然是"文章"意义上的。尽管如此，近代知识分子自我形象却在发生着极大的转变，直到1905年废除科举制度，旧"士"与新"士"才形成了决裂的态势，[①] 才有了两千多年帝制被推翻的结果，才有"五四"新文化运动的发生。此外，中国传统的思想结构将会长期约束着知识分子的思想发展，只是中国文化深层结构中的"良知系统""政治挂帅""心""党同伐异"等等，[②] 将仍然会深刻影响着知识分子的言行。20世纪是中国历史上知识分子转型与思想层面发生深刻交锋的一个世纪，历史终将证明，这个世纪在历史长河中绝对是一个十分特殊的时期。它不仅是中国一个低沉的旋涡期，还是一个思想文化激烈碰撞并发生巨大变化的文化转折期。它彻底改变了中国传统的知识分子心态，同时也让知识分子的命运及其在社会上的中心地位发生了根本性的翻转。文学在发生巨大变化的同时，也经历着几番沉浮的变迁。特别是后工业网络时代的到来，更是显示出诸多新质。

"知识分子"概念在现代才正式传入中国。经历一个世纪之后，曾经风云甚至改变过中国命运的知识分子（文学与思想层面的），在世纪末到新世纪这个阶段却变得越来越疲弱和淡出。其实这个现象在20世纪80年代已呈回光返照之势，1989年的政治风波及90年代初期市场经济地位的正式确立，知识分子们尽管也发起过人文精神大讨论的思想界运动，但最多也只是一厢情愿式的呐喊，再也激不起"五四"时期那般的启蒙革新潮，左翼时期的救国革命潮，延安时期的大众文艺潮，17年与"文革"时期的红色经典潮，80年代中期前后的再次启蒙潮。除了人文精神大讨论，90年代还出现过新左翼思潮、新自由主义思潮，但是真正意义上的知识分子不断被社会矮化、边缘化，不但无心，也无力激起思想的浪头。这种状况的出现有着深刻的社会根源。中国改革20多年后，社会阶层（在当今的语境中，一般不用"阶级"一词，但是按马克思主义理论来看，阶级的特点还是相当明显的）出现了多元的分化。无论是工人阶层、农民阶层，还是知识分子阶层都发生了重大的分化。随着社会文明的进步，知识分子虽然身处边缘地位，但较之以往，群体性的力量不是弱化了，在很大程度上，人

---

① 参见王凡森：《近代知识分子形象的转变》，《20世纪中国知识分子史论》，许纪霖编，新星出版社2005年版，第107—126页。

② 参见[美]孙隆基：《中国文化的深层结构》，广西师范大学出版社2004年版。

文知识分子本身的力量要比以前强大得多。至少，这一群体的数量在不断扩大。有论者给"知识分子"下了一个新的定义："知识分子是没有掌握行政权力和资本支配权力、专门从事知识创新、文化产品创造的知识文化传播的一族。"[1]但是知识化的行政官员与专业的科技人员并没划入文中所言及的知识分子之列。因为，人文知识分子最能代表知识分子的特性，按照以往的规律，文学又是其中最直接、最形象、最活跃的部分。恩格斯在《致玛·哈克奈斯》信中，精辟地概括了巴尔扎克《人间喜剧》丰富而深刻的思想内容，并强调指出，从中所学到的东西，"比当时所有职业的历史学家、经济学家和统计学家那里学到的全部东西还要多"。然而，中国知识分子自诸子百家以来数以千年的附庸地位沉淀成某种文化基因，这种基因决定了中国知识分子无法完全做到思想上真正的自由与创新。中国的左翼文学自30年代盛行以来，在意识形态领域逐渐掌握主导地位，但同时又从属于政治的主导。这种状况在毛泽东《讲话》发表后又逐步得到强化。新中国成立后，一方面文学的主导地位发展到极致；另一方面，作为文学的主体却又面临前所未有的压制。在这种情形之下，以文学界为代表的知识分子群体必然会发生许多异化的情况。改革开放后，这种情况略有改观，但是经历"89事件"后，重新坠入寒噤之中。到了90年代，则又走入另一种异化的进程。于是，在市场经济与大众文化的强力冲击下，知识分子也呈自甘堕落之势，王朔式的"痞子文化"即为其中最显著的一例。知识分子要么不屑于与主流抗争而发出自己的声音，要么充满世纪末情绪而大呼人文精神的危机，并且这种争吵的声音几乎响彻整个90年代。世纪末的"盘峰论争"也是混杂之中知识分子争吵的一例。

在大致了解与对比中西方知识分子概念的发展变迁之后，再把视角缩小到作为知识分子界一个重要组成部分的中国20世纪文学上来，最后聚焦到90年代的文学上，从而讨论90年代"知识分子写作"与"民间写作"的发展脉络，这是本部分内容的一个逻辑思路。

二、20世纪中国文学"知识分子"的存在及矛盾

"盘峰论争"，会让不少学者有兴趣回溯20世纪初新文学发生时的

---

[1] 杨继绳：《中国当代社会各阶层分析》，甘肃人民出版社2006年版，第250页。

一些状况。新文学运动发生之前，就先后有黄遵宪、梁启超倡导的"诗界革命"发生，而显示出新文学早期孕育与发展的苗头。直至胡适等人倡导白话诗时，诗歌便已成为新文学诞生的"先头部队"。一部20世纪的新文学史（新诗史），或隐或现都可以从90年代"知识分子写作"与"民间写作"发展脉络中看到它们之前的影子。尤其是论争的形式，之前就从来没有缺少过，特别是"盘峰论争"似乎抽离了政治意识形态的纠拌，带有相当的自由主义的争辩性质。所以，世纪末的论争与世纪初的一些论争，就精神上来说有不少相似之处。

传统的文学意义上的知识分子在新文学运动之前一般不以集团的形式出现，这不仅因为文学知识分子总是附着于政治，也由于传统媒体还没有发展到合适的时机来承载文学大面积传播的任务。这种状况随着西方列强的入侵、西方现代报业的模式在中国的出现而得到彻底改观。报业从酝酿滋生到大面积出现，为"文学界"的出现创造了基础与条件。19世纪70年代开始，王韬成为开拓中文报业的先锋。上海的《申报》（1872年创立）与《新闻报》（1893年创立）成为世纪转折之际最著名的两份报纸。后来1896年梁启超在上海创办《时务报》，1904年狄楚青创办《时报》以及章炳麟创办《苏报》……[①] 还有许多小报创办，根本无法统计。创办报纸一时风起云涌，蔚然壮观。报纸的兴起，不仅开阔了视野，普及了知识，也为知识分子开辟了大量发表言论的园地。随着文学副刊的出现，文学知识分子得以集结，直接催生了新文学运动，也使得文学知识分子在众多文学副刊的周围迅速形成文学社团。20世纪初文学知识分子界即由此而诞生。

学者李欧梵认为，"新的'大众文学'就是在这些文学副刊与'小报'中成长、兴旺的。"[②] 大众文学诞生之初就在梁启超的倡导下晃动着意识形态的影子，著名的有他1903年发表在《新小说》上的创刊词：《论小说与群治之关系》。这种大众文化的政治目的在民国"鸳鸯蝴蝶派"兴

---

① 参见李欧梵：《文学界的出现》，《20世纪中国知识分子史论》，许纪霖编，新星出版社2005年版，第324—342页。该文原载《李欧梵自选集》，上海教育出版社2002年版。

② 李欧梵：《文学界的出现》，《20世纪中国知识分子史论》，许纪霖编，新星出版社2005年版，第325页。

起之后退化，但又在陈独秀的《新青年》中得到强化。陈独秀的《文学革命论》仍充满强烈的传统救世意识，暗藏文以载道倾向。而周作人的《人的文学》与《平民文学》则强调以人为基点，又以人为指归的一种文学精神。在《平民文学》一文中周作人强调："第一，平民文学应以普通的文体，记普遍的思想与事情。…… 第二，平民文学应以真挚的文体，记真挚的思想与事实。……只自认是人类中的一个单体，浑在人类中间，人类的事，便也是我的事。"20世纪90年代的"民间写作"从中可以找到一定的理论资源，20世纪末和20世纪初的文学主张与文学观念之争在许多方面都似乎有某些共通之处，如对照起来进行考察，则意味深长。

"知识分子写作"与"民间写作"的对立，20世纪初的"文学研究会"与"创造社"之间的对立，以上前后的两种对立，确实有类似之处。前者是20世纪末最重要的两脉诗歌写作观念，后者则是20世纪初两个立场不同但又常有交叉互变的最重要的文学社团。其实在这两种对立之外，20世纪20年代以后一段时间是文学社团林立的时期，[1] 稍后即出现"京派"与"海派"的对立。迄今为止，对"京派"与"海派"的研究已相当深入。文学史家把"京派"叫作"学院派"，还包括稍后成立的"新月社"，主要代表人物集中在北京。"海派"集中在上海，以通俗大众化的风格为主。"京派"风格传统，博学多才，以自身品位修养为重；而"海派"则接受现代西方洋场氛围，更为生活化与世俗化，常被认为是肤浅与庸俗。如果和90年代的"知识分子写作"与"民间写作"稍作对比，相似之处颇多。只是，与"海派"相类的"民间写作"转向了民族自身，"知识分子写作"则相反，多与国外相关。这种对立与后来"文学研究会"和"创造社"的对立相比较，则更见相似之处。其中表现不仅在于文学观念的对立，更在于文学界人事关系的纷争上。

1921年1月4日，"文学研究会"在北京成立。不久，革新了的《小说月报》刊登了该会的基本原则。其中提到要"增进知识"，"整理旧文学的人也须应用新的方法，研究新文学的更是专靠外国的资料"，此中所言知识要从外国来，中国的旧传统是不够的。"文学研究会"提倡文学的专

---

[1] 据李欧梵文章所言："茅盾估计，1922年至1925年期间，在主要城市中有超过一百个文学团体。"见《文学界的出现》。

业性，要把文学当作终身的事业来做。而且强调"文人的精英圈"，要多介绍、翻译外国文学。"文学研究会"在"左联"成立后"无声消失"。1921年7月成立的"创造社"则是"由一群亲密的朋友组成的"，该社强调文学的"创造"品性，主张原创诗歌，后来转向意识形态浓厚的"左联"。这些不言自明的内容，自然能让人联想到90年代"知识分子写作"与"民间写作"的一些核心主张。比如说，"知识分子写作"的西方资源问题，强调专业性写作，北京的一小圈子人，等等；"民间写作"的外省特征，于坚主张的"拒绝隐喻"，倡导原创性，等等。如果再联系20世纪初"文学研究会"与"创造社"的文学观念对立与人事纠纷，则颇能让人感觉到历史在部分地重演。有一点值得注意的是，能让人从"知识分子写作"联想到的"文学研究会"是"为人生而艺术"的，从"民间写作"联想到的"创造社"却又是"为艺术而艺术"的，这似乎让世纪末与世纪初的各自两种对立的文学观念既相似又交叉矛盾，我们能从中得到不少启示。与20世纪90年代"知识分子""民间立场"的论争都关注"日常生活"一样，"创造社"也重视通过"经验"来认知"日常生活"。总的来说，20世纪初的论争正如郭沫若所言："文学研究会和创造社并没有什么根本的不同，所谓人生派与艺术派都只是斗争上使用的幌子。"世纪末的"盘峰论争"又何尝不是如此呢？①

　　20世纪的文学知识分子在30年代之前还是相对自由独立的，意识形态的感觉还不强烈。文学知识分子大肆介入实际政治是在"左联"成立之后直到抗战时期。包括西南联大时期的知识分子群体也大致如此。尽管这些文学知识分子有多方面的弱点，但仍不缺少真正的知识分子精神，而这一切都是在1949年后彻底衰落与变异的，当然这个源头至少可以上溯到"左联"与延安时期。在此并非在厚文学而薄政治，作为文学本身来说，一旦与太多外界的东西联姻，必然生下一些怪胎，作为文学主体的知识分子自然是最直接的外在表现的载体。这种情况当然不是绝对的，就算是在"十七年"时期也常有昙花一现式的知识分子精神呈现，即使是"文

---

① 此处参考了李欧梵《文学界的出现》一文的论述。引文也出自该文。

革"开始直到70年代，仍然有"潜在写作"的存在。① 这些都能体现出一种与政治相对疏离的文学精神，然而与政治（包括启蒙）绝对不相干的文学实在难见，所以真正的文学精神在某种意义上也只能是相对的。这种精神自"五四"以降，屡经挫折，不断被湮没，直到20世纪末期的"盘峰论争"，才让文学之争真正只是内部之争，在这个意义上讲，即使它存在意气争斗之嫌，也算是一种好的征候，并非为人所不齿。

如果说新中国成立前知识分子还处于一种混乱之中的话，那么新中国成立后，全体知识分子则迅速陷入被"规训"的狂澜之中。福柯对这种现代社会的"规训"有很好的理论阐释，在他的体系中，"纪律""个人化""权力"都是一些核心词汇。他认为，"纪律是一种针对个人差异的权力动作方式"，"在一个规训制度里，个人化是一种'下降'"，"实际上，权力能够生产。它生产现实，生产对象的领域和真理的仪式。个人及从他身上获得的知识都属于这种生产。"② 新中国成立后中国共产党在文艺领域颁布实施的一系列方针政策，即是以"规训"与取消个人化为前提的。这个过程最早可以上溯到20世纪30年代"左联"成立前后，到1942年毛泽东延安《讲话》的发表，实际上已骨骼形成初具形制，新中国成立后才最后确立、强化与泛化。20世纪世界三大社会思潮——社会主义（马列主义）、民族主义、自由主义在中国的命运就是社会主义与民族主义结合起来逐渐排挤掉自由主义的空间而占绝对主流地位，这种状况直到世纪末市场经济地位确立后才有所改观。诗歌界的"盘峰论争"正是一个具体表现，毕竟中国自近现代史以来，自由主义是众多知识分子的精神价值寄托所在，正如于坚不无欣喜地提到，"盘峰论争"是一种自由主义的表现，它与文学与诗有关，与政治意识形态不沾边。③

新中国成立前，由于当时具体的国情是国家仍处于民族危亡的紧急关

---

① 这方面的研究文章与专著比较多，略举两例：刘志荣：《潜在写作：1949—1976》，复旦大学出版社2007年版；廖亦武主编：《沉沦的圣殿（中国20世纪70年代地下诗歌遗照）》，新疆青少年出版社1999年版。

② [法]米歇尔·福柯：《规训与惩罚：监狱的诞生》，刘北成、杨远婴译，生活·读书·新知三联书店2003年版，216—218页。

③ 参见附录"于坚访谈"。

头，民族大义压倒一切属情理之中，与政治疏离的知识分子自然难以进入后来所编选的正史，甚至是编入另册。但是知识分子的作用早就为毛泽东所重视，他甚至如此断言："没有知识分子的参加，革命的胜利是不可能的。"[①] 出于统一战线与革命的需要，中国共产党在毛泽东的领导下必须大量吸收知识分子，然而这种吸收并不是没有选择没有余地的。毛泽东发表于1942年5月的《在延安文艺座谈会上的讲话》即为第一次对知识分子的规训。名义上为"交换意见"与"研究文艺工作和一般革命工作的关系"的讲话，实质上对知识分子们（主要指文艺知识分子）提出了"立场问题""态度问题""工作对象问题"，等等；第一次确立了文艺为人民大众为工农兵服务、政治标准第一的方针，这就为新中国成立后的文艺走向定下了基调。实际上，1941年开始的整风运动，对丁玲、萧军、王实味、艾青等人的批判，就已体现了党内对文艺知识分子的规训态度，尤其是不能容忍王实味式的带刺的"野百合花"的存在。在残酷的思想压制与批评环境中，知识分子共同转向实属无奈与识时务之举。同时，本应具有独立思想的知识分子也逐渐开始了异化的历程。新中国成立初期，针对文艺知识分子的思想改造运动自上而下频繁地展开，这种有组织、有计划、规模很大的运动直接表现为国家意志的实施，而且直接由国家领导人策动。文艺界的最高领导郭沫若、周扬等人同时也起到推波助澜的作用。对胡风及"胡风集团"的批判，还有其他各类批判（比如"反右运动"），直到后来把这种对文艺知识分子的异化推到极致的"文革"，使文艺知识分子的个性几乎消失殆尽。文艺知识分子异化，文艺（文学）异化，这些可以成为那段历史时期的文学（文艺）的整体概括（当然这只是从意识形态层面上来进行的整体概观，并不等于说完全缺少充满个性的文学作品）。有论者从整个20世纪的有代表性的文学作品中来概括知识分子在20世纪中的形象，即为人所熟知的"多余人"。

在此谈论知识分子的"多余人"是就文学层面上来说的，表现为具体文学作品中的人物形象，他们与近现代知识分子的身份与处境构成一种互为映照的关系。就中国知识分子在整个20世纪中的命运来说，实际上一

---

① 毛泽东曾于1939年12月1日为中共中央的决定起草《大量吸收知识分子》一文，后收入《毛泽东选集》第二卷，人民出版社1991年版，引文见第618页。

直没有摆脱"多余人"的窘境，要么无法挣脱封建思想的桎梏，要么受到政治的胁迫，要么在经济大潮中无所适从，即使有一些属于他们自己的声音，却又是那般微弱。知识分子在20世纪末期似乎产生了一定的自觉。这种自觉表现于他们在各自的领域努力发出自己的声音，从而试图建立起属于他们自己的独立王国。具体到90年代的诗歌来说，无论是"知识分子写作"还是"民间写作"，可以说，都是游离于其他束缚之外的努力。"盘峰论争"也正是他们自己内部的一次交锋，这场在外界看来有些不明就里甚至是无谓的争锋，恰恰体现了文学知识分子的某种独立性。从而他们也改变了自身一直以来属于社会学意义上的"多余人"身份。

本来，"多余人"形象是19世纪俄国文学中所描绘的贵族知识分子的一种典型。这种典型人物形象出身贵族，生活优裕，教育良好，虽理想高尚却远离人民，虽不满现实却缺少行动，虽向往西方自由思想不满现实却无力改变现状。普希金笔下的奥涅金就是最早的"多余人"形象，之后屠格涅夫的罗亭、赫尔岑笔下的别尔托夫、莱蒙托夫笔下的皮巧林、冈察洛夫笔下的奥勃洛摩夫，这些"多余人"形象共同构筑起俄罗斯文学中伟大的一面。中国20世纪二三十年代的文学充分吸取了其中的精华，也出现了一系列"多余人"形象。鲁迅笔下的涓生、吕纬甫、魏连殳，巴金笔下的觉新，叶圣陶笔下的倪焕之，柔石笔下的肖涧秋，曹禺笔下的周萍，都无不是血肉丰满的"多余人"形象。他们都是接受了民主思想的知识分子，他们痛苦与挣扎，散发出封建社会末期与资产阶级初期的混杂气味，带有深厚的小资产阶级的特点，而且他们的个人命运都无不走上失败的道路。这就是中国最早的知识分子"多余人"形象，他们虽然深受俄罗斯文学的影响，但却有着自身的明显特点。尽管如此，从本质上来说，与俄罗斯的"多余人"形象大同小异。总之，中国现代"多余人"形象大大丰富了中国20世纪文学的空间，同时也开启了表现中国知识分子在20世纪的命运的先河。

以此为源头，张清华撰文整理了20世纪中国文学中的"知识分子谱系"。[①] 在张教授看来，应"将现实中的和文学中的知识分子看成同一个群体"。他把鲁迅《狂人日记》中的主人公与鲁迅本人都视作"狂人"，

---

① 张清华：《二十世纪中国文学中的知识分子谱系》，《粤海风》2007年第5期。

并论证其中中国式"多余人"的本质。他又从钱锺书《围城》中的"多余人"方鸿渐导引出"这不光是方鸿渐自己的失败，也是新文化运动和现代中国知识分子的集体性失败"的结论。他认为从五四时期"人的文学""为人生的文学"向延安时期的文学的转变，看似突兀，其实有其自身的历史逻辑。因为对革命最起码的一点理解就是用来"解放"人的，知识分子迷恋理念、理想，把革命"圣化""诗化"，这本身就是知识分子的"毛病"。从而，以王实味为代表的一系列知识分子的悲剧已经"表明现代知识分子的集体死亡"。在此基础上，当代知识分子出现了更为惨淡的形象。包括张贤亮笔下的章永璘，贾平凹笔下的庄之蝶，莫言笔下的上官金童，这些人物不仅同样是知识分子"多余人"的形象，而且"二元分裂的出身使他们备受磨难"。也即来自西方的文化血缘与中国文化伦理致使他们感觉到"身份的可疑"。由此张清华得出的结论是，与西方知识分子相比，俄国与中国相继出现的知识分子"多余人"形象表明："越是在东方式的和封建专制的国家里，知识分子就越是软弱的。"

张清华是对钱理群先生一个著名论断——"哈姆莱特和堂吉诃德现象的东移"的延伸阐释，但他对整个20世纪中国的知识分子谱系作文学与现实综合的梳理，对我们研究"知识分子写作"的历史背景和渊源不无启示。我们正可以在如此大背景下来理解，80年代中国语境中的启蒙性质及其80年代与90年代两度社会转型时期知识分子的处境，并从中发现知识分子在这个转型期中的可作为性。

三、八九十年代社会语境中的"知识分子"

对于八九十年代的社会语境，包括针对政治、经济、文化等一系列新变化的论述，相关著作已有很多。但有一点是公约的，即：社会在向多元化过渡并出现混杂多变的格局。70年代末期开始的政治转型与90年代初期的经济转型分别成为社会与文化转型的动力源。这分别促成了80年代的知识分子启蒙语境与90年代多元共生的文化氛围。美国学者丹尼尔·贝尔的政治、经济、文化三大领域对立说与"后工业化社会论"，对我们理解这段时期的历史显然仍是有效的。虽然他在《资本主义文化矛盾》一书中集中探讨了当代西方社会的内部结构脱节与断裂问题，认为三大领域发生了根本性的对立冲突，但是仍然对我们探究中国20世纪末的社会与文化史有极大的启发性。尤其是他的"意识形态终结论"与"经济冲动力"说，对我们分析20世纪末的社会文化转型更是有着直接的借鉴意义。

如果说1989年之前中国社会的意识形态力量占据了主流的话，那么实质上整个80年代以来，文学上的意识形态性就在走向一条逐渐淡化的征途，尽管颇费周折。这与大的社会语境有关。中共十一届三中全会以来所确立的执政方针，是对以往政治的某种纠偏，在某种意义上说，随着全球化时代的到来与新的国际国内环境，政治意识形态不得不暂时放松对知识分子各方面的约束，而把主要精力放到社会大局稳定与经济发展上来。文学领域的知识分子也暂时获得了相对的人身与言论自由，但是在获得这种自由的同时，也失去了以往与政治亲近所获得的话语权，从而它必然沦为边缘。于是文学知识分子在被边缘化的过程中必然会产生焦虑感，一时还无法适应不被社会重视的现状。一部分人就以文学介入的方式试图再次获得社会的认可，于是类似于伤痕文学、改革文学、寻根文学等等都渐次更迭出现。另一部分则认准这个时机重新担负起启蒙的责任，主要的途径就是通过大力介绍西方文化思想，以此来建构自己的思想国度并普及于人。还有一部分人则试图走入文学本体的建构之中，以重视语言本身与文本试验为己任，先锋文学就是最好的一例。所以说，意识形态在弱化的时候，文学知识分子在遭遇被边缘化并产生焦虑症的过程中，他们就以各种方式来释放这种焦虑感。80年代的文化意识相当明显却又杂乱纷陈，这种景象在甘阳主编的《八十年代文化意识》①一书中有较深刻的呈现，当然还有汪晖的一系列文章；查建英主编的《八十年代：访谈录》②则是再现文学界对当时所处时代环境的感性表达。当然这些都是回顾式的，并不一定能完全再现当时的真实状况，最多只是再现了当时一种释放情景。但是这种释放在1989年突遇寒潮，噤若寒蝉的知识分子直到两三年后才又逐渐开始私语与独唱。于是新一轮语境在20世纪90年代又得以滋生。

以上一段简略分析，其原因用丹尼尔·贝尔的话来说就是"文化和社会结构的断裂产生了普遍的、社会难以应付（个人也是同样）的紧张关

---

① 上海人民出版社2006年版。

② 生活·读书·新知三联书店2006年版。

系"。① 这种"紧张关系"会导致现代社会文化聚合力的分散，这种分散也最终会成为文化的重要社会学问题。丹尼尔·贝尔认为其中原因是"现代性本身制造出文化内部的涣散"。中国进入20世纪90年代以后，随着市场经济地位的进一步确立，大众文化的兴起，这种涣散进一步扩大化。其结果一度使知识贬值，读书无用论、拜金主义一度横行，"造原子弹的不如卖卤鸡蛋的"、诗人一文不值等等社会现象就是一种最好的写照。轻视知识、轻视高学历、道德感丧失等等现象的社会原因虽然可以上溯到"文革"时期甚至更早，但是到90年代却空前凸现。这种严峻的现实惊醒了相当多知识分子的社会责任感，从文学界开始进而普及至整个知识界的"人文精神大讨论"（1993—1995）则掀开了知识分子抗争的序幕。王晓明说："我觉得，与种种对所谓'文化转型'的赞许或默认相比，这种对流行文化与主导意识形态的'共谋'关系的强调，正是标志了知识分子重新以批判姿态面向文化现实的新阶段的开始。"② 然而，知识分子抗争的力量相当弱小，再难以掀起大浪。他们风光不再，无论如何呐喊，都只不过最终沦为某种后现代式的"嚎叫"，尽管这种比方有点残酷难以让人接受，但事实是他们的争论最终都是不了了之，他们再也无力肩负起重建社会良心的重任。而且，随着科技知识分子的崛起，人文包括文学在内的知识分子的声音就往往成为喃喃自语了。他们退回内心，退守自己的职业，依恋自身的某种"技艺"就必然成为无奈的归宿。这种"退回"在文学领域表现得尤为明显。

于是我们自然会回到文学意义的语言上来。其实眼光超前的丹尼尔·贝尔早就看到这点。他指出："我认为，潜在问题不是这些显见的社会学发展，而正是让现在文化失去内聚力的话语——即语言，以及语言表达经验的能力——的断裂。"③ 对于作家，特别是诗人来说，对语言断裂的认

---

① [美]丹尼尔·贝尔：《资本主义文化矛盾》，严蓓雯译，江苏人民出版社2007年版，第89页。

② 王晓明：《"人文精神"讨论与中国知识分子的认同困境》，《思想与文学之间》，人民文学出版社2004年版，第57页。

③ [美]丹尼尔·贝尔：《资本主义文化矛盾》，严蓓雯译，江苏人民出版社2007年版，第90页。

识,其实是一种"自我意识"的觉醒,这种觉醒正如欧阳江河所言及的带有知识分子的专业性、中年特征及本土性。诗人通过语言将自身经验作为真理的标准,以期寻求某种共同经验与共同意义,从而化解由于社会的改变而带来的"身份危机"。20世纪80年代中后期提出、90年代兴起的诗歌领域的"知识分子写作"从中似乎可以找到理论的源头与依据。其实这种"身份危机"已是一种泛化的危机,不仅包括诗人自身的经济与精神方面的社会学层面上的危机,同时也反映了知识分子阶层在一个时代一个国度中的危机。往大的方面上讲,更是全球化背景和现代性冲击之下的文化认同危机。由此,我们就不难理解思想界与文学文化界的一系列思潮与事件,包括西风东渐、先锋文学,包括思想界的保守主义与激进主义,也包括"知识分子写作"与"民间写作"以至后来发生的"盘峰论争"。

我们不妨对"知识分子写作"作如下一些理解。诗人从现实中退却,拥住最后一方精神的圣土,也即诗歌语言的建设。他们把诗歌本身当作一种日常生活,在语言的历险中完成精神的重塑,在技艺的磨砺中来表达一种经验,在文化失去内聚力的时候进行一种诗意的重构,进而去弥补、捏合业已存在的话语的断裂。如此一来,我们也就容易理解他们诗中所出现的为"民间写作"所抨击的西方资源。总之,在八九十年代的社会语境中,他们是在悄悄进行一场化解"身份危机"与重建自我的语言实验。正如海德格尔所说的"语言是存在之家","语言讲话只是为了让语言自己言说",他在"通向语言之路"上给"知识分子写作"绽放了"如花语词",他似乎想告诉诗人:那就是"存在的真理"。荷尔德林诗云:"人充满劳绩,但还/诗意地安居于这块大地之上。"虽然海德格尔的理解不无偏激,比如类似"诗之道就是对现实闭上双眼"的观点,[①] 但是他认可荷尔德林的"人,诗意地安居",也为我们的诗人所认可并付诸行动。

但是,诗人或者文学知识分子的行动并不是无背景和无条件的,其行动往往带有更为深刻的社会动因。前文讲过的社会与个人的紧张关系在这里有具体的表现。80年代精英知识分子与官方的关系即主要呈现为一种紧张关系,这种紧张关系到1989年到达顶峰。在1989年之前,官方主流意识

---

① [德]海德格尔:《人,诗意地安居》,郜元宝译,上海远东出版社2004年版,第91页。

形态与精英知识分子形成矛盾的二元格局，而民间知识分子代表的新型文化阶层的力量还十分薄弱或处于萌芽期。如此一来，官方主流意识形态与精英知识分子自然成为主要矛盾。但是——

> 随着90年代改革开放的重新启动，市场经济体制的发展使得文化资本与文化权力的集中局面又开始松动。但是这次的文化资本与权力的重新分配与80年代不可同日而语。80年代文化资本与文化权力的重新分配带有从上到下的特点，而且思想观念的斗争与变革是其主要的促动力量；更重要的是，它是在**原体制内**（黑体字为原文作者所加）的资本再分配。当时的所谓知识精英都是体制内的启蒙知识分子。因而在一部分文化资本从中央流向精英知识分子的时候，非精英分子（如各种大众文化的弄潮儿）及普通大众并没有分享到，而体制外的知识分子（如各种自由撰稿人、个体书商、画家等）则基本没有出现。①

这段颇具启发性的分析文字也为我们了解"知识分子写作"与"民间写作"的产生背景及其相抗衡的结局提供了一个有效视角。"知识分子写作"群体在某种程度上来说是精英知识分子，他们在80年代与官方主流意识形态是一种紧张关系，即使当时"民间写作"存在，也只会是同一战壕的战友，这也正是80年代朦胧诗之后兴起第三代诗歌的原因。但是进入90年代，意识形态相对松散，以往的精英知识分子成为既得利益的获得者。其中不少进入高校或其他官方机构，出席国际文学学术会议，参加各类国际诗歌节，在国内也掌控诗歌的教育权与出版权，控制了相当的文化资本的分配权。总之一句话，至少在文学界他们具有相当的话语权，而且可以相对自由地发出自己的声音。尽管他们总的来说仍处于边缘地位，但他们已可以较为闲裕地进行技艺的追求，为了自己的日常生活经验书写而"诗意地栖居"。

相对而言，那些民间知识分子的境遇却未必乐观。他们一般处于"江湖"或"外省"，不仅远离政治中心，而且也远离文化中心。其中有不少与"知识分子写作"群体一样在80年代是斗士，然而在90年代却没有分享到果实，于是他们必然要为这种不公的待遇讨说法。他们能做的也就只有

---

① 陶东风：《社会转型与当代知识分子》，上海三联书店1999年版，第161页。

通过更多民间的形式，比如通过民刊、互联网、文学社团等来发出自己的声音。他们往往团结更为广泛的底层文学同仁，甚至是占据道德的制高点，试图削弱官方与精英知识分子诗人的力量以达到壮大自己的目的，同时也就为自己争得应有的文化与文学话语权。如果以上分析成立，那么20世纪90年代"知识分子写作"与"民间写作"各自循着自己的脉络不断发展，各不相让，最后导致"盘峰论争"的爆发，这一切也就是情理之中的事了。

第二节　"知识分子写作"早期概念的提出

现在看来，有一点可以肯定："知识分子写作"概念的提出与进一步阐释与西川、陈东东、欧阳江河、王家新、臧棣、程光炜等人有关，这从他们不少可查实的与"知识分子写作"直接相关的文章中可以考证。

这个概念最早出现的时间无从查实，但据西川本人所言，是他最早提出这个概念的。他在《答鲍夏兰、鲁索四问》（1993年）中提到："我提出了'诗歌精神'和'知识分子写作'等概念……"[①] 此外，西川在整理自己的"创作活动年表"时在"1987年"栏下记载有"8月，在河北北戴河与诗人陈东东、欧阳江河等一起参加诗刊社举办的第七届'青春诗会'，并在会上提出'知识分子写作'"。[②] 后来凡论者在研究这一写作立场时都采信他的说法，比如：王光明的《相通与互补的诗歌写作——我看"民间写作"与"知识分子写作"》[③]、罗振亚的《"知识分子写作"：智性的思想批判》[④]、魏天无的《90年代诗歌中的"知识分子写作"》[⑤]，等等，这些文章都明确指出西川是"知识分子写作"概念的最早提出者，并不约而同地提到"第七届青春诗会"。本书认可这一说法，不作另外考证。还有一个公认的说法，诸多论者也每每提到，西川首提"知识分子写作"概念后，与西川一起参加"青春诗会"的陈东东，于

---

① 西川：《大意如此》，湖南文艺出版社1997年版，第246页。
② 西川：《大意如此》，湖南文艺出版社1997年版，第294页。
③ 《南方文坛》2000年第5期。
④ 《天津社会科学》2004年第1期。
⑤ 《华中师范大学学报》（人文社会科学版）2004年第3期。

1988年创办《倾向》对之加以倡导。

"青春诗会"为何物？早在1980年，为了培养与发现年轻诗人，《诗刊》社组织了首届"青春诗作者创作学习会"。会上，除了名家授课外，诗人之间还进行诗歌讨论与观念交流，之后《诗刊》集中参会年轻诗人的作品以专辑形式发表，并名之"青春诗会"。此后，这一名称沿袭至今。截至2008年，"青春诗会"已举办过24届，在中国诗界影响颇大，被誉之为中国诗坛的"黄埔军校"，参会的不少年轻诗人日后都成为诗坛的中坚力量。从不同时期参会诗人的名单来看，"青春诗会"的影响力不言自明：舒婷、顾城、徐敬亚、王小妮、叶延滨、张学梦、梅绍静、梁小斌、西川、于坚、韩东、欧阳江河、翟永明、王家新、车前子、吉狄马加、江河……

西川与后来论者多有提到的"第七届青春诗会"于1987年8月在河北北戴河举行，会员来自12个省市，包括西川、陈东东、欧阳江河等在内的16个年轻诗人参会。之后，《诗刊》社记者撰文道："我们十分欣喜地注意到，每个人都强调时代感、民族精神、诗人的使命等重大命题，尽管各人的理解不尽相同。"[1] 在这次诗会上，西川提出了"知识分子写作"的概念，只是没想到这种写作立场竟然成为20世纪90年代诗歌观念的重要一支。进入90年代后，这个概念有所发展与变化，除了其他人的不同阐释，西川本人也曾撰文论述前后的差异，只不过他的视角是从"知识分子"切入的。[2] 正是他对80年代与90年代不同的理解，才使他提出的"知识分子写作"概念更具专业性与特指性，而不是一般意义上的知识分子从事的写作。在这个意义上，"知识分子写作"才显示出相当的自足性。值得一提的是，同为后来"知识分子写作"大力倡导者之一的王家新时任《诗刊》社编辑，他不但见证了此次诗会，还是诗会的主持人之一。我们不妨先从

---

[1]　王燕生、北新：《求异存同各领风骚——第七届"青春诗会"拾零》，《诗刊》1987年第11期。

[2]　西川：《思考比谩骂重要》，《北京文学》1999年第7期。文中提到："……但知识分子一词的含义在80年代和90年代已经有了较大的不同。在80年代，知识分子一词的道德含义、行动含义更加突出，而在90年代，做一个知识分子，就必须容纳更多的专业精神和反省精神。"

西川与陈东东入手来简述"知识分子写作"概念的初步提出。

"知识分子写作"概念初步提出的时间是1987年，这是不存疑问的。然而，西川对此概念的正式阐述却迟至1993年。为什么六年（包括特殊的1989年在内）之后才有相应的阐释？这确实是一个值得思考的，也可能无法去回答的问题。西川的正式阐释出现在《答鲍夏兰、鲁索四问》一文中，文末标明的定稿日期是"1993年4月16日"。几乎是不约而同地作出更为全面、深入，甚至可作为20世纪90年代诗学大纲的欧阳江河的文章《89后国内诗歌写作：本土气质、中年特征和知识分子身份》（文末所标完稿日期为"1993年2月25日"）也差不多写于此时期。这种时间上的重合性可能先与1989年的政治紧张有关，又取决于1992年后政治环境的相对宽松，当然这同时也是诗学在喑哑沉寂之后的自然生发。其内在的发展逻辑是复杂的，并非三言两语就能陈述得清楚。现在能够去作探究的恐怕只有西川、欧阳江河以及陈东东的文章，因为这种客观性无可辩驳。①

《答鲍夏兰、鲁索四问》一文在被后来许多论者引用时出现了一个错误：《答鲍夏兰·鲁索四问》，其实并非回答一人的提问。这是西川应意大利汉学家鲍夏兰女士（Claudia Pozzana）与鲁索先生（Alessandro Russo）二人的提问而写的一篇文章。其中"四问"包括：1.你对中国传统诗歌和思想的看法；2.中国当代诗歌的独特性；3.你的语言探索大致可以分成几个阶段？它们之间的联系和变化是什么？4.你对当代西方诗歌的看法。如果仅仅就这四个"问"是看不出所以然的，但这篇文章对理解西川最初提出"知识分子写作"概念的内涵却有着十分重要的意义。下面引录文中部分重要内容：

> 时至今日，我一直认为，口语是今天唯一的写作语言，人们已经不大可能运用传统的文学语言写作崭新的诗歌。不过，这里有一个对口语的甄

---

① 几个人的文章分别为：西川的《答鲍夏兰、鲁索四问》收入《中国诗选》（成都科技大学出版社1994年版）、《大意如此》（湖南文艺出版社1997年版）、《让蒙面人说话》（东方出版中心1997年版），《诗神》1994年第1期也发表四问"选二"。欧阳江河的文章《'89后国内诗歌写作：本土气质、中年特征与知识分子身份》发表于《花城》1994年第5期，是从《中国诗选》上撤下的文章，后来收入《站在虚构这边》（生活·读书·新知三联书店2001年版）。陈东东的文章则见民刊《倾向》创刊号"编者前记"。

别问题：一种是市井口语，它接近于方言和都会语言；一种是书面口语，它与文明和事物的普遍性有关。我当时自发地选择了后者。

从1986年下半年开始，我对用市井口语描写平民生活产生了深深的厌倦，因为如果中国诗歌被12亿大众庸俗无聊的日常生活所吞没，那将是件极其可怕的事。所以我开始尝试着写一种半自由体的诗歌，即以音乐性的诗行和大致相同的诗节来限制口语的散漫无端。写诗并不仅仅是将灵感照搬到纸上，它是一门技艺，需要空间、结构、旋律、语言速度、词汇的光泽、意象的重要等诸多因素的相互协调。我自觉地使自己的写作靠近纯诗。这种自我训练使我受益匪浅。

……自1979年以来，中国诗人们大约干了三件事：第一件，由今天派诗人们为中国诗歌重新引进了良知和诗性语言；第二件事，由新生代诗人们主观地为诗歌染上了通俗色彩；第三件，由无法归类的几个诗人为诗歌注入了精神因素，并确立了它的独立性。有些人把我划入新生代诗人群，但我更宁愿作为一个独立的诗人来写作。

1986年，我倡导过新古典主义写作。稍后，我提出了"诗歌精神"和"知识分子写作"等概念，并以自己的作品承认形式的重要性。我的所作所为，一方面是希望对于当时业已泛滥成灾的平民诗歌进行校正，另一方面也是希望表明自己对于服务于意识形态的正统文学和以反抗的姿态依附于意识形态的朦胧诗的态度。从诗歌本身来讲，我要求它多层次展出，在感情表达方面有所节制，在修辞方面达到一种透明、纯粹和高贵的质地，在面对生活时采取一种既投入又远离的独立姿态。诗歌是飞翔的动物。诗歌是精神运作的过程和结果。它当然热爱真理，但以怀疑为前提，它通过分辨事物的真象，以达到塑造灵魂的目的。现在我还说不准那时自己的种种努力是对是错，但我已看到诗歌从文学青年的自我宣泄走向了某种程度的自我节制，同时我也看到文学与生活相脱离的倾向——丧失生活意味着丧失诗歌赖以生存的生命力。[①]

西川的文章写于1993年，却在以回忆的口吻叙说他的诗学发展历程，

---

① 西川：《答鲍夏兰、鲁索四问》，《大意如此》，湖南文艺出版社1997年版，第245—246页。

我们姑且将之放到1986—1993年的时间框架中来考察他的诗歌观念，而且把重点聚焦到"知识分子写作"含义的阐释与倡导上来。

从以上引文中我们可以看到西川所提倡的"知识分子写作"基本含义的核心关键词：1.口语。他所说的口语是泛性的，是指文学意义上专业使用的书面口语，与传统诗文相区别而存在的一种现代文学语言。它与方言与行业用语无关，市井口语必须提升方能成为文学的"口语"，否则会沦为庸俗，诗歌也将会失去光彩与难度。这与后来"民间写作"所提倡的口语写作有相当的对抗性，两路诗学观念在早期的分化由此可见一斑。2.纯诗。法国象征主义大师斯蒂芬•马拉美提出过"纯诗"理论，他强调超验经验的独立性，认为诗就像一种魔术创造出不同于现实世界的绝对理念世界。他创作上强调暗示性、音乐性，讲究诗的形式。总之，马拉美的"纯诗"理论带有神秘主义与唯美主义的色彩。而保尔•瓦莱里的纯诗观念是马拉美的继承与发展，这种发展是哲学层面上的，带有终极追问的意义，比如生死、变化、永恒，等等，特别是冥想色彩的精神活动形成了他诗学理论的基础。19世纪西方特别是法国的纯诗理论对中国现代白话的理论建构起过重大作用。中国现代诗人穆木天也曾提出"纯诗"的概念，也即"纯粹的诗歌"，他明显受到西方诗观的影响。具体说来，他是在1926年写的《谭诗——寄沫若的一封信》[①]中提出"纯诗"这一概念的。穆木天所谓的"纯诗"包括两方面含义：一是诗与散文分属不同领域，提倡"把纯粹的表现的世界给了诗作领域，人间生活则让给散文担任"；二是诗与散文的思维方式与表现方式不同，"诗是要暗示的，诗最忌说明的"，诗是"潜在意识的世界"，诗是"一个有统一性有持续性的时空间的律动"。他十分讲究诗的形式，甚至指出写诗过于自由的胡适是新诗运动"最大的敌人"，于是他强烈反对诗的"粗糙"，也即过于自由化、口语化。西川所提倡的"纯诗"观念很明显是对中外传统"纯诗"观念的一种继承与发展。特别是，新诗运动初期胡适与穆木天的诗学观念对立，20世纪80年代第三代诗人的口语诗运动与西川提出的"知识分子写作"概念之间的对立，这两者之间具有很强的可比性。西川的"纯诗"观念简而言之

① 穆木天：《创造月刊》1926年1卷1期，后选入《中国现代诗论》（上编），杨匡汉、刘福春编，花城出版社1985年版，本书参考及引文即出自该书第93—101页。

涵盖两点：一是诗不能被用市井口语所表现出来的庸俗日常生活所湮没，二是强调诗本体的建设，是"一门技艺"。其实这也构成了"知识分子写作"概念内涵的一个重要内容。3."诗歌精神"。这个诗歌精神并不是孤立的，实际上也贯彻于前面两点之中。如加以解析，它还包括另外三种"精神"：（1）反抗精神——反对服务于意识形态的正统文学和以反抗的姿态依附于意识形态的朦胧诗。（2）高贵的质地——这种高贵性是通过节制感情、追求纯粹形式与对生活既投入又远离来实现的。（3）关注现实——这种关注不是自我宣泄式的情感，而是怀疑现实，并将文学与现实结合起来。

但是，西川的诗观不可避免地带有某种含糊性。这种含糊性存在于追求诗歌技艺的同时又试图正确处理与现实的关系上。且不说是否存在纯粹的泾渭分明的书面口语与市井口语，仅从他的纯诗提倡上看，其实也并非他的发明，而且他的"诗歌精神"也难以得到真正的实现，现实与艺术本来就可能存在天然的屏障，远离与投入的大开大合式的作为，这极可能是一种乌托邦式的想象。由于他取法海德格尔与其他西方语言哲学家的语言观，所以他的诗观存在一个深刻而复杂的语境问题，努力建构语言的现实，并以此来平衡生活中的现实，这未必符合国情与中国文学的特点。所以，他的学院化本性使之自然具有某种高贵却离群的气质，从表面上理解也就有某种脱离现实或远离人民的嫌疑（尽管"人民"这个词本身就足够值得怀疑），这点正可成为后来"民间写作"批评的口实。无论是"民间写作"还是"知识分子写作"，在构成20世纪90年代整体的诗歌观念中，都难以成为纯粹的诗学概念，它们都带有极强的历史性意味，而且也深深打上了社会语境的烙印。所以理解西川的诗观，就不能脱离具体的历史语境，不能孤立地来看待它。1986年现代诗群体大展所呈现出来的狂欢乱象让人触目惊心；1986年开始的"资产阶级自由化"论调及1989年的政治风波让文学的自由言论不由得悬崖勒马，尤其是对政治与现实的深度介入避之不及；海子、骆一禾等诗人的死，也给诗人们带来发自心底的哀鸣与反思，走入内心冥想与形式的追求成为一种逃避的姿态与精神抚慰；市场经济改革的进一步发展，诗的边缘化与文学的大众化倾向，也必然使一部分有良心的诗人以一种清高的姿态抗拒现实的无情，并从诗的"离群索居"中寻找一种自我认可的价值……这些客观存在的事实，确实能让我们给"知识分子写作"的诞生以更多的理解与宽容，并致以一种专业精神的敬意。没有这种诗观的提出，就难以形成对当时日益狂欢化的平民诗歌反拨的力量，也无法形成诗歌自尊的一种独立且不向媚俗妥协的文学品质。尽管这种提倡在诗歌史上并不是第一次，但它的产生是适时的，在这点上应该无可争议。而且西川表现出一种"独立性"的自信来，他不愿被划入新生代诗人群，他相信他与几个不便归类的诗人为诗歌注入了"精神因素"，其结果就是由他率先倡导了"知识分子写作"。

其实，西川在写《答鲍夏兰、鲁索四问》形成较为完整的"知识分子写作"概念之前就有一个酝酿期。这个酝酿期除了与1987年之后几年的个人及社会境遇有关，同时也与参与创办民刊《倾向》的实践有关。西川、陈东东、老木于1988年秋天在上海创办"以知识分子态度、理想主义精神和秩序原则为宗旨"的民间诗刊《倾向》。至1991年8月《倾向》①共出三期，主要撰稿者有西川、欧阳江河、王家新、陈东东、柏桦、翟永明、张枣等。陈东东"编者前记"的重点体现在三个方面：诗歌理想主义、知识分子精神和节制自律的写作。②其实在现在看来，短短一千多字的前记，包含的内容确实丰富而庞杂，正因为庞杂并且包含了较多的诗学观念所以并没十分明确的"倾向"性，至少是涉及面太广而显得凌空蹈虚和难以贯彻。

以严肃的态度去发现并有所发现。这便是《倾向》的倾向。并且这种倾向在一种信念、一种精神和一种创作原则中得到了进一步的加强。

对《倾向》的诗作者们来说，写作并不是语言之下的动作、纯感官的行为、宣泄或作为"生活方式"的无聊之举、从情绪感受直抵语言并且

---

① 《倾向》后来改名为《南方诗志》，因与本书无涉，故不多究。在2009年12月笔者与西川的一次交谈中，西川谈到"倾向"的刊名是他起的，后来被贝岭拿到美国使用并出刊，言辞之下颇多无奈。陈东东在《收获》2008年第1期上发表《杂志80年代》一文，也提到《倾向》办刊的前后经过，涉及刊名拟定与"编者前记"写作过程的琐事，应为可信。

② 此三点为作者自己的概括，见前记作者发表于《收获》2008年第1期上《杂志80年代》一文。

"到语言为止"的倒退；写作也不是从语言到语言的实验、为填补一个偶然碰到的形式空格的努力、一场游戏或一个无关紧要的小小发明。平民——小市民主义和弄虚作假的贵族化倾向都应予否定。①

以严肃的态度面对诗歌及诗歌创作，这可视为《倾向》的出发点。同时作者反对游戏成分的"语言"观，反对没有现实思考深度的表面化的"小小发明"，反对过于"平民"化或"贵族"化的诗歌。《倾向》追求的恰是语言之上的升华，是"灵魂的历险"，是一种理想主义的诗歌精神，归为一句话也就是，倡导一种能建构诗歌秩序与原则的知识分子精神。而且这种秩序与原则是有节制的自由，是关乎中国诗歌标准的盼望与怀疑。当然，《倾向》"编者前记"中所提到的"知识分子精神"与日后被一再阐释的"知识分子写作"已有本质上的共同"倾向"。它为之后发生的不同变化与偏移的阐释提供了一个基点。一本在现在看来完全不像刊物的民间刊物，它的价值也正体现在这个意义上。另外，文中也播下了后来"民间写作"立场对其反抗的火种，只是可贵的是，作者也反对被"民间写作"所诟病的贵族精英写作倾向，这正可看出"知识分子精神"在当初就具有的独立性的反思品质。

研究20世纪90年代的诗歌观念，几乎必提欧阳江河的《'89后国内诗歌写作：本土气质、中年特征和知识分子身份》一文，有论者甚至把它上升到20世纪90年代诗学大纲的高度上来讨论。欧阳江河在文中交代写作此文的目的是"对转型时期国内诗歌写作的历史转变作出初步的考察和说明"，时间限定在1989年之后，内容包括写作现状、历史的写作，还有"可能的写作"。尤其是这个"可能的写作"，带有极强的预见成分，从而足见此文的价值所在。欧阳江河是这样认为的："真正有效的讨论，同时还应该是与写作进程并行甚至先于这一进程的把握和预示，它应该对固有成见受到扼制后呈现出来的写作趋势予以特殊的关注。"②此文对"知识分子写作"作出了再次回应式的肯定与进一步阐释。他提出，这类写作

---

① 引自《倾向》创刊号"《倾向》的倾向——编者前记"。
② 欧阳江河：《'89后国内诗歌写作：本土气质、中年特征与知识分子身份》，《站在虚构这边》，生活·读书·新知三联书店2001年版，第49页。

是由西川、陈东东与他提出，后来被肖开愚、孙文波、张曙光、钟鸣等人探讨并加以确认的。其实，他是在做概念历史化的努力。他不仅为"知识分子写作"概念作出延伸性的阐释，更为重要的是，他为他的阐释提供三条资以证明的线索：中年特征、本土气质与知识分子身份。

诗歌中的知识分子精神总是与具有怀疑特征的个人写作连在一起的，它所采取的是典型的自由派立场，但它并不提供具体的生活观点和价值尺度，而是倾向于在修辞与现实之间表现一种品质，一种毫不妥协的珍贵品质。我们所理解的知识分子写作具有两重性，一方面，它证实了纳博科夫（V. V. Nabokov）所说的"人类的存在仅仅决定于他和环境的分离程度"；另一方面，它又坚持认为写作和生活是纠结在一起的两个相互吸收的进程，就像梅洛—庞蒂（M. Merleau-Ponty）所说的，语言提供把现实连在一起的"结蒂组织"。一方面，它把写作看作偏离终级事物和笼统的真理、返回具体的和相对的知识的过程，因为笼统的真理是以一种被置于中心话语地位的方式设想出来的；另一方面，它又保留对任何形式的真理的终生热爱。这是典型的知识分子诗歌写作。如果我们把这种写作看作1989年来国内诗歌界最重要、最具代表性趋势，并且，认为这一趋势表明了某种深刻的转变……①

在欧阳江河的理论视野中，他断言1989年以来的诗歌写作发生了"深刻的转变"。这种转变的看法在后来研究者的眼中，几乎是不言自明的历史现实，而且已堂而皇之地进入当代文学史与诗歌史。文学与时代密不可分的联系早就深入研究者的骨髓，这与20世纪中国理论界完全接受马克思主义的"美学的、历史的"文艺观有关。但是我们也应该看到，在刚迈入90年代门槛的时候，欧阳江河就下此断言，确实充分说明了他的理论判断力与超常的预见性。特别是他说出"典型的知识分子诗歌写作"已是当时"国内诗歌界最重要、最具代表性趋势"，这更需要一种勇气与魄力。这些正是后来的研究者为何重视他这篇文章的原因之一。他同时也播下了后来"知识分子写作"与"民间写作"争锋的种子，"盘峰论争"的发生，与"知识分子写作"过早成熟的理论倡导及对其他诗歌观念与写作立场的

① 《站在虚构这边》，生活·读书·新知三联书店2001年版，第55—56页。

101

忽视不无关系。

如果仅从欧阳江河对"知识分子写作"概念的理论阐释来看，它要比西川的更为抽象、晦涩，也似乎更有理论高度。首先，他引入了与"知识分子写作"密切相关的"个人写作"的分支性概念，而且谈到自由主义。这就是他所言及的"珍贵品质"。就当时的社会文化语境与"知识分子写作"的现状来看，这无非是他所渴望的一种独立的、自由的、理想的写作精神抑或写作状态，而并非当时的"知识分子写作"已完全具备的品质。当然这与1989年政治风波后思想界与文艺界的暗哑相关，所以与其说这是"知识分子写作"的"珍贵品质"，还不如说是他对诗歌写作的美好憧憬。此外，他所说的"自由派立场"也即自由主义的理想，这与于坚后来所说的90年代诗歌最重要的收获就是自由主义得以再生有异曲同工之处。也就是说，"自由派立场"并非"知识分子写作"一家所独有，也为"民间写作"所珍视，在很大程度上可以说，任何理想的写作状态与前景都应该具有自由主义的基础。还有就是他所提及的"个人写作"，这是一个似是而非的颇具争议的概念，难以成为纯粹的诗学概念，仅仅是将之放到特定的历史语境之中才有可能成立。因为任何真正的写作都属于个人写作，那种集体式的写作、作为工具的被操控的意识形态写作，毕竟都是特定历史时期的产物。它逃离了文学意义上的写作范畴，只是作为特例成为文学研究的一些旁枝末节，它与文学的本质相去甚远。其次，他所论及的"知识分子写作"的两重性，其实与西川的通俗阐释并无不同之处。他的解释可以简单理解为，"知识分子写作"既与现实远离，也与现实密不可分。无论是远离，还是密不可分，有一个重要的"现实"就是语言的存在，而"知识分子写作"最为看重的恰恰是这个夹缝之中存在的"语言"。反对中心话语阴影之下的"笼统真理"，偏离"终极事物"，通过"语言"的建构而回到"知识的过程"，而且这种知识既是"具体的"又是"相对的"，这种悖论式的理论阐述其实令人费解。当然，事物的辩证法往往正是如此，对于文学也难以例外。但是，他最后又来一句"又保留对任何形式的真理的终生热爱"，"任何形式"的笼统性自不待言，这种含混性甚至会让人误解。尽管如此，欧阳江河进一步阐释"知识分子写作"内涵所提供的"三条线索"却不无重大的理论价值。至少他为研究20世纪90年代的诗歌划定了一个有效的坐标，也给我们提供了一份理解"知识分子写作"真正具体含义的参考。

第一，中年特征。这是一个写作中的时间，是诗的时间，并不是一般意义上的物理时间，这是理解它含义的前提。这个词并非他的发明，而是出自肖开愚的一篇文章——《抑制、减速、开阔的中年》。欧阳江河采用了肖开愚的说法，并认为这种写作姿态是自1989年开始的。它涉及"人生、命运、工作性质"，涉及"写作时的心情"，这种写作带来的效果是"以回忆录的目光来看待现存事物，使写作和生活带有令人着迷的梦幻性质"。他进而得出诗中历史意义上的时间之义："实际上并不是已知时间的总和，而是从中挑选出来的特定时间，以及我们对这些时间的重获、感受和陈述。"具体到语言上来，它会带来另一种可能性："语言在摆脱了能指与所指的约束、摆脱了意义衍生的前景之后，理所当然地变成了中性的、非风格化的、不可能被稀释掉的。"这正体现了"知识分子写作"某种新的语言策略。这种策略如果运用得当，就能使这种具中年特征的写作成为一种"缺席写作"，也即"发现了另一个人，另一种说话方式。""另一个人""另一种说话方式"都是相对于激情四射的青春期写作而言的，"中年写作"是青春期写作的升华，它显得更为沉稳而能充分显示出热量充足的"中午"时间之谜。①

无疑，海德格尔的一部《存在与时间》把哲思与语言融为一体，他深邃的思想自传入中国后就为中国思想界所重视。而且众多中国思想界人士与作家、诗人都对他的著作做了中国化的理解。其实，存在与时间作为一个古老的哲学命题使古今中外无数学人趋之若鹜，意欲沉入其中以作深究。黑格尔从现在时间中确认时间的现实性，从而肯定了时间是存在，他认可从现在出发的时间观，从而得出现在就是永恒的结论。古希腊哲学家赫拉克利特曾经说过一句话——"人不能两次踏入同一条河流"，他看到的也是时间的现在性。《论语》的"子在川上曰：逝者如斯夫，不舍昼夜"，其中含义亦是如此。古人对时间的存在与不在是感慨万端而无能为力的，时间与存在是抽象的、纯粹的，它是包含肯定与否定的统一性的

---

① 以上引文均出自欧阳江河：《'89后国内诗歌写作：本土气质、中年特征与知识分子身份》，《站在虚构这边》，生活·读书·新知三联书店2001年版，第56—66页。

一对观念。而海德格尔从语言中找到了另一种可能性："只有从话语的时间性出发，亦即从一般此在的时间性出发，才能澄清'含义'的发生，才能从存在论上使形成概念的可能性得以理解。"① 这也正是他的名言——"语言是存在之家"的哲学依据。无论是肖开愚还是欧阳江河，都看到了时间的现在性，这种现在性并不是之前时间的总和，而是一种梦幻性的语言依归，这恰恰体现出了语言与诗的功能性。正如萨特在反思原始的时间性和心理的时间性时所说的，"我读，我做梦，我感知，我行动。"② 如此才能完成"自我时间化"的反思过程，也才能在虚无中作为存在而获得"自由"。唯其如此，唯其缺席（暂时忘却自身的现在性），在诗中建构自己，用另一种方式来阐释时间的存在，这才是"中年写作"的真正内涵，同是也构成"知识分子写作"的一种哲学语言观。

第二，本土气质。这一线索是从第一条线索中发展而来的，它涉及"语言中的现实"问题。从本质上来讲，它仍与时间分不开，是对时间的一种处理方式，是一种语言与现实之间的纠缠关系。它的独立性在于，语言的时间流程的痕迹会显露在包括共时与历时的现实关系之中。如果把欧阳江河所说的"本土气质"说成是地域性或带有民族风格的诗歌的话，那实在是一场误会。但是如果深入他所说的诗学含义中，将会是一次枯涩艰深的探索，不少诗歌研究者都将之视为畏途。尽管如此，我们仍可从他的文章中看出最基本的观念性的东西来。

他认为，1989年后一些主要诗人在开放的话语体系中确立起话语与现实之间的关系，这是汉语诗歌写作在语言策略上的又一个重要转变。它涉及诗人写作的两种转换：语码转换（code-switching）和语境转换。"这两种相互重叠的转换直接指向写作深处的现实场景的转换。"③ 对于语码转

---

① [德]马丁·海德格尔：《存在与时间》，陈嘉映、王庆节译，生活·读书·新知三联书店2006年版，第398页。

② [法]萨特：《存在与时间》，陈宜良等译，生活·读书·新知三联书店2007年版，第207页。

③ 欧阳江河：《'89后国内诗歌写作：本土气质、中年特征与知识分子身份》，《站在虚构这边》，生活·读书·新知三联书店2001年版，第67页。语码转换，他借用了美国社会语言学家卡罗尔·司玛腾与威廉·尤利所著《双语策略：语码转换的社会功能》一书的说法："在同一次对话或交谈中使用两种甚至更多的语言变体"；语境转换，他的理解是"在同一个作品中出现了双重的或者是多层的上下文关系。"

换这一西方语言学术语，他作出通俗解释："当前的汉语诗歌写作所采用的是一种介于书面正式用语与口头实际用语之间的中间语言，它引人注目的灵活性主要来自对借入词语（即语言变体）的使用。"[①]在此基础上，就构成了文本意义上的现实，这种现实"不是事态的自然进程，而是写作者所理解的现实，包含了知识、激情、经验、观察和想像"。[②]这样，来自文本的现实与非诗意的现实就含混重叠，从而产生一种语言的张力。至于语码转换与语境转换，欧阳江河是将这一对概念重叠使用并作出综合的阐释，因为它们并不是一对截然分开的术语。他以"咖啡馆"为例来作具象化的说明。翟永明《咖啡馆之歌》的具体场景在纽约曼哈顿，而作者却用的是中国南方口语来陈述，如此一来，在中国本土发生的事就诗化于国外的某个地方，曼哈顿只是被布景化、虚构化了。究其实，诗中的本土含义取代了国际含义。她的以时间、政治、性为主题的《咖啡馆》，其中的场所仅具中介性质，这种中介性大量出现在其他"知识分子写作"诗人的诗中。问题的关键是这些不仅代表了一种诗歌写作观念的"变化"，也形成了一种全新的"本土气质"，正如欧阳江河所言："……西川的动物园，钟鸣的裸国，孙文波的城郊、无名小镇，肖开愚的车站、舞台。这些似是而非的场景，已经取代了曾在我们青春期写作中频繁出现的诸如家、故乡、麦地这类典型的计划经济时代的非中介性质的场景。"[③]这种诗的"中介"的出现，使理性的语言从感性的现实语言中得以提升，其中蕴含着一种"隐忍"的力量。

第三，知识分子身份。这一部分从诗歌的时间、本土性中超脱出来，更为直接地阐述"知识分子写作"的核心观念。它的超前性与针对性，让我们感觉到，他早在六七年前就已在回答"盘峰论争"中"民间写作"的发难。

首先，欧阳江河未卜先知似的反对受西方影响就是诗歌殖民化的观点，因为这个问题恰恰是后来"知识分子写作"与"民间写作"发生严重

① ［德］马丁·海德格尔：《存在与时间》，陈嘉映、王庆节译，生活·读书·新知三联书店2006年版，第67—68页。

② ［法］萨特：《存在与时间》，陈宜良等译，生活·读书·新知三联书店2007年版，第69页。

③ 欧阳江河：《'89后国内诗歌写作：本土气质、中年特征与知识分子身份》，《站在虚构这边》，生活·读书·新知三联书店2001年版，第73页。

分歧的一个核心原因。事实是，80年代中期以来，国内受西方的影响是多方面的，用于坚的话说，中国人从西方除了神是学不来的其他什么都学来了。[1] 受西方影响，诗歌界也是如此，而且影响也是多方面的。欧阳江河承认这种影响，但"我不认为接受外来文化的影响会使我们的写作成为殖民写作"，因为来自西方的影响已经汉语化与本土化了。即使不少诗歌中存在互文的情况，但是，"我们的误读和改写，还包含了自身经历、处境、生活方式、趣味和价值判断等多种复杂因素。"不过，欧阳江河注意到了欧美理论思潮对中国诗人的实际阅读具有"强加性"，而且产生了"前所未有的阅读期待"，这种情形对中国国内的诗歌写作影响很大。于是乎，从中产生了为自己的阅读期待而写的写作，但是我们应该清醒地认识到，这不是什么世界诗歌，仅仅是"具有本土特征的个人诗歌"。之所以说它是个人诗歌，是指这种写作不再是为群众写作与为政治事件写作。从中，欧阳江河给当时刚刚兴起的"知识分子写作"下了一个论断："因此，在转型时期，我们这代诗人的一个基本使命就是结束群众写作和政治写作这两个神话：它们都是青春期写作的遗产。"[2] 这是一个比较公允的评价。

其次，诗人中的知识分子。欧阳江河认为，这类诗人的出现是时代使然，是"迫不得已"。其原因何在？1989年之后的社会语境发生了极大的变化，诗人阵营内部发生分化，这不仅体现在诗歌观念的分化上，也体现在为数众多诗人的"逃离"中。那么留下来的诗人大多是由"多重角色"组成的，"他是影子作者、前读者、批评家、理想主义者、'词语造成的人'"。这种角色的多重性，就形成了诗人的知识分子性，于是这类写作群体得以产生，相关的写作也自由兴起。当然他言下之意还有，这类诗人是"工作的和专业的"，但同时是"典型的边缘人身份"。也就是说，既不是专家型的知识分子，也不是普遍意义上的知识分子，于是"知识分子写作"的概念含义就是自足的，这类写作也就具有足够的存在意义。这种意义还可以通过"知识分子写作"来抵制处于中心地位的国家政治话语对

① 参见附录"于坚访谈"。

② 以上引文都出自欧阳江河的《'89后国内诗歌写作：本土气质、中年特征与知识分子身份》，《站在虚构这边》，生活·读书·新知三联书店2001年版，第79—83页。

文学话语的压制与"擦去"来实现。于是，"偏离中心，消解中心"，就成为"知识分子写作"的一种常有姿态。我们也可以这样理解，这既是对权力的一种漠视，同时也是对自身拥有自由写作权力的一种珍视。然而，这归根结底是令人悲观的，这种虚无感与诗人语言的张力几乎成正比。毕竟，"以为诗歌可以在精神上立法、可以改天换地是天真的"，陷入权力、制度、时代和群众的庞然大物的包围，是中国诗人普遍的命运，"我们是一群词语造成的亡灵。"①

尽管西川、陈东东、欧阳江河都在努力提出并倡导"知识分子写作"诗歌观念，但毕竟只是初步提出并试图确立，仍处于探索的前期。欧阳江河在他的《'89后国内诗歌写作：本土气质、中年特征和知识分子身份》②一文中提到他写作此文是："犹豫的、变化的、有待证实和补充的。"西川在《答鲍夏兰、鲁索四问》中在谈到自己语言探索的几个阶段时，也表示："我一时无法说清。"这些都说明了当时"知识分子写作"的概念还处于草创期，还不够成熟。这种探索后来经过包括王家新、程光炜、臧棣等人的进一步阐释，甚至是经历了对立方"民间写作"的反向辩驳后，才逐渐完善与最终确立，但那种确立，也标志着一种写作立场或诗歌观念正走向终结。

第三节　"知识分子写作"的酝酿与涌动

"知识分子写作"由西川、陈东东、欧阳江河最初在1987年的"青春诗会"上提出之后，又经过陈东东等人创办的《倾向》、西川与欧阳江河1993年文章的进一步阐释与倡导，"知识分子写作"诗歌观念基本上落地

① 以上引文都出自欧阳江河的《'89后国内诗歌写作：本土气质、中年特征与知识分子身份》，《站在虚构这边》，生活·读书·新知二联书店2001年版，第79—90页。
② 关于这篇文章题目的考证：在《谁去谁留》（湖南文艺出版社1997版）中是《89'后国内诗歌写作：本土气质、中年特征与知识分子身份》，在《站在虚构这边》（生活·读书·新知三联书店2001年版）中是《1989年后国内诗歌写作：本土气质、中年特征与知识分子身份》，最初发表在《花城》1994年第5期上与选入王家新、孙文波主编的《中国诗歌：九十年代备忘录》上时题目是《'89后国内诗歌写作：本土气质、中年特征与知识分子身份》，本书以这个题目为准。

生根。1993年之后，由于"知识分子写作"群体持大致相同观念，包括诗人与诗评家们的理论"浇灌"，这一观念已算是根深叶茂，俨然成为90年代诗歌观念中显性的中流砥柱。其间，作为"民间写作"的一路则仍处于酝酿阶段，显得势单力薄，难以聚成与"知识分子写作"相抗衡的力量，至少还没有理论上的优势。当然其中的原因十分复杂，比如前文提到过的"知识分子写作"一方掌握了更多的话语权，身居学院而控制了诗歌的教育资源，等等。在此，暂不过多讨论这些因素。我们在上一节阐述了"知识分子写作"概念的初步提出与形成，本节仍沿着这一路向做更为深入的探析，主要探讨这一观念如何横跨整个90年代，内涵不断得到深化与发展，直至世纪末最终与"民间写作"发生"火并"。

研究"知识分子写作"诗歌观念的深化与发展，可以作两个群体的考察，一是诗人的理论文章，另一是诗评家的理论文章。前者以西川、陈东东、欧阳江河、王家新为主，再加上肖开愚、臧棣、孙文波、张曙光、姜涛、西渡等人；后者主要包括唐晓渡、程光炜等人。如此分类只是权宜之举，诗人与诗评家们的理论文章其实并无截然的区别，因为从内在的精神来看，他们所表达的观念内核基本相通。下文对其分别进行梳理，以期加深对这一观念的理解，从而更为清晰地把握其中的发展脉络。

西川在写出《答鲍夏兰、鲁索四问》（1993）一文，回顾他始提"知识分子写作"概念并作出初步阐释后，几乎每年都有一篇文章面世来进一步阐述他的诗歌观念：《诗歌炼金术》（1994）、《关于诗学中的九个问题》（1995）、《生存处境与写作处境》（1996）、《90年代与我》（《大意如此》自序）（1997）、《思考比谩骂重要》（1999）。这些文章有些是就诗学的某一方面表达自己的感悟或给出辩解，有些也不完全与"知识分子写作"诗歌观念紧密相关，但综而观之，却始终与"知识分子写作"诗歌观念分不开。

《诗歌炼金术》[①]是一篇语录体文章，共62条。严格来说，这不是一篇思维逻辑连贯的诗学理论文章，只是西川的诗学感悟语录汇集。但是，这些感悟式的语录却充分体现出西川几乎所有的诗学主张，自然也包括"知识分子写作"。与其说这是一篇文章，还不如说成是西川诗歌观念

---

① 载《诗探索》1994年第2期。

的浓缩提纲，正如题目所言，是作诗歌炼金术之用，是诗歌写作的试金棒。此外，从时间来看，文末注明写于1992年与1993年，所以它不是"知识分子写作"概念阐释的延伸与发展。但是我们又不能忽视这篇语录体文章的存在，从中我们可以搜寻到西川诗歌观念的线索，在某种意义上讲，它几乎就是西川诗歌观念的版图。其复杂程度与多样性难以用几条框框来概括与界定。"诗人既不是平民也不是贵族，诗人是知识分子，是思想的人。"这是开篇的第一条，我们能否将统摄在这一条之下的所有条目整体视之为"知识分子写作"观念的总提纲呢？试看："8．诗人通过'命名'挽留世界。""23．诗歌往往处在两个精神之源之间。""39．让语言和自然较量，让语言和人生较量。""43．诗歌的形式即是它的音乐。""61．强大的理性指向强大的非理性。"以上任意一例都可释放开来并形成一篇完整的"知识分子写作"的理论文章，文中的每一条都可作为西川诗歌观念某方面的浓缩。套用西川后来的一句话："实际上没有一个人能够全面地概括诗是什么"，[①]所以我们在此也无法真正概括西川的诗歌观念。

　　西川的《关于诗学中的九个问题》实际上是挑选《诗歌炼金术》中的一些语录来进行具体论述。一、在传统问题上他对"诗言志"及传统本身进行纠偏的解释。一直以来"言志"重在志，恰恰忽略了诗歌的形式，是志（内容）导致了言（诗歌的艺术形式）的毁弃。这不能不说是西川的真知灼见，也与他所倡导的"知识分子写作"观念相一致。在他眼中，传统这个"怪物"是活的，"它会超越我们个人有限的存在，深入未来，并对未来做出规定。"[②]诗人应该以自己的方式融入传统，并对传统作出自己的反应，只有这样，诗人的作品才显示出一种文化姿态。在这点上，他几乎是预先回答了后来"民间写作"所指出的"知识分子写作"脱离传统并且一味与西方靠近的殖民心态的说法。二、在诗歌的语言形式上他也阐述了几方面的见解。一是对翻译语体的认识。他持中庸的态度。完全的翻译语体与太油滑的现代汉语都是他所反对的，前者失之晦涩与欧化，没有汉语书面化口语的独立性，后者在我们的理解看来，指的就是后来"知识分

---

① 引文出自西川：《关于诗学中的九个问题》，《山花》1995年第12期。

② 载《诗探索》1994年第2期。

子写作"指责"民间写作"一方过于庸俗化的口语写作（或口水写作）。二是认为诗歌必须经过训练使之成为一门技艺，这样才谈得上诗歌艺术，然后才与我们的存在相关，传达一种自由的声音，要在思想意识中解放自己。所以他反对逃避现实、缺少承担、具商品属性的"美文学"。西川并不是一味追求形式，重视内容也是他一贯所提倡的。三、在与现实的关系上，他认为没有阅读就没有写作，但是他坚决反对当时诗人凭借鉴赏力来写作的现象。他追求的是具有创造力的写作，阅读经验应当适度，创造力来自"个人对于存在、自然、超自然的思考"。① 在这一点上，与于坚等人提出的诗歌写作的原创力本质上是相同的。另外，他还指出，在价值混乱、物欲横流的时代，要强化写作力度，力扫陈词滥调，要有切入生活的勇气，要及物，"一个诗人必须首先让他的诗歌语言触及那真实的花朵，然后再把它处理成语言之花"。② 四、在主义或观念上。"文学关注人生、社会、自然、超自然，形成恰到好处的文本，以期进入人类精神的文脉，这亘古不变。变的是写作观念与写作方法。"③ 他认为不应该宥于西方的各种主义、思潮，我们虽然不拒绝西方的启发，但毕竟"坐标"与西方不同。

从以上几点可看出，其实西川的诗歌立场在很多方面并不像后来双方锋芒相对那般明显，至少属于一种比较温和的诗学探索。虽然也有强烈的倾向性，但与"民间写作"的主张有许多共通之处，总之是两位一体的。

1996年《生存处境与写作处境》④的发表，标志着西川"知识分子写作"意识的加强。之所以如此说，是因为他在文中进一步阐释了"知识分子写作"的主要观念，更为重要的是，他在文中开始反驳一些反对的声

① 载《诗探索》1994年第2期。

② 引文出自西川：《关于诗学中的九个问题》，《山花》1995年第12期。

③ 引文出自西川：《关于诗学中的九个问题》，《山花》1995年第12期。

④ 此文最早载于赵汀阳、贺照田主编的《学术思想评论》总第1辑，辽宁大学出版社1997年版，同期刊出"从创作批评实际提炼诗学问题"专辑，除首篇西川的文章外，还发表程光炜的《九十年代诗歌：另一意义的命名》、肖开愚的《九十年代诗歌：抱负、特征和资料》、欧阳江河的《当代诗的升华及限度》、王家新的《奥尔菲斯仍在歌唱》、唐晓渡的《五四新诗的现代性问题》。此文节选本后来选入王家新、孙文波主编的《中国诗歌：九十年代备忘录》。

音，主要包括"民间写作"主要倡导者韩东、于坚的诗歌观念。这正可用来说明具有发生必然性的"盘峰论争"早期双方对立的脉象。同样地，这篇文章仍然是《诗歌炼金术》的具体化。

西川的这篇文章仍然以强调语言的重要性开始，但明显与韩东、于坚的语言观不同。"语言是思想的形式，而且是思想的最后形式，但也是思想的勉为其难的形式。语言的有限性只有诗人们体会得最深切。"① 这与他历来所提倡的语言即思想的观念是贯通的。他的思想，是指语言的思想，深含哲学的"奥义"；他的语言，是有思想的语言，是经验与现实的语言。他认为韩东的"诗到语言为止"是"心地狭小"与"随意"的，会让人"几乎晕了过去"。对于坚为韩东的辩护，说韩东的观点来自维特根斯坦的一句话："我的世界的边界就是我语言的边界"，他对此深为不屑，认为韩东的观点没有注意到维特根斯坦除肯定语言之外还肯定了另外的东西。继而，他对别人把他的写作看作"文化写作""神话写作""隐喻写作""学院派写作"分别进行辩解反驳。这些也正是后来"盘峰论争"前后"民间写作"向"知识分子写作"发难的靶标。简而言之，他认为没有不与文化相关的诗歌写作，说他的写作是神话写作纯属子虚乌有（以他诗歌作品为证），一切写作离不开隐喻，说他的写作是学院派写作让人琢磨不透，如果是那样，就是作茧自缚。

他在反驳的过程中提到一个说法——策略，而且是反对他的策略，他认为这是文学的绊脚石。在这基础上，他接着重申了"知识分子写作"概念产生的背景，并重新为"知识分子"作了一个界定。1989年后诗人的立法者和代言人角色退位，运动式的诗歌写作除了内耗，也在政治和经济的挤迫下转为个人诗歌写作。另外，90年代以后出现了一个重要的现象，即诗人与批评家角色互换。还有，"当代生活使精神隐入尴尬"，必须有人来重提道德问题，而"知识分子写作"正是趋向于此的努力。这就是"知识分子写作"产生的背景。"所以'知识分子'不是指受过大学教育的白领阶层，而是专指那些富有独立精神、怀疑精神、道德动力，以文字为手段，向受过教育的普通读者群体讲述当代最重大问题的智力超群的人，

---

① 西川：《生存处境与写作处境》，《学术思想评论》总第1辑，赵汀阳、贺照田主编，辽宁大学出版社1997年版，第189页。

其特点表现为思想的批判性"。①名义上，他是在解释"知识分子"，其实这无疑是他对"知识分子写作"的一个重要的定义。有趣的是，他的"智力超群的人"与于坚所说的"天才"其实说的都是一个意思，这又再一次证实了两派写作观念确实是二位一体的，它们之间并没有不可逾越的鸿沟。只是，他把"知识分子写作"的"晦涩难懂"归因于诗人的孤独。诗人的孤独不为世人所理解，这本身就晦涩，"既然每一个人都有他'晦涩难懂'的时候，何以诗歌就必须'通俗易懂'？在今天这样一个充满尴尬的时代，可以说'通俗易懂'的诗歌就是不道德的诗歌。"②西川的解释确实有点"为赋新词强说愁"的味道，这是难以服人的。一个是诗学问题，一个却是关涉个人情绪的宣泄与社会学问题，它们之间自然有千丝万缕的关系，但如果将之牵扯到一起，难免有强扭之嫌。

他在《90年代与我》③一文中说到他之前的写作"可能有不道德的成分"，由于历史的原因他的文化立场才"面临着修正"。所以"反讽""叙事""荒谬"才相继进入他的诗歌写作中，所以诗歌才要更加"神秘"，别让西方人一眼就能看懂我们，要把"生命与世界的沉默的力量"呈现于"语言的缝隙之间"。从这点看，西川的诗歌观念似乎找到了一把解读的钥匙。

西川还写过一些诗歌散论、读诗笔记、访谈录一类的文章，比如1998年的《面对一架摄像机》《视野之内》，④等等，这些文章都是对西川诗歌观念的有效补充。总而言之，他反对庸俗，强调承担，勇于回应生存困境，在这些方面他的立场是鲜明而值得肯定的。至此，西川的"知识分子写作"诗歌观念基本上趋于完善。"盘峰论争"后他发表《思考谩骂更重要》⑤以及之后的一些零星诗论，相对于"知识分子写作"而言，已多属

---

① 西川：《生存处境与写作处境》，《学术思想评论》总第1辑，赵汀阳、贺照田主编，辽宁大学出版社1997年版，第194页。

② 西川：《生存处境与写作处境》，《学术思想评论》总第1辑，赵汀阳、贺照田主编，辽宁大学出版社1997年版，第196页。

③ 西川：《90年代与我》，《诗神》1997年第7期。又为作者诗集《大意如此》自序，湖南文艺出版社1997年版。

④ 这两篇文章均收入《深浅：西川诗文录》，中国和平出版社2006年版。

⑤ 载《北京文学》1999年第7期。

重复而日见散淡，连他本人也无心多提，① 所以已无多大讨论的必要。

与20世纪80年代相比，90年代的诗歌确实没有那样"山头林立"。社会的大语境决定了诗歌不再成为人们关注的焦点，诗歌的命运自然滑入"个人写作"的氛围之中。这也正是"个人写作"不足以成为一个纯粹的诗学概念而又多为论者提及或默许其存在的原因之一。"知识分子写作"群体在这样的境况下，也无法拉起一面诗歌的大旗而使应者云集，他们最多只是在倡导大致相同"倾向"的某种诗歌观念，并由为数不多的分散的"个人写作"汇入这股潮流之中。陈东东等人创办《倾向》的时候，情况或许正是如此。陈东东确实赞同、支持并一直阐释"知识分子写作"的概念，并反对一些同时存在的其他观念。如此看来，"知识分子写作"的倾向性是十分鲜明的，而且在当时来看还处于明显的理论优势，直到"盘峰论争"之后才迅速下滑。

作为诗人，陈东东"是一个语言的魔术师，他的诗里充满了奇诡华丽的言辞和渺远自由的想象"②。他的诗论并不多，但从他有限的诗论中却能清晰地看出他的倾向性。除了上文提到的《倾向》"编者前记"，这里涉及他对"知识分子写作"概念进一步阐释的有三篇：《有关我们的写作》（1994）、《诗人与时代生活》（1997）、《回顾现代汉语》（1999）。③ 总的来说，他主要阐述了三方面内容：诗与现实、诗与语言、诗与西方资源。而这三方面又恰恰是"知识分子写作"与"民间写作"双方争论的几个焦点问题。

陈东东在《有关我们的写作》一文中极力抨击那种不顾现实，只以"自身为目的"的写作，他认为现实与技艺并不是一对矛盾体，而应该很好地结合起来。他所理解的"自身的目的"即为"只及于语言却不及于

---

① 笔者几度与西川邮件联系谈到"知识分子写作"话题，他已无多大兴趣，并在2009年11月9日的邮件中表示："又是什么'盘峰'、'知识分子'这些近似炒冷饭的老问题，很费劲，也无趣。""知识分子写作"终成历史。

② 刘春：《"知识分子写作"五诗人批评》，《南方文坛》2008年第2期。

③ 《有关我们的写作》（该文写于1994年），载《诗歌报》1996年第2期，《诗人与时代生活》，载《牡丹》1997年第1期，《回顾现代汉语》（该文写于1999年"盘峰论争"之后），载《诗探索》2000年第1期。前后两篇又选入王家新、孙文波编选的《中国诗歌：九十年代备忘录》。

物"，那么这样的诗人将会只是作为生活的旁观者，他们放弃了"在世俗生活中的权利、路径、责任和感受力"；从而，他们"再也无法回到现实中去"。这是"写作的虚脱"，是一种"失写"症状，此病症"埋藏在这种用写作来替换诗歌和生活观念和行为之中"。他承认诗歌写作是诗人的一门手艺，但该手艺是有根的，是清醒的，而且它必须来自"现实"。他于是说出下面的话：

……诗人唯有一种命运，其写作的命运是包含在他的尘世命运之中。那种以自身为目的的写作由于对生活的放逐而不可能带给我们真正的诗歌。诗歌毕竟是技艺的产物，而不关心生活的技艺是不存在的，至少是经不起考验的和不真诚的。所以，仅仅关注自身的写作事实上已不成其为一种诗歌写作，其用以代替真实生活的纸面上的生活也不成其为一种生活。它仅只是一次狂欢，是生命中勃发直泻无所抑止的破坏性冲动，具有明显的歇斯底里的特征。

真正的诗歌写作是诗人向往理想生活的辛勤劳动。它是关乎天才、经验、智慧、技巧、感受力、洞察力、想象力、表现力和融于肉体的诗人的灵魂的，特别是，它是对语言的爱惜和恰如其分的使用，是为着完成作为"自由和美感"的诗歌的。……

他确实说得再清楚不过了，无须我们费大力气去理解与概括。但是，这种对现实的关注是有限度的，现实也只是一种特定的现实，关注并不是说诗歌要承担解决问题的重担。诗歌在现实面前又是无力的。这种矛盾心理在《诗人与时代生活》里有所表达。"相对于时代所需要的各种声音，诗歌是多余的声音。使一个时代成为时代的东西，是它的经济现实和政治生活，是它的政治秩序、宗教信仰、权威话语和流行时尚。诗歌却正好不是这种东西。"也就是说，诗歌在现实面前更多地指向个人精神世界，这不可能改变现实，但能关注现实、折射现实。诗人的良心、梦想，对时代、现实的存在意识、自我意识、关怀意识、人性、人类精神，往往被残酷的现实所湮没，为时代所不容。这就是诗与现实之间永远存在的悖论关系。

除以上之外，陈东东也对"纯诗"提出自己的看法："它无法企及，永远是可能性，一种向往和一个理想。写作中的某一时刻，奔赴纯诗的诗人将碰壁，他看到甚至触摸到他的激情、愿望、技艺和努力的最后边界——那儿也没有纯净可言。但他没有在失败中折回，因为他从来是冷静和悲观的，并不狂热。"① 其实这就是他对中国新诗仍走在征途中的命运的定位，现代汉语与新诗还都处于某个过程之中。

无疑，陈东东的诗观尤其显得与众不同，与他的诗一样，魔术而奇诡，却又不失其合理性成分的存在。

欧阳江河对诗歌思潮与理论及其中的转变是十分敏感的，1994年发表的那篇纲领性文章当然是他的代表作。但他在写下这篇文章之前，早就打下了坚实的理论基础。也就是说，他在1987年的"青春诗会"上与西川、陈东东共同提出"知识分子写作"概念之前后，他就一直以敏锐的眼光观察诗歌界的现象，并得出适时与可靠的观点。他的观点对90年代诗歌观念的建设起到了重大作用，这点应该是不容置疑的。

早在1988年，他就在《从三个视点看今日中国诗坛》② 一文中开始反对"某种大众的、业余的写作态度"。他认为这是把诗歌降低到日记与杂感的层次。一场场的诗歌运动和多种不同形式的观念存在，这种貌似多元格局的现象虽有社会学的意义，但对诗歌本身来说只是灾难。80年代后期，他看到了诗歌写作的一种转变。比如从舒婷到翟永明，比如从北岛到柏桦，其中转变表现为："诗歌也已完成了从集体的、社会的英雄主义到个人的深度抒情的明显转折……种种事实说明诗歌的变化已经不是表面的，而是发生在思想和感情深处的普遍而又意味深长的改变。"这种认识当然可视为他后来正式阐释"知识分子写作"概念的感性与理性结合的理论背景。

他的观点在1994年发表的那篇文章中得到了综合性的阐释。紧跟其后，在1995年的《对话：中国式的"后现代"理论及其它》③ 这篇对话文章中又重点阐释了之前的一些重要观点。与"个人写作"相对应的是群众

---

① 陈东东：《只言片语来自写作》，《山花》1997年第5期。

② 此文载《诗刊》1988年第6期。

③ 此文分两期载《山花》1995年第5、6期，这是一篇欧阳江河、陈超、唐晓渡之间的谈话录。

写作、集体写作，"个人写作"中的群众是不存在的，因为那只是一种隐喻性的群众或伪群众，是一种虚假的"代言人"意识的产物。而"知识分子写作"是充满对抗性的一种客观的专业性介入，这种介入并不代表个人处境，而是"综合的、深刻的人文关怀和精湛的专业技能的客观反应"。

"知识分子写作"并非一个严格的诗学概念，随着"盘峰论争"之后"知识分子写作"观念的日渐退隐，欧阳江河也有过一些评论。他明确说到，当时之所以提出那个概念，主要是针对诗歌本身，针对文学写作的有效性和文学写作的必要性，以及探索一种当代汉语诗歌"新的写作的可能性"。他承认，那个概念是有历史局限性的，也"只能在一个语境里面讨论"。如果现在再提出类似的概念，"就有点儿跟我们的时代，我们的处境——我指的是生存处境，不那么切合了。"[①]让我们感慨的是，任何理论、任何观念，随着时间的流逝都将有可能失效或发生变化。不过，他在当时严肃提出并阐释"知识分子写作"这个概念的客观事实是永远不会改变的。

当代文学史与诗歌史对王家新是非常重视的，他占据了一个相当重要的位置。诗人臧棣曾说王家新是能映现出我们时代的诗歌的一面镜子，并说这面镜子"可以反映出一种主要的诗歌倾向和诗歌精神"。[②]对王家新高度的评价，我们认为，这不仅得益于他长期以来的诗歌写作实践，也得益于他对诗学丰富的探究，具体说来，就是他对"知识分子写作"诗歌观念的张扬。他的成名期恰在20世纪90年代，而90年代也正是"知识分子写作"的兴盛期。他并不是"知识分子写作"最早的直接倡导者，但他与"知识分子写作"初期提出者们的诗学倾向类同。20世纪末，他写出《知识分子写作，或曰"献给无限的少数人"》，"盘峰论争"发生后与孙文波一起编选《中国诗歌：九十年代备忘录》，这些在诗界都产生了很大的影响，从而使他成为"知识分子写作"最具代表性的人物之一。

有意思的是，继西川在《诗探索》1994年第2期发表《诗歌炼金术》后，王家新在同年第4期上也发表了类似文体的文章——《谁在我们中

---

① 欧阳江河、张学昕：《诗，站在虚构这边》，《作家》2005年第4期。这是他们二人的对话录文章。

② 臧棣：《王家新：承受中的汉语》，《诗探索》1994年第4期。

间》。① 同样是语录体，共有45条。从这些感悟式的语录体条目中，我们可以像读西川的《诗歌炼金术》一样，大致能看出王家新的诗歌观念，之后他的许多诗学文章似乎都是其中条目的具体阐发。王家新相对于上面提到的几个人来说，资格更老。他参加了1983年的"青春诗会"，西川等人参加1987年的"青春诗会"时，他还是主持人之一。西川等人率先提出"知识分子写作"概念，作为第一时间的知情人王家新来说，不可能不为所动而无所思考。其实，一般认为，他的诗风从1986年开始就逐渐告别青春期写作而进入肖开愚、欧阳江河所提出的"中年写作"时期（后来王家新提出"晚年"之说，后文会提及）。自然地，他的诗歌写作也会包含欧阳江河文中所说到的"知识分子身份"等问题，后来他发表一系列诗歌与诗论，证明了他诗歌写作与诗歌观念的转变。程光炜曾有个著名的说法，"王家新对中国诗歌界产生实质性的影响，是在他自英伦三岛返国之后"。② 王家新赴英访学的时间是在1992—1994年，这个时间若往前推至1989年，国内诗歌界由于众所周知的原因，已是黯淡暗哑。他回国时，诗歌界也因社会语境有所改观而开始出现萌动与逐渐活跃的趋势。其时，欧阳江河与西川等人已明确提出并阐释"知识分子写作"的概念，作为诗歌界的重要人物之一，王家新当然会为其所动而加入这个"大合唱"当中。按照程光炜的说法，王家新是因为写了《帕斯捷尔纳克》《临海孤独的房子》《卡夫卡》等诗作影响中国诗歌界的，"他显然试图通过与众多亡灵的对话，编写一部罕见的诗歌写作史"。③ 在我们看来，他对中国诗歌的影响，也与他不断阐发诗歌观念有着重要的关联。诗歌观念对诗人的创作会产生直接的影响，这是不言自明的。就拿前文提到的《谁在我们中间》来说，这不仅是他对诗歌写作的感悟，同时也是他诗歌观念的阐释。

现在看来，《谁在我们中间》一文应是王家新"知识分子写作"倾

---

① 王家新：《谁在我们中间》，《诗探索》1994年第4期。此文后选入作者文集《取道斯德哥尔摩》，山东文艺出版社2007年版。

② 程光炜：《导言：不知所终的旅行》，《岁月的遗照》，社会科学文献出版社2000年版，第10页。

③ 程光炜：《导言：不知所终的旅行》，《岁月的遗照》，社会科学文献出版社2000年版，第10页。

向性的起点。因其碎片的形式，我们同样无法用几句话去概括他的诗学观念。不妨从中综合抽离出几点，以图窥一斑而知全豹的效果。一、他把"祖国"与"时代"结合起来置于诗中的世界，但二者是既亲近又疏离的关系。亲近是因为热爱汉语而将之用为一种迎接的方式，疏离则表现为常以推迟甚至逃避的方式进行。二、倾心于"天启"（这与其他"知识分子写作"诗人所说的"天才"有关）；而且要学会在"时间中迷失"。（这与欧阳江河所说的摆脱"时间的神话"的观点何其相似！）三、诗应有尺度，应创造"晦涩"，而不是乌托邦。四、写作的希望仅在于"个人不计代价的历险"。（这与"个人写作"的意义是相近的。）五、关于语言，各人都有各自的"基本词汇"，这是一种宿命；接受西方语言大师们的影响，从另一种语言回来后再贪婪地呼吸汉语的气息，这可形成一种写作的内部的力量。从这些看来，程光炜的断定基本没错。一是西方资源对他影响巨大，二是他文本中存在"互文性""挽歌气氛"等因素是确定无疑的。

与《谁在我们中间》感悟语录式文体不同的是，不久后王家新在另一篇对话体文章《夜莺在它自己的时代——关于当代诗学》①中，提出一些严肃的诗学主张：反对"纯诗"写作、历史化与非历史化、个人写作、话语转型，等等。其实早在1993年，远在伦敦的王家新在回答陈东东和黄灿然的问题时就初步涉及其中的不少问题，只是还没有像此文上升到一种理论高度。②比如说，他认为汉语是一种诗性语言，但因一些限制及文化的隔膜而被排除在世界"中心"之外，但是诗人却无法"破坏或重建"民族语言；他认为，1989年标志着一个诗歌实验主义时代的结束，个人化写作从此逐渐开始，"诗歌进入沉默或是试图对其自身的生存与死亡有所承担"；与他类同的十几个诗人与"今天派"已无直接联系，他受西方影响加剧，"帕斯捷尔纳克激励我如何在苦难中坚持，而米沃什把我导向一个更开阔的高地。"把这些作为他后来诗学思想基础的一部分是完全可以理解的。

---

① 该文写于1995年7月，载《诗探索》1996年第1期。
② 王家新：《回答四十个问题》（节选），《为凤凰找寻栖所——现代诗歌论集》，北京大学出版社2008年版。

在《夜莺在它自己的时代——关于当代诗学》一文中，他从当时批评的封闭状况出发，认为批评界在以"朦胧诗——后朦胧诗"或"朦胧诗——新生代（到海子为止）"展开的这一轴线中，"纯诗"成为一个核心，这是一种非历史化的理论悬空，这导致了批评与文本的脱节，从而也遮蔽了自80年代末以来的"个人写作"。他认为个人写作时代的到来宣布了这种批评的失效，而且还预言下个世纪是巴赫金的世纪。就新世纪以来新诗的狂欢化倾向而言，公正地说，王家新不仅正确估计了当时的诗歌及其批评处境，而且不幸言中了新世纪的诗歌状况。就"个人写作"而言，他并不是孤立看待的。他是在强调"差异性"的基础上追求一种新尺度，而且只有在当时的特定语境中提出来才有效。这种特定的语境就是，当时的"文化人"被旧有的意识形态塑造，又被新的规范制约，"不是我们说话，而是话说我们"。而"个人写作"的意义在于："自觉摆脱、消解多少年来规范性意识形态对中国作家、诗人的支配和制约，摆脱对于'独自去成为'的恐惧，最终达到能以个人的方式来承担人类的命运和文学本身的要求。"总之，"个人写作"是一种超越个人的写作，它体现了与之前"时代"的一种断裂感。"个人写作"面临的"时代"却是另一种情况："转型期的生存境遇、文学发展及前后相关的历史语境"。所以，脱离了具体时代语境的写作是不值得信任的，那是一种"非历史化"的写作，包括诗歌与相关的批评。时代的"知识型构"（福柯语）变了，"必然会要求一种与它相称的人文话语、知识话语包括诗歌话语的出现"，"个人写作"正是挟带着反讽意识与喜剧精神应运而生的。当然，这种带有"挽歌"性质的"个人写作"同时具有一种悲剧感，最后把写作"引向了一个更为开阔的、成年人的世界"。追求"意义"，呼唤知识型的、混合型的、反体裁的作家与诗人，认清当时的转变情势，消解"二元对立"模式，让作家和诗人进入"一个更大的文化语境中"，并完成自身的转化，这些都是他所提倡的。

就上面的特别是话语转型的问题，他在另一篇文章《从炼金术到化学——当代诗学的话语转型问题》[①]中作了更深入的探讨。首先，他清

---

① 王家新：《从炼金术到化学——当代诗学的话语转型问题》，《社会科学战线》1996年第5期。

醒地认识到1995年6月在贵州举行的全国诗歌学术讨论会是当时"杂语时代"的缩影，并明显感觉到"同一阵营"中"无穷的差异性或不可通约性"。这种定评并不能阻挡他鲜明诗学立场的表达。他坚持自己之前的观点，认为"回到诗本身"与"让诗歌成为诗歌"在当时具有虚妄性，那种非历史化的做法貌似反叛，而实质是在"逃避诗歌的道义责任"与绕开诗歌的写作难度。另外，他对欧阳江河众所周知的那篇文章进行发展性的阐释，指出其中不足："'中年写作'可以放在任何一个时代、一个国家、一种语境的诗人身上，但和当时经历了一场巨大震撼的中国国内的诗歌写作并无根本的、切实的关联。"针对以上，所以他提出：一个诗人应该具备"面对现实、处理现实的品格与能力"、"完美得毫无意义"的"抽象写作"实不可取、"后现代"的姿态根本无法解决任何问题。

与初期"知识分子写作"概念的提出者们比较起来，王家新是从发展或修正者的角色出发的，他提出了新的诗学主张是事实。最后到"盘峰论争"时，又与"知识分子写作"提倡者们趋同。"知识分子写作"诗歌观念从最初的提出，到后来的分化又发展，再到最终的大汇合，这个"总——分——总"式的过程使"知识分子写作"的内涵大大丰富。在这个丰富的过程中，王家新确实最具代表性。而且他对自己最核心的主张一再阐释，使人印象深刻。比如前文中提到的80年代以来诗歌的非历史化/纯诗问题，他在后来的《对话：在诗与历史之间》①与《阐释之外——当代诗学的一种话语分析》②中又一再更为深入地阐述。前一篇是他与陈建华的访谈文章，讨论的重点在"历史"。他提出"以诗治史"或"以史治诗"的主张。究其实，他仍是在反对自80年代以来"为永恒而操练"的诗学倾向，坚持诗歌要向存在"敞开"，要呈现一种包容诗与历史的话语，这就是"写作的边界"，③"最好在诗和历史的两端之间保持张力"。反对纯诗只是针对90年代语境而言的，90年代诗歌写作应从伦理与美学的紧

---

① 载《山花》1996年第12期。

② 载《文学评论》1997年第2期。该文写于1996年2月。

③ 王家新关于"写作的边境"是就1995年获诺贝尔文学奖的西穆斯·希内而阐述的观点。其中涉及写作与暴力、现实与时代、国际视野、承担等多方面的问题。具体可见作者《来自写作的边境》一文，《牡丹》1997年第2期。

张关系中寻找突破，而"承担"正是美学与伦理的合一。历史化是在"中国话语场"（孙文波）中的历史化，这并非简单的"写实"倾向，抽象写作同样不缺乏历史性，"它并不是去'反映'什么，而是体现为一种话语的建构。这种话语的建构以对生存的洞察创造精神为其前提"。在后一篇文章中，他仍然就这个话题进行补充阐释。他认为，非历史化倾向是在消解意识形态神话的同时又在制造纯诗神话，这种局面必须扭转。作为旁证，他认为欧阳江河的"中年写作"与"非非主义"都避开了真实的历史境遇，只是表达的方式不同；进而，他赞同臧棣的"绝不站在天使一边"的表达。"边缘离天使太近，离历史太远。而有关知识的一切话语从来就是一种奋争。"超语境的普泛意义的国际诗歌不存在，欧阳江河所言及的本应是自然而然的"本土气质"也难说是一种严肃的写作。他认为"本土性"恰恰应是文化批判和反省的对象，而不能成为某种规范。我们认为，王家新的诗歌观念如果深入其内核，其实应该可以这样理解：经历过"89事件"后，之前的纯诗失效；作为诗歌写作应该重新树起关注现实的大旗，不应只是钻进象牙塔营构无关痛痒的虚幻；这种关注当然不只是表面性的关注，更应体现在一种精神内核上。这才是王家新对"知识分子写作"内涵注入的全新内质。

王家新在1998年之前虽然多有与"知识分子写作"相同的诗学倾向，但在他的诗论中却极少有直接赞许的话，似乎与其是一种平行或互文的关系。他更多的是提出自己的诗观，诸如历史化与非历史化一类的辨析。但从1998年开始，他不仅频频提及"知识分子写作"，而且一直在论证其诗歌观念的合理性。

他在《群岛的对话》中集中论证了"个人写作"的合理性。在他看来，"个人写作"是"知识分子写作"或"知识分子精神"诗歌观念的具体呈现，它主要是对抗80年代中后期的"新生代"的流派喧嚣与"平民化"写作倾向。他从三个方面提出"个人写作"的合理性，同时也明确表示出对"知识分子写作"的趋同。第一，它"是从写作的性质及话语方式上，并且是在特定的历史语境中提出来的"。它表现为一种写作的精神品质，在认识到所处困境的前提下而试图不断摆脱意识形态的强制。第二，它"与眼下这个时代大众传媒、消费文化、商业文化一统天下局面的形成以及它与意识形态的合流共谋有直接关系"。它坚守着个人精神及想象力的存在，与主流文化持异、分离。第三，它的成立是因为"它在中国所具有的诗学意义"。在他看来，这是自70年代末以来中国最具根本性质的诗学概念。具体说来，它是对"崛起论的批评系统"（程光炜语）及"宏大叙事"的持异、消解与分离。他在分析其合理性的同时，也指出理解它的误区。他认为"个人写作"不是自恋自伤或自傲，恰恰是对这种模式的颠覆，它是超越个人的写作，并"坚持以一种非个人化的、并且是富于想象力的方式来处理个人经验"。

综观王家新的诗论，"知识分子写作"早期所提出的观点，他几乎都有所论述。除了以上提到的之外，还有譬如针对欧阳江河的"中年写作"而提出的"文学中的晚年"。多受人关注的中国诗歌与西方的关系，他同样也提出自己的看法。写于1997年8月的《文学中的晚年》①与肖开愚、欧阳江河提出的"中年写作"有不少相通之处，但又更进了一层。90年代初三十出头的王家新即表示出对"晚年"的兴趣，这与欧阳江河的"中年"之说几乎同期。按他的说法，这"晚年"指的是"希内所设想的那种黑暗而透出亮光的所在，它早就在'一部书'的中间等着我们"。同样地，这个"晚年"不是年龄概念，"而是文学中的某种深度存在或境界"。说到底，他之所以提出"晚年"，仍然是对80年代中期以来"青春崇拜"诗歌氛围的一种反拨。这种氛围包括"新生代"的反叛、青年诗人自杀，还包括一切明星化的诗歌风尚。对于漫长的诗歌之路来说，以上这些现象只是最初阶段的一些表现，能否具备晚年式的成熟心态，则是对诗人的考验。"晚年"不是尽头，而是"迟来的开始"，唯其如此，才能真正进入文学的内部。王家新的"晚年"说，其实与欧阳江河的"中年"说并无多大的不同，甚至可以说，二者的精神导向完全一致。

他在《中国现代诗歌自我建构诸问题》②中从回顾新诗的历史入手，提出新诗的身份焦虑及其与西方资源的关系问题。众所周知，90年代诗歌的身份危机与主体性的重构意图正是诗学关注的焦点。王家新认为现代诗

---

① 此文载《人民文学》1998年第9期，又载《滇池》1999年第6期。后选入作者文集《取道斯德哥尔摩》，山东文艺出版社2007年版。

② 此文载《诗探索》1997年第4期。

歌无身份正是一种身份，它并不是简单地对传统的断裂与对西方的横移所能解释的。但总的来说，初生的现代诗与西方近现代诗歌更为亲近。正因为如此，当初无身份性之下的模仿确实存在，也多为人所诟病，但也要历史地看到其中创造性的存在。而在90年代的诗歌（他言下的"知识分子写作"）中，西方的影响日渐消退，中国的诗歌与西方的诗歌已处于一种平行关系，是站在"同一地平线上"。他的意思是说，中国诗歌还未回归本土，只是改变了与西方的关系。这种关系表现为从以前的"影响与被影响"转变为"误读"与"改写"，进而最终与西方诗歌建立起一种互文关系。西方诗歌最多只是一个参照。这种转变有益于中国诗歌的自我建构。不过同时，这也会带来另一个结果，对西方的参照也会直接引起对中国自身传统的参照。中国现代诗歌也会发生与传统诗歌的互文关系，"父亲"就回来了，"继承与被继承"得以完成。但是，90年代的诗歌又绝不完全依赖于这两种互文关系，它正在建立某种"共时性空间"。所以说，90年代诗歌正身处自我建构之中，这体现出中国诗人的抱负、尺度、理想与文化自觉。

　　综上观之，王家新对"知识分子写作"内涵的丰富，在"盘峰论争"之前主要是就自己的诗歌观念进行不同层面的阐释，是对"知识分子写作"的延伸。对"民间写作"他也有相应的批评，只是这种批评是泛化的，没有具体的批评对象（其中原因可能是因为在"盘峰论争"之前"民间写作"支持者并没有正式提出这个概念），而且措辞尚为温和，并不足以构成争锋的局面，这些都是建立在对"知识分子写作"倾向性的支持上。"盘峰论争"发生后，由于双方争论激烈，才使他不得不选择"重新排队站位"，[①]于是他对"知识分子写作"的倡导与对"民间写作"的批判激烈得几乎成反向同步上升之势。客观地说，这是他对"知识分子写作"诗歌观念的大盘点，而且前所未有地表现出对"知识分子写作"的热衷。

　　"知识分子写作"诗人群体确实没有一个统一的"派"。它不像80年代的诗派如非非主义、莽汉主义等都有一个明确的宣言口号，而且还有一

---

① 2009年12月21日笔者与北京师范大学文学院中国现当代文学教研室进行的一次交谈中，西川说出在当时不得不"重新排队站位"的情景。这个"重新排队站位"同样适合用在王家新身上。

本同仁刊物作为阵地。尽管初期西川、陈东东、老木等人编有《倾向》，但仍不能说它形成了一个诗派。"知识分子写作"与新诗史上任何一个诗派的存在都不相同，它的特点体现为具有共同倾向性的诗歌观念，表达这类倾向的诗人与诗评家并不属于某个群体。所以我们关注点也就只能集中在诗歌观念的呈现上。上文提到西川、陈东东、欧阳江河、王家新，但与他们具有共同类似倾向的还有为数不少的诗人与诗评家，包括臧棣、程光炜、孙文波、唐晓渡、张曙光、肖开愚、西渡、姜涛、胡续冬……正是因为他们所贡献的诗论，才使得90年代的诗歌观念，特别是有"知识分子写作"倾向的诗歌观念更为丰富而具自足性。

臧棣既是一个"知识分子写作"的代表性诗人，同时也是一个积极倡导"知识分子写作"诗歌观念的诗评家。他早在1994年还在北京大学攻读博士学位时就表现出对"个人写作"（"知识分子写作"）的亲和性。具体表现为，首先是对诗人王家新的肯定，"1989年后，王家新的写作像一束探照灯的光，径直凸射到当代中国诗歌写作的最前沿，并且成为后朦胧诗的一位重要诗人。"[①]他对王家新的研究显露出过人的智慧与诗歌感受力。这种能力还表现在通过从韩东到王家新的语言意识变化中来分析当时诗歌写作的转变。他认为韩东的"诗到语言为止""侧重的是语言的整体性和原初性"；而王家新的"对词语的进入"则是希望在韩东的基础上"增强语言的力度"。[②]所以说，他也是最早发现1989年后中国诗歌格局变化的研究者之一。其次表现为对"个人写作"的阐释上。他开列的"个人写作"范畴的诗人名单包括：欧阳江河、肖开愚、西川、陈东东、孙文波、张曙光、王家新、翟永明、钟鸣等等，这个名单几乎就是后来"盘峰论争"中为"民间写作"一方所攻击的"知识分子写作"主要诗人的最早版本。在他看来，"个人写作"在20世纪的中国诗新史上"具有划时代的意义"。[③]大致说来表现在以下几个方面：一、"它结束了诗歌写作作为一

---

① 臧棣：《王家新：承受中的汉语》，《诗探索》1994年第4期。

② 臧棣：《王家新：承受中的汉语》，《诗探索》1994年第4期。

③ 引自有臧棣参与的一次讨论文章，由谢冕、杨匡汉、吴思敬主持，有洪子诚、林莽、刘福春、刘士杰、沈奇、程光炜、臧棣、陈旭光参加，讨论文字整理后题为《当前诗歌：思考及对策》，载《作家》1995年第5期。

种艺术思潮的写作，或者说文学运动写作的历史"，诗歌不再与意识形态联系紧密，不再是流派中的一部分，诗歌开始了自身"存在"的历程。二、"消解了批评以往以是否表现重大题材或重要历史事件来评价诗人的标准"，但为时代写作仍是"当代优秀诗人关注的目标"，"知识分子面具""使诗人的视野变得更为开阔，艺术意识也异常活跃，诗歌表现力也显得深邃、丰厚"。三、"对当代诗歌的实验精神的一种修正，或者说为它设置一种艺术的限度"。他认为"个人写作"反对后现代主义粗俗、低劣的风格，反对为文学史写作的"恶劣倾向"。"个人写作"与"知识分子写作"两者概念之间并没有严格的界限，并且表现为一种重叠的表达方式，至少也可以理解为一种包含与被包含的关系。臧棣对"个人写作"的倡导同时也为自己树立起诗歌写作立场的一面旗帜。[①]

　　作为一个身居学院的诗人，他除了在诗歌写作上体现出高度修养之外，其诗论文章也呈现出相当的丰富性。臧棣自90年代初、中期起，从来就不缺乏诗歌写作与诗歌理论探索的双重实践。他研究的对象主要是90年代的诗歌，具体说来，一是对后期朦胧诗的理解阐释，二是对"知识分子写作"立场的拥护。与王家新一样，他开始并非一味强调"知识分子写作"诗歌观念，在有些文章中甚至有不少批评的成分，比如反对王家新一度轻视语言的观点，同时他也曾反省自己诗歌写作中一度出现的非历史化倾向，等等。出于对"知识分子写作"诗歌观念考察的需要，不妨结合他的两篇诗论作对比性论述，而不把"盘峰论争"发生后的一篇带有论争性质的文章放在下一节中来单独谈论。这两篇诗论一是《后朦胧诗：作为一种写作的诗歌》[②]，二是为回应"盘峰论争"而写的《诗歌：作为一种特殊的知识》。[③]

　　之所以把这两篇文章放在一起来论述，是因二者之间不少地方存在前后印证之处。前者写于1994年初，后者写于1999年中，时间相距五六年。

①　以上引文同上。

②　该文原载《中国诗选》理论卷，成都科技大学出版社1994年版。又载《文艺争鸣》1996年第1期。选入《中国诗歌：九十年代备忘录》时有删节。

③　该文原载《文论报》1999年7月1日。又载《北京文学（精彩阅读）》1999年第8期。后又略增内容题为《当代诗歌中的知识分子写作》，载《诗探索》1999年第4期。

臧棣关于"知识分子写作"的诗论尽管在称谓上有出入，但其中倾向的一致性是十分明显的。《后朦胧诗：作为一种写作的诗歌》是就为《后朦胧诗全集》①一书而写的一篇带有书评性质而展开的诗学探讨文章。他首先对后朦胧诗的分期问题提出质疑，认为应该将之划入第三代诗更为合理。进而，他把朦胧诗、第三代诗和90年代初的"个人写作"（也即当时概念还不甚明确"知识分子写作"）视为"中国现代诗歌"谱系的三大来源。这一重新划分看似简单，其实蕴含着一个将"个人写作"历史化的重要问题。许是权宜之计，他还是暂时将"个人写作"归入后朦胧诗中来讨论，或者用他的话来说，"个人写作""显露出一种浓郁的后朦胧性"。因为它是对"今天派"以来诗歌总结式的，"一次稳重的、全面的、专注于本文性的清算。"他反对口语化的"招摇"，反对将诗歌非神圣化之下的平民化、生活化与世俗化。他在批评海子诗歌理想的同时，对陈东东、王家新、欧阳江河、柏桦、肖开愚、翟永明等诗人的创作持明显的赞许态度，而这些诗人恰恰就是后来被"民间写作"指认的"知识分子写作"诗人。他认为陈东东的诗歌"自有一种本文的自足性"，是"汉语的钻石"，"具有一种范例的气质"。王家新的诗则"触及了人在意识形态话语中的困境"，具有一种"敏锐的震撼力"。柏桦、欧阳江河、肖开愚的诗歌"显示着一种独立的道德承诺"，"关注的是怎样巧妙地借用其中所积含的丰富的隐喻意蕴，以强化它自身的诗意"。总之，"后朦胧诗"从政治诗漫长的阴影下解脱了出来，视野更为开阔，诗意更为浓郁。它是一次重大的转变，是继承了中国古典诗歌、新诗、朦胧诗、西方诗歌传统的"任意选择、重组和整合"。它是一种有写作限度感的有效性的诗歌。它重视语言和技巧，"对语言的颠覆应主要表现为一种技艺精湛的手术刀的行为，而不是借助铁铲的活埋行为"。总之，这种属于"个人写作"的后朦胧诗"正在走向它自身的完美和成熟"。对"个人写作"的充分肯定，决定了在"盘峰论争"中他对"知识分子写作"立场的坚定拥护，才会有后来《诗歌：作为一种特殊的知识》的面世。只是他所使用的概念不再是其他的叫法，而是赫然的"知识分子写作"。

在《诗歌：作为一种特殊的知识》中，臧棣认为"民间写作"是在

---

① 万夏、潇潇编，四川教育出版社1993年版。

利用"读者反应理论"来对"知识分子写作"进行丑化。诚然,他也承认"知识分子写作"内部存在自我神话的庸俗化倾向,不过臧棣在自我反思的同时,又重点对"民间写作"的发难进行了一一辩驳。第一,对于对方的以"民众/公众"名义所提倡"还诗于民众"的观点,他认为诗歌的"化大众"的功能"不过是蒙昧主义的幻觉"。第二,针对"民间写作"所指责的"渴望与西方接轨"问题,他认为这是在重弹"诗歌的民族性"的老调,"以便用一种粗糙的本土化立场来裁决新诗与西方诗歌的错综复杂的关系",从而将西方资源问题上升到中西文化价值冲突的层面,这种结果必然导致现代性视野的瓦解。第三,关于日常性问题。他认为,"知识分子写作"与日常性并不是对立的,反而日常性是这种写作的重要的诗歌资源。"民间写作"一方其实是混同了日常性与诗歌的本质,日常性"是一个风格问题","可能只是一个指涉艺术趣味的问题"。第四,把"知识分子写作"、知识/知识话语等同起来的问题。它们并不等同,非知识化其实就是非历史化,其目的是探索与建构一种语言实践。他认为,"在范式的意义上,诗歌仍然是一种知识,它涉及的是人的想象和感觉的语言化。"所以说,诗歌是"一种关乎我们生存状况的特殊的知识"。

从臧棣的这两篇文章来看,我们可以发现前后的一致性,也即对"知识分子写作"的倡导。而且,后一篇较之前一篇更具体化,观点更鲜明,倾向性更加明显。他所表达的都无不关涉"知识分子写作"的一些重要观念。

程光炜无疑是当代一个很有见地的诗评家,他对90年代中国诗歌的研究尤为引人注目。一本《岁月的遗照》和一部《中国当代诗歌史》使他在中国当代诗歌史上不可或缺。特别是《岁月的遗照》的面世,让他旋即成为一次诗歌纷争的核心人物。历史捉弄人也造就人,他无法料想到一个普通的诗歌选本竟然能够掀起世纪末一场罕见的诗歌阵营内部的争斗。事件发生后,他成为众多研究者的研究对象实属情理之中。尽管事情发生的原委有多种说法,后来也有诸多争议,但是追溯他的诗歌观念形成史,对本书却是必不可少的。

程光炜当初是以诗评家的身份而知名于诗歌界的。发表于1989年的

《第三代诗人论纲》①与《当代诗创作的两个基本向度》②已足见他对诗歌的见识与洞察非同一般。在前篇文章中，他敏锐地指出作为当时先锋派的"第三代诗人"③"在一个一统化时代的猝然哗变，将意味着崛起诗群刚刚构建的诗歌秩序的终结，和另一人'碎片化'文学世界的降临。"从朦胧诗到第三代诗是一个明显的转变，关于"第三代诗"的研究已为数众多，在此不多言。有意思的是，他后一篇文章指出的"两个向度"却巧合地与后来的"知识分子写作""民间写作"发生类似的重合。其实，文中的两个基本向度指的是关于"现代诗"和"文化诗"的两个命题，其根据是文化转型期的两种极端姿态：一种是文化寻根式的"智性的满足"，另一种是反文化姿态的"平民情态"。这两种极端的姿态，在我们的理解看来，似乎正是"知识分子写作"与"民间写作"的发端，是两条线索的起点。"盘峰论争"使这两条线索清晰起来，这再次说明了世纪末诗歌论争的必然性与由来已久。即使没有发生"盘峰论争"，这两种立场的诗歌写作观念其实也是客观存在的，而且是自20世纪80年代中后期即已孕育，90年代才得到充分发展的。

从程光炜早期的评论中，我们可以看出他由来已久的对"知识分子写作"观念的推崇，他本身的"知识分子性"也势必体现在后来面世的《岁月的遗照》中。他在20世纪90年代初不自觉的对"知识分子写作"的赞许及对"民间写作"的批评（尽管当时还没有这两个概念），这些也导致了他在20世纪90年代末成为"民间写作"一方批评的靶子。比如在《幻像：活的空间和时间——论实验诗歌》④一文中，他认为欧阳江河、柏桦和伊蕾的诗表现了"一项严肃的智力活动"，陈东东是"诗歌天才"，而于坚却是"对时间的亵渎和涂抹，其恶毒程度超过了他同时代的所有诗人，但他却总是装得很文雅，很绅士"。尽管对于坚的评价不乏正话反说的成分，但揶揄的语气还是较为明显的。又比如，他认为90年代的诗歌必然会

---

① 载《湖北师范学院学报》1989年第3期。

② 载《文学评论》1989年第5期。

③ 可参见程光炜原文注释，"第三代诗人"是由四川大学生在1984年第1期《大学生诗报》上提出来的。

④ 载《湖北师范学院学报》1991年第1期。

向"沙龙诗人"和"大众读者"分化。他把"沙龙诗人"与欧洲贵族的"文学沙龙"和30年代朱光潜、闻一多的"读诗会"作了区别，进而他指出，"'沙龙'无疑是本世纪最后几个诗人化的知识分子精神部落。'大众读者'则是现代社会大众传播模式的直接产物和受益者。"① 尽管他有言在先，声明二者并无雅俗之分与等级之别，只是"功能的殊异"，但他对前者"思想"的肯定及对后者"娱乐"的批判态度却又是不言自明的。而且还不仅是对现状评判鲜明的问题，他信心十足地预言："不可逆转的趋势将是，几个诗歌的小组及其刊物将成为本世纪末诗界的中坚，代表世纪下半叶诗歌水准的主要诗人会由此脱胎而出。"② 哪些诗歌小组？哪些主要诗人？几乎不用点破。这些话说于1993年，与西川、欧阳江河、陈东东他们所提倡的"知识分子精神"写作在同一时期，所以他最后成为"民间写作"的主要论敌也就毫不奇怪，即使没有《岁月的遗照》，纷争也在所难免，或者作为隐性矛盾而潜伏。

倾向于"知识分子写作"并不等于取消了对它的批判。程光炜认为，"知识分子写作"在对抗意识形态的同时也表现出对信仰的一种冷漠，从而出现"个人立场"之下的精神"流亡"，而这正体现了中国知识分子的悲剧。③ 而且他还从崛起论系统中看出问题，认为"知识分子话语与权威话语的合练，却基本上把民间话语排斥在外"。他不仅强调了民间性在中国整个20世纪的重要作用，而且还分析了知识分子性与民间性之间公约性成分的存在与彼此融合的事实。"90年代的诗歌，是以权威话语的退缩和民间话语的扩张为基本特征的"，这说明了90年代"知识分子写作"的民间性特征。相对于主流意识形态来说，即使是"知识分子写作"又岂能不是民间的？他对"知识分子写作"诗歌观念的反拨还体现在对欧阳江河那篇著名论文的反驳上。"事实上，正因为欧阳江河始终没有正面阐发什么是本土气质，他在现代与后现代、话语与现实等概念之间的表述，给人的印象是忽左忽右、忽这忽那的。"而且认为欧阳江河的"知识分子身份"一说采用的是社会学的分析方法，并非是纯诗歌意义上的阐释，所以对之

① 程光炜：《新诗发展态势剖析》，《诗探索》1994年第1期。
② 程光炜：《新诗发展态势剖析》，《诗探索》1994年第1期。
③ 参见《诗歌的当下境况与个人化写作》一文中程光炜的发言。此文是由於可训、程光炜、彭基博、昌切四人的对话整理而成，载《长江文艺》1995年第8期。

明显存在一种"误读"。在此基础上，他认为民间存在一个相对独立的价值系统（其实这种独立性与知识分子写作所倡导的独立性在本质上是一样的），无论是知识分子性还是民间性，都只是民间的一部分，这充分显示了民间话语的多声部。[①]这种客观公正的言论颇具说服力，是极具学理建构成效的。

程光炜还辩证地认识到80年代到90年代诗歌的过渡性质，80年代并没有结束，90年代诗歌也只是另一种开始。但90年代诗歌相对于80年代诗歌来说确实出现了诗歌观念的变化与分化，至少意识形态淡化，知识型构变化，也出现了多重视角，等等。其实90年代诗歌是对80年代诗歌前后两个时期的总结，是某种程度上的综合与整合，它逐渐摆脱了意识形态与纯诗的影响。总的来说，"九十年代诗歌的景观是由一个个诗人个案组成的。"[②]80年代的诗歌是有秩序的，而90年代却没有，这是因为90年代诗歌没有权威性。"知识分子写作"和"民间写作"都没有真正权威的刊物存在，也没有被公认的权威诗人，所以，"找回一个权威"，重建90年代的诗歌秩序，让诗界混乱景象的症状得以缓解，这是他写作《90年代诗歌：另一意义的命名》[③]、编选《岁月的遗照》与写作其导言《不知所终的旅行》的动机所在。尽管事情后果的复杂性让人难以预料，但"盘峰论争"的发生，让人再一次领悟到这确实是一个"众声喧哗"的年代。标准与权威相对于诗歌而言，终究难知其所终。回头再看程光炜的这两篇文章，对我们加深理解90年代诗歌仍然颇具启发性。这是程光炜倡导"知识分子写作"的一次综合性行为，这个行为当然带有世纪末情绪的总结性。他的起笔就是从对90年代诗歌的整体认识上开始的："一、它是相对于散文化现实的、个人性的、能达到知识分子精神高度的一种写作的实践。二、它是一种充分尊重个人想象力、语言能力和判断力的创造性的艺术活动。"[④]

---

① 参见程光炜：《误读的时代》，《诗探索》1996年第1期。
② 参见程光炜：《找回一个权威》，《山花》1999年第6期。
③ 原载《学术思想评论》1997年第1期，又载《山花》1997年第3期。
④ 程光炜：《我以为的90年代诗歌》，《郑州大学学报（哲学社会科学版）》1998年第1期。

　　程光炜所谓的"另一意义的命名"，实际上就是对90年代诗歌中"知识分子写作"的命名，是语言策略层面上的一次肯定。1997年后，他不断在收缩对诗歌的关注点，不断鼓吹"知识分子写作"在90年代的有效性。他把"知识分子写作"分为三类：受当代政治文化深刻影响的、西方文化意义上的、有着中国传统文化背景的。在他看来，当前所提及的当是第一类，也即"受当代政治文化深刻影响的"，其弦外之音颇具深意，更是一针见血。其实，他是一语道破了"知识分子写作"的文化语境与现实处境。90年代诗歌不会再产生能指性的紧张关系，"有机知识分子"（葛兰西语）退隐。这个过程是通过两个方面展开的："一是要求诗人、诗评家与自己熟悉的强大的知识系统痛苦地分离，然后，又与他们根本无从'熟悉'的另一套知识系统相适应；二是对'诗就是诗'的本体论的重视。"其中的第二个方面正体现了语言策略上的重要转变，这种转变重视的是"对语言潜能的挖掘"，"要求语言成为复合的、叠加的和非个人的语言。"唯有如此，才能扭转业已失效的80年代诗歌写作的"知识型构"（福柯）而成为有效的诗歌写作。在他视野之内有效写作的诗人包括：张曙光、柏桦、西川、欧阳江河、王家新、翟永明、陈东东、孙文波、肖开愚、黄灿然，等等。这些"知识分子写作"的代表诗人完成了个人的语言转换，而且他们越来越重视现代诗歌的技艺。可他深感不安的是，与语言的转换和技艺的追求相适应的诗歌观念方面的研究却远远不够，对这类诗人文本的考察成为诗歌研究的软肋。

　　上面的语言策略当然可视为"知识分子写作"的特征之一。程光炜在另一篇文章《九十年代诗歌：叙事策略及其他》①中则提到它的另一个特征，即：叙事策略。这两个特征的关系是：诗人先要完成对个人语言的深刻省察，然后才能"借助简捷的手段来达到复杂性的叙述"——叙事策略。他分别通过剖析王家新、孙文波、张曙光等诗人诗歌的叙事性来达到论述的完整可信。他认为，与以往抒情手段不同的是，当时的诗歌形式会决定诗人写作的成败。无论是作者还是读者，审视日常经验成为诗歌有意义的一个前提，这个日常经验的叙述成为叙事策略的一个贯彻过程。与其

① 载《大家》1997年第3期。选入作者诗论集《程光炜诗歌时评》，河南大学出版社2002年版。

说，这种策略是反诗意的，不如说来自戏剧、小说中的叙述技艺"可以使持摆脱单一抒情的表达的困境"，尽管叙事并不构成诗歌最宝贵的品质。叙事策略自然包含一种陌生化的手段，"叙述将会越来越起到用诗歌表现现代人复杂生存经验的特殊作用"。对现代人复杂经验的叙述与以往的意识形态写作、反文化写作、神话写作、纯诗写作等相比较起来，"知识分子写作"的叙事策略会更多地起到表现"中国语境"的作用。那么其文本也将不断处于历史化的进程之中，其有效性也将最终得到实现。

程光炜在《岁月的遗照》"序"中说到叙事性的宗旨就是"修正诗与现实的传统性的关系"，其功能则可总结为：它打破了意识形态幻觉；它不仅是技巧的转变，也是一种人生态度的转变；它需要叙事的形式和技巧来承担；它有赖于写作之外的高水准、对话性和创造性的阅读。总之，它体现了一种宽阔的写作视野，同时它也作为90年代"知识分子写作"的特征之一。另外，"知识分子写作"的特征还包括：怀抱秩序与责任，反对"纯诗"而在复杂的历史中建构诗意，等等。这一切都表明了90年代诗歌中"知识分子写作"的有效性，他如此评论：

……90年代诗学发生了根本的转变。诗歌包括诗人不再是历史的全部，而只是历史活动的一个话语场；诗歌包括诗人的工作可以隐喻历史的活动，比如悲伤、欢乐，存在的复杂和集体的愚不可及，然而它与历史是一种摩擦的、互文的关系，它希望表达的是难以想象、且又在想象之中的诗意；诗歌既不是站在历史的对立面，也不应当站在历史的背面，诗的写作不是政治行动，它竭力维护和追寻的是一种复杂的诗艺，并从中攫取写作的欢乐。……

这篇文章作为"盘峰论争"的主要导火线之一，完全是因为它不容置疑地高度肯定了"知识分子写作"。尤其是对张曙光、欧阳江河、王家新、翟永明、西川、陈东东、肖开愚、柏桦等诗人的诗歌逐一进行了重点评价，也对钟鸣、黄灿然、张枣、王寅、海男、吕德安、庞培、唐丹鸿、童蔚、宇龙、沉河等诗人作了相当的肯定，这么多诗人及其诗歌在这个"权威"诗歌选本中逐一登场，无疑会触动另外一些人的神经。程光炜认为这些诗人的写作相对于另外两种诗歌态度来说，也做了一定的纠偏工作，包括："一种是服务于意识形态或以反抗的姿态依附于意识形态的态度；另一种是虽然疏离了意识形态，但同时也疏离了知识分子精神的崇尚市井口语的写作态度。"后一种明显是针对"民间写作"立场的，那么"盘峰论争"的最后发生，也就并不是突然的和没有来由的争吵。

下面把其他诗人与诗评家放在一起来讨论并非说他们的诗观不具代表性，这完全是出于行文与篇幅的考虑，或者说是便于从"知识分子写作"这个角度来考察。唐晓渡、孙文波、张曙光、肖开愚、陈超、洪子诚、谢冕，还包括姜涛、西渡、胡续冬，等等，他们在不少诗学论文中都表达出在不同层面上的"知识分子写作"诗歌观念的倾向，或表示对这种倾向与立场的激赏。

唐晓渡在中国当代诗歌批评界影响不小。自20世纪80年代中后期至今，他长期以来一直对诗歌发展态势与诗人的创作保持高度关注，而且写了大量诗学与评论的文章，涉及面之广令人惊叹。纵观他的诗学主张，总的来说归属于倡导"知识分子写作"之列。从后来的"知识分子写作"内涵来看，他的诗歌观念不仅与之趋同，甚至比西川、陈东东、欧阳江河等人提出得更早（但不能据此而说他是"知识分子写作"的最早倡导者）。其趋同的依据不仅体现在诗歌观念的阐述上，而且还体现在对后来被称之"知识分子写作"诗人群的肯定上。下文不妨从上溯他80年代中后期的诗歌观念开始，再延伸到整个90年代，分两个时间段来阐述，而且内容主要与"知识分子写作"诗歌观念相关。

我们不得不把对唐晓渡诗观的考察上溯到1989年之前。1988年《倾向》"编者前记"提出"以严肃的态度去发现并有所发现"，可早在1985年，唐晓渡就在《严肃的诗人》[①]一文中明确提出"诗人的严肃性"问题。这种"严肃性"是指"在任何情况下，都能维系住对诗的本体意识"，它是成就诗人的"首要条件"与衡量艺术品的"首要标准"。他还在此文中提出了《倾向》"编者前记"里所言及的秩序与原则问题，也即他眼中的"多元化"。"诗人通过各自艺术个性的追求而对诗的各种可能性的探索"，在这前提之下，诗歌可以多层次并存。"'多元化'不是以那种表面的喧哗与骚动，而是以一大批充分显示上述可能性的个体的

---

① 该文收入《唐晓渡诗学论集》，中国社会科学出版社2001年版，第126—129页。

成熟为标志的"。[①]

　　针对80年代中期诗坛的纷乱现象，他在同年底的另一篇文章《我之诗观》[②]中明确提出重建诗歌新秩序的愿望。这种秩序的建立要求诗人具有"更为敏锐和强大的洞察力"与"否定精神"，要把握住"诗意现实"，而且要把诗艺建设成为"真正意义上的综合艺术"。"严肃性""个体""否定精神""现实"等关键词的内涵实际上就是后来"知识分子写作"精神之一部分。众所周知，"个人写作"虽然不是一个严格意义上的诗学概念，但在90年代的诗学建设中却显得十分重要而多为人所提及。而且，"个人写作"也构成了"知识分子写作"概念体系中的一个重要组成部分。

　　唐晓渡于1987年写了《不断重临的起点——关于近十年新诗的基本思考》[③]一文，其中提出的"个人化"现象与后来的"个人写作"在精神上是暗合的。"个人化"意味着"真正的艺术民主"，其精神的孕育使生命的表现与探索创造的潜能都成为可能，"诗的指归不再是社会生活的被动的反映，而是通过一个独特的语言世界的创造，使人们在审美活动中意识到新的生活方式的可能性。只有在这一前提下，诗才最终摆脱了其依附地位，基于自身而成为一种独立自足的精神实体。"自然，我们可以从唐晓渡的诗观中看到一种诗歌理想主义的信念。这种理想与以前诗歌中的意识形态与反意识形态的观念是背道而驰的，它走向的是诗歌本身，是独立自由的创造意识，而且是对当时第三代轰轰烈烈、杂象横生的平民诗歌运动的一种反拨。这与后来"知识分子写作"的精神是不谋而合的。

　　其"个人化"精神及对纯诗的辨析在另一篇文章《纯诗：虚妄与真实之间——与公刘先生商榷兼论当代诗歌的价值取向》[④]中也得到体现。他从当时社会语境出发，借反驳公刘先生的纯诗虚妄说之机，认为诗歌走

---

① 引自《多元化意味着什么》，《唐晓渡诗学论集》，中国社会科学出版社2001年版，第131页。

② 引自《多元化意味着什么》，《唐晓渡诗学论集》，中国社会科学出版社2001年版，第124—125页。

③ 载《艺术广角》1988年第4期。

④ 载《文学评论》1989年第2期。

上淡化、疏离政治并彻底告别附庸地位成为必然，"弃置意识形态对抗使诗越来越成为一种'个人化'的行为"。我们知道，90年代"知识分子写作"是反对80年代的非历史化的"纯诗"倾向的，但唐晓渡在此文中却从瓦雷里的《纯诗》观念开始辩证地提倡"纯诗"。他所提倡的"纯诗"是有限度的，既不妨碍"在不同领域内对素材的占有和对不同创作方法的选择"，也不应导致"与现实（包括政治）无关的现象"。他给"纯诗"界定为："真正的纯诗，乃是那种无论在最传统或最'反传统'、最习以为常或最出人意表的情况下，都能体现出诗的尊严和魅力的活的诗歌因素。"这与"知识分子写作"所反对的"纯诗"是截然不同的两个概念。从而，我们可以下一个结论，作为90年代诗歌写作与诗歌观念重要一翼的"知识分子写作"发轫于80年代的中后期，它的产生有其必然的社会语境的逻辑性，并不是由几个诗人突发奇想莫名创造出来的一个名头。

进入90年代后，唐晓渡的诗学观念与"知识分子写作"立场越来越靠近，姿态也越来越明显。他的著名论文《时间神话的终结》①与西川、欧阳江河、王家新、程光炜等人的诗观阐述不相前后。说到底，他在该文中提倡的就是知识分子应该具有的最宝贵的品格，包括：怀疑精神、独立思考、独立人格，这其实已是90年代"知识分子写作"的精髓了。之所以如此提倡，是因为当代知识分子由于种种历史原因而品格丧尽，而且对"时间神话"②无条件认可。这其中当然满含深意，特别是针对"89事件"以来的社会语境与知识分子们的集体失语现象，作为本是无能为力的诗歌却可以出于"策略性"的考虑而以另一方式介入现实。这种"策略性"即是在艺术的层面上创造自身独特的时间方式，让以前的"时间神话"终结。"他既不会为了'进入'或'告别'某个'时期'、某种'状态'写作，也不会认同于任何意义上的'伟大进军'——即便是面对一个加速度的'消费的时代'、'大众传媒居支配地位的时代'也不会。他以这种坚定的个人方式写作，因为他的写作既不是在追求，也不是在放弃什么今日或

---

① 该文写于1994年10月，载《文艺争鸣》1995年第2期。

② 唐晓渡如此解释："我所说的'时间神话'，说白了就是指通过先入为主地注入价值，使时间具有某种神圣性，再反过来使这具有神圣性的时间成为价值本身。这种神话归根结底是近代中国深重的社会—文化危机的产物。"——《时间神话的终结》。

昔日的'光荣'，而仅仅是在尽一个作家的本分"。他表达了对以往毛语体与当时大众流俗话语的一种抗拒，这同时也就是一份知识分子精神的宣言。

唐晓渡在提出"个人化""时间神话的终结"之前后，一直专注于诗人创作与诗歌观念的探讨。尽管他没有直接提出（或有意避开？）"知识分子写作"的概念，但他对"个人写作"或对"知识分子写作"诗人的肯定，让我们会毫不犹豫地将他划入"知识分子写作"立场的一边。他对"知识分子写作"诗歌观念所作的明显贡献是长期的，只是直到世纪末"盘峰论争"发生前才给予了一个综合性的概念指认，也即："个人诗歌知识谱系"和"个体诗学"。① 前者指："与具体诗人的写作有着密切的精神血缘关系、包含着种种可能的差异和冲突，又堪可自足的知识系统。"在这个系统中只有属于诗人个人的语言时空，这个时空是一套只适于诗人自己"沟通外部现实和文本现实的独一无二的转换机制"。在此基础上才有后者的定义："它既是诗人写作的强大经验和文化后援，又是他必须穿越的精神和语言迷障；既是布鲁姆所谓'影响的焦虑'的渊薮，又是抗衡这种焦虑影响，并不断有所突破的依据。"他认为，这种提法不在乎新颖，而在于有效。应该将之具体到诗歌方法上，也即包括语言策略、修辞手段、细节运用、结构风格等等的技巧。这种诗学的出现与成熟正是诗歌进入90年代后经历过巨大"历史转变"的必然结果。出于捍卫这种诗学，最终使他写出《致谢友顺君的公开信》② 与《我看到……》③ 两文。

把孙文波列入"知识分子写作"阵营，当然不能仅凭"民间写作"一方的说辞，也不能因为他与王家新共同编选了《中国诗歌：九十年代备忘录》一书。在中国诗坛，他首先是作为一个诗人而知名，其次才是一个诗评家。尽管如此，当我们考察他的诗歌观念时，他的"知识分子写作"倾向要上溯到1994年。是年，他在《我读张曙光》④ 一文中，总结了张曙光诗中的一系列特征，比如：疏远主流以个人主义写作，充分体现时代特

---

① 见《90年代先锋诗的若干问题》，《山花》1998年第8期。
② 载《北京文学（精彩阅读）》1999年第7期。
③ 见《唐晓渡诗学论集》，中国社会科学出版社2001年版，第495—497页。
④ 载《文艺评论》1994年第1期。

征，运用语言把握形式的能力，有节制地写作，切合当代语境，叙事性质，对自身的怀疑精神，做一个不庸常的纯正的诗人，等等。而这些特征与"知识分子写作"的特点是基本吻合的。他结合自己的诗歌写作表达出对张曙光的欣羡之情。可以看出，孙文波对张曙光诗歌肯定性的接纳，完全是自己诗歌观念的另一种表达方式，这也正是他"知识分子写作"诗歌观念的初步形成时期。

孙文波与其他"知识分子写作"诗人与诗评家一样，非常清醒地认识到1989年后中国诗歌的转变，而且知道他为什么写作。这种理性的认识及营构诗歌观念的愿望几乎是"知识分子写作"群体的共同特征。他在1996年的一次访谈①中表达的一些观点，提供给我们一条理清他诗歌观念发展的重要线索。他的观点可以简单概括为：一、90年代诗歌中表现出来的叙事特征本质上是抒情的，是亚叙事；二、反对诗歌写作的随机性，强调专业写作；三、强调诗歌观念的重要性，反对冲动式的灵感写作（"一个诗人如果没有明确的诗歌观念，也就是说没有自己的基本的'诗学'认识，他怎么可能做到在写作中体现出独立性呢？"）；四、不担心西方文化导致民族文化的丧失，认为二者是差异互补的关系，要强调独立的写作而不必追求国际影响。他所强调的理性精神、独立性、与西方诗歌的互补关系，无疑是他诗歌观念的进一步发展。② 有些甚至可以直接用来回答几年后"民间写作"一方的发难。

就像西川写《诗歌炼金术》、王家新写《谁在我们中间》一样，孙文波也写了一篇大纲式的诗学观念文章——《我的诗歌观》。③ 其中条目式地阐释了以下十三个问题：何谓诗人、写作的信条、客观和主观、技艺的重要性、关于传统、诗歌与现实的关系、什么是诗歌的美、先锋性、语言问题、韵律、关于情感、风格、经验的作用。"诗人，语言边界的开拓

① 这次访谈整理成文后题为《生活：写作的前提》，是对《厂长经理日报》每周专题主持人文林提问的回答。后有删节地收入《中国诗歌：九十年代备忘录》一书。

② 关于西方资源问题，孙文波在"盘峰论争"后另撰文专门表述过。参见《关于"西方的语言资源"》，《北京文学（精彩阅读）》1999年第8期。

③ 载《诗探索》1998年第4期，又载《诗潮》2002年第4期。孙文波后来写于2000年的《上苑札记：一份与诗歌有关的的问题提纲》（载《诗探索》2001年第2期）可以作为《我的诗歌观》一文的补充。

者；诗人，建立词语间连接关系的信使；诗人，人类通过语言认识精神世界的钥匙。"这就是孙文波对诗人的界定。其实，与其说是对诗人的界定，还不如说是他诗歌观念的核心关键词。在这个基础上，他才建立起诗人"写作的信条"，才会超越"非个人化"（艾略特）而做到个人化。技艺既然是必然的，那么语言自然会成为一个中心问题，解决的办法就是改造日常生活的语言。对于传统，并不是纵向继承以遮蔽当下的东西，而是要继承一种精神，也即创造传统的传统精神，这是传统的活力所在。对于诗歌与现实的关系，在孙文波看来，二者是一种对等的非对抗的对话关系，诗歌对现实既承担又提升。并且他还强调，在当下经验的语境中，"叙述的方法比情感在诗歌的构成上更重要。"可以说，孙文波的诗歌观念在此文中是十分综合的一次阐释，他的诗学已基本上形成并显示出成熟的质地。数月后，"盘峰论争"发生，孙文波鲜明的"知识分子写作"倾向自然成为"民间写作"抨击的对象。他也借此机会，在论争发生后连撰数文，[①]进一步有目的有针对性地阐释"知识分子写作"，更为坚定地拥护"知识分子写作"诗歌观念。

本节限于篇幅，不可能对每一个"知识分子写作"群体中的诗人与诗评家的观念一一考察。比如，肖开愚、西渡、姜涛、胡续冬，等等，他们对"知识分子写作"诗歌观念都作过十分有价值的阐释，说他们对90年代诗歌观念的建设有较重大贡献毫不过分。再比如，陈超、耿占春、敬文东、王光明、杨远宏、崔卫平、桑克，等等，他们也就"知识分子写作"写过不少有见地的文章，考虑到他们有些是诗歌研究者，有些比较中性，并不足够成为这个群体的代表性人物而不作为专门考察。

第四节 "知识分子写作"的深化与发展

1999年4月16日—18日，"盘峰会议"在北京召开，由此开始长达一年多的关于"知识分子写作"与"民间写作"不同诗歌观念立场的论争。

---

① 包括：《我理解的90年代：个人写作、叙事及其他》，《诗探索》1999年第2期；《关于"西方的语言资源"》，《北京文学（精彩阅读）》1999年第8期；《论争中的思考》，《诗探索》1999年第4期；《历史的阴影》，《诗探索》2000年第3—4辑。

这次论争涉及的人物很多，"知识分子写作"一方主要有王家新、唐晓渡、臧棣、程光炜、西川、孙文波、陈超、姜涛、西渡等，"民间写作"一方主要有于坚、韩东、谢有顺、伊沙、沈奇、徐江、侯马、杨克、沈浩波等。双方争论的焦点主要集中于语言资源、美学趣味、诗歌经验等方面。总的来说，"知识分子写作"强调书面语写作、追求贵族化审美趣味、持守超越日常经验的人文关怀精神；"民间写作"则强调口语化写作、追求平民化的审美趣味、看重日常经验的呈现与表达。本节主要论析"知识分子写作"一方的观点。

陈东东在《回顾现代汉语》[①] 一文中集中阐述了诗与语言及西方资源的问题。"知识分子写作"的倡导者没有一个不重视语言的。陈东东的语言"魔术"就在于，他把"知识分子写作"的合理性上推到现代汉语诞生之初。"现代汉语，首先是作为一种诗歌语言被自觉发明和人为造就的。"在他看来，正是因为现代汉语是一种革命性的诗歌语言，它才打败了"没落腐朽"的古汉语与古诗词的语言。最重要的是，现代汉语具有显著的"知识分子性"，所以现代汉语本来就是一种知识分子的话语语言，它与生俱来的觉悟性与"知识分子写作"的精神内核其实是相通的。

这构成了陈东东大力倡导"知识分子写作"的一个理论来源，在这一理念的支撑下，他坚信他所支持的诗歌观念是合理的，是顺应现代汉语与新诗诞生之后的必然走向的。用他的话说就是，"诗歌语言即不断返回其根本的语言。……返回现代汉语的特殊出生，它作为一种诗歌语言的'知识分子性'，那言说'现代'的语言与话语的合一，使现代汉诗的写作展现为所谓的'知识分子写作'"。而且这种写作是面向未来的，是"现代性"的，所以于坚所倡导的从古典诗词里寻找范式，则是"自欺欺人"，因为，现代汉语与古汉语的关系是"断裂"，这是"两种语言写下的不同的诗"。

他继而对"口语"提出了自己的见解。他承认口语（白话文）的存在，但反对将之说成是日常口头语言的记录，真正的口语只有上升为书面

---

① 此文原载《诗探索》2000年第1期，题为《回顾作为诗歌语言的现代汉语》。后选入《中国诗歌：九十年代备忘录》，题为《回顾现代汉语》。

语才有其价值，"书面语的现代汉语要比口语更具活力"。既没有直接的口语写作，现代汉诗的语言也不是普通话或者方言，所以无论于坚的"软"与"硬"是如何的阐释，也都必须要经过一个"淘金"的过程。用口语写诗或写口语诗，都是将口语提纯，提纯的程度如何并不意味着写作的优劣。

关于西方资源的问题。他认为，西方资源几乎与现代汉语的出生融为一体，二者之间的接轨主要通过译述来完成的。这不是西方语言将汉语沦为殖民地，恰恰相反，这是"现代汉语的主动行为，更像是现代汉语的远征和殖民。"只是在这个过程中，需要甄别、筛选和扬弃。拒绝古汉语的束缚，合理而主动地利用西方知识，扫除毛语体对"知识分子性"的羁绊，回到当初现代汉语的"知识分子性"，这些对于"知识分子写作"来说，"不仅是现代汉语的写作立场，而且是它的写作宿命。"它只是在恢复一种"记忆"。

陈东东的论说确实别开生面，奇诡频生。他为我们思考问题开辟了一些全新的视角，并且所述观点不失其合理性。

我们可以通过《知识分子写作，或曰"献给无限的少数人"》①与《从一场濛濛细雨开始》②两文来看王家新在论争发生后的观点。

《知识分子写作，或曰"献给无限的少数人"》一文除有针对性地反驳了于坚、谢有顺、沈奇等人的观点之外，几乎综合了他之前所有重要的诗观。如果在此重复上文中提到过的诸多观点，哪怕是条分缕析他是如何反驳"民间写作"一派的观点，在此都确实显得多余。但又不可绕过，因为，他在对90年代诗歌的定性、对"盘峰论争"的定性以及对"知识分子写作"定性与坚定等三方面都显示出独到之处。

他对"知识分子写作"的定性是建立在对90年代诗歌定性的基础之上

---

① 此文载《诗探索》1999年第2期，从中而出的提纲式短文又载《北京文学（精彩阅读）》1999年第8期。又载《大家》1999年第4期。后选入《中国诗歌：九十年代备忘录》。

② 此文为《中国诗歌：九十年代备忘录》一书"代序"，题为《从一场濛濛细雨开始》，载《诗探索》1999年第4期，题为《从一场濛濛细雨开始》。又载《淮北煤师院学报（哲学社会科学版）》1999年第4期，题为《从一场濛濛细雨开始——论90年代中国新诗》。又载《读书》1999年第12期，题为《从一场濛濛细雨开始》。本书中如无特殊说明，均取《从一场濛濛细雨开始》。

的。他认为："……90年代诗歌并不是突然出现的，90年代之所以形成了不同于80年代的诗歌景观和诗学特征，那是有着诸多历史的、个人的原因的：一是一批从80年代走过来的诗人们自身的成熟，一是90年代社会生活所发生的巨大变化及其诗歌写作对这种变化和挑战所做出的回应。因此，虽然90年代诗歌不借助于批评就可以成立，也能为读者（当然不是全部）接受，但是，90年代写作，它的意义包括它的困惑只能纳入到一种新的更为开阔的文化、诗学视野中才能被充分认识。……90年代诗歌在一种复杂的历史和文化现实中建构诗意，这种努力正如一些论者所肯定的那样，最起码大大提升了汉语诗歌综合表达和处理复杂经验的能力……"他的话确实说得再明白不过了，无须再做深人的分析或举例论证。这只是对他以前诗观的一个总结，并不是突发奇想下这些结论的。

他进而对"知识分子写作"定性："……它首先是在中国这样一个社会，对写作的独立性、人文价值取向和批判精神的要求，对中国诗歌久已缺席的某种基本品格的要求。……如果它要切入我们当下最根本的生存处境和文化困惑之中，如果它要担当起诗歌的道义责任和文化责任，那它必须会是一种知识分子写作。……它体现了一代诗人对写作的某种历史性认定，体现了由80年代普遍存在的对抗式意识形态写作、集体反叛的流派写作到一种独立的知识分子个人写作的深刻转变。……但它从来就不是一个流派。这永远是一种孤独的、个人的、对于这个世界甚至显得有点'多余'的事业。"基于以上认识，吊诡的是，他在肯定"知识分子写作"的同时，又认为这个"阵营"是于坚他们的发明。也就是说，他在肯定一个个独立的带有共同或类似倾向的"知识分子写作"诗人的同时，也否认他们可能"结盟"的性质，其反对的恰恰是80年代流派满天飞的景象。在他看来，之所以有"知识分子写作"一派的出现，完全是于坚、韩东他们"出于一种两军对垒、权力相争的需要"。

王家新在一一反驳了"民间写作"对"知识分子写作"的批判观点——殖民化、贵族化、书斋化、脱离生活等等之后，又对"民间写作"反戈一击。《从一场濛濛细雨开始》的内容与《知识分子写作，或曰"献给无限的少数人"》有很多重合之处，作为《中国诗歌：九十年代备忘录》的"代序"文章，它自然带有总纲的性质。按王家新所言，这部书所选论文大都与90年代诗歌及"盘峰论争"相关，平心而论，这是一部研究90年代诗歌的重要文献选本，而并非"民间写作"所不齿的杂碎之作。

王家新在《关于"知识分子写作"》①一文中集中地阐释了"知识分子写作"的含义。他反驳了于坚的关于"知识分子写作"就是"研究生、博士生、知识分子"的"学院派写作"类型的观点。他认为"知识分子写作"观念体现为一种品格，是有着"写作的独立性、人文价值取向和批判精神的要求"的写作；并且，"它要担当起诗歌的道义责任和文化责任"。他分析了"知识分子写作"观念诞生的历程，认为"它体现了一代诗人对写作的某种历史性的认定，体现了由八十年代普遍存在的对抗式意识形态写作、集体反叛的流派写作到一种独立的知识分子个人写作的深刻转变"。但同时，他又强调这种写作观念不是一种流派，更没有形成"权力话语"而去压制其他观念类型的写作；况且，它也不会向体制或其他权势"称臣"。

王家新的观点自然有一定的合理性，但他仍然无法对"知识分子写作"一路走来的一些现象作出十分有说服力的辩驳。比如属于"知识分子写作"范畴的诗人集体入史的现象，以及不少学院批评家与权威选本对其不断经典化的努力，还有这派写作与语言、技艺纠缠不清的关系而有某种逃离现实或与现实共谋的倾向。"盘峰论争"之后，他的诗歌观念出现了一些调整，比如加大了对古典诗学与诗歌教育的强调力度。2009年当他在回忆起"知识分子写作"在90年代以来的命运特征时，他不得不承认，那只是一种"从内部来承担诗歌"的观念，"这一切迫使我们和语言建立了一种更深刻的关系"。②

《我理解的90年代：个人写作、叙事及其他》③无疑是孙文波的一篇重要文章。他借反驳"民间写作"的发难而对90年代的诗歌尤其是诗歌观念的发展历程做了回顾与合理的分析。对20世纪90年代诗歌产生的背景、90年代诗歌的有效性、个人写作概念产生的背景及意义、叙事性的提出及

① 载《北京文学（精彩阅读）》1999年第8期。

② 王家新：《"从内部来承担诗歌"——答一位青年诗人》，《上海文学》2009年第1期。

③ 载《诗探索》1999年第2期。

其诗学意义、90年代诗歌与传统、现实的关系，等等，都一一做了颇有见地的论述。特别是他提到，90年代诗歌与时代是一种"相互刺激的共生关系"，"个人写作"是对各个领域权势话语和集体意识的警惕，对叙事的要求也包括对具体性的强调、对结构的要求、对主题的选择，诗歌是人类的综合经验，以上这些观点是建设性的，对"知识分子写作"观念来说是丰富基础上的综合与提升。他的论述，除了反驳于坚、韩东等人的观点之外，也有对自身的反思。

他反驳的文章还有另外两篇：《关于西方的语言资源》①《历史阴影的显现》。②前篇中，他反对接受西方诗歌影响就是"殖民主义""卖国者"的观点，认为包括"民间写作"在内的诗歌写作都是留有"西方思想家的思想痕迹"的。现在为什么会出现"民间写作"的论调？他认为是一种"策略"，是以"民族主义"作为"武器"来攻讦"知识分子写作"；相反地，他认为吸纳"西方的语言资源"才能"不断地发展自己的文明"，才能"呈现出崭新的、开放的活力"。后篇中，他试图解释"民间写作"攻击的根性问题。他认为这是中国很久以来就有的"运动"思维的遗传，是"扣帽子、下结论"。在他看来，诗歌美学并无对错之分，只有高低之别，而"民间写作"的行为是在推行"斗争的工具化的思想方式"。其实，他在《诗探索》1999年第4期上发表的《论争中的思考》③一文就已是他对"知识分子写作"与"民间写作"诗歌观念思考的终结篇，观其内容大致没有超出以前的表述。

也许关于孙文波最值得重视的是他提出了"中国诗歌话语场"的概念。④其含义是："语种所带来的特殊性，要求我们在对之做出反应时采取自觉的立场，并使之在写作的过程中成为选择词语的定量标准。……所以它更强调的是：语言与具体社会境域的关系，即：它怎样对待社会境域

---

① 载《北京文学（精彩阅读）》1999年第8期。

② 载《诗探索》2000年第3、4期合辑。

③ 载《诗探索》1999年第4期。

④ 这个概念是孙文波在与张曙光、西渡的一个谈话中提出的。见《写作：意识与方法——关于九十年代诗歌的对话》，《语言：形式的命名》，孙文波、臧棣、肖开愚编，人民文学出版社1999年版，第366页。

对语言所做出的强制性控制；也就是说在运用语言的过程中，我们将不得不把对语言的走向进行干预的外部力量作为有可能限制它自由的因素来考虑，并且希望就此寻找到一个可以作为限度的写作边界，而不是使写作成为可以任意而为的划界行为。"孙文波强调的是汉语的语言主体的意义，而且认为写作存在一定的限制性。这完全可以看作是他为"知识分子写作"诗歌观念的一大贡献。

作为一个诗评家兼学者，程光炜在"盘峰论争"之前即使是编选了专属于所谓"知识分子写作"的诗歌选本，但对"知识分子写作"诗歌观念并不是毫无保留地一律赞同。论争发生后，由于排队效应，程光炜接连写了几篇文章，虽然有点局外人的评判，但就其倾向来看，主要还是站在"知识分子写作"立场上来阐述自己的观点。

他在与陈均的一篇访谈文章中①，确实再次表达了对90年代诗歌的认识，同时也再次阐明了"知识分子写作"的一些特征。他通过对比分析王家新、欧阳江河、臧棣、孙文波四人在80年代与90年代的诗歌写作特征，来说明90年代诗歌"实际上回应了不同的文化现实"的事实。接着他谈了以下几个问题：一、关于"翻译体"的问题。他认为并不是只有90年代的诗歌才有如此现象，实际上在新诗诞生之初及发展历史过程中都有；同时他关注到中国新诗走向世界的问题，认为国际汉学界的评价尺度是个值得讨论的话题。二、关于中国诗歌的古典传统问题。他说，"这显然是中国传统文学在九十年代诗歌中的一种缺席，是汉语诗歌权威评价尺度的缺席"。从这点来看，他还是比较清醒的，不像一些"知识分子写作"者所认为的那样，新诗不必依赖古典诗歌传统的滋养而存在。三、关于权威问题。他虽然没有明说"知识分子写作"就是90年代诗歌的权威，但从他历来倡导的诗歌观念的情况来看，他对"知识分子写作"不能成为权威而感到遗憾，并认为一种无政府状态是"另一种意想不到的代价"。四、对于"个人化写作"的理解。这是论争双方都愿意承认的一个命题，程光炜的理解比较公允。他如此解释："它不过是一种姿态，一种倾向而已。这个提法本身就是一种群体化行为，倾向不是个人的，而是一个群体的、一个

---

① 参见程光炜、陈均：《找回一个权威》，《山花》1999年第6期。

思潮的特征。"

程光炜编选的《岁月的遗照》的书名取自张曙光的一首诗名，张曙光的这首《岁月的遗照》写于1993年，共25行。程光炜不仅以他的诗名为书名，还选编了他十首诗置于全书的首位。可见程光炜对张曙光重视的程度，不料这部诗选竟成为"盘峰论争"最重要的导火线。由于张曙光在这个选本中的显赫位置，他也就自然成为"民间写作"批评的一个靶子。先撇开程光炜的编选标准不谈，张曙光的诗歌观念真是属于"知识分子写作"的吗？后来在论争中他写了《90年代诗歌及我的诗学立场》[①]一文，基本可看出他是有此倾向的。尽管他有些言辞表现出并不乐于接受这样的划分（有意思的是，此文被王家新、孙文波选入《中国诗歌：九十年代备忘录》一书也是头条），但他在此文中明确说："似乎有一些批评和赞扬文章中都把我列入了'知识分子写作'的行列，但这无疑是一个误会：我从来不曾是这一理论的倡导者，尽管我一向不否认自己是知识分子，正如我不否认一切诗人也都不可避免地具有知识分子的身份一样。"在说这话之后，他又对"民间立场""持相当的怀疑态度"。因此，我们在此考察他2000年以前的诗学观念就显得有必要了。

严格说来，张曙光是一个诗人，而且一直以来都只是一个诗人，他极少用文章的形式来表达他的诗歌观念。虽然他身处学院担任教职与从事研究，可他仍是一个纯粹的诗人。似乎在世纪末到来之前，他都只是埋头写诗，而且写出不少被人看好的诗。大约在"盘峰论争"期间，他却连续写了多篇与诗歌观念有关的文章。尽管他有的文章针对"民间写作"进行了一些辩驳，但在他有限的诗学论文中更多的是较温和地表达出"知识分子写作"的诗歌观念（即使他的观念可以证明他确实支持"知识分子写作"，但他对此观念并不是没有批判的倾向）。

从某种意义上说，张曙光确实与当时的诗坛保持着一定的距离，张扬着自己的个性。这也是为什么论者把他的写作说成是真正意义上的"个人写作"的原因。他独特的个性写作，也最后为诗评家们所认同。同样，他

---

① 载《诗探索》1999年第3期，又载《诗林》2000年第1期，后选入《中国诗歌：九十年代备忘录》《中国诗人》《1999中国新诗年鉴》《最新先锋诗选》等书。

对诗歌观念的阐释也保持着相当的独立性、清醒的诗学认识与独立的诗歌批判立场，仅从1999年来看，他就足够成为一个具有独立见解的诗歌批评家。而这一切都可能是因为世纪末的那场论争促使他不得不表达出他的诗歌观念与立场。

用他的话说，当时的诗坛就是"一间闹鬼的房子"，争论的许多问题都是"浮泛"的，"与诗歌的本质无关"。那么他首先要做的工作，就是要"清除一些由于语言和概念造成的障碍"，以起到"祛魔"的作用。[①] 他首先提出对"精神性"的质疑。精神性可能在当时具有一定的针砭与医治作用，但这个说法与诗的关系是否有牵连，这是值得怀疑的。虽然他被认为属于"知识分子写作"群体，而这个群体恰恰又是倡导精神性的，但他却站出来对这个说法打上一个重重的问号。这种姿态恰恰体现出了"知识分子性"。艾略特曾提出，诗是否具有诗意要按诗内的标准，而诗是否伟大则要按诗外的标准。此话正可用来解答这个问题。纯情感式的或说教式的诗，都有存在的必要。提倡精神固然重要，但刻意强调或含混使用则会造成混乱。其次，关于"晦涩"的问题。这本是老生常谈，不说国外现代诗能否让人读懂，中国诗歌从朦胧诗以来就面临这个问题。第三代诗人直白的口语诗也不能逃过众人对诗歌"晦涩"的指责。他坦率地承认诗坛确实存在"胡编乱造"让人看不懂的诗歌，这种现象不仅中国有，国外也有。但是读诗毕竟是一种审美性的精神活动，多种存在于诗中的意义未必如读论文那般一分为二条理清晰，而且读不懂诗也与缺乏读诗必要的知识储备有关。再次，关于"技术"问题。"无论如何是值得重视的，至少不应该受到指责"。即使是不成功的技艺探索，也可供后世借鉴。诗的形式追求就犹如"戴着锁链跳舞"（艾略特），古今中外，莫不如此。最后，对嘲讽诗歌的行为的斥责。后现代"暴露出了某些人对艺术或学术的浅薄和不负责任的态度"。虽然后现代也有合理的成分，但需要批判地吸收。归结到诗上，诗歌无罪。张曙光的态度确实是真诚的，尽管文章因论争而写，但他更多表现出的是一种内省与平和的辩解。

他的"祛魔"行为主要集中表现在另外两篇对话文章与一篇"立场"性质的文章中：《关于诗的谈话——对姜涛书面提问的回答》（以下简称

---

① 张曙光：《诗坛：一间闹鬼的房子》，《文艺评论》1999年第3期。

《谈话》）、《写作：意识与方法——关于九十年代诗歌的对话》（以下简称《方法》）①与《90年代诗歌及我的诗学立场》（以下简称《立场》）。总的来说，他在前两篇文章中谈到的具体问题可以概括为以下几个方面：个体经验与个人写作问题，诗歌的语言与技艺问题，叙事性、日常性与时代、现实的问题，当代经验的当代性以及传统的问题，中年写作问题，等等。

在《谈话》中，他提到日常生存场景早就存在于西方诗歌中，进入汉语诗歌标志着一场重大的变革，从而使汉语诗歌获得了当代性。在他看来，写作是无法超越现实的，"现实与作品间永远没有明显的界限"。除了日常性，传统也是一种无法逃避的现实，"事实上，任何人的写作，不可能彻底置身于时代风气和传统之外"。对当代诗歌身份合法性的怀疑是没有依据的，当代诗歌"已具有了一个相当规模的传统"，这是不争的事实，尽管它的发端与西方诗歌息息相关。但是诗歌的自主意识早在90年代就被诗人们唤醒，注重诗艺和诗学的建设就是一个证明。说到智性与知识，张曙光如此理解："诗歌应该处理当下更为复杂的经验，应该包含着矛盾冲突，其中不可避免地要包含着一些智性因素和知识含量。"但同时他又指出，"过多的智性因素和知识含量确实会使诗歌不堪重负"。他的辩证思维确实不失公允，这既是"知识分子写作"的特点所在，同时也可能是产生缺陷之处。

他在《方法》一文中更多地谈到"知识分子写作"的一些特点，其实这些特点也是诗歌从80年代过渡到90年代后呈现出来的变化。比如说，他认为诗人把叙事性纳入到诗歌写作中，就形成了90年代诗歌的一个重要标志，这是一种新的表现方式，因为这样可以削弱抒情与包容经验，同时也是告别青春写作的一个标志。这种叙事性是与诗人密切关注日常性联系在一起的。"日常性的引入，表明了诗人们开始关注当下经验，而这对诗歌写作无疑是一种良好的势头和转机。"如果以上说的是传统意义上的内容的话，那么形式上，张曙光是重视语言与技艺的，但他却辩证地看待这个问题。他一方面肯定写诗"必然要借助于技术"，另一方面他又说"真

---

① 这两篇对话文章均收入《语言：形式的命名》一书，孙文波、臧棣、肖开愚编，人民文学出版社1999年版。

正的技巧就是没有技巧"，同时他还指出过分重视与轻视都是两个极端，都不利于诗歌的发展。但无论如何，语言意识是十分值得重视的。因为，"语言是他们的唯一财富，是赖以生存的基础。诗歌就是一种最为特殊的语言活动，是语言在言说。"这正如海德格尔的一句名言：语言是存在的家园。以上这些都与"知识分子写作"诗歌观念较为接近。他的关于"中年写作""个人写作"与"当代性或当下经验"的阐述，是十分有见地的，而且早为众多论者所关注。

以上我们不妨将之视作张曙光对"知识分子写作"诗歌观念延伸性的补充。就他有限的诗学文章来看，无论他承认与否，都与这一立场的观念有着十分紧密的亲和性。包括《立场》在内的文章，不仅有自己观念的阐释，也有十分明显反对"民间写作"的倾向。不管怎样，他的诗歌与诗歌观念，都是值得重视的。

以上概述了陈东东、孙文波、王家新、程光炜、张曙光等人在"盘峰论争"发生后所表达的观点。就"知识分子写作"观念本身的进一步阐释来说，在此只是选择了有代表性的几个例子。其实对"知识分子写作"观念延伸的考察不能局限于以上数人的观点，由于"知识分子写作"中很大一部分人，把对"知识分子的写作"观念的表达夹杂在对"民间写作"一方的辩驳过程中，所以只能把他们的观点放到第五章第一节中进行综合阐述，作为本节内容的补充。

本章小结

"知识分子写作"发轫于20世纪80年代中后期，发展、成熟并贯穿于整个90年代。它既是诗歌创作实践的一条脉络，同时也是倾向接近的诗人与诗评家共同参与诗歌观念建构的一条脉络，不过二者又是融为一体的。直到"盘峰论争"，"知识分子写作"和"民间写作"这两种诗歌观念在双方的激烈论战中才愈发清晰而为人所注目。在今天看来，这是两股诗潮，也是两股思潮，是在特定历史阶段出现的。尽管论争之后，这两股潮流都呈现趋弱疲软之势（特别是"知识分子写作"），但是在当代诗歌史上，它们留下了浓墨重彩的一笔。

"知识分子写作"含义中的知识分子精神，并不是空中楼阁。它不仅部分继承了根深蒂固的中国士大夫传统，而且一部分也来源于西方现代知识分子的启蒙精神。但它又既深刻有别于士大夫传统，同时也绝不是西方式的知识分子启蒙行为。"知识分子写作"只是它本身，它只属于1989年后直至世纪末的中国诗歌界。有一点我们已能看清，"知识分子写作"如果往前追溯到80年代中期，当时为了抵制"几乎泛滥成灾的市民趣味诗歌，而去寻求情感的高贵和写作的难度"，[①] 确实有走向"纯诗"的倾向，与生活不够贴近也是事实。但1989年后情况有所改变，这类写作不仅诗歌观念发生了变化，而且也走向了某种"综合"，这肯定是抹杀不了的。其并非如"民间写作"一方所批评的那般不堪，也不能被视作完美无缺，它只属于特定时期的文学现象，是诗歌创作实践与诗歌观念的一次绽放。

本章通过对"知识分子"这一概念在中西方历史源流中的简略梳理，不厌其烦地具体考察具有相同倾向的诗人与诗评家诗歌观念的发展历程，进而试图定位"知识分子写作"诗歌观念在中国当代诗歌史上的独特而醒目的坐标。在此基础上，我们已可大致概括出作为多个不同个体而又被人为地统摄进"知识分子写作"群体诗歌观念的共同特征：

一、独立自由的诗歌创作理念

独立品质与独立人格，这是"知识分子写作"诗歌观念不同阐释者的最可公约的部分。这也是"知识分子写作"所强调的精神性之一。颇有意味的是，"民间写作"鼓吹者也强调民间的独立品质，因为他们不依附于任何"庞然大物"，这在下章中会有所辨析。

二、理性、节制、深度的创作理念

理性即指某种哲学意义上的智性，节制是指有限度的写作而不是灵感式的发泄，深度的含义除了诗本身的难度之外还有介入历史的意图。以上几点，无一不需要一定的"知识性"，同时又构成了精神性的又一层面。

三、对非历史化的纯诗与意识形态式的非诗的双重拒绝

对非历史化的拒绝是反对纯语言层面上的游戏写作；反抗意识形态写

---

① 陈超：《关于当下诗歌论争的答问》，《北京文学（精彩阅读）》1999年第7期。

作，是对以往包括朦胧诗在内的政治意识形态与具有意识形态性的对抗式写作。

四、对诗艺与语言的有意识的追求

在一些论者看来，在诗学建设的意义上，"知识分子写作"比20世纪40年代以穆旦为代表的现代派诗人们走得更远。任何一个"知识分子写作"范畴的诗人都十分强调诗歌的技艺与语言的重要性。诗歌，也是"一种特殊的知识"。

五、对现实以超日常生活的语言介入

90年代"知识分子写作"尽力克服了80年代以来"纯诗"的追求，诗人的想象力在向日常性过渡。之所以又说它是超日常生活的，因它通过一种独特的对"叙事性"与"及物性"的强调来实现，是一种提升式的叙事与及物，是对现实的一种抽象。

六、对琐碎抒情的拒绝，对个体经验叙事的倡导

抒情在当时显得单薄而无力，而且抒情也不是诗歌唯一的书写方式。强调诗歌主体的释放，强调个体经验的灵魂历险，强调充满个性与真实性的自由式的"个人写作"。这也是布罗茨基所说的，诗歌要最大限度地保持个性。

七、对西方语言与文化资源采取吸纳与互文互补的态度

并不是全盘模仿西方的诗体与语言，而是有选择地吸纳西方资源的有益成分，向西方学习并不会使中国诗歌殖民化。无论西方资源还是中国传统，都是全人类的财富，只要有益都可以吸收。

八、以曲折或隐晦的形式抒写时代

直抒胸臆式的抒写时代无异于时代的传声筒，这种时代的抒写可能是假的，至少不是真正真实的，而且也与时代语境不相适应。曲折或隐晦的抒写，不仅可以更为真实地留下时代的印痕，具有更为深刻的当代性，而且还会产生强烈的陌生化效果，从而写作也就更具诗性。

第四章 ▶ "民间写作"观念研究

八九十年代之交开始，社会、文化的转型使文学领域内部也逐渐发生多向的分化。从目前的考察来看，到90年代中期，"民间写作"观念才逐渐从"知识分子写作"中明显分化出来，目前学界基本上达成了这一共识。尽管"民间写作"观念出现较晚，但从中国文学观念的宏观层面来看，它更具基础性，而且底蕴似乎更为深厚。"民间"一词在新时期以来的文学中出现得比"知识分子写作"要早，只是"民间"的普泛意义与不可确指性，才使作为一种诗歌观念的正式命名要晚于"知识分子写作"。前章对"知识分子写作"进行了考察，本章将阐述"民间写作"这一立场的来龙去脉。

第一节　"民间写作"前史

《现代汉语词典》如此解释"民间"词条：①人民中间；②人民之间（指非官方的）。[①]与文学有关的一个词条是"民间文学"："在人民中间广泛流传的文学，主要是口头文学，包括神话、传说、民间故事、民间戏曲、民间曲艺、歌谣等。"[②]很明显，我们将要谈到的"民间写作"与民间文学截然不同，但是，它却与"人民"与"非官方"有着天然的联系。"人民"这个词的含义为："以劳动群众为主体的社会基本成员。"[③]而"知识分子"却是指："具有较高文化水平、从事脑力劳动的人。如科学工作者、教师、医生、记者、工程师等。"[④]当然，前章已对"知识分子"与"知识分子写作"做过较为详细的辨析，"知识分子写作"除了包含"知识分子"最基本的属性之外，它还具有一定社会语境之下的特指含义。《孟子·滕文公上》曰："或劳心，或劳力。劳心者治人，

---

① 中国社会科学院语言研究所词典编辑室编：《现代汉语词典》，商务印书馆2005年，第950页。

② 中国社会科学院语言研究所词典编辑室编：《现代汉语词典》，商务印书馆2005年，第950页。

③ 中国社会科学院语言研究所词典编辑室编：《现代汉语词典》，商务印书馆2005年，第1146页。

④ 中国社会科学院语言研究所词典编辑室编：《现代汉语词典》，商务印书馆2005年，第1746页。

劳力者治于人。……"如果仅从一般常识意义上讲，劳心者大概就是知识分子或接近于知识分子的一类人，而劳力者则指的是广大的"以劳动群众为主体的社会基本成员"。劳心与劳力虽然同属于"劳"，但在千百年来的中国儒家思想传统中自然而然形成某种内在的对立关系，这种对立却无需道破，有时还可以上升到意识形态层面上。在这个意义上我们不妨大胆地说，"民间写作"中固有的平民化立场与"知识分子写作"的精英意识之间存在某种天然对立的基因或脉象，尽管"民间写作"/平民写作与"知识分子写作"/精英写作各自两者之间的概念内涵不可画上等号。只是我们还得看到，"民间"含有"非官方"的意思，而"知识分子"（精英或劳心者）又未必全代表"官方"，有时它们二者之间也有交叉包含的关系。说明白一点，我们讨论的"民间写作"与"知识分子写作"可能都与官方不沾边，也就是说，它们都具民间性或人民性。如此一来，问题就慢慢清晰起来，当我们考察二者的关系时，都可以把"官方"抛开到一边，完全可以将之放到"写作"（文学）的内部来看待，它们只不过是同一棵树上结出的两个不同的果而已。让我们还是回到"民间"上来。"民间写作"虽然与"民间文学"截然有别，但并不是没有一点联系。"民间写作"中最基本的平民化与口语化的特征，与"民间文学"中的口头性或口语化，以及广泛的民间大众性之间还是有着较为紧密的联系的。从这个角度上来说，其实"民间写作"有着源远流长的血脉传统，只是八九十年代之后，它因时代的特殊性而产生了独特的命名与内涵。它不是"民间文学"，不是历史上普泛意义上的"底层写作"，也不是新诗诞生以来曾出现过的"平民化""大众化""普罗诗歌""大跃进民歌"。它不同于它们，但又与之有一定的血脉关联。所以它是特定历史语境下的一个独特的文学概念，故也为我们研究的有效性提供了充足的理由。

一、新诗诞生之初的"民间"源流

中国新诗是直接受西方影响而诞生的。它与中国传统诗歌的断裂主要体现在诗的形式上，其中包括语言的口语化。但又不可否认，它与传统诗歌的脐带无法剪断，文学的血脉并不是在易容之下就可以去其精髓的。新诗对民间资源的广泛吸取就是一个鲜明的例子。

中国新诗从一开始即注重从民间去吸取诗的新创造的艺术资源。正是"五四"新文化运动重新发现了中国民间诗歌的传统，给《诗经》中的"国风"、汉魏乐府诗以及历代的民歌以极高的评价（参看胡适：《白话文学史》）；早期白话诗人不但热心于对民间歌谣的征集，而且开始了"新诗歌谣化"的最初尝试。这种尝试在30年代中国诗歌会的诗人那里成为一种更为自觉的诗歌运动，并被赋予了意识形态的意义，成为"无产阶级革命运动"之一翼的"无产阶级文学运动"的有机组成部分；在40年代的敌后根据地里，由于"文艺为工农兵服务"成为主流意识形态，并且得到了根据地政权的支持，"诗的歌谣化"发展到了极致。[1]

新诗在诞生之初时的白话诗就进行过"歌谣体新诗"试验，后来随着新诗融入革命与抗战的大语境之下，其通俗性语言在加入十分适时的"革命"内容之后，新诗倒向"诗的歌谣化"的发展趋势。这种情形势必占据文学写作伦理的制高点而成为文学的主流，从而使其成为新诗发展的方向。"这样，'五四'早期白话诗所进行的'诗的歌谣化'试验，所提出的'诗的平民化'的命题都被发展到了极端。"[2]

当初，胡适在提出"作诗如作文"的时候，其实就已经在向旧精英式的文体告别而走向平民化，他所提出的"诗体的解放"即是具体的主张。"诗体的解放"也就是让最普通的平民百姓也能看懂诗，胡适的诗歌观念在创作中得到实践。以《尝试集》中的第一首《蝴蝶》为例："两个黄蝴蝶，双双飞上天。/不知为什么，一个忽飞还。/剩下那一个，孤单怪可怜；/也无心上天，天上太孤单。"现在来读这首诗，如果不考虑诗的特定写作背景，它当然显得幼稚浅显，与童诗无异，但在当时来说却是文学的异端。这深刻反映了"五四"时期文学的启蒙主义倾向，而且是诗打了头炮。所以，新诗伊始即与"平民化"的诗歌观念结下了不解之缘。也许，这正是后来"民间写作"坚持自己立场的出发点所在。

中国新文学自诞生以来，其实就是以"平民化""口语化"，或者平

---

① 钱理群、温儒敏、吴福辉：《中国现代文学三十年》（修订本），北京大学出版社1998年版，第454页。

② 钱理群、温儒敏、吴福辉：《中国现代文学三十年》（修订本），北京大学出版社1998年版。

民文学、为人民大众的文学为发端的，否则新文学也不成为其新文学了。而以上所提到的概念又基本上与"民间"的意涵相同。我们在此可以作一个大致的梳理，这样做的目的是为了更好地理解90年代"民间写作"的历史因缘及其发生、存在的合理性与必然性。

晚清黄遵宪、梁启超的文学改良运动与"诗界革命"，已为新文化运动新诗的诞生打下了基础并提供了一定的经验。胡适深受启发，在此基础上他成为"五四"白话文运动理论与实践的先行者。1917年2月他在《新青年》第2卷第6号发表《白话诗八首》（包括《朋友》一诗，后改名《蝴蝶》），这是他最早尝试新诗创作并公开发表的白话诗，所以他又是新诗写作的第一人。除此之外，他先后写了《文学改良刍议》[①]《建设的文学革命论》[②]《谈新诗》[③]等理论文章大力鼓吹新文学与新诗写作。作为他理论的支撑与教学所需，他又撰写讲义《白话文学史》[④]并成书。作为他新诗文体的实验，他出版·《尝试集》。[⑤]这两部书无疑是新文学始创期的重大收获。究其中心意思，概离不开一个"平民文学"的要旨。《白话文学史》极力论证了"白话文学"或"平民文学"存在的合理性，而《尝试集》则开一代诗风，为新诗的发展创造了一个起点与基点。

胡适在《白话文学史》目录页上坦陈写作此书原因："第一，要人知道白话文学是有历史的；第二，要人知道白话文学史即是中国文学史。"前者自然如此，后者却未免偏激。在那个时代，激进的态度往往是为人所接受的，正所谓"狂飙突进"式的策略。不过他的论述却不无道理，令人信服。他提到一点，之所以作为白话文学的"平民文学"在历史上确有其地位，是因有平民做了帝王而使之然。他列举汉高祖的诗为例："大风起

---

① 载1917年1月《新青年》第2卷第5号。

② 载1918年4月《新青年》第4卷第4号。

③ 载1919年10月《星期评论》"纪念号第五张"上，后选入《中国新文学大系·建设理论集》。

④ 胡适：《白话文学史》，1928年上海新月书店初版。本书引文均出自1985年岳麓书社影印版。

⑤ 胡适的《尝试集》是中国新文学初期第一部白话诗集，1920年版，上海亚东图书馆印行。同年9月再版。1922年10月经作者增删的增订第四版印行，以后版本多以此版为准，但也有少许变动。这部诗集印数可观，据胡适本人在"四版自序"中提到此集两年之中销售一万部，可见畅销程度。本书参考人民文学出版社1984年版。

兮云飞扬。威加海内兮归故乡。安得猛士兮守四方。"他说："这虽是皇帝做下的歌，却是道地的平民文学。"[1] 胡适的逻辑从此出发而得出另一结论："但庙堂的文学终压不住田野的文学；贵族的文学终打不死平民的文学。"[2] 为什么呢？如果仅仅是胡适的想当然，那就不仅是偏激了，极可能是想当然的空谈。毕竟自古以来中国的士传统源远流长，而且"学而优则仕"的理念限制了绝大多数的文人，而古代的文人多以诗为正道，其他则为小技，如果文学史也是这些士人把控着的，平民文学谈何入史而为人所正视？胡适独具慧眼地提出自己的见解："……因此，庙堂的文学尽管时髦，尽管胜利，终究没有'生气'，终究没有'人的意味'。二千年的文学史上，所以能有一点生气，所以能有一点人味，全靠有那无数小百姓和那无数小百姓的代表的平民文学在那里打一点底子。"[3] 我们不可否认，即使是中国古代"贵族式"或"精英"文人，也为古代中国灿烂的文化作出过巨大贡献，也并非如胡适所言一钱不值。但胡适不可能不懂这个道理。他在这里所要极力弘扬的是有"生气"与有"人的意味"的由平民所创造的那一路文学。他的出发点，在"五四"时期一是要极力提倡白话文而使广大民众能参与到交流中来，二是要大力唤醒广大普通民众的主体意识与精神力量，从而使启蒙者的理想得以实现。这就是新诗在一开始就把"平民化"作为目标的原因所在。回顾这种状况，我们由此可以联想到80年代初中期类似的启蒙语境。在80年代的语境中，新诗在"朦胧诗"完成诗性回归之后又被第三代诗人"PASS"，从而走上内部分裂的道路。而平民或民间的那个路向正是从新诗诞生之初的理论源头中找到了立足的依据，并且这一路向也理所当然地把贵族式的一路树成对立面。为了更深入探求这一路向的理论源头，我们不妨接着梳理一些重要的有代表性的文学观念。

与胡适差不多同期，另一个重要人物是周作人。他不仅创作新诗，还

---

① 载1917年1月《新青年》第2卷第5号，第12页。

② 载1917年1月《新青年》第2卷第5号，第15页。

③ 载1917年1月《新青年》第2卷第5号，第16页。

写出被胡适称誉的"新诗中的第一首杰作"①——《小河》,②更为重要的是他写出了新文学之初理论建设重大收获的两篇文章:《人的文学》③与《平民文学》。④

《人的文学》以人道主义为核心,目的是使文学革命的内容具体化。其中,他对文学中"人"的发现是其最大的贡献。周作人的理论旨归是试图通过人的文学来"养成人的道德,实现人的生活"。不可否认,周作人人道主义思想的理论来源出自西方资产阶级的人道主义,特别是他在留学日本时接受了日本"白桦派"的人道主义思想。但对当时中国的境况来说,周作人大力标举"人的文学"无疑具有重要的思想启蒙意义。另外,作为《新青年》的主要撰稿人之一,周作人的思想在某种程度上仍是对陈独秀革命思想在文学领域上的延伸与展开。

在写出《人的文学》后不久,他又发表《平民文学》。这篇文章可以理解为是对《人的文学》的进一步具体化。同时也是对胡适的"平民文学"思想理论的进一步发展。我们来看看周作人对"平民文学"的经典阐释:

　　……

　　平民的文学正与贵族的文学相反。但这两样名词,也不可十分拘泥,我们说贵族的平民的,并非说这种文学是专做给贵族,或平民看,专讲贵族或平民的生活,或是贵族或平民自己做的。不过说文学的精神的区别,指它普遍与否,真挚与否的区别。

　　……

　　就形式上说,古文多是贵族的文学,白话多是平民的文学。但这也不尽如此。古文的著作,大抵偏于部分的,修饰的,享乐的,或游戏的,所以确有贵族文学的性质。至于白话这几种现象,似乎可以没有了。但文学上原有两种分类,白话固然适宜于"人生艺术派"的文学,也未尝不可做"纯艺术派"的文学。纯艺术派以造成纯粹艺术品为艺术唯一之目的,古

---

① 参见胡适《论新诗》。
② 载1919年2月《新青年》第6卷第2号。
③ 载1918年12月《新青年》第5卷第6号。
④ 载1919年《每周评论》第5号。

文的雕章琢句，自然是最相近，但白话也未尝不可雕琢，造成一种部分的修饰的享乐的游戏的文学。那便是虽用白话也仍然是贵族的文学。……

照此看来，文学的形式上，是不能定出区别，现在再从内容上说。内容的区别，又是如何？上文说过贵族文学形式上的缺点，是偏于部分的，修饰的，享乐的，或游戏的，这内容上的缺点，也正是如此。所以平民文学应该着重与贵族文学相反的地方，是内容充实，就是普遍与真挚两件事。第一，平民文学应以普通的文体，记普遍的思想与事实。我们不必记英雄豪杰的事业，才子佳人的幸福，只应记载世间普通男女的悲欢成败。因为英雄豪杰才子佳人，是世上不常见的人。普通男女是大多数，我们也便是其中的一人，所以其事更为普遍，也更为切己。我们不必讲偏重一面的畸形道德，只应讲说人间交互的实行道德。因为真的道德，一定普遍，决不偏枯。天下决无只有在甲应守，在乙不必守的奇怪道德。所以愚忠愚孝，自不消说，即使世间男人多所最喜欢说的殉节守贞，也是全不合理，不应提倡。世上既然只有一律平等的人类，自然也有一种一律平等的人的道德。第二，平民文学应以真挚的文体，记真挚的思想与事实。既不坐在上面，自命为才子佳人，又不立在下风，颂扬英雄豪杰。只自认是人类中的一个单体，浑在人类中间，人类的事，便也是我的事。我们说及切己的事，那时心急口忙，只想表出我的真意实感，自然不暇顾及那些雕章琢句了。譬如对众表白意见，虽可略加努力，说得美妙动人，却总不至于诌成一支小曲，唱的十分好听，或编成一个笑话，说得哄堂大笑，却把演说的本意没却了。但既是文学作品，自然应有艺术的美，只须以真为主，美即在其中。这便是人生的艺术派的主张，与以美为主的纯艺术派所以有别。

与胡适不同的是，周作人的论调相当辩证而显得公道。他在极力肯定与倡导"平民文学"的同时却没有把它推到一个死胡同，对"贵族文学"也没有一棒打死而后快。他对二者的理解重在二者之间"文学的精神"的区别。他否定存在专给贵族看或专给平民看的文学，文学是属于贵族的还是平民的，要看"它普遍与否，真挚与否"，"普遍"而"真挚"则体现出了文学的精神。对古文与白话两种形式，他认为古文"多"是贵族而白话"多"是平民的，这就没有把二者彻底说死。言下之意即，古文与白话二者都有各自的贵族与平民的成分，如果平民文学中雕琢、修饰、游戏、享乐的成分过多，也就沦为贵族文学了。从内容上来看，"平民文学"理当与"贵族文学"背道而驰，应该追求"普遍"与"真挚"的思想和事实，自然不必是旧文学中英雄豪杰、才子佳人、殉节守贞等等一类的畸形道德成分，"平民文学"本着"一律平等的人的道德"而表达"真意实感"。尽管如此，"平民文学"也应追求艺术的美，但因它是"为人生"的文学，所以要与纯艺术区别开来。

周作人在写出这两篇文章之后，1920年1月他在一次题为《新文学的要求》的演讲中对自己之前的观点进行修正。他认为包括"平民文学""人的文学"在内的一些观点容易陷入功利主义，容易被人占据写作伦理的道德制高点而沦为说教。周作人"人的文学"与"平民文学"理论的提出及对其的反省，给我们带来深刻的启示。他为新文学的建设和发展提供了又一种重要的精神资源。

至1921年，新诗在集体的努力下，已初具形态并"基本上站住了脚跟"。[①] 如果说胡适、周作人等人的新诗创作向"平民化""散文化"迈出了坚实的一步，那么周作人、刘半农、沈尹默等人开始的新诗"歌谣化"的努力，则完全是在吸取、借鉴民间资源了，比如用方言与山歌入诗。可见，民间的力量在新诗草创时期就开始渗入其核心部分。同时，这也是对以往诗歌贵族化、文人化，或者干脆说成是对"知识分子化"倾向的一种反拨。颇有意味的是，在20世纪中国新诗的整个发展过程中，从世纪初新诗的诞生开始到世纪末的这两个时间"点"上，贵族化与民间化（平民化）两种诗歌观念竟然均以对抗始又以对抗终。

新诗在初期都是由一批受过高等教育，而且大多是出国留学过的"知识分子"们所倡导。他们大都是借助"民间"的成分在壮大新诗的发展，这主要是出于思想启蒙的效用，意图通过白话新诗的形式在广大平民中间形成一股巨大的社会精神力量，一是为了对抗数千年来的古典贵族文学，二是为了向西方学习才以一种现代性的姿态来改变国民的精神面貌与社会人生。即便如此，在当时的语境下，文学界并不是众口一词地拥护这种做

---

① 钱理群、温儒敏、吴福辉：《中国现代文学三十年》（修订本），北京大学出版社1998年版，第96页。

法，保守主义的反击与嘲弄一直伴随着新文学运动的始终。但在当时看来，平民化倾向无疑占尽上风，否则新诗也无力确立起不可撼动的地位而有之后已近百年的新诗历史。就是在新文学阵营的内部，其观念也并非完全一致，也有"为人生而艺术"与"为艺术而艺术"两路。在新诗的内部显然"为人生"的一路占了上风，可能是由于新诗的白话性与口语化，才使新诗在整个20世纪都充满了各式各样的平民化、大众化与民间的形式，而"为艺术"的纯诗一派在新诗史上总是逃不脱出没漂浮而动荡不定的命运。"五四"前后的新诗平民化或民间化的倾向，在进入30年代与40年代后，在性质上已由当初的启蒙性转向了革命性。在救国图存宏大的社会语境之下，平民化的新诗则更有生存土壤，即使是"为艺术"的一路也心甘情愿服膺于这一语境。虽然在40年代有现代派诗人的昙花一现，但终抵不过平民化的一路。

二、"左翼"之后新诗大众化与民间资源

在新诗发展的第一个十年的后期，以蒋光慈为代表的无产阶级诗歌与以李金发为代表的象征派诗歌，其实已代表了"大众化"与"纯诗化"的两种对立的态势。1932年9月中国诗歌会的成立，标志着这一无产阶级诗歌团体又向新诗的平民化迈进了一步。其特点是除了大众化之外，又加进了意识形态化。大众化的具体表现是歌谣化，"在历史的承接上，他们在拒斥文人传统的同时，也热心于向民间歌谣吸取资源：不仅是歌谣体的形式，更包括关注现实与民间疾苦，表达平民百姓的呼声，朴素、刚健的诗风等精神传统"，[①]意识形态化是指诗人只是代表着集体主义的战斗精神，从而个性消失，艺术成色不足。这一时期的代表性诗人有：穆木天、蒲风、杨骚、任钧、殷夫、臧克家，等等。客观地说，此时期的诗歌对革命与图存是必要的，在当时具有相当的积极意义，它满足了对最广大平民的革命化的宣传，其中"左联"起到了重要的引领作用。虽然这种革命化的诗风为以后的新诗发展带来极为不利的影响，但其却成为中国20世纪新诗的一个重要的传统源流。这个传统除了革命性的因素之外，也与平民大

---

① 钱理群、温儒敏、吴福辉：《中国现代文学三十年》（修订本），北京大学出版社1998年版，第275页。

众化、民间化、口语化密不可分。相对于90年代的"民间写作"来说，虽然与之迥异，但在某种程度上讲，它是在这个传统基础之上的变异、继承与升华。

在20世纪30年代"左联"与"中国诗歌会"的倡导之下，新诗的形式发生了巨大的变化。在30年代后半期与40年代之初，平民与贵族两种诗歌观念的分野即刻烟消云散，全民族同时唱起抗日的战歌。包括郭沫若、徐迟在内，包括新月派、现代派诗人在内的诸多诗人都迫于时代的压力与救亡运动而转变诗风。所有诗人的诗无不为现实斗争服务，与广大的民众接近，朗诵诗、街头诗、鼓点诗、枪杆诗等等大量涌现，即使有人发现这类诗诗美奇缺，但无不被当时历史的合理性所压制。于是诗的平民化与民间化观念得到了空前的释放，以致发展到极端。不过，期间出现了"七月派"与西南联大的"中国新诗派"。前者结合了主观战斗精神与诗人个人的诗艺特点，后者则深刻地继承了新诗现代性的特点并有所发展。它们打通了新诗往后发展的血脉，为新时期的朦胧诗与20世纪90年代的诗歌诞生与发展提供了丰厚土壤与借鉴经验。值得关注的是，"综合"是中国新诗派的基本诗歌观念，它是对人与社会、人与人以及个体生命中的体验的综合，后来为90年代的"知识分子写作"提供了滋养。

作为对"左翼"文艺思想的发展，在这一时期毛泽东文艺思想诞生。毛泽东的文艺思想影响了之后数十年文学发展的方向。毛泽东特别强调：文艺为最广大的人民服务。表现在新诗上，平民化、大众化与民间化等因素共同把新诗自诞生以来的平民化倾向推向极致。1940年1月9日，毛泽东在陕甘宁边区文化协会第一次代表大会上作了《新民主主义的政治与新民主主义的文化》的演讲，[1] 他指出："民族的科学的大众的文化，就是人民大众反帝反封建的文化，就是新民主主义的文化，就是中华民族的新文化。"[2] 这是不同于"五四"时期的另一种"新文化"倡导，并预言式地上升到国家、民族、未来的高度上。

---

① 原载1940年2月15日延安出版的《中国文化》创刊号。同年2月20日又载延安的《解放》第98、99合刊，改题目为《新民主主义论》。后依此题选入《毛泽东选集》（第二卷），本书所引与参考见人民出版社1991年版。

② 毛泽东：《新民主主义论》，《毛泽东选集》（第二卷），人民出版社1991年版，第708—709页。

毛泽东在发表这个演讲两年后的五月，又发表了文艺纲领性的《在延安文艺座谈会上的讲话》。他对"人民大众"作出界定："那末，什么是人民大众呢？最广大的人民，占全国人口百分之九十以上的人民，是工人、农民、兵士和城市小资产阶级"，[①] 他进而用马克思主义文艺思想作为武器来对抗其他的文艺思想，"它决定地要破坏那些封建的、资产阶级的、小资产阶级的、自由主义的、个人主义的、虚无主义的、为艺术而艺术的、贵族式的、颓废的、悲观的以及其他种种非人民大众非无产阶级的创作情绪"。[②] 说到底，毛泽东就是要以平民化的文艺思想来对抗贵族化的文艺思想，是对"五四"以来两种不同文艺观念追求的极端化延展。其实，毛泽东在强调自己的文艺观时，却无意间从反面发现与指出了一个多元复杂的文艺观念世界。

毛泽东文艺思想对中国新诗的影响是巨大的。后来的大跃进诗歌、天安门诗歌、第三代诗歌以及90年代的"民间写作"，都无不是以毛泽东文艺思想为深层基础，以大众化、平民化、口语化等为实际表现与制胜武器的。

从"五四"时期发轫，新诗的平民化或者民间化倾向从未停止向前发展，只是在当初是相当合理的，为白话文运动和新文学运动作出了重大与关键性的贡献。十年后的30年代，及至40年代，随着"左翼"文艺思潮的迅猛发展，又依仗民族大义的大旗，作为纯诗路向的新诗不得不在夹缝中艰难前行。尽管艰难，但是所取得的成就依然有目共睹，新月派、七月派、中国新诗派的诗人们所创作的优秀诗歌，就是明显的例子。相对于旧文学来说，平民化确实是民间性质的，古典诗词才是贵族化的东西。新文学运动以来，平民化在完成文学的革命使命之后，它的平民化性质却在悄悄地发生着变化，它日渐成为一个庞然大物左右着诗坛。由于马克思主义的传入，这个平民化的过程逐渐演变成意识形态的庞大化身，社会主义与

[①] 毛泽东：《在延安文艺座谈会上的讲话》，《毛泽东选集》（第三卷），人民出版社1991年版，第855页。

[②] 毛泽东：《在延安文艺座谈会上的讲话》，《毛泽东选集》（第三卷），人民出版社1991年版，第874页。

民族主义裹在一起所向无敌，自由主义则难以大展身手。这种状态一直延续到世纪末，直到当时社会政治、文化语境发生了巨大变化之后，新诗才慢慢淡出意识形态的密切依附，使诗歌在边缘化、不再担当重大社会使命之余才有可能成为诗歌本身。尽管如此，令人颇感无奈的是，大体上的平民化与贵族化两条路线论争的火焰并未熄灭，并直接与新诗诞生之初遥相呼应。上文提到，新诗的平民化性质在20世纪30年代以来就发生了改变。我们可以说，尽管平民化的倾向无可争议地占了主流地位，但并不等于它上升到了贵族地位。相反，纯诗的倾向本来具有某种贵族化的性质（这与古典文学的贵族化是完全不同的），在当时的环境下，直到"文革"结束，却充满了平民化与民间的意味，甚至发展成后来论者所说的"潜在写作"。这种角色的转换，正是百年新诗固有的特征与悖论。

其实在新诗史上，清醒认识到这两路倾向的理论家大有人在，很多论争也都是围绕在这两个倾向上而喋喋不休。20世纪40年代后期，作为"新诗现代化"理论先驱的"九叶"诗人袁可嘉就曾写过一篇有名的《"人的文学"与"人民的文学"》。[①]此文不仅对新文学运动前三十年进行总结，也预言了后几十年的文学态势。于新诗来说，更是恰如其分，一针见血。

袁可嘉是在1947年写下那篇文章的，他毫不含糊地把前三十年的新文学运动分为"二支潮流"：一是"人民的文学"，另一是"人的文学"。他发现前者"人民的文学""显然是控制着文学市场的主流，后者则是默默中思索探掘的潜流"。正是二者流向不同、出发点不同才有了各个时期的文学论争。我们可以认为，"人民的文学"就是平民化、大众化、政治意识形态味浓烈的一路；而"人的文学"就是贵族化、专业化、纯诗化、偏离政治的一路。不过，二者并不仅仅是相对的，前者虽然具平民化的外表，但却在文学上占有绝对地位，有着集体主义的、抱成团的优越的身份。而后者也并非真正的文学贵族，它只是一种更追求文学本真的、相反具有平民意味的身份。从这一点看来，二者的模糊交叉又对立的关系，正是中国20世纪文学的整体特征，同时也是中国新诗的整体特征。袁可嘉的认识是相当清醒而准确的。他概括"人的文学"的基本精神是："就文学与人生的关系或功用说，它是人本位或生命本位；就文学作为一种艺术活动而与其他的活动形式对照来说，它坚持文学本位或艺术本位。"他概括

"人民的文学"的基本精神："它坚持人民本位或阶级本位"，"它坚持工具本位或宣传本位（或斗争本位）"。他的透彻与简洁，在当时几乎无人能比，就算在今天，如此分析也是适用与精当的。他完全悟透了文学的形式与本质，悟透了文学在中国的动态与命运。尤其是他关于"人民的文学"的"进一言"，更是入木三分、发人深省。具体有以下一些：

"一、'人民的文学'必须在不放弃'人民本位'的立场下放弃统一文学的野心"；

"二、'人民的文学'必须在'阶级本位'认识的应用上保持适度"；

"三、'人民的文学'不能片面地过分迷信文学的工具性及战斗性，它必须适度地尊重文学作为艺术的本质"；

"四、'人民的文学'必须把自己的理论主张看作主观的视野的扩大，而非客观地决定一切文学作品与唯一标准"；

"五、'人民的文学'应该及时了解它所担负的历史任务，它所扮演的历史角色，而知所依归——归于人的文学"。

袁可嘉并没有把"人民的文学"和"人的文学"截然分开，并当作两个完全对立不可弥合的阵营，这种文学的分化，诗人的分化，都只是一种观念上的分化。说到底，"人民的文学"从根本上讲是"人的文学"的一部分。他确实"指出了两支潮流的相激相荡的真相"，要使之和谐，就需要得到修正，这样"才足以保证中国文学的辉煌前途"。[①]

袁可嘉的观点不仅指出了"平民化"（或变异了的"平民化"）与"贵族化"（或沉默的"纯诗化"）在中国新文学发展中的脉络分明的分化，还预言了新中国成立后二三十年的中国文学的错误倾向与不合理性发生，同时在五十年前就为世纪末的诗歌论争阐述了发生的必然性。以此为预设，他提出了二者之间的"和谐"观，这也为我们认识"盘峰论争"提出了指导性的意见，并能找到二者之间"共振"的内在基础。可惜的是，平民化（"人民的文学"）在新中国成立后发生了很大的异化与扭曲，其影响和后果可能已深入文化的深层，而且必然对将来的文学发展遗传性地承传下一些不利的基因。

---

① 以上引文均出自作者文集《论新诗现代化》中的《"人的文学"与"人民的文学"》，三联书店1988年版，第112—123页。

三、"民间"在新时期之前的变异

毛泽东早在40年代就为新中国的文学定下了基调,这当然不能简单看成是战争时期文学政治化、工具化的结果,其与新中国成立后国家领导人大力推动和介入文学运动有关,还与广大人民积极参与建构某种"想象的共同体"有关。

前所未有的文学平民化在新中国成立后的三十年内发生,其覆盖面之广和全民狂欢化的程度无不令人咋舌。1958年的"新民歌运动"("大跃进民歌"),"文化大革命"时期的红卫兵诗歌与"小靳庄诗歌",1976年的天安门诗歌,这分别代表了三个时期躲闪在政治阴影之下的民间诗歌运动的巅峰。尽管这三者之间没有必然的传承关系,也没有内在的前后因果关系,但是从表面形式来看都是一脉相承的,从内容来看都是平民化的民间诗歌运动,这是新中国成立后近三十年期间诗歌的整体特征。除了"十七年"时期的革命历史小说、"文革"期间的"样板戏",最见红火与最为普遍的恐怕就是这一波接一波的民间诗歌运动了(尽管有些是政治直接推动的结果)。

对这颇具代表性的三个时期的诗歌来说,"民间性"与"口语化"是其最基本的特征(虽然也有"政治抒情诗"与被称之为"潜在写作"或"地下写作"诗歌的存在,同时也有间歇性的扭转性的局面出现,比如1961年以后,"诗歌表现的领域逐步呈现出多样化的迹象,而且愈益贴近普通人平凡、真实的生活,表现出由英雄化趋向平民化的某种态势"[①])。"新民歌运动"的盛况正如郭沫若在《"大跃进之歌"序》中所言:"目前的中国真正是诗歌的汪洋大海,诗歌的新宇宙。六亿人民仿佛都是诗人,创造力的大解放就像火山爆发一样,气势磅礴,空前未有。"[②]这话当然有夸张的成分,但完全可以想见当时诗歌的平民化程度。目不识丁曾深受地主压迫的"翻身农民"王老九一度成为当时全国知名的诗人,可见当时新民歌运动的普及化程度。相较而言,后来90年代出现的"民间写作"也就难以称之为民间了。由此可见,"民间写作"自然有

---

① 程光炜:《中国当代诗歌史》,中国人民大学出版社2003年版,第129页。

② 郭沫若:《"大跃进之歌"序》,《诗刊》1958年第7期。

别于新诗史上的一些平民化的诗歌写作，只是它也不可避免地让人联想到"民间"力量的伟大。红卫兵诗歌不仅具有新民歌运动的普泛化的特点，而且掺杂了更多非诗的因素。程光炜在《中国当代诗歌史》中引用了如此一首诗："刘少奇算老几/老子今天要揪你/抽你的筋，/剥你的皮，/把你的脑壳当球踢！/誓死捍卫党中央！/誓死捍卫毛主席！"如果将其说成是粗俗或粗鄙就过于言轻了，这完全是流氓的顺口溜。这正是陈思和所说的"民间"所固有的藏污纳垢的表现。小靳庄诗歌更是上升一层，把这种民间群众性与阶级斗争结合到一起，以一个小村庄"人人皆诗人"的现象来浓缩体现了"文革"所谓的诗歌繁荣的本质。天安门诗歌运动适值"四人帮"倒台之际，就其本质来说，仍是之前两次的延伸，不外政治与群众的特点，于诗歌而言并无大特色，其中有大量的旧体诗，就更不能说成是新诗的一次觉醒或新时期文学的曙光了。

中国新诗前行至此，可谓历尽坎坷，诗性几乎被糟蹋殆尽。唯一的生机当为"地下写作"或"潜在写作"。食指在60年代开始直至新时期的诗歌写作，包括后来朦胧诗前身的"白洋淀诗群"与"《今天》诗人群"，这些诗人诗歌的存在，才是真正的平民化性质的诗歌。其民间性的特征是可圈可点的，它们为新时期的诗歌及90年代的诗歌提供了足够的养分与传统资源。也只有这一路向的写作才称得上延续了"五四"以来的新诗平民化的传统。不过，就这些诗歌本身而言，虽具现代性的品质却不能完全当作平民化的诗歌，它与新诗一开始时的平民化、口语化有着本质上的不同。但这些诗人诗歌的存在却在诗歌精神上激励了90年代的诗歌，不仅激励了"知识分子写作"，同时也直接成为"民间写作"精神效仿的对象。但这样一来，我们就不得不将"民间"的一脉继续引向80年代的第三代诗歌上来。

尽管在中国新诗史上的各个时期都有各自不同的民间化与平民化的特征，但基本上是在一种有秩序的氛围下体现出来的。即使在"五四"时期和战火纷飞的年代也是如此，前者的新文学运动以不可阻挡的态势席卷全国，后者以救亡图存的名义出现的诗歌无它能与之相争。这本身就已构成一种秩序，是一种以新诗外围压制内部为特征的秩序，而这种秩序正是借助民间的力量、平民化的形式来实现的。比如说，20世纪30年代以降，在统一的政治策略下，新诗的民间性作用无不是发挥到了极致，而且在政治世界里担当了无可替代的角色，这是毋庸置疑的历史事实。

四、"第三代"诗歌运动的民间性

到了20世纪80年代，特别是1983年朦胧诗论争渐趋平息之后，另一种民间性又处于萌芽之中并呼之欲出。在远离北京"朦胧诗"中心的"外省"和"南方"，第三代诗人应运而生。程光炜敏感地意识到："当四川的·批胆大妄为的大学生为这代诗人命名时，他们或许没有意识到，这批先于我们醒悟的先锋派诗人在一个一统化时代的猝然哗变，将意味着崛起诗群刚刚构建的诗歌秩序的终结，和另一个'碎片化'文学世界的降临。"[①] 第三代诗人在崛起的同时，中国先锋诗歌的概念也被提出。这个"先锋"是针对"朦胧诗"而言的。新时期文学之初，思想层面的波浪推力巨大，对以往诗歌中的政治因素，当时的文学又以另一种政治的方式去抵抗，这种抵抗因为声势浩大的论争而被逐渐销蚀。随着政治与经济体制改革的开始，国家对民间自由思想的控制也逐步减弱，于是，"1984年成为文学的又一个新增长点"。[②] 这个"新增长点"就是"第三代诗歌"孕育的时期。我们在此考察的重点只在于这一时期的民间性因素上。

首先，第三代诗歌运动是一场实实在在的民间诗歌运动。

以往的民间性更多的是具有外表的民间性与内质的政治性，而且更多地体现在实际效用上。即使是"朦胧诗"，其"现代性"也是依附在对意识形态的反抗之上的，从而又具有另一种意识形态性。第三代诗歌运动的民间性与政治无关，而且偏离政治，不主张政治，连反抗政治的激情都在淡化与消失，从而诗歌自此开始从以往的一元、二元而开始走向了多元。周伦佑指出，"它之所以引人注目，不仅因为它的出现动摇了'朦胧诗'将近十年的（领衔主演）地位，为当代诗歌审美观念由单元、二元最后走向多元提供了可能；还在于它为当代诗歌注入了新的因素，使其获得了主体性的意义"。[③] 其主体性不仅指诗人更多地直接面对诗本体，还指第三代诗人们以"《今天》"的形式前所未有地发动实际的诗歌运动，主办民

---

① 程光炜：《第三代诗人论纲》，《湖北师范学院学报》1989年第3期。

② 程光炜：《中国当代诗歌史》，中国人民大学出版社2003年版，第287页。

③ 周伦佑：《"第三浪潮"与第三代诗人》，《诗刊》1988年第2期。

刊，提出不同的诗歌观念。确实，民刊与不同诗歌观念的杂陈为第三代诗歌的民间性做了最有力、最直接、最感性化的注脚。

从表现上看来，这种诗歌的大众化程度与50年代末的新民歌运动有些类似，但二者之间有着本质的不同。第三代诗歌是诗歌内部的不同观念的展现，是无数个小群体构筑起的诗歌群岛，而不是大一统的同一种声音的狂欢。这一运动1986年到达巅峰，以《深圳青年报》与《诗歌报》联合举办"中国诗坛1986现代诗群体大展"为标志。当时的主持者在"广告语"里如此描述这次大展的民间性："……1986——在这个被称为'无法抗拒的年代'，全国两千多家诗社和十倍百倍于此数字的自谓诗人，以成千上万的诗集、诗报、诗刊与传统实行着断裂，将80年代中期的新诗推向了弥漫的新空间，也将艺术探索与公众准则的反差推向了一个新的潮头。至1986年7月，全国已出的非正式打印诗集达905种，不定期的打印诗刊70种，非正式发行的铅印诗刊和诗报22种。"①后来有论者针对这次"大展"的众多流派评论道："其内涵与性质是很不相同的，但在80年代中期激进主义的文化逻辑中，它们都急不可待一同出现了，并被戏剧性地绑在一起，形成了一个杂烩的热闹的景观。"①从中我们可看出，此时期的民间性是以与传统断裂为目标的，即对传统的非诗因素的拒绝，或者说对以往诗歌的扬弃，对不同理论的吸收，对当下诗歌主体的弘扬，这些都汇成了民间性源流的又一源头性资源。

其次，第三代诗歌运动完全体现了以"反崇高""口语化"等为主要特征的民间性。"五四"时期的民间性是建立在精英知识分子参与的基础上的，是当时具有启蒙思想的知识分子利用民间的语言形式对传统的文学形式的一种革命。其中，语言的民间性质是由白话代替文言来实现的，它最终的目标只是假借文学的手段来达到民众觉醒、社会进步与民族振兴的目的。所以我们可以从某种意义上说，新文学包括新诗在内有着与生俱来的工具性和实用性，尽管还有另一条与文学本体性相连的脉络与之差不多平行发展，但占绝对主流地位的仍然是前者。文学真正的神性得不到伸张，得到的只是由文学烘托出的另一种社会变更的神话色彩。随着80年代的到来，西方思潮再次涌入，朦胧诗打下诗性回归的基础，整个社会呈现

①　张清华：《关于"第三代诗运动"的性质》，《内心的迷津》，山东文艺出版社2002年版，第157页。

空前的激进与思想活泛的局面。从而中国新诗面貌由民间性的自觉萌生而呈现少有的"繁荣"景象。其中"反崇高"成为一种普遍趋势，尤其是对传统的解构，形成一种对以往传统内容的变革大势。此外，"口语化"也在这个时期得到进一步的深化。无论后来的"知识分子写作"诗人，还是"民间写作"诗人，在这个时期对口语化的新诗都有一个全新的认识与尝试。虽然他们后来有所分野，但却不能因此而否定这个时期他们对口语化写作的努力。正是这种民间性才使第三代诗人得以涌现于诗坛并成为诗坛显见的生力军。不过，"反崇高"与"口语化"的民间性从另一侧面又体现出对"朦胧诗"的抗拒，因为它们代表了"外省"诗歌的力量。巧合的是，后来"民间写作"对"知识分子写作"的"起义"，也正是代表了外省特别是南方的诗歌对以北京为中心的诗歌的反抗。这前后两次的反抗是如此相似，说到底，都是某种民间性力量喷发的结果。前者是民间对主流、传统、官方、精英的解构，后者是民间对同一阵营内部不同观念的斗争。由此可见民间与生俱来的"反"性与平民化立场的力量之大。无论如何，进入90年代之后在第三代诗人中涌现了一批诗歌的中坚力量，如：翟永明、欧阳江河、韩东、于坚、萧开愚、柏桦、孙文波、王家新、钟鸣、陈东东、张枣、万夏、李亚伟，等等。随着"知识分子写作"概念的提出，20世纪90年代诗歌的序幕才真正揭开。

最后，在第三代诗人当中出现另一种民间性，即粗鄙化的萌生。其与某种后现代性有关，也与德里达的解构主义有关，但根本原因却在于社会结构的松动与变化。在商品大潮的冲击下，社会现实再也不是一种单一化的现实，人心表现出前所未有的复杂性，作为诗人不可能无动于衷。诗人的眼光垂向琐屑、平庸而不可捉摸的日常生活，对生活显得满不在乎、玩世不恭却又愤世嫉俗，对黑暗与虚伪摆出斗士的姿态，却又将严肃的诘问化于中性或客观的诗行中遁之无形。这类诗歌的经典之作有韩东的《有关大雁塔》李亚伟的《中文系》等等。这种粗鄙化的倾向从当时的"现代诗群体大展"中就足见端倪，莽汉主义、野牛诗派、撒娇派、三脚猫、男性独白、莫名其妙、病房单方……可说是应有尽有。不过，这种粗鄙化是文化人"装"出来的一种"反文化"的姿态。正如张清华所言："其表现有对人道主义主题的弃置，对'大写的人'的'贵族化'写作立场的嘲讽，对复杂的文化索解与阐释主题的反讽，对语言的简化，对市民美学趣味的借代策略，对粗俗和语言暴力的修辞的广泛使用等等，这一切均可以归结到'反文化'的核心上来。"① 所以说，第三代诗歌的粗鄙化倾向与其说是文学层面上的，还不如说是一种文化现象，而且深具某种民间的现代性。尽管粗鄙化萌生于第三代诗歌的无数流派之中，但如"非非主义""他们"等，仍葆有严肃意义上的探索，对日后的诗歌发展也产生了很大的影响。他们对贵族化和严肃的诗歌写作姿态有着天生的抗拒心理，这也是后来引发"知识分子写作"与"民间写作"冲突的一个深远的早期原因。令人深思的是，"盘峰论争"之后粗鄙化诗观越走越远，几成一种泛化的趋势。其中原因，除了社会语境一变再变之外（比如说互联网的普及带来文学方面的深刻变化），或许20世纪80年代中期第三代诗歌的粗鄙化倾向可作为先例和提供了传统资源。

五、陈思和的"民间"理论与海子的"民间"主题

20世纪80年代，"民间"概念得到了集中的阐释，这与学者们的自觉研究有关，比如陈思和；又与诗人的创作与诗歌观念探索有关，比如海子。此外，还有一些泛性的研究，比如将食指、昌耀、蔡其矫、朱东润、丰子恺在内的许多作家、诗人也划入"民间"这个范畴中来进行比较性的研究，指出这是"民间的另一种向度"，② 是"民间心态、民间文化传统与知识分子在民间的生命探索"，③ 并将之统称为"潜在写作"与民间的关系，等等。我们在此无意做一个"民间"研究的综述，④ 只期下接90年代"民间写作"概念的产生。

---

① 张清华：《关于"第三代诗运动"的性质》，《内心的迷津》，山东文艺出版社2002年版，第158页。

② 参见刘志荣：《潜在写作：1949~1976》，第三编："民间意识、文人心态与文学精神"，复旦大学出版社2007年版。

③ 参见刘志荣：《潜在写作：1949~1976》，第三编："民间意识、文人心态与文学精神"，复旦大学出版社2007年版，第325页。

④ 关于"民间"概念的综合梳理，有不少学者进行过比较深入的探讨，研究成果还是比较多的。比如说张清华教授的文章《民间理念的流变与当代文学中的三种民间美学形态》就是一个典型的例子。此文原载《文艺研究》2002年第2期，后选入作者文集《天堂的哀歌》，山东文艺出版社2005年版。作为文学或美学概念，他把"民间"一词追溯到明代小说家冯梦龙的《序山歌》，他指出，"冯梦龙明确提出了同士流文学、文人写作相分野的'民间'说……"他还把当代文学中的民间性分为三种民间美学形态，即：城市民间、乡村民间与大地民间。这些对我们都有相当的启发意义。

　　陈思和无疑是较早系统论述"民间"概念的学者，他于20世纪90年代初、中期提出并阐释了民间理论。以往的"民间性"无论如何阐释都无法逃离政治的范畴，因为以往的"民间性"总是与革命、政治合法性、"为工农兵服务"等等观念紧密联系在一起的。经过80年代的又一次思想启蒙运动与文学层面的多元化努力，文学与政治、主流意识形态逐渐疏离，文学、美学意义上的"民间性"逐步彰显。在如此背景之下，陈思和在"文学整体观"的大格局之下，对20世纪中国新文学作了"民间"层面上的梳理。特别是对抗战以来直至"文革"这一阶段文学中的民间性作了全新的阐释，他注意到了民间文化与意识形态之间错综复杂的纠缠关系。从而，他的民间理论使人们清楚看到中国文学民间性的发展脉流与演变。

　　他的这一理论建构贯穿了整个90年代，写了一系列的文章，[①] 所以，"民间"概念的新内涵在他眼中又是一个持续发现的过程。陈思和在论述、建构民间理论的时候，总是将知识分子作为另一个标尺同时来进行对比论述。比如他在论述"广场上的文学"时说："在世俗的要求里，广场是群众宣泄激情和交换信息的场所，而在知识分子眼中，广场却成了他们布道最合适的地点。当知识分子在本世纪初被抛出了传统仕途以后，知识分子一直在寻找着这样的一个可以取代庙堂的场所，现在他们与其说是找到了，毋宁说是自己营造了一个符合他们理想的广场，知识分子依然以启蒙者的身份面对大众，而大众，则以激情怂恿着启蒙者。"[②] 陈思和的分析是有道理的，这正是自从新文学发生以来，知识分子与大众之所以结合的原因，又是贵族性与平民化也即知识分子与民间之所以成为20世纪中国

① 　这些文章包括：《民间的还原——文革后文学史某种走向的解释》，《文艺争鸣》1994年第1期；《民间的浮沉——对抗战到文革文学史的一个尝试性解读》，《上海文学》1994年第1期；《民间和现代都市文化——兼论张爱玲现象》，《上海文学》1995年第10期；《知识分子的民间岗位》，《天涯》1998年第1期；《理想主义和民间立场》（与何清合写），《中山大学学报（社会科学版）》1999年第5期；《多民族文学的民间精神》（与刘志荣合写），《中国文学研究》2000年第2期，等等。其中前三篇编入作者新版《中国新文学整体观》，上海文艺出版社2001年版，合为一章，题为《中国新文学发展中的民间文化形态》。

② 　陈思和：《民间的还原——文革后文学史某种走向的解释》，《文艺争鸣》1994年第1期。

新文学两条最主要的源流的原因。很明显，它们之间存在着交叉关系。他接着又在"民间还原的诸种特点"中指出："民间文化形态不是在今天才有的文化现象，它是一个历史的存在，不过是因为被知识分子的新传统长期排斥，因而处于隐形状态。它不但有自己的话语，也有自己的传统，而这种传统对知识分子来说不仅仅感到陌生，而且相当反感。"①这又指出了民间与知识分子之所以互相排斥的原因。贵族性与民间性在此又成为一对不可调和的矛盾体，而且贯穿整个新文学史。这似乎又可以让我们看到知识分子或知识分子性与民间之间纠缠不清的一层关系，两者之间既相交融又相区别，既是两条分开的线索，又是彼此交叉的个体当中的共同体。这也正是世纪末"知识分子写作"与"民间写作"论争爆发的深层原因之一。所以在此讨论陈思和的民间理论对认清"盘峰论争"的实质是相当必要的。他从宏观上告诉了我们，知识分子与民间一直以来既相排斥又相吸引的历史以及其中的原因所在。

当然，陈思和的民间理论只是在宏观上告诉了我们一些"整体观"的东西，而且他的视角是从"文化形态"的角度上来铺开阐释的，并没有深入具体的诗歌内部进行细究。但是他对"民间"一词的解释就足够启发我们。比如他在《民间的浮沉——对抗战到文革文学史的一个解释》一文中对民间文化形态作了如下的定义："一、它是在国家权力控制相对薄弱的领域产生，保存了相对自由活泼的形式，能够比较真实地表达出民间社会生活的面貌和下层人民的情绪世界……二、自由自在是它最基本的审美风格。……三、它既然拥有民间宗教、哲学、文学艺术的传统背景，用政治术语说，民主性的精华和封建性的糟粕交杂在一起，构成了独特的藏污纳垢的形态。"②除了以上特点，他还指出，"民间""还应包括作家的写作立场、价值取向、审美风格、文化修养等等"。③这无异于给我们理解"民

---

① 陈思和：《民间的还原——文革后文学史某种走向的解释》，《文艺争鸣》1994年第1期。

② 陈思和主编：《中国当代文学史教程》，复旦大学出版社1999年版，"前言"第12—13页。

③ 陈思和主编：《中国当代文学史教程》，复旦大学出版社1999年版，"前言"第13页。

间"打开了一个天窗，让我们看得更透彻。

对于20世纪90年代的文学现象，他还提出了"民间的理想主义"概念，也即知识分子的民间立场问题。90年代初中期发起的"人文精神大讨论"就是一个很好的例证。这种民间性是针对五六十年代以来盛行的伪理想主义，也即以国家意识形态命名的理想主义。90年代以来，知识分子不断被边缘化，他们似乎已沦落到民间，他们与国家政治之间不再构成合谋关系，可是他们又不甘于沉默。于是，他们便以一种身处民间的立场呼吁新的理想主义，从而转向或假借民间的立场来彰显他们的存在。在文学上，则有多种表现形式，民族、宗教、土地、生命个体体验、与政治自觉地疏离，等等，这一切就构成了知识分子的世纪末精神。其实，90年代诗歌无论是"知识分子写作"还是"民间写作"都只是诗人知识分子对抗现实的两种手段的不同呈现而已，本质上讲，他们属于一个共同体。所以说，陈思和的民间理论除了对研究20世纪中国文学有启发性的普泛意义之外，也为我们研究90年代诗歌的"知识分子写作"和"民间写作"创建了一个可靠的理论资源。总之，"无疑，陈思和的上述理论同九十年代以来思想文化界的新视界是有着一致性的关系的，它既阐释了文学的一般规律，同时也基于当代中国现实的敏感语境，因而必然产生广泛而深刻的影响。"①

海子的"民间"主题有着特定的含义，它能深刻表现出他的诗歌观念与理想内核。他的民间性与当时的诗歌观念格格不入并傲然独立，在20世纪80年代的社会语境中，他与大潮流背道而驰。社会又面临启蒙，思想在大解放，一切都在向经济前进，而海子却持一种退守之势，不仅与国家层面的话语完全隔膜，也与当时日益兴起的所谓后现代式的民间话语迥异，又与第三代诗歌的狂欢相去甚远。他的民间性是诗人个人的话语，是内敛的，是古朴、古典与传统的。从这个意义上讲，海子的民间性与80年代第三代诗歌的民间性构成某种互补关系，体现了不同层面的民间性含义。

"民间"一词在当代诗歌领域的提出，海子是第一人。1984年12月，海子写了一首长诗《传说》，而且作了一篇题为《民间主题》的序言。这是海子第一次为我们贡献"民间"的诗学概念。

---

① 张清华：《天堂的哀歌》，山东文艺出版社2005年版，第133页。

月亮还需要在夜里积累

月亮还需要在东方积累

这是海子在《民间主题》一文的题头诗句。

"在隐隐约约的远方，有我们的源头、大鹏鸟和腥日白光。……对着这块千百年来始终沉默的天空，我们不回答，只生活。这是老老实实的、悠长的生活。磨难中句子变得简洁而短促。那些平静淡泊的山林在绢纸上闪烁出灯火与古道。西望长安，……那些民间主题无数次在梦中凸现，为你们的生存作证，是他的义务，是诗的良心。时光与日子各不相同，而诗则提供一个瞬间，……"

"老辈人坐在一棵桑树下。……"

"在老人与复活之间，是一段漫长的民间主题，那是些辛苦的，拥挤的，甚至是些平庸的日子，是少数人受难而多数人也并不幸福的日子，是故乡、壮士、坟场陌桑与洞窟金身的日子，是鸟和人挣扎的日子。……"

"灵性必定要在人群中复活。复活的那一天必定是用火的日子。胚芽上必定会留下创世的黑灰。一层肥沃的黑灰。我向田野深处走去，又遇见那么多母亲、爱人和钟声。"

"当然，这样一只铜的或金的胳膊一定已经在传说与现实之间铸造着。可能有一种新的血液早就在呼唤着我们。种子和河流都需要这样一种大风。……"①

这是海子在序文中如诗的语句。短短一篇千字文里，他在尽情地、诗意地表达着他的民间主题。"它体现了民间的原发性、自在性、自然性、日常性，未被修改和装饰的一系列本真与本然的特性。"②

海子的民间主题还体现在以下几个方面：一、东方象征式的隐喻性。他在阐释这个含义的时候，与西方式的隐喻进行映照。同为可能性的精神家园，东方的月亮、民间传说、"亚洲铜"，等等，与西方的复活、创世、乐园构成了一种互文性的关系，但是他们都指向一个方向，那就是精

---

① 引文出自西川编：《海子诗全集》，作家出版社2009年版，第1021—1022页。

② 张清华：《天堂的哀歌》，山东文艺出版社2005年月版，第129页。

神的永恒。二、神秘的诗性。其不仅作为诗歌这种最古老的人类精神的表达方式，也有着人类精神对这种形式的依归。这种神秘深入灵魂最黑暗的深处，不可探测，颇有人类学或创世纪的宗教感。而这一切都归附于诗的生命体之中。也许，诗也是一种让人眷恋的"传说"。三、回归田园与乡村。这是中国传统中的永恒主题，社会发展到当今，田园与乡村已成为一种美好的民间向往。山林、桑树下、鸟、田野、大鹏鸟、土地、故乡、麦地……这些，都能让人的灵魂回到生命与语言的最深处。同时，这一切都是与对城市的不融入、对现实的否定与批判、对灵魂的拯救等相融合的。

当然，海子是"作为诗歌和生命的双重神话"[1]而名世的。但是，他对"民间"的理解和阐释是"非常有深意和远见的"。[2]对于90年代诗歌的"民间写作"而言，海子的"民间"是否有着直接的启示意义？

第二节 "民间写作"代表性个案（一）：于坚

就"民间写作"概念而言，无法考评最早的提出者和阐释者。诸多文学史、新诗史与大量研究著作都没有提到谁是"民间写作"概念的最初提出者。就这点来说，与"知识分子写作"相比，它确实具有"民间性"的某些特点。从目前的考察来看，它的正式命名是在"盘峰论争"发生之后。论争之前，于坚在《穿越汉语的诗歌之光》一文中提出了与"民间写作"概念相近或本质上相同的概念"民间精神"与"民间立场"；论争之后，韩东则在《论民间》一文中明确提到了"民间写作"这个概念。论争中，针对"知识分子写作"立场，"民间写作"立场也就应运而生。所以说，"民间写作"概念的确立是先提出然后逐渐充实与发展的，当然它也有切实的理论源头。除了于坚、韩东，其他许多持"民间写作"立场的诗人和诗评家都提出过大致相近的观点，这些是对于坚、韩东观点的补充。我们甚至可以说，根本就没有一个完整而定型的"民间写作"定义。与之相关或可以画上等号的有民间、口语写作、民间立场、民间精神等等提法。

---

① 谭五昌：《海子论》，《谭五昌的诗》，光明日报出版社2003年版，第117页。

② 张清华：《天堂的哀歌》，山东文艺出版社2005年月版，第129页。

　　文学史意义上的90年代诗歌，其中的"民间写作"并不是一个绝对的概念存在，其存在首先是相对于"知识分子写作"的，这是我们考察它的前提。第三章以较大篇幅阐述了"知识分子写作"的前世今生，上一节接着又考察了20世纪中国文学的民间性存在。那么，我们可以断言，"民间写作"与"知识分子写作"一样并不是横空出世的一个独立的概念，它们都有着与传统续缘并发生新变化的特点。当然，它们也是某个文学发展时期的一个特定的概念，有着特定的含义，所以也只有把它们放到特定的历史时期来考察才是有效的、真实的和客观的。

　　鉴于以上说法，研究"民间写作"就不能只把眼光放在"盘峰论争"期间，更重要与必要的是去考察"民间写作"立场的诗人与诗评家持如此观念的历史性因由。客观地讲，"民间写作"的概念阐释并没有"知识分子写作"的阐释那般密集与丰富，但这并不等于说"民间写作"诗歌观念就缺少强力支撑的力量。相反，这一派拥有更为广大的诗人与拥护者，拥有写作伦理的高地，它所迸发的力量足以与"知识分子写作"相抗衡并取得一定的优势。当然也不能据此而简单地认识论争后"知识分子写作"的疲弱倾向。这其中有着十分复杂的原因，包括网络的进一步普及与社会大背景之下所形成的大众文化的助推力，等等，这一切都让"知识分子写作"完成它在90年代诗歌现场的使命后功成身退。

　　毋庸置疑，"民间写作"最具代表性的人物是诗人兼诗评家于坚与韩东，他们是"民间写作"概念最主要的阐释者。另外，还有伊沙、沈奇、杨克、徐江、沈浩波，等等。本章将他们列为考察研究的对象，以期弄清"民间写作"的来龙去脉与概念内涵。

　　之所以把于坚放在"民间写作"的首位来考察，这不仅因为他与韩东一起在第三代诗歌刚刚兴起时就以强劲的口语入诗而闻名于诗坛，更因为他从80年代开始至世纪之交一直在努力建构他的口语化诗歌理论。在中国当代诗坛，就他的诗歌观念与创作实绩来说，极少有人能像他那样将理论与实践完美地结合。另一方面，于坚身处边远的"外省"云南，相对于生活在文化中心"北京"的"知识分子写作"来说，他的边缘位置恰好能与北京的中心性构成某种映照对比的关系，从而使他的"民间写作"观念更具代表性和有效性，或者说更具某种象征性的意味。

此外，我们考察于坚的口语化观念，一是要把它放在"民间写作"的大背景中去考虑，口语写作只是"民间写作"体系中最具代表的一种；二是要从"知人论世"的角度来看，于坚有提倡民间性的背景，从它理论本身来说，它有一个逐步发展与完善的过程，其中会不断出现修正的成分。

于坚口语化诗歌观念要上溯到20世纪80年代，以及之后的整个90年代。综观于坚"民间写作"口语化理论，包括：口语入诗与语感、拒绝隐喻与后退、日常生活的诗意，等等。

一、于坚的"民间性"源头

于坚的民间性可谓与生俱来。一是与他的经历有关，二是与他的阅读有关，三是与他参与民间诗歌运动有关，最重要的恐怕还是与他所处的文化地理位置而造成的某种文化压迫心理有关。精神因素为内因，环境因素为外因，两者合力之下，造就了一个"民间写作"立场坚定的于坚。

所以不难理解，在"盘峰论争"中他作为"民间写作"一方的代表，为何与"知识分子写作"一方激烈地唇枪舌剑、寸步不让。其时，于坚已是知名诗人，其诗歌观念已深入其心并作为精神资源不断得到释放。他的道义感与素来欲为天下苍生立心传道的信念，这些都使他坚持口语化的"民间写作"观念并坚决反对"知识分子写作"。可以说，于坚的诗歌观念不仅有着深厚的社会与心理基础，而且在他的不断阐释之下能得到强烈而广泛的响应。那么从源头上来考察于坚理论的基础与形成过程，以及分析他观念的具体特征，这些都是很有必要的。

于坚1984年毕业于云南大学中文系。他写诗并最终栖身于云南省文联，任专业创作人员，他在中国当代诗歌史上有着重要的位置。按理说，他是典型成功的当代知识分子，与"民间"、边缘其实并不是很搭边，这就是为何有人认为于坚也是"知识分子写作"群体中一员的原因。于坚的人生经历可以说是坎坷的，甚至有些不幸，从他的一些文章与"于坚创作年表"[①]中即可了解到他的一些情况。他幼儿时期由于注射链霉素而导致弱听，这很可能是使他个性敏感、多思而更多地走向内心世界的一个

---

① 此处"于坚创作年表"见于坚的《拒绝隐喻》一书，云南人民出版社2004年版，第231—234页。

开端。1966年他12岁时，正读五年级，因学校停课而辍学；三年后续读初中，一年后分配到工厂工作，从此在车间先后做过多种工种，时历九年之久。1977年开始，他连续三次参加高考，前两次都因耳疾而未被录取，第三次请朋友冒名体检才得以上大学。这种经历让他备尝个人成长过程中的艰辛，加上他的家庭在"文革"期间受到冲击，父亲遭到流放，这种底层困苦的、一个残疾人的人生经历，必然使他感受到千百年来民间性的诸多不幸与卑微不堪的命运。[①] 这种精神的磨难又必然深入他的灵魂深处，使他天生就有与"庞然大物"（包括主流诗歌、政治权力、地缘政治、传统隐喻、工业恶果、命运不公等等在内的一切因素）抗争的基因。这也是他日后诗歌倾向世俗化[②]、平民化与口语化但又不乏哲思的物质性基础。

作为精神历练的开始，他最早的精神食粮源于去父亲流放地的一个乡村破庙。在那里，他读到供干部内部参考的古体诗词，并开始古体诗词的习作。之后，又背诵唐诗宋词，学习诗词格律，进一步加深了古典文学的修养。1973年开始新诗写作，胡风、鲁黎、惠特曼等人的作品开始以"地下的"方式进入他的视野。最为重要的是，1975年，他读到地下流传的食指的诗歌《相信未来》。1979年，参加昆明民间刊物《地火》的活动而读到《今天》。直至1980年进入云南大学，他基本上处于"民间写作"诗歌观念的早期孕育阶段。

我们相信，作为"新诗潮""前驱式人物"[③]的食指以及"今天"诗

[①] 于坚的底层困苦主要还是体现在精神层面上的，他说过："相对于一个风云激荡的时代，我的经历可说是平淡无奇。除了内心历程，作为个人经历，我从未经历诸如流放、批斗、被捕、妻离子散等等令许多人在一夜之间白掉头发的遭遇，在这个时代，比我年纪稍长的人们几乎人人都有一部长篇小说式的情节曲折的故事，而我每次填表，都是可笑的寥寥几行，连幼儿园都填上去也不过才五行。"他在意的是："我外表粗糙，内心却极其敏感，极易受到伤害，在一个缺乏人道主义传统的社会，我年青时确实被人群中普遍存在的歧视生理缺陷这种日常品德搞得遍体鳞伤。"参见《诗人于坚自述》，《作家》1994年第2期。

[②] "世俗化"是外界对于坚诗歌的普遍看法，但于坚其实并不乐意陷入这个评论。他说过："诗人确实必须坚定地放弃那些世俗角色，仅仅作为诗人，去投入、去想象、去吐血，他才会写出真正的作品。"参见《诗人于坚自述》，《作家》1994年第2期。

[③] 洪子诚、刘登翰：《中国当代新诗史》（修订版），北京大学出版社2005年月版，第182页。

派诗人，对于坚的影响是相当大的。食指的民间性或地下性已成为公开的指认，而《今天》后来直接开启了朦胧诗的先河。这些与于坚的民间立场有某种暗合之处，或者说，于坚受其影响颇为深刻。然而，他又不为其左右，很快从中解脱出来。①从古典文学的素养培育开始，到中国新诗与西方现代诗歌的阅读与写作尝试，他完成了作为一个优秀诗人所需要的早期训练与观念准备。与食指、"今天"诗派诗人类似的是，他的诗也以手抄本的形式流行，他也参加文学社团与诗歌运动。比如，1980年还在云南大学读书时，他就参加学生文学社团《犁》的活动；1983年，在云南大学创办"银杏"文学社，创办《银杏》并任主编；同年，与其他诗人创办油印刊物《高原诗辑》；1984年，他参与"大学生诗派"运动，认识韩东并通信，同年他分配到云南文联工作。1985年与韩东、丁当等人共同创办《他们》。

到云南文联工作标志着于坚民间诗歌写作的历程告一段落，而《他们》的创刊与《飞碟》《尚义街6号》等作品的面世则标志着他诗歌已相当成熟。也正是在1985年这一年，他正式开始了"民间写作"口语化诗歌观念的探索历程。一是他与丁当谈到"语感"问题，二是他做了《非非评论》的挂名编委，这种感性的蒙悟与外界传媒的触动自然会引发他对诗歌更多的思考。到1986年，随着他更多作品的发表，还有《他们》在诗歌界的较大影响，他成为第三代口语化诗歌的代表诗人之一。同年11月，他在《诗刊》头条发表组诗《尚义街六号》，这成为他诗歌创作与观念形成的标志性事件，这组诗"对中国当代先锋诗歌的日常口语写作的风气产生了重要影响"②。

于坚的坎坷经历，阅读与创作经验，所参与民间诗歌运动，等等，使他的民间性有了物质承载，并让我们获得了清晰的可去探求的线索。在

---

① 于坚在一篇文章中如此说《今天》之于他的影响："1979年，我在昆明一个地下文学沙龙中看到了《今天》，我为同时代人写下的这些可怕的文字所激动，这是些非凡的诗人，他们的作品使在这之前的当代文学史变得黯淡。《今天》尤其容易对处于青春时代，满脑子意识形态判断与怀疑的读者产生影响。大约两年之后，我才摆脱了《今天》对我的影响。"参见《诗人于坚自述》，《作家》1994年第2期。

② 于坚：《拒绝隐喻》，云南人民出版社2004年版，第233页。

这点上，他从不讳言他以往与民间发生的一切。毫无疑问，他诗歌观念中的"民间性"不仅有着直接可循的源头，而且是客观的、无可辩驳的、活的源头。这使他的民间性表述汇成了不竭的源泉，所以他在言论中充满自信。他一再表达对"中心"的排斥，对文化强权的蔑视，并认为北京就是一个巨大的隐喻，西方也是一个隐喻，他要用民间与外省的充满创造力的文学与之对抗。云南作为一个偏远的"外省"，北京作为一个象征性的文化中心，这一对矛盾体也充满了象征性的意味，并在于坚的思想中萦绕不去。可能存在的话语权分配的不公，加上20世纪80年代中期之后经济、文化资源等趋向于中心城市，尤其是像北京、上海这样的大都市，这些给"外省"的文化人带来了某种焦虑感。被边缘化，不被重视，难以融入主流话语圈，没有文化发言权，等等，都造成某种极为强烈的文化压迫心理，而这一切都与诗人所处的文化地理位置有关。于是，这一切，都成为后来于坚所坚持的"民间写作"观念的源头。当然，如果把一个复杂的诗学问题作如此简单和形而上的理解，进而把于坚诗歌观念的形成仅仅理解成是所处文化地理位置偏远所带来的后果，那么这又很可能是一种短视行为。我们必须仔细分析他各个时期诗学观念的表达，分析其中的核心内容，这才是最关键的。

二、于坚的"口语化"诗学

用一个简单的"口语化"概念来统摄于坚较为体系化的诗学主张，这只能是权宜之计。我们之所以仍然如此去做，一是因为在"盘峰论争"中，他被指认为"口语写作"（后被命名为"民间写作"）的最具代表性的诗人之一；二是他在第三代诗歌时期，确实开启了口语写作的先河（相对而言），或者说激起了新一轮口语诗写作的浪潮。其中第二个原因与他写作《尚义街六号》有关，按他的话说："这首诗在1986年《诗刊》11月号头条发表后，中国诗坛开始了用口语写作的风气。"[①] 鉴于此，我们暂用"口语化"诗学

---

① 于坚：《诗人于坚自述》，《作家》1994年第2期。文末标明写作时间：1993年11月6日。其时，正是"知识分子写作"概念诞生时期，于坚虽然没有于当时提出"民间写作"的概念，但是从欧阳江河、西川等人提出"知识分子写作"的时间与于坚《尚义街六号》的写作与发表时间来看，基本上是从同一起跑线上出发的。只是一个明确提出理论化的主张，一个用实际创作来阐释自己的诗歌观念并产生影响。从这点来看，我们说这两种立场的诗歌观念平行地贯穿整个90年代是有一定道理的。这条线索向前溯源也确实可以追溯到80年代中期的第三代诗歌运动内部的两种诗歌倾向上。

来统摄他的一系列诗学主张。有意思的是，被认为是"知识分子写作"的西川和王家新都曾写过"提纲"式的诗学主张，于坚也如此写过。只是于坚写得更为坚持，更多，更细致与深化，那就是多年持续的"棕皮手记"。综合考察于坚的"棕皮手记"①、历来的诗歌写作和他一些分散的诗歌观念性的文章，其诗学主张大致可以体现在以下几个方面：1.平民精神、日常化与时代；2.拒绝隐喻；3.个性、创造与天才；4.口语化与"软"；5."民间写作"立场。下面将逐一分别进行论述。

（一）平民精神、日常化与时代

上文说过，于坚的经历与"外省"身份，让他有一种边缘化的焦虑。他认为自己属于"站在餐桌旁的一代"，而且是与生俱来的"局外人"而"被时代和有经历的人们所忽视"。好在，他并不悲观，"对于文学，局外人也许是造就诗人的重要因素，使他对人生永远有某种距离，可以观照。"这是他提倡平民精神的起点。承认自己是局外人（不仅如此，他还认为中国就是一个平民国家，这是由社会主义决定的），从而打造一种平民精神，这种平民精神正代表了需要重建的诗歌精神。但是，这种"平民精神并不是市侩"，除了要活得真实、自然、轻松，还要寻找语言的家，要诗意地栖居，要"寻找意义流动的满足"，总之是要"像上帝一样思考，像市民一样生活"。说到底，他注重的是生存状况的真实感受，而不是"奶油小生"与"贵族文化"所崇尚的风度与教养。就这点来看，于坚的平民精神是彻底的平民意识的表现，这与"五四"时期的为人生文学的平民化倾向有相通之处。"五四"时期的平民化倾向从本质上来说是形式上的，是知识分子采取的一种语言策略，是试图对平民进行一种现代社会过渡性质的思想启蒙。而于坚的平民精神，则是倾向于实质性的生活内容，是日常生活审美化的一种诗性表达。他自己在谈到他所提倡的平民精神与传统文化的本质时说："它是无礼的、粗俗的、没有风度的，它敢于把自己（个人）生活中最隐秘的一面亮给人看，它以最传统的方式（大巧若拙）表达了最现代的精神，就精神而言，它与西方精神，如惠特曼、桑德堡、金斯伯格、《恶之

---

① 从《于坚集卷5：拒绝隐喻》（云南人民出版社2004年版）来看，他的"棕皮手记"从1982年开始一直写作2000年，前后时间跨度近二十年，共分七辑。

花》是相通的。"①

于坚这种平民精神早在20世纪80年代就沉积于他的诗歌观念中，这就为他日后的"口语化"诗学奠定了一个不可动摇的基调，并且不断得到新的阐释。他的平民精神将会深入"日常化"（或"日常性"）的理解之中，正如他所言，"'诗'是动词"。他心目中的"日常化"是一个什么样的概念呢？这将涉及一系列关键词：稗史——局部、别处，而非公共、整体，拒绝言志与抒情；事件；细节；具体；非自觉；反传统——"令人窒息的那部分"；语言的——非意识形态；等等。关注当下，诗人在场，拒绝乌托邦，以一种在野的、江湖的心态来引领诗歌前行，这就是他诗歌"日常化"的大致解释。

与之相反的是，中国传统的文化具有一种回避的、"小浪漫"的、"雅"的，或者延伸到新诗以来的传统，是一种青春期的、才子式的、革命式的、仿写的乌托邦式写作。真正有价值的写作"纯粹是个人的事"，以往的价值与乌托邦神话在"后现代"式的中国现场将会毫无意义而失效。所以，"需要有新的神，来引领我们。"这个"神"，在某种意义上来说，就是一种在平民精神引导下的日常化诗歌写作。"它必须植根于当代生活的土壤，而不是过去的幻想之上。"

在这种观念支撑下，他明确提出反对几种写作倾向：圈子化的写作、与大师攀缘的写作、"士大夫"式写作，等等。这类写作的诗人，"他喜欢'过去'、'未来'。他害怕'当下'、'现场'。一面对此就毫无诗意了。面对现场，在中国是需要勇气的，因为一不小心就容易'俗'就'市民'，而这些在中国文化是最忌讳的东西。大家都要'雅'要'士大夫'"。②"他们一方面喝着咖啡，以谈论西方文明为时髦，一方面却在诗歌中歌咏麦地、乡村、古代的宫女。"③他认为这类写作逃离日常生活，

① 此段引文出自《棕皮手记·1982~1989》，《于坚集卷5：拒绝隐喻》，云南人民出版社2004年版，第3—5页。

② 此段引文除另外标明之外均出自《棕皮手记·1990~1991》，《棕皮手记·1992~1993》《于坚集卷5：拒绝隐喻》，云南人民出版社2004年版，第10—30页。

③ 于坚：《从"隐喻"后退———一种作为方法的诗歌之我见》，《作家》1997年第3期。

"一种严重的失语状态"。

我们有必要把于坚的"日常化"与"知识分子写作"的"日常化"作一个简单的对比。后者的日常化是指一种深度的介入，或者如于坚所说的是一种隐喻式的介入。从本质上来说，二者之间并无实质性的区别，一种是以口语化来直接介入日常生活，一种是以较为书面语的甚至是较有隔膜的对日常生活曲折、隐晦式的间接介入。它们之间的矛盾只在于语言态度上的不同，只是乘坐不同的交通工具到达相同的目的地而已。

以上是于坚对"日常化"的宏观态度。作为具体的日常化实践，他以云南人的身份以云南生活的"日常性"为例来进行阐释。他反对人们对云南停留在"美丽神奇式"的泛化印象上，如果以这种态度去写作，只会是对云南文化的"遮蔽"与"毁灭"。那么，如何去捕捉云南的日常性呢？在于坚看来，关注云南的生活样式是必需的，包括"它的异质性、它的时间观、信仰、审美风尚、它的日常生活方式"，等等，甚至也要包括它的"落后"与"懒散"。也就是要有对观察"云南生命世界最基本的元素"的激情。他强调这是一种写作的方法，是对自己所熟悉生活的一种"认同"，而不是"解放"。从这点看，于坚对日常化的理解是消极意义上的积极，是不介入的介入，是随意性的真诚的观照；它不是某种强行的介入，不是凌空蹈虚形而上的理性，不是虚伪的、假的猎奇，不是被某种传统或旧有观点所遮蔽的人云亦云。[①]

以平民的精神作为引导，以日常化的介入作为写作方法，写作某种自然的升华的结果，必然涉及对时代的认识。其实以上三者是密不可分的，三者的结合才构成于坚诗歌观念中对人的存在的真切理解。

"时代"作为于坚诗歌观念中的一个关键词，可以说是贯穿始终，这充分体现了他的知识分子性，用他的话来说，就是一种杜甫式的写作。他的理解虽与"知识分子写作"对时代的理解有一定的交叉成分（"知识分子写作"多数具有一种精英意识，但从对历史性的提倡与对非历史性的拒绝来看，它对现实也是满怀关注的），但还是体现出他的独特性来。总的来说，他对时代是颇有微词的，这种微词又是宏观的。他对时代的意见，

---

① 此段引文出自《棕皮手记·1997～1998》，《棕皮手记·1992～1993》，《于坚集卷5：拒绝隐喻》，云南人民出版社2004年版，第68页。

是人类学意义上的，其主要针对当今普遍存在的某种观念。他提倡以人为主体，他主张的东西是文化的、反思的，同时也是文学意义上与写作方法上的。也就是说，在时代这个宏大的背景上，他要求诗人有一个正确的姿态，不仅要特立独行，而且要有知识分子的良心，要有发言与反对的勇气。但这种发言又不是太"深度"与太"精神向度"的东西，得从身边最现实的东西关注起。这些可以看作是于坚对时代的最基本的认识。

具体说来，从文学角度上他对时代的认识有以下几点值得关注。其一，对主流文化的抗拒。他说："真正的文学永远是一种自觉的、根本性的对主流文化的挑战。"（《棕皮手记·1990~1991》）这种"主流文化"包括"文以载道"与"和意识形态纠缠不清"的文化表现形式。同时，这种"主流文化"还包括另一种与生活格格不入的"附庸风雅"，或者一种"乌托邦诗歌神话"的流行文化表现形式。其二，对"辞不达意的时代"的抗拒。他说："汉语是诗的语言，起作用的是所指和隐喻。汉语作家面临的是过去时代建立的意义系统与日益小说化的存在现场的分离，辞不达意的时代。"① 正因为如此，他才提出"拒绝隐喻"的言论。他明知道中国的传统文化，甚至是汉字，都是一个彻底而坚固的隐喻系统，可是这个隐喻系统却是旧的、顽固的、与现实社会语境隔离的东西，也就是他所说的"辞不达意"。这是一个用"我们"代替了"我"的时代，他担忧的正是这个，文学作为文化的先锋，正陷于这个泥淖中不可自拔。在他看来，文学正是毁于"这个叫做时代的怪物"（《棕皮手记·1997~1998》）上。"跟着时代前进，在几近一个世纪的不断革命、先锋、改造旧世界中，这个国家已成了一个无论在精神还是在技术上都已业余化的国家。"② 于坚的"野心"很大，他不仅是在抗拒中国古代传统文化中的士大夫话语，也在抗拒20世纪的革命话语系统。在他看来，那些话语影响了文学的专业性质，使文学成为附庸，所以他所反对的"辞不达意"正是这个层面上的意

① 于坚：《棕皮手记·1996》，《于坚集卷5：拒绝隐喻》，云南人民出版社2004年版，第32页。

② 于坚：《棕皮手记·1996》，《于坚集卷5：拒绝隐喻》，云南人民出版社2004年版，第42页。

思。其三，对现实中诗性的追求。从20世纪初开始，或者还可往前推移，整个世界就越来越现代了，一切都"被现代"掉了，这就是现今世界的宿命？上帝的思考代替不了人的思考，也扭转不了人的命运。所以荷尔德林的"诗意地栖居"就成为当今诗人的一个梦想。对生活诗性的追求，就是回到精神的故乡，人就有了"存在"的意义。下面的一段话，充分体现了于坚对这种诗性追求的渴望，同时，也是他表露出欲与这个时代建立某种和谐关系的企图。

> 在此时代，人生离诗性越来越远，人们更注重的是眼前的实惠，或者说实惠的艺术。时间就是金钱，人们已经没有时间去关心那些不能立即产生效益的东西。但一个民族不能没有诗人，一个没有诗人的国是小人国，一个没有诗人的时代是死亡的时代。诗人不是公众的施舍对象，而恰恰相反，是他们的创造活动使我们意识到所谓的"存在的意义"。正是诗人们对写作活动的自由思维、创造和探索精神以及对无用性的坚持，使我们的生活具有"道理"。虽然这道理是如此的无足轻重，但它毕竟表明，市侩主义的哲学并不会全面地胜利，诗人们依然在坚守着自古以来滋润着历史的神性，并且固执地站在那些对诗性麻木不仁的人们中间。①

（二）拒绝隐喻

在于坚的诗学观念中，"拒绝隐喻"是最核心的，它几乎成了于坚诗学的代名词。事实上，20世纪80年代以来，于坚从来没有少谈隐喻，无论是"棕皮手记"片段式的理解，还是一系列文章的阐述，还是诸多的访谈与笔谈，"拒绝隐喻"一直都是他屡谈不厌的话题。他为何一再谈及"隐喻"与"拒绝隐喻"，并且将之作为他诗学的核心关键词呢？其中必有因由。

于坚最早谈及"隐喻"是在1982—1989年期间的"棕皮手记"里，之后多年的"棕皮手记"也多次谈及并作进一步的阐释。最早综合成文的文章是写于1993年至1995年8月的《棕皮手记·拒绝隐喻——一种作为方法

---

① 于坚：《棕皮手记·1997~1998》，《于坚集卷5：拒绝隐喻》，云南人民出版社2004年版，第60页。

的诗歌》。1995年第2期《诗探索》发表了他的《传统、隐喻与其他》一文，1997年第3期《作家》发表了他的《从隐喻后退———一种作为方法的诗歌》，该文后来又发表于《诗刊》2004年11月上半月刊。后来更为全面深入的阐述又见于《反抗隐喻，面对事实》。[1]

其实于坚非常清楚，诗与"隐喻"是与生俱来的共生关系，"隐喻"就是诗的，而诗又必然是"隐喻"的。只是，"最初，世界的隐喻是一种元隐喻。这种隐喻是命名式的。它和后来那种'言此意彼'的本体和喻体无关。""命名是元创造。命名者是第一诗人。""今天我们所谓的隐喻，是隐喻后，是正名的结果。"[2]于坚的说法并不是没有问题，至少我们难以想象，这个经过几千年文明淘洗的人类社会，还有多少"名"可去"命"？乌鸦的名称就是这样了，可现在又如何去做到重新"对一只乌鸦的命名"？我们根本就不可能把乌鸦说成是麻雀。也就是说他所谓的"元隐喻"是有限的，现实生活中的隐喻几乎都成了"后隐喻"。如此从表面上来作最简单的分析，这几乎是不言自明的道理。于坚不可能不懂这个道理。那他为何还要如此逆流而上，说出貌似蛮不讲理的话呢？只有一种可能，他在运用一种策略，是对现有语言环境的抗拒，是对文学越来越缺乏原初创造性的反拨，是对多少年来，甚至是对多少世纪以来的文学传统的质疑。比如说中国自古就有的"文以载道"的传统，还有中国自古以来的对公共性隐喻的认同（他举了马致远的《天净沙》中的枯藤、老树、昏鸦为例）。

再比如说，20世纪中国文学中的现代派诗歌传统，特别是革命性隐喻传统，这些都在很大程度上阻碍了文学诗性的发展，随之创新也消失了。文学与诗其实一直处于这种"影响的焦虑"之中难以自拔。正是在这个意义上，于坚一再提出"拒绝隐喻"的诗学主张。如果回到80年代的诗歌语境中，我们都知道"第三代诗歌"是在对"朦胧诗"的"反动"中起家的。作为第三代诗歌的代表性诗人，于坚一开始就在拒绝"朦胧诗"所

---

[1] 参见于坚、谢有顺：《于坚谢有顺对话录》，苏州大学出版社2003年版，第207—248页。

[2] 于坚：《棕皮手记·拒绝隐喻———一种作为方法的诗歌》，《于坚集卷5：拒绝隐喻》，云南人民出版社2004年版，第125页。

开创的隐喻传统。"朦胧诗"带有现代诗的形式，还不可避免地带有后革命话语时期的意识形态隐喻系统，于是于坚用《尚义街六号》一类的口语诗开一代诗风而达到"拒绝隐喻"的目的。1989年海子卧轨自杀，海子死虽不幸，但他却幸运地造就了一个诗歌神话，海子诗风顿时刮遍诗坛。此后，对海子的诗的热捧达到高潮，众多诗人不约而同地走进"麦地"的怪圈。于坚再度"拒绝隐喻"。至此，我们就大致可以理解于坚"拒绝隐喻"的深意了。为了更好地理解他的主张，我们不妨回顾一下他不同时期对"拒绝隐喻"诗学主张的具体阐述。

从本质上来讲，"隐喻"乃是东方文化的特征。在借鉴西方诗歌时，正是"隐喻"最易使中国诗人产生共鸣。然而，我们应当记住，西方诗人的"隐喻"，乃是建立在注重分析、注重理性的思维习惯上的。某些西方大诗人对中国诗歌的偏爱，自有其"现代背景"。如果我们从一种心理惯性去对"隐喻"进行认同，那么，我们往往发现，我们其实是在模仿自己的祖先。[①]

……

隐喻从根本上说是诗性的。诗必然是隐喻的。然而，在我国，隐喻的诗性功能早已退化。它令人厌恶地想到谋生技巧。隐喻在中国已离开诗性，成为一种最日常的东西。隐喻由于具有把不可说的经验转换成意象、喻体的功能，有时它也被人们用来说那些在日常世俗生活中不敢明说的部分。在一个专制历史相当漫长的社会，人们总是被迫用隐喻的方式来交流信息，在最不具诗性的地方也使用隐喻，在明说更明白的地方也用隐喻。隐喻扩大到生活的一切方面，隐喻事实上是人们害怕、压抑的一种表现。人们从童年时代就学会隐喻地思维、讲话，这样才不会招来大祸。由此隐喻的诗性沉沦了。在中国，有时候却恰恰是那些最明白清楚、直截了当的东西显得具有诗性，使人重新感受到隐喻的古老光辉。在一个普遍有隐喻习惯的社会里，一种"说法"越是没有隐喻，越是不隐含任何意味，听众越是喜欢"隐喻式"地来理解它。[②]

---

① 于坚：《棕皮手记·1982~1989》，《于坚集卷5：拒绝隐喻》，云南人民出版社2004年版，第8页。

② 于坚：《棕皮手记·1982~1989》，《于坚集卷5：拒绝隐喻》，云南人民出版社2004年版，第120页。

从他这两段对"隐喻"阐述的话中，我们可以毫不费力地理解他的原意。模仿西方并产生"共鸣"其实恰恰是在模仿自己祖先的路子，只是打着"现代"的幌子而已。而在中国的政治语境中，诗性在长期"隐喻"的有用实践中磨灭殆尽。这种"隐喻"是革命话语语境的阴影长期笼罩之下直接带来的后果，是求生的本能。人们在承受着压抑所带来的惯性，这种惯性就是"隐喻"的"说法"。于坚的"拒绝隐喻"就是寻找新的"说法"，重新唤醒一种"语感"。新的"说法"与"语感"正是疗救这个"隐喻"社会的良方。换句话说，这种"新"也只是一种"后退"式的返回，"创造"只是从"隐喻后"尽量回到"元隐喻"，而不是他表面上宣称的重新"命名"。正是在这个基础上，于坚于1991年3月对他的"拒绝隐喻"理论做了一次综合并写了一篇完整的文章：《拒绝隐喻》。①

上面对"拒绝隐喻"的表述，于坚在90年代中期至世纪之交的几篇文章②中进行了深入的阐释。而于坚后来阐释性的文章，其实在"棕皮手记"里都有提纲挈领式的点题。这构成了于坚"拒绝隐喻"理论的层层深入与发展的关系，也是一种前后互文的关系。

"拒绝隐喻"脱胎于"棕皮手记"片段式的感想这是毫无疑问的，但真正形成一篇完整的文章是在1991年之后，该文于90年代初、中期及之后数度发表。出于考据的目的，除了1991年3月《拒绝隐喻》初步形成文章的主要观点之外，之后发表的文章我们可以发现有两点值得注意。其一，于坚发表在《作家》1997年第3期的《从隐喻后退——一种作为方法的诗歌》，文末标明时间是"1993年至1994年8月"；2003年于坚出版《于坚集卷5：拒绝隐喻》收入该文，文末标明时间是"1993年至1995年8月"。这是编排时的数据误录，还是作者的记忆之误？其二，关于该文文章标题的变化。1997年发表时

① 于坚：《拒绝隐喻》，《磁场与魔方·新潮诗论卷》，吴思敬编选，北京师范大学1993年版。

② 有代表性的文章包括：《传统、隐喻与其他》，《诗探索》1995年第2期；《从隐喻后退——一种作为方法的诗歌》，《作家》1997年第3期（包括后来发表于《诗刊》2004年11月上半月刊的简缩本《从"隐喻"后退——一种作为方法的诗歌之我见》）；于坚、谢有顺对话录文章《反抗隐喻，面对事实》，《于坚谢有顺对话录》，苏州大学出版社2003年版。

的标题为《从隐喻后退——一种作为方法的诗歌》，[①] 收入文集后为
《棕皮手记•拒绝隐喻——一种作为方法的诗歌》。从"拒绝"到"后
退"，这种标题的变化有无作者著文时的深意？我们注意到这种时间
与标题的变化，认为这并不是无关紧要的，其中应该存在某种原因，对
之进行考察对了解于坚理论的建构过程有一定的意义。通过电话访谈，[②]
这个问题得到解决。关于时间，在《作家》发表该文时，[③] 写作时间确实是
"1993年至1994年8月"，后来在一年内又加了部分内容，所以在收入作
者文集时时间就改为"1993年至1995年8月"，这并非一个错误。由此再
次证实，于坚的理论建构是处于一个不断完善的过程之中的。关于文章标
题的变化，确实有于坚自身的考虑。一开始写"棕皮手记"时，于坚明确
提出"拒绝隐喻"，后在1991年写成《拒绝隐喻》并于1993年公开发表。
但他后来发现，"隐喻"又是无法"拒绝"的，我们时刻都在"隐喻"的
笼罩之下，文字与隐喻难以分离，汉字本身就是一种隐喻。出于这种考
虑，他作了让步，于是就有了从"拒绝"到"后退"的变化。1997年之后
到2003年将此文编入文集这个过程中，于坚再次回到"拒绝隐喻"的立场
上来。他认为，"拒绝隐喻"拒绝的是汉字的"历史"；汉字的历史过程
正是让真正的"隐喻"消失的过程，拒绝这个过程中产生的"后隐喻"才
是"拒绝隐喻"的本真。所以说，"拒绝隐喻"就是拒绝"后隐喻"，在
这点上是不能后退的，必须态度坚决而澄明。

从他发表在《作家》与其文集的内容大致一样的文章的行文结构来
看，大概分为两个部分。前一部分分析何为他所说的"隐喻"。比如说，
"文明导致了理解力和想象力的发达，创造的年代结束了，命名终止。诗
成了阐释意义的工具。这是创造后。""诗被遗忘了，它成为隐喻的奴
隶，它成为后诗偷运精神或文化鸦片的工具。""汉语不再是存在的栖居

---

① 　此文又是作者在荷兰莱顿大学亚洲国际中心"中国现当代诗歌国际研讨会"上的
发言。

② 　2010年1月23日下午3点50到58分，笔者带着疑问拨通于坚的电话进行一次简短的
访谈，他对笔者的疑问进行了解答。

③ 　经过对比两篇原文，加的内容并不多，大概二三百字。简单地说，他就是参考了
罗兰•巴特的"零度写作"的理论而提出了"诗不言志，不抒情"的观点。

之所，而是意义的暴力场。""在中国，一个在政治上显达的人，也就是一个长于隐喻的人。""20世纪以前的中国诗歌的隐喻系统，是和专制主义的乡土中国吻合的。""20世纪中国的诗歌虽然已用白话，但诗人们的诗歌意象和结构方式仍然是隐喻式的，用白话写的古诗。"等等。后一部分则指出"拒绝隐喻"的具体内涵与意义，细读之，确实最能代表于坚的诗观。不妨摘录如下：

拒绝隐喻，就是对母语隐喻霸权的（所指）拒绝，对总体话语的拒绝。拒绝它强迫你接受的隐喻系统，诗人应当在对母语的天赋权力的怀疑和反抗中写作。写作是对隐喻垃圾的处理清掉。一个不加怀疑地使用母语写作的诗人是业余诗人，这种诗人在中国到处都是，正是这些人支撑着中国作为一个古老诗国的名声。拒绝隐喻是一种专业写作，诗人必须对汉语的能指和所指有着语言学意义上的认识。他才会创造出避免落入隐喻无所不在的陷阱的方法。拒绝隐喻，从而改变汉语世界既成的结构，使其重新能指。"对任何诗歌来说，重要的不是诗人或读者对待现实的态度，而是诗人对待语言的态度，当这语言被成功地表达的时候，它就把读者唤醒，使他看见语言的结构，并由此看到他的新'世界'的结构"（特伦斯·霍克斯）。

……

拒绝隐喻，并不意味着一种所谓"客观"的写作。客观的写作只不过是乌托邦的白日梦之一。当我们面对的只是以隐喻的方式确立的语言秩序和一群以索隐的方式生活和阅读的读者时，任何自以为客观的写作都是隐喻的写作。所谓以物观物，最终由于他客观的使用语言而被隐喻化为子虚乌有。

……[1]

于坚对"霸权"的拒绝由此可见一斑。重建语言的元隐喻，提倡创造性的写作，力主专业性的写作，这些都体现了于坚在诗学与实践上的宏伟"野心"和绝对自信。

---

[1] 于坚：《棕皮手记·拒绝隐喻——一种作为方法的诗歌》，《于坚集卷5：拒绝隐喻》，云南人民出版社2004年版，第131—132页。

有意思的是，他作为"民间写作"的代表之一，甚至被人看成是无难度的"口语化"写作的代表，却与"知识分子写作"一方一样，也强调"专业写作"。看来，二者的追求目标是一样的，只是采取的方式不同而已。至于哪方更具写作的有效性，更具专业性水准，这实在是不能一语道破的事情。

高峰之间，可以双峰并峙，可以多峰并举，但毕竟难免丛生的芜杂，诗学观念与实际创作之间永远都存在着裂缝。另外，从于坚的字里行间透露出了不满，也即对"知识分子写作"姿态的不满。这种不满也可以说是于坚对重建某种诗歌秩序企图的释放，他从80年代中期即已有所流露，之后也从没中断过。比如，他在一篇与谢有顺的对话录中说："隐喻就是'站在虚构的一边'，这种东西今天依然是许多诗人津津乐道的诗歌体制。"① 于坚在与谢有顺的对话中用更为通俗的语句，更多的实例进一步剖析"隐喻"的含义与为什么反抗隐喻。这次对话发生于2003年，是在"盘峰论争"三四年之后。如果说于坚的"拒绝隐喻"观念在这之前更多的是想建构自己的诗歌理论的话，那么在这之后，他是将之延伸扩大化到了对其他的特别是对"知识分子写作"诗歌观念的反对上。也就是说，他把"拒绝隐喻"的理论作为"民间写作"的核心理论之一，并且将其作为与其他立场相抗的制胜武器。从这点来看，于坚的"拒绝隐喻"是不断向前发展的。

于坚的"隐喻"说，到他与谢有顺的对话发生时为止，应该说可以告一段落了。因为在这次对话中，通过简单明了的举例把一个复杂的理论说得十分通透，而且语气十分尖刻，毫不留情。比如说，在现实中把"几乎所有大而宽广的东西都被比喻成了'母亲'"，"但在生活中可能对自己的母亲没有什么感情"（谢有顺语），这就是把母亲与事实分离了，从而变得没有意义。再比如说，于坚认为，"中国是一个巨大的隐喻社会"，"一个北京的诗人和一个外省的诗人在隐喻上是有很大的区别的"，他言下之意就是，只有回到事物本身才可把握一切，否则是十分可怕的事。

---

① 于坚、谢有顺：《反抗隐喻，面对事实》，《于坚谢有顺对话录》，苏州大学出版社2003年版，第215页。原《东方》2003年第2期。

（三）个性、创造与天才

严格来说，这个部分的内容与于坚的"口语化"诗歌观念风马牛不相及。但我们相信，没有毫无理由和没有来源的观念诞生。之所以把这三个词放在一起，是因为这三个词不仅能概括于坚诗歌观念产生的主体动力机制，而且还确实能部分体现"民间写作"的某些特征。当然，也更能最充分地把于坚的"人"与"诗"融为一体来进行评价。

可以肯定的是，于坚是一个十分有个性的诗人与诗评家。在"朦胧诗"虽然论争不断但仍然有市场的时候，他却是第三代诗人当中率先"反动""朦胧诗"的诗人之一。韩东在1986年《中国》第7期上发表《有关大雁塔》之后不久，同年他在《诗刊》第11期上发表《尚义街六号》，从此以他们为代表的"口语化"诗歌便风行诗坛而独树一帜。也大概在同一时期，韩东提出"诗到语言为止"的诗观，于坚也已在酝酿并提出"拒绝隐喻"。于是，"民间写作"早期最重要的两个代表以一呼一应之势揭开了新时期以来"口语诗"发展的序幕。

与"朦胧诗"的现代性与意识形态性相比，与"朦胧诗"稍后的文化诗与纯诗相比，于坚反其道而行之，以独到的口语入诗，并形成90年代最有代表性的诗歌形式之一。他对诗的热爱程度也非同一般，远远超过小说。他说："我一向轻视小说。……小说家，不过是些讲故事的人，他们把读者当成孩子。……小说的面具一旦揭穿，我们会发现躲在后面的乃是一副好莱坞的嘴脸。"[1] 这在小说流行、诗歌备受争议的年代如此说话，无异于投放了一记重磅炸弹。也只有于坚的个性才敢说出"一向轻视小说"的话。但是，他却充分利用了小说的长处为诗歌所用，并使新诗增加了新质，这又正是他充满个性的地方。他说："我的诗歌本身非常注意戏剧和散文的因素，这是我的诗歌的一个特点。……我以为诗歌也可以是戏剧性的，散文化的。对话、叙述都可以是诗歌的，实际上正是散文和戏剧因素的加入，使中国当代诗歌与古典诗歌有了根本的区别。"[2]

---

[1] 于坚：《交代——〈人间笔记〉序跋》，《于坚集卷5：拒绝隐喻》，云南人民出版社2004年版，第165页。

[2] 于坚：《答西班牙诗人Emilio Arauxo九问》，《于坚集卷5：拒绝隐喻》，云南人民出版社2004年版，第196—197页。

　　于坚的上述言论充分体现出他的个性。这种个性与他的外表、言行，以及与诗观一道，相互辉映，构筑起诗坛一道独特的风景。他意识到自己属于"站在餐桌旁的一代"，可他一直以来都以一种平民精神，有时甚至是单枪匹马地与诗坛其他的巨大势力相较量，他的挑战精神是令人敬佩的。可以想象，如果没有他的个性，就没有第三代诗歌中口语诗的诞生，也没有《尚义街六号》《0档案》等一大批独特而又颇受争议的诗作面世。还可以想象，他多年坚持的《棕皮手记》在中国诗坛所造成的巨大影响。没有他的个性，估计"盘峰论争"也就没有"论剑"的强强对立，于坚的个性，使中国诗坛充满了许多未可知因素。而且，他的个性中充满了创造性，这种创造性在多种因素的激发下不断有新的成果，包括他的诗与诗观，所以说，于坚的个性与创造性是密不可分的。下面可以进一步来谈论他个性与创造性相互结合与互为因果的表现。

　　关于传统。在他眼中，传统包括中国与西方传统两部分。整体而言，他是从中国与西方的传统中走来，汲取传统的营养，又从中走出来，并反对它、对之扬弃。他大量阅读西方理论，却不为其所束缚，能以一种超脱的姿态对之进行反拨。对中国的传统因素，他承认："我觉得我的整体写作精神还是传统的，中国传统文化对人生、宇宙、存在等根本问题思考较多，对当代西方也有所启示。"[1]面对中国传统，他提出著名的"拒绝隐喻"诗观，认为中国传统的"隐喻"已严重阻碍了新诗的发展，对之必须拒绝或后退。他对传统怀疑的彻底性，正如他在某篇文章中所说的："诗人应当怀疑每一个词。"[2]对西方传统，他在充分吸收其合理性之余，又以态度鲜明的"民族主义"[3]身份拒绝它，并且在这方面与"知识分子写

———————

① 于坚：《抱着一块石头沉到底——答陶乃侃问》，《于坚集卷5：拒绝隐喻》，云南人民出版社2004年月版，第220页。

② 于坚：《穿越汉语的诗歌之光（代序）》，《1998中国新诗年鉴》，杨克主编，花城出版社1999年版，第16页。

③ 于坚曾公开说他是个"民族主义"者，在与笔者的一次交谈中，他再次重申了他的"民族主义"立场。可见他并不回避他的某种狭隘性。他的观点有时也会出现矛盾的一面，比如他曾在《穿越汉语的诗歌之光（代序）》又说："诗人不是所谓民族主义者，他们只是操着某种语言的神灵、使者。"也就是说，在诗的内部，他又偏向了诗的语言的神性了，民族主义的思想只能站到一旁。

作”一方截然划出一道分界线，丝毫不留余地。正是在对中国与西方传统质疑的过程中，他充分发挥了自身创造性的能量，最终使他在当代诗坛二三十年来都能独树一帜。由此，他坚信中国当代诗歌具有突出成就，并指出："中国当代诗歌，虽然一度受到批评家们的冷落，但它仍然为文学史所证明的那样，在一切文学样式中走得最远，达到的最深刻，具有真正的先锋精神。"① 或许，于坚的诗歌精神也会成为一个传统。

由于于坚的个性和创造性，又加上他"在野"的、"江湖"的孤傲，铸就了他极为自信的一面。这在很多"民间写作"诗人身上都有所体现。"天才"于是成为"民间写作"立场的诗人们常提及的一个字眼，于坚与韩东都不例外。在于坚眼中，他反对才气与灵感式的写作，但他同时又在某种程度上承认天才的存在。他在90年代初曾提过："中国诗歌的不纯粹也在于它讲究的是才气、激情、直觉和灵感。中国诗人是'守株待兔'式的写诗，所谓'等待灵感'。纯粹的诗人讲究的是对语言的控制、操作。……"② 所谓的"控制、操作"，在于坚看来，是指"诗歌的活力来自诗人与混沌状态的关系。但仅仅混沌是不够的，它可以成就天才，但对大诗人来说，重要的却是控制混沌的能力"③。在这点上，他与"知识分子写作"一方所提出的"有节制的写作"有某种暗合之外。可是，他提出的"天才"说又为"知识分子写作"一派所诟病。这可能缘于"知识分子写作"一派对于坚过分的自信持有看法，特别是当丁坚自诩为天才的时候。于坚曾说："诗人从来都是有两种，读者而来的和天才，但在这个时代，读者在诗歌中占了上风。这个时代的知识太强大了，互联网，比任何一个时代都强大。创造者的空间非常小。到处都是炒冷饭的人。"在这句话中于坚虽然没有直接说出自己就是天才，但是从他所反对的"读者"和"知识"来看，他有显明的针对性，那就是对"知识分子写作"的反对。

---

① 于坚：《诗歌精神的重建——一份提纲》，《于坚集卷5：拒绝隐喻》，云南人民出版社2004年版，第104页。

② 于坚：《棕皮手记·1990～1991》，《于坚集卷5：拒绝隐喻》，云南人民出版社2004年版，第11页。

③ 于坚：《棕皮手记·1997～1998》，《于坚集卷5：拒绝隐喻》，云南人民出版社2004年版，第71页。

另外，综观于坚历来的诗观，他是极力提倡"创造"的。我们从他的话中可看出，他是属于"创造"一类的诗人，而"创造"的诗人就是"拒绝隐喻"后的结果，也就是他言下之意的"天才"。

在"天才"的认可上，韩东与于坚是一致的。韩东在一次谈话中肯定天才论，对于诗人，"我认为百分之八十是天生的。……诗人的品质，诗人的可能性，他开始就包含的那种因素，那种神秘的东西肯定是天然。"[①] 此后"民间写作"代表诗人伊沙，还有后来的沈浩波等等，对天才都有相当的认可度。所以，天才论完全可以作为"民间写作"的一个特征。

（四）口语化与"软"

……
外面下着小雨
我们来到街上
空荡荡的大厕所
他第一回独自使用
一些人结婚了
一些人成名了
一些人要到西部
老吴也要去西部
大家骂他硬充汉子
心中惶惶不安
吴文光你走了
今晚我去哪里混饭
恩恩怨怨吵吵嚷嚷
大家终于走散
剩下一片空地板
像一张空唱片再也不响

---

① 韩东：《问答——摘自〈韩东采访录〉》，《诗探索》1996年第3期。

在别的地方
我们常常提到尚义街六号
说是很多年后的一天
孩子们要来参观

——节选自于坚的《尚义街六号》

上面诗行节选自于坚写于1984年6月、发表于1986年第11期《诗刊》头条的《尚义街六号》。其口语化特征十分明显，生活日常性突出，并且包含相当的叙事性与戏剧性因素，平白如话的诗句确实对之前的"朦胧诗"形成了一股解构力量。这种口语性与80年代的口语诗又有很大程度的不同。

口语诗其实从新诗诞生以来就饱受争议，磕磕绊绊之中走过了将近一个世纪，却在于坚的笔下又重新焕发出新的魅力。新诗与"口语化"之间有着与生俱来的伴随关系。但在过度的口语化之下，又潜伏着巨大危机。其一是对传统诗词的结构、格律、音韵、平仄等等的彻底颠覆，但又没有形成自身的某种范式，这种现状从新诗开始之初至今都是一个不得不面对的难题；其二，在"口语化"名义之下，极容易产生一种无难度的口语写作，以至滑跌至被人深为诟病的"口水化"写作。这二者在新诗史上并非没有发生过。80年代中期从于坚开始，"口语化"写作蔚然成风，并且在90年代得到进一步的发展。特别是新世纪以来，2006年9月发端于网络的"赵丽华诗歌事件"再次引起人们对"口语诗"的质疑。赵丽华的口语诗被称为"梨花体"，一时在网络上被大量仿作，对这一诗歌现象的论争波及甚广，影响极大，被有些媒体称为"自1916年胡适、郭沫若新诗运动以来的最大的诗歌事件和文化事件之一"[1]。由此可见，口语诗的命运并非走在顺途上。我们都知道，口语诗与诗的"口语化"作为新诗最基本的特征之一，与相对非口语化的诗来说，本身并无优劣之分，只是两种不同的美学风格。实际上，这两种不同的美学追求自古以来就有之，只不过可能有文人之诗与民间之诗的区别。所以，对于于坚的"口语化"诗歌观念，作些新诗史上阶段性的诗歌观念的定位考察是有必要的。

---

[1] 杨小龙：《赵丽华诗歌事件始末》，《汉诗》2008年第1期。

对于坚来说，"口语化"写作似乎并非一个值得多加考虑的问题，它与写作休戚相关，而不是一件刻意去追求或避免的事情。正如他所说的，"口语"不能作为一个流派而存在，这是一种"非常幼稚无知的见解"，"口语是诗歌的基础，在口语的基础上，诗歌才发展出各种不同的风格，产生不同的语感，才有独特的文本"。相对而言，"书面语那里只有诗的死亡和窒息，诗不是从那里开始出发的，那只是诗歌的停尸房"。[①] 由此可见，"口语"在于坚的诗歌观念中是占有无可替代的位置的。

从源头上来讲，当然我们可以考虑到这是于坚对"朦胧诗"现代化形式的"反动"；但从本质上来讲，更是平民化精神的具体体现，这与他一贯以来反对诗的"贵族化"是一致的。这是他"活得真实一些，活得自然一些，活得轻松一些"[②]的观念在诗中的具体运用。但是他又提到，这种口语的运用，"绝不是因为它是口语或因为它大巧若拙或别的什么。"这仅仅是他"生命灌注其中的有意味的形式"。[③]这种"有意味的形式"就是于坚多次提到的"口气"或语感。究其实，它指的不是抽象的形式，而是诗人内心生命节奏的自然表达。

他不是没有意识到"口语化"将会面临的危险，从某种意义上讲，他所提倡的"口语化"诗歌观念是一种"有意味"的写作策略。针对他人对他这类诗"没有精神向度"或"没有深度"的评价，他作了如下回答："一个人要把话说清楚，他当然要避免深度，避免言此意彼。我拒绝精神或灵魂这样的虚词。我的诗歌是一种说话的方法。在所谓诗的'精神向度'上，我只不过是在重复一些'已经说过了'的东西。所谓老调重弹。如果它们还有些意思的话，无非是它们提供了一些'老调'的弹法。"[④]于坚的考虑在于，在诗的内容上来说是不用担心的，他只是在用他愿意采

① 于坚、谢有顺：《在路上的诗歌》，《于坚谢有顺对话录》，苏州大学出版社2003年版，第111页。

② 于坚：《棕皮手记·1982~1989》，《于坚集卷5：拒绝隐喻》，云南人民出版社2004年版，第1页。

③ 于坚：《棕皮手记·1982~1989》，《于坚集卷5：拒绝隐喻》，云南人民出版社2004年版，第2页。

④ 于坚：《棕皮手记·1997~1998》，《于坚集卷5：拒绝隐喻》，云南人民出版社2004年版，第49页。

用的方式。这与他"拒绝隐喻"的诗观是互补与互文的，这种方式也正是他所言及的"有意味的形式"。应该说，他追求的是一种平淡语句中的陌生化效果。

口语作为一种写作的策略或方式，于坚还有另一层深意。除了口语是新诗必需的形式之外，它还是一种"软"的语言向度，是对"硬"的以北方方言为基础的普通话的拒绝。他如此表达这一观念：

> 口语写作实际上复苏的是以普通话为中心的当代汉语的与传统相联结的世俗方向，它软化了由于过于强调意识形态和形而上思维而变得坚硬好斗和越来越不适于表现日常人生的现时性、当下性、庸常、柔软、具体、琐屑的现代汉语，恢复了汉语与事物和常识的关系。口语写作丰富了汉语的质感，使它重新具有幽默、轻松、人间化和能指事物的成分。也复苏了与宋词、明清小说中那种以表现饮食男女的常规生活为乐事的肉感语言的联系。口语诗歌的写作一开始就不具有中心，因为它是以在普通话的地位确立之后，被降为方言的旧时代各省的官话方言和其他方言为写作母语的。口语的写作的血脉来自方言，它动摇的却是普通话的独白。它的多声部使中国当代被某些大词弄得模糊不清的诗歌地图重新清晰起来，出现了位于具体时空中的个人、故乡、大地、城市、家、生活方式和内心历程。……①

他的意思大概是：一是把口语写作与传统因素联系起来，这是对传统中活的、质感的东西的继承，从而强调口语写作的合理性（这是历时的）；二是将口语写作来对抗现时的普通话写作，并且因口语的被降格而鸣冤，因为他认为口语写作将会使现时的诗歌时空清晰起来，而非模糊"大词"的泛滥（这是共时的）。对普通话与方言这两种语言向度，他有过专门的论述，也即：《诗歌之舌的硬与软——关于当代诗歌的两类语言向度》。②

---

① 于坚：《读诗札记》，《于坚集卷5：拒绝隐喻》，云南人民出版社2004年版，第158页。
② 此文原载《诗探索》1998年第1期，后选入《1998中国新诗年鉴》。收入作者文集《于坚集卷5：拒绝隐喻》中题为：《诗歌之舌的硬与软——诗歌研究草案：关于当代诗歌的两类语言向度》。

他的这篇文章主要针对自新中国成立后中国当代诗歌的两类语言向度，即："普通话写作的向度和受到方言影响的口语写作的向度"。[1]他总的意思是："普通话把汉语的某一部分变硬了，而汉语的柔软的一面却通过口语得以保持。"[2]他历时性地考察了普通话"硬"的过程，并指出它的实质性后果，具体为：

"对诗言志和诗无邪的继承。"

"诗歌抒情主体由某个抽象的、广场式的集体的'我们'代替。"

"抒情喻体脱离常识的升华，朝所指方向膨胀、非理性扩张。"

"诗歌变成小聪明的语言游戏，而且复制起来相当容易。"

"时间神话的崇拜。"

"诗歌的空间则是典型化、精练化、集中化。"

"由于具体生活时空的模糊、形而上化，导致许多诗人的诗歌意象、象征体系和抒情结构的以时代为变数的雷同和相似性。"

"欧化的、译文的影响、向书面语靠拢。"

"这场美学革命所暗接的却是古代贵族文学的写作传统。"[3]

于坚的态度是很分明的。他的倡导并不难理解，我们得承认他所言说的合理性成分。上面提到他对"口语写作"的理解，基本上包含在他的第二部分"软"的阐述过程中。不过，他是清醒的，他对"口语写作"的现状、意义与前途作了如此定位："口语化诗歌写作作为汉语诗歌中的一种边缘性的写作，由于它的写作时空的具体性，它要被主要还仅仅是通过普通话来了解中国的中国以外世界的读者接受，还有待时日。但不容忽视的是，它对中国当代文学已经产生了显而易见的广泛而深刻的影响，这种影响甚至波及诗歌以外的文学样式。"他的话也许有几分道理，对口语化写

---

① 于坚：《诗歌之舌的硬与软——诗歌研究草案：关于当代诗歌的两类语言向度》，《于坚集卷5：拒绝隐喻》，云南人民出版社2004年版，第137页。

② 于坚：《诗歌之舌的硬与软——诗歌研究草案：关于当代诗歌的两类语言向度》，《于坚集卷5：拒绝隐喻》，云南人民出版社2004年版，第137页。

③ 于坚：《诗歌之舌的硬与软——诗歌研究草案：关于当代诗歌的两类语言向度》，《于坚集卷5：拒绝隐喻》，云南人民出版社2004年版，第137—145页。

作的定位也较为客观。但是作为处于语言一体化过程之中的中国，普通话写作能否被阻遏，方言写作能否真正实现与长久，这确实是一个值得深思与怀疑的问题。在历史文化的推土机面前，他的声音显得过于微弱而免不了被淹没的命运。更大的可能性是，在相当长的时期内，他所提倡的口语化写作将会与普通话写作共存。更何况，他所言及的方言口语与普通话中的口语有相当部分的交叉重叠，北方方言也是方言中的一元。所以说，这两类语言向度最大的可能性就是，它们会共同形成写作的多元化因素而长期存在。

（五）"民间写作"立场

此部分内容是对前文于坚"民间性"源头考察的一个呼应，也是为了论证于坚之所以能够成为"民间写作"主旗手的必然性。

"盘峰论争"发生后，"民间写作"这个概念终于浮出水面，并作为一种立场而存在于诗歌观念与创作实践中。"民间写作"是以口语化写作观念为主导的，也包括其他多方面观念因素在内的一个统称。自程光炜编选的《岁月的遗照》与杨克主编的《1998中国新诗年鉴》面世，"民间"与"民间写作"才有了重新阐释。于坚就是其中一个重要的阐释者。

从于坚之前的诗学文章来看，他几乎没有提到"民间"的概念，更没有明确提出关于"民间写作"的立场，直到"盘峰论争"论争发生之前，他才极力诠释"好诗在民间"的观念。当然于坚所说的这个"民间"与新诗史上的民间有所不同，这是他的口语化诗论、平民精神、拒绝隐喻、日常性、独创性等等观念归结为"民间写作"立场的一个大综合。所以说，"民间写作"也不是一个严格意义上的诗学命题，他确实有某种姿态、立场的意味，是另一层意义上的"政治性"与对抗策略性的体现。

但无论如何，于坚的"民间"观念已融入中国20世纪新诗观念"民间性"的构成之中。它们是一个历史连续整体中的各个部分。对"民间写作"的阐释，于坚在"盘峰论争"风雨来临之前，以《1998中国新诗年鉴》的"代序"文章——《穿越汉语的诗歌之光》最见代表性，之后则有《当代诗歌的民间传统》①与《答谢有顺问》②二文。至于其他论争文章，我们可以放到下一章"盘峰论争"中进行论述。

于坚在《穿越汉语的诗歌之光》一文中通过对近二十年来当代民间诗歌史的梳理，以及往上追溯到新诗史及唐诗宋词的优良传统，来肯定"民间写作"在中国当代诗歌史上的地位。他所提出的"民间写作"精神或立场，是在通过对"知识分子写作"批评的过程中以一种比较的方式来表达的。

他指出，"二十年来，杰出的诗人无不出自民间刊物"，并且"成为我们时代真正的文学标志"。民间刊物与民间诗人以独立的精神"毫不妥协地面对各种庞然大物，坚持着对写作的自由和独立、对诗歌真理和创造精神的尊重。"于坚通过列举大量的民刊与诗人来论证他观点的正确性，这些例子包括《今天》《他们》《非非》，包括于坚、韩东、周伦佑……在这些例子的基础上，他重新对第三代诗歌运动进行评价。在他眼中，这场运动可与胡适时期的白话诗运动相提并论，正是第三代诗歌运动，才使新诗的传统血脉得以延续。正是第三代诗歌运动才建立起了真正的"个人写作""诗人写作"。尤其是第三代诗人的口语诗，它是一次语言的解放，"原生的、日常的、人性的"恰是其"伟大旗帜"。第三代诗歌正是"民间写作"立场的代表，他指向一种精神，即："民间的意思就是一种独立的品质。民间诗歌的精神在于，它从不依附于任何庞然大物，它仅仅为诗歌本身的目的而存在。"所以，他坚定地提出"诗歌在民间""好诗在民间"的观点。对"民间写作"立场，于坚又具体提到几点：诗歌是少数天才的智慧之光，诗人写作是谦卑而中庸的，诗歌虽无用但却影响民族生活的精神质量，反进化论，一种说话的方法，等等。与之相对，他毫不客气地批评了"知识分子写作"立场。他认为它是"对诗歌精神的彻底背叛"，"把诗歌变成了知识、神学、修辞学、读后感"，"在西方获得语言资源"，等等。《穿越汉语的诗歌之光》一文写于"盘峰论争"发生之

---

① 原载《诗参考》2001年4月号，又载《当代作家评论》2001年第4期。后又选入谭五昌主编的《中国新诗白皮书（1999—2002）》，昆仑出版社2004年版。

② 此文选入《于坚集卷5：拒绝隐喻》，云南人民出版社2004年版，第200—209页。有不少观点与《当代诗歌的民间传统》文字完全一样，所以在本书不另外对之进行分析。

前，但于坚的立场已是非常分明，即使没有"盘峰会议"，这种论争的发生也只是一个时间与地点的问题。

新诗史从来就不缺乏这两种路向不同变体的争执。但是新时期以后，又经过第三代诗歌的推动，"民间写作"与"知识分子写作"在各自的发展过程中一路狂奔，都发展到了一定地步。直至两个相互对立选本的面世，两种不同立场的诗歌观念已然上升到一个临界点，几乎呈一触即发之势。论争发生后，"民间写作"似乎占了明显的优势。在这种情况下，于坚又写了一篇关于"民间写作"立场总结性的文章——《当代诗歌的民间传统》。只是不同的是，前一篇他主要在谈80年代的"民间"；此篇已过渡到对90年代诗歌"民间"性的论证上。

他认为，在20世纪90年代，诗歌的民间性已从80年代的"地下"转移到了"在场"，而且影响了当代文化。这种影响是全面的，包括对小说、散文、戏剧、电影、摇滚音乐等等多方面。他进而话锋一转进一步分析民间的合理性，他认为，表面的"地下"不是民间，它可能是对主流文化的一种"阳奉阴违"，"它只是民间在特定时代的一个被迫姿态"。不仅如此，他甚至是在步步紧逼，"民间不是一种反抗姿态，民间其实是诗歌自古以来的基本在场。"只是在当下，"时代和制度转移了文学的在场"。他是想说明什么呢？他很可能是想指出，民间是一种无法掩盖也无法否认的存在，它自始至终是文学发展的一条血脉，只是在90年代它无形中被主流意识形态文化与"知识分子写作"一方所打压，而被遮蔽了。然而90年代已完全是一个"民间"的时代，实际上民间已真正"重返"，只是还有许多人不愿意承认这个事实。于是他郑重地提出"重返民间"："重返民间，一方面是从空间和在场上重返民间，从时代中撤退，回到一个没有时代的民间传统上去。另一方面，是重返诗歌内部的'民间'创造那种没有时间的东西"。这也正是于坚所提出的"非历史"观点的真实含义。

总之，于坚对"民间写作"内涵的丰富作出了很大贡献，这同时也构成了他"口语化"诗学的一个重要组成部分。韩东对于坚有个评价，不妨作为另一层意义上的参考，"他是永不妥协的坚持的榜样，不回避，不故作清高，孤军奋战，一个人面对所有的'文化派'。"①

---

① 于坚、韩东等：《〈他们〉：梦想与现实》，《黄河》1999年第1期。

第三节 "民间写作"代表性个案（二）：韩东、伊沙

一、韩东的"口语诗"与"民间"论

1982年至1984年期间，韩东写出了《你见过大海》《有关大雁塔》等影响很大的口语诗（他的口语诗创作实践并不比于坚晚），1985年3月又以主要发起人的身份在南京创办民刊《他们》。之后又经历了轰轰烈烈的第三代诗歌运动，创作实践与诗歌观念渐趋成熟，并于1988年提出"诗到语言为止"的诗学主张。自他这一主张提出后就一直成为当代诗歌争论的话题。于是，《他们》与"诗到语言为止"就成为韩东的代名词，在中国当代诗歌史上韩东也成为一个绕不过去的诗人。在这点上，韩东与于坚有很大的相似之处，"诗到语言为止"与"拒绝隐喻"成为新时期以来口语诗兴起的核心支撑理论，他们成为口语诗的灵魂人物，同时也是"民间写作"的支柱。

尽管韩东90年代转向小说创作，但他一直没有中止写诗，更何况，他的诗与诗歌观念（包括与他捆绑在一起的民刊《他们》）影响至今。所以，考察韩东的诗歌观念显得尤为重要。

就韩东口语诗的发端来看，众所周知，他也与其他很多第三代诗人一样，首先是从"反动"朦胧诗开始的。而他采取的"武器"或方式正是大力提倡口语诗的写作，反文化、反崇高、反传统，就成为他口语入诗的写作姿态。他认为在文学上，"我们是站在巨人肩膀上的矮子"（牛顿语）是行不通的。所以在他看来，必要的反传统是解除"影响的焦虑"的一种方法。艺术的一座座高峰是"孤立的山峰，拔地而起，中间没有任何相通的道路"，在这种看法之下文学的进化论是无效的。"艺术的高峰不可能在另一个高峰之上"。无视传统并不是反叛的目的，这是另一种前进方式的选择，再说人人都可以创造传统，所以传统也就不是一座不可逾越的高峰。韩东正是在这种思想左右之下指出："把我们的诗人从与艺术史的功利关系中解放出来，把被历史抽空的生命归还给个人，使诗歌作品的价值意义脱离其批评家们的文学史，成为独立的审美对象，这是一个有作为的

诗人必须首先意识到的。"韩东的开创性精神也正体现在这里，而且他去实践了。他要去开创一个"传统"，这个传统与以往的不同，与朦胧诗更是直接近距离的抗拒。他宣称："我坚信真正的诗歌从这一刻开始。"他说出这些话的时间恰好是那个特殊的"1989年"。①

我们可以暂且不考虑韩东是如何把诗学运用与转化到小说创作过程中的，但我们实在无法忽视他写于世纪末的《论民间》一文。他仍然是个诗人，是诗歌界不可忽略的一个存在。从"诗到语言为止"开始到世纪末的《论民间》，我们基本上可以说，韩东的"口语"诗观是贯穿始终的，尽管他有时只是以口语诗的形式表达出来。本节正是基于此，对韩东的诗歌观念做一个较为全面的梳理。

（一）从"诗到语言为止"开始

韩东与于坚一样，来自于第三代诗人群。同为《他们》重要成员之一、同为"口语"诗学与实践者或"民间写作"最重要代表之一的于坚，曾对韩东的"诗到语言为止"观念如此评论："我认为韩东讲的'诗到语言为止'，是20世纪汉语诗歌在理论上最杰出的贡献。"②于坚的话当然有溢美之嫌。这正如"知识分子写作"诗人互相之间的赞誉一样，只是对某个诗人的高度肯定。所以说，于坚的话可能说得绝对了一些，但是客观地讲，韩东"诗到语言为止"的说法确实影响普遍而深远，这是一个不争的事实。什么是"诗到语言为止"？韩东在80年代后期写的《自传与诗见》一文中有明确的阐释：

> 诗歌以语言为目的，诗到语言为止，即是要把语言从一切功利观中解放出来，使呈现自身。这个"语言自身"早已存在。但只有在诗歌中它才成了唯一的经验对象。③

西方现代语言哲学传入中国以来，中国人对语言有了全新的哲学层面上的认识。对于中国文学以往曲折的命运来说，语言一直以来都处于不堪

---

① 此段引文均出自韩东：《诗人与艺术史》，《山花》1989年第2期。
② 于坚：《诗人于坚自述》，《作家》1994年第2期。
③ 韩东：《自传与诗见》，《诗歌报》1988年7月6日。

重负的被当作工具和被奴役的地位；即使有一些潜在的关于语言诗意的发现与建构，却又显得微不足道；其诗意的稀有性有时会导致另一种结果，即其一旦显现，就被无限放大至极高的地位。这种翻案式的"发现"实质上是文学畸形变异的结果，并不能说明文学与语言的存在的客观与厚重。新时期以来，思想有松绑的趋势，外来思潮涌入，人们再次面临思想启蒙的局面。关键是，由于社会的变迁，给人们的思想改变提供了物质性的社会基础。朦胧诗犹如报春燕，让文学看到了一丝希望的曙光。但是，当人们醒悟过来，发现朦胧诗只是更多地借助现代的形式面世，但仍然还是一种意识形态性的宣泄时，就不得不倒戈而去"反动"它了。我们认为，这不仅是"第三代诗歌"诞生的基本大背景，同时也是韩东提出"诗到语言为止"的内在动因。当然在今天看来，韩东的观点未免显得偏激而矫枉过正，但他对"语言"的命题却有着重大的意义。正如他所言："由语言和语言的运动所产生美感的生命形式。"[①]这确实是一次语言和生命存在之间的一次碰撞，而不是政治意识形态一类的东西在左右一切。从某种意义上说，韩东的"诗到语言为止"是在当时的语境中的一次大胆的突围。这种突围使当时的诗坛呈现出从未有过的新鲜气象，并迅速产生影响与为人所接受。

那是怎样的一种气象呢？给人怎样的全新的感觉？下面来看他的一首"诗到语言为止"观念的实践之作：

你见过大海/你想象过/大海/你想象过大海/然后见到它/就是这样/你见过了大海/并想象过它/可你不是/一个水手/就是这样/你想象过大海/你见过大海/也许你还喜欢大海/顶多是这样/你见过大海/你也想象过大海/你不情愿让海水给淹死/就是这样/人人都这样

——韩东：《你见过大海》

韩东在另一首实践之作《有关大雁塔》中，即以仅仅23行的小诗，彻底解构了杨炼200多行的"文化诗"——《大雁塔》。当时，从朦胧诗大潮中分涌出了另一路向的诗歌创作潮流，那就是以"寻根意识"作为底蕴的"文化诗"。这类诗歌无一不以厚重、崇高为面目，并以深沉的历史意

---

① 引自1986年民刊《他们》第3期上的封面语。

识灌注其中。中国诗歌从古代的"诗言志"开始历来都是不堪重负的，都承载着使命感。当然，诗歌的使命感不可一笔抹杀，形式与内容充分完美的结合也是诗歌的一种发生形式。可是当我们读到韩东的《有关大雁塔》与上面的《你见过大海》时，当即就有某种情绪释放与精神轻松的感觉，给人以全新的陌生化感受。以前诗歌形式所带来的审美疲劳，似乎一下子烟消云散了。细读其诗，觉得这就是我们面临的更真实的日常生活，没有人为的升华痕迹，没有做作的假意抒情。尽管其中也存在戏谑式的、后现代式的语气，让人的嘴角会浮泛起一丝颠覆某种崇高东西之后的快感，但在当时的社会语境中，却是适逢其时的诞生。往后再作推移，随着后工业时代的到来，大众文化日益盛行，这种平民化的、民间性的诗歌形式能得到广泛的接受就是情理之中的事了。所以说，韩东的"诗到语言为止"不仅是对以往诗歌形式的一次革命，同时也是对即将到来的一种全新审美形式的召唤，或者迎合。

有论者关注到中国当时的文化环境很类似于美国20世纪60年代的情景。"师承卡洛斯•威廉斯的美国新一代诗人反对艾略特的'非个人化'，主张直接抒写个人生活经验；反对艾略特诗风的贵族化语言，主张口语。"[①]确实有些类似。以韩东与于坚等多人所倡导的口语诗为代表的"民间写作"发轫于20世纪80年代，发展、延续于90年代，直至世纪末与"知识分子写作"发生"火并"。美国20世纪60年代也发生类似的诗坛景观，并且作为一种现象已为世人所知。其实在50年代美国平民化审美趣味的口语诗就已诞生。在此不妨抄录美国诗人查尔斯•布考斯基（Charles Bukowski）写于20世纪50年代的，同样也是写大海的一首口语诗来作对比：

今天我在火车上遇到了/一个天才/大约6岁/他坐在我身边/当火车/沿着海岸疾驰/我们来到大海/他看着我/说/它不漂亮//这是我第一次/认识到/这一点

[美]查尔斯•布考斯基（Charles Bukowski）：《遭遇天才》

美国诗人与韩东的诗口语化程度都很高，它们是否有异曲同工之妙？

---

① 周伦佑：《红色写作——1992年艺术宪章或非闲适诗歌原则》，《非非》1992年复刊号。

在现实的、日常性的生活叙述中，是否都有化解崇高与惯常想象的意味，并且会显现一种在突然转变处所产生的令人惊喜的陌生化美感？

考察韩东的"诗到语言为止"，其实我们还需从他主编的民刊《他们》开始。从《他们》中走过来一大批有影响的诗人与小说家，包括韩东、于坚、丁当、王寅、小海、小君、陆忆敏、普珉、吕德安、于小韦、雷吉、任辉、海力洪、贺奕、刘立杆、朱文、李苇，等等；也包括柏桦、张枣、陈东东等诗人在内。尽管《他们》中的作家都不愿意承认它的流派与团体性，但它仍以某种共同的倾向形成难以去否认的一股文学思潮。它"反映了新诗从'时代'走向'个人'过程中的积极探索和追求"。① 它最突出的口语化与民间性特征也直接影响了其他诗人群特征的产生，所以，把以韩东、于坚为代表的倡导"口语化"的诗人和以《他们》为代表的民刊，认定为90年代"民间写作"的一个最重要源头，这种做法是十分有道理的。后来韩东本人在评价《他们》时提到三点：一、《他们》仅是一本刊物，而非任何文学流派或诗歌团体；二、作为限制，《他们》所提供的自由是针对艺术倾向或艺术方式的；三、《他们》是面对读者而非艺术史的。② 当然，韩东本人的声明未必确切，但《他们》的民间性与自由独立的创作个性倒是不争的事实。

对于韩东"诗到语言为止"的提法，并不是没有问题，在肯定它的时候同时也要看到它的不足。《他们》诗人群中的贺奕、小海就曾撰文对韩东的观点进行反思。贺奕指出韩东是第一个需要作"检讨"的，因为他的观点"竟然成了后来诗坛上诸多混乱的源头"。实质上，"诗到语言为止"是"宽泛而不完备的"。"'诗到语言为止'仅仅给出了一个使纯粹的诗歌得以脱颖而出的最后阈限。将诗歌与语言直接等同起来，这正是绝大多数人对这一表述的莫大误解。语言不是诗歌的始发站和大本营，语言只是诗歌的目标和归宿。"③ 小海则说，与其说"诗到语言为止"，还不如说是"诗从语言开始"（这同时也是"非非"派的观点）。它只是"一个过激的和矫枉过正的命题"。尽管如此，它却"启发了新一代诗人们真

---

① 程光炜：《中国当代诗歌史》，中国人民大学出版社2003年版，第298页。
② 参见韩东：《〈他们〉略说》，《诗探索》1994年第1期。
③ 贺奕：《"诗到语言为止"一辨》，《诗探索》1994年第1期。

正审视和直接面对诗歌中最具革命性的因素——语言，使诗歌彻底摆脱当时盛行的概念语言，回复到语言表情达意的本真状态"①。

确实，对韩东诗歌观念的考察，"诗到语言为止"只能作为一个开始。

（二）韩东的"口语"观念

"诗到语言为止"体现的是韩东的一种写作姿态，其实际表现也就是"口语"入诗。这同时也就是韩东"口语"诗歌观念的核心。前文提到韩东的"诗到语言为止"，时值80年代初。朦胧诗及其论争方兴未艾之际，杨炼、江河等诗人已转向带有东方哲学意味的"文化诗"的写作，其中包含某种"史诗"的倾向。

尽管如此，这些"文化诗"诗人后来也出现了另一种写作向度，也即随着他们逐渐步入中年，对世界与现实的态度出现了某种谦卑的姿态，从而心境走向沉静与开阔。在这种心境下，他们会折向日常性意义的写作，这样就不可避免地出现口语化的倾向。比如江河的组诗《太阳和他的反光》与类似《交谈》的一系列包含口语化倾向的诗歌，就是这种变化的表现。

所以说，以韩东、于坚为代表的口语化诗人的横空出世并非是突然的，他们也受到当时诗坛口语化苗头的影响，只不过，他们的方式更为激进与彻底。诗评家燎原明确指出："《太阳和他的反光》与《交谈》系列，在当代诗歌写作中具有这样两个重要意义：其一是由前者对东方古典文化魅力的展示，开启了同一题旨的大面积写作，形成了一种引人注目的东方古典文化景观。其二是后者简约纯粹的口语化风格，与韩东、于坚等人的口语化相汇合，并以其更高意义上的文化意蕴，在由后两人发轫的'第三代'口语化写作中，产生了语言类型上更有影响的召唤力。"②只有在这个基础上来谈论韩东与于坚的"口语化"诗歌观念，才会更为客观，才不会是无源之水。文学的进化论观念固然不对，但空降的观念似乎更缺乏说服力。

---

① 小海：《诗到语言为止吗？》，《诗探索》1998年第1期。
② 燎原：《东方智慧的"口语诗"冲和》，《星星》1998年第3期。

但是，韩东与于坚的口语化诗歌观念绝不是一种安然的继承，否则，他们在诗歌史上的地位就不会那么醒目与重要。北岛的朦胧诗，杨炼、江河的文化诗，昌耀、杨牧的新边塞诗，还有那些诗坛"归来者"们的"鲜花重放"，这些都共同形成了一股不可忽视的诗歌影响力，也形成了一场声势浩大的诗歌盛宴，20世纪80年代就是这样的一个诗歌的年代。可是对于那些大学刚刚毕业，闻到诗歌盛宴芳香的更年轻的一代，他们无法抗拒面临诗歌时的亢奋，他们又绝不甘于做"站在餐桌旁的一代"（于坚语）。在如此背景下，韩东"诗到语言为止"的口语化诗歌策略就容易被人理解。这样，才会有以"解构"姿态出现的《有关大雁塔》等一系列口语诗的出世。我们如此猜测韩东"口语诗"产生的动因未免有些牵强，姑且让这种解释成为一种可能性的存在。

从韩东的口语诗理论抛出开始，他的观念就以一种平民意识的民间性而立世。这不仅表现在他的诗拒绝深度与消解崇高的姿态上，而且在语言形式上也体现为极为平易近人的口语化风格。这种意识是通过诗和日常生活关系的建立来实现的。本来平淡生活所需要的就是用不夸张、不粉饰、非象征的诗歌来与之对应，诗中情感的浓度也不需要词语的表现力来集中压缩，节制之余追求的是一种整理的效果，平淡诗句中流露出的是容易为人所理解而又挥之不去的人之常情。"有关大雁塔/我们又能知道些什么/我们爬上去/看看四周的风景/然后再下来"（《有关大雁塔》），韩东似乎想说，我们如何生活在这个世上？写写诗，体味一下诗的味道，过过日子，不必心情沉重，不必太严肃，不必去较真，这样就行了；其实人在这世上不过如此，何必去做英雄，何必去追求高尚，我们本来就是普通的平民。这可能就是韩东所追求的口语化诗歌的效果。其民间性内涵恰好成为第三代诗歌运动众多诗歌追求中的一面高悬的旗帜。不过，韩东未必同意像我们这样去理解他的诗歌观念，甚至更不会同意将他的诗歌观念理解为一种语言上的策略。我们可以看看他是如何阐释口语诗的：

……我认为口语是一块原生地，就像地球上的生命早期，这种化学变化并非是在试验室里产生的，而是在自然演化中形成的。口语的功能就类似于此。我们不可能从书面语到书面语，也不可能从英语直接到汉语。诗人把口语作为原生地，从中汲取营养，并不是把诗歌等同于口语。而我们为了避免语言原生的散乱、无规则，甚至低级，转而在书面语中进行繁殖，是完全没有出路的。翻译语言也一样。外来语也罢，古代汉语也罢，方言也罢，它都必须进入这块语言的原生地，进入这口化学的大锅，进行搅拌、发酵。只有这样，诗人们的语言之树才能从此向上茁壮成长起来。忽略口语，即是忽略了文本。现在人们羞于提及口语，这是反常的，是虚弱性的表现。①

韩东当然不会傻到说提倡口语诗是一种策略性的选择。他与于坚的"拒绝隐喻"一样，把"口语"提升到"原生"的地位上，这与于坚的回到"元隐喻"与标举"原创力"是完全一致的。在他看来，只有把"口语"还原到诗歌产生的原动力地位上来，才可以认清口语入诗的重要性。当然，口语只是诗歌产生的一个源头，而不是诗歌本身，这是一方面。另一方面，其他语言，包括翻译语、外来语、古代汉语、方言等等，必须进行口语化的提炼，才能以口语的形式出现在诗歌中。在这点上，韩东的观点与于坚所说的方言之"软"是既相同又相区别的，但从方向上来看，仍然是一致的。至少，口语化成为诗歌之根本，在他们的观念上保持着根性的一致。

韩东与于坚的"口语诗"观念确实掀起了一场诗语言的平民化运动，以至极大影响了20世纪90年代直至新世纪的诗歌风气。特别是在世纪末"盘峰论争"之后，有论者认为口语诗彻底战胜了知识、文化为内涵的诗歌。但是当我们回顾韩东在80年代初就提出的以"诗到语言为止"为核心理念的口语诗歌观念，仍然有不少值得我们深思的东西。

一是对"口语诗"命名的怀疑。除了"知识分子写作"一方历来怀疑口语诗的价值之外，其实对这一命名的怀疑是极为普遍的。有论者认为"口语诗"是个没有搞清的概念。口语诗从诗体上来说是针对旧体诗的，自新诗诞生以来就是自由诗或口语诗了，这是一个不争的事实。不过，"自命且自豪的新诗，到了临近它百年华诞的时候，才仿佛晚年得子出现或曰实现'口语诗'？这之前的诗歌怎么算，岂非不是口语的诗因而不是

----

① 韩东：《问答——摘自〈韩东采访录〉》，《诗探索》1996年第3期。

新诗？"① 这确实是个问题。当然韩东的口语诗有它特定所指，但是这与之前的白话诗，甚至是新民歌运动诗歌，以及其他类型诗人的诗歌，哪怕"知识分子写作"的诗歌，它们之间就没有交叉与相同的元素存在？答案是肯定的。

二是关于它产生背景的合理性及其可能的负面性。80年代初已是"新时期"，诗歌总是受时代和社会语境的制约发生某些变化。当时商品经济渗透日常生活，时尚消费开始盛行，大众文化逐渐兴起，以往崇高的文化情怀、终极的人类关怀、传统的抒情方式等等都难以激起人们的热情。口语化回归日常，关注平民生存，符合大众阅读口味，语言与现实可以在一定程度上达成某种和谐状态。这种民间性的策略在当时具有极大的合理性与认同感，但同时也不可避免带来相应的负面性。所以，"口语入诗，使诗歌语言具有得力于源头活水的本真和永不枯竭的生命力。……现代诗的口语化叙述，具有个人化抒情不易达到的亲和性，比较切合现代人的阅读兴趣。而在诗歌文本的解读中却容易产生一种疲软和厌倦，其原因大致是对文本的弥散性张力的生疏感。我们不能认同后现代诗歌一味追求平民化平面化而放弃了艺术感化力和深度。叙述口语一旦放弃对诗歌文本外的弥散意味的追求，就会丧失现代诗艺术阵地。"② 这席话在肯定口语诗优点的同时也似乎点中了它的"死穴"。

三是关于它在向前发展过程中可能踏入的误区。一个公认的看法就是，口语诗是"平淡中见奇特，朴素中显风华"的诗体，所以，"口语写作是一种充满了险境与陷阱的高难度动作"③。自韩东以来的口语诗适时而生，影响了一代诗人，这是事实。但后来发展到"后口语"写作时期，包括沈浩波的"下半身"写作，直到新世纪以来的赵丽华"梨花体"诗歌事件，在这个过程中出现了诗歌的"粗鄙化"与"粗俗化"的倾向。于是"口语诗"在大众眼中有滑向"口水诗"的危险，口语诗的审美可信度遭遇到了空前的危机。虽然在不少论者心目中，这也是一种"美学"，但口语诗的发展误区已暴露无遗。"粗鄙的口语写作者正在败坏口语写

---

① 朱子庆：《我们有"口语诗"吗？——瘦狗岭诗歌笔记之三》，《诗林》2003年第3期。

② 姜耕玉：《诗风与策略：口语化的叙述》，《诗刊》1999年第10期。

③ 秦巴子：《关于"口语写作"和"抒情"》，《星星》2001年第8期。

作，说废话就是说废话，贴上口语写作的标签并不能挽救自己的浅薄与苍白。……当口语写作被简单化、粗鄙化之后，诗就已经随波逐流了。"①

总而言之，当代诗歌史还是给了韩东的口语诗一个客观的定位："主张诗歌更直接、更具体地触及人的生活情状，在和日常生活保持审美的诗意敏感中，来探索诗与真理的关系，以及对清晰、朴素、简洁的语言的重视，用'口语化'来改写当代诗歌语言。"②

（三）韩东的"民间"观念

"盘峰论争"发生后，韩东自然被划入"民间写作"阵营。也正是这次论争，使韩东"口语诗"观念上升到"民间"的立场上。这与其说是一种变化式的上升，还不如说是韩东诗学观念的一次抽象的综合。1999年，一部带有明显编选倾向的诗歌选本《1999中国诗年选》③问世，这也是双方激烈论争过程之中对"知识分子写作"一方的有力回应。这个"选本"何小竹为主编，杨黎、韩东、于坚、伊沙任编委，他们都是"民间写作"一方的中坚人物。在这个选本中，韩东发表了"代序"文章《论民间》。④在"民间写作"一方，这篇文章几乎可当作是观念性的纲领文献。

在韩东看来，"民间"并非一种虚构，"它始终是一个基本的事实"。这个"事实"体现在："一方面是大量的民间社团、地下刊物和个人写作者的出现，一方面是独立意识和创造精神的确立和强调。"后者"确立了民间的根本意义，规定了它的本质，提高了它的质量"。

继而他把"民间"的内涵定义为两个方面的内容，一为民间立场，另一为民间精神。"民间立场就是坚持独立精神和自由创造的品质，它甚至不是以民间社团、地下刊物和民间诗歌运动为其标志的"。民间精神就是一种"独立精神"，"所谓的独立精神就是拒绝一切庞然大物，只要它对文学的创造本质构成威胁并试图将其降低到附属地位。"韩东如此定义并不是任由自己想象。他简介了民间的历史，列举了民间人物来论证他所言

---

① 秦巴子：《关于"口语写作"和"抒情"》，《星星》2001年第8期。

② 洪子诚、刘登翰：《中国当代诗歌史》（修订版），北京大学出版社2005年版，第218页。

③ 陕西师范大学出版社1999年版。

④ 此文又发表于《芙蓉》2000年第1期。

非虚。

韩东历来以言论大胆、独特,甚至有一些偏激著称。在他心目中,"《今天》不仅是当代民间,同时也是当代文学的开端。"这种"民间"发展到"第三代诗歌运动"时期,《他们》与《非非》则是当之无愧的代表。民间的代表诗人为数众多,包括:杨黎、于坚、翟永明、丁当、于小韦、王寅、陆忆敏、小君、吕德安、柏桦、张枣、万夏、何小竹、吉木狼格、小安、周伦佑、蓝马、石光华、廖亦武、李亚伟、胡冬、马松、宋琳、小海、宋渠、宋炜、欧阳江河、陈东东、西川、海子、普珉、钟鸣……有意思的是,韩东所列诗人中包括不少后来被指定为"知识分子写作"的诗人。这体现了韩东的宽容与大度吗?"盘峰论争"发生后,双方都无可奈何不得不重新站队,一度处于十分不相容的境地。所以,这种列名没有任何宽容大度的意思。在韩东看来,原来属于民间的诗人,出现了分化,有些继续民间的事业,有些则"沦落"了,其中把"知识分子写作"诗人也列入民间的阵列正是这个意思。他想说,"沦落"了的民间诗人失却了民间的"精神核心",即"独立的意识"和"坚持创造的自由"。他接着又列举了另外三个构成"民间坚实的灵魂"的最具代表性的人物:食指、胡宽、王小波。其中王小波并非诗人,所以韩东强调的"民间"并非专指诗歌,而是一种普泛意义上的文学精神。

他从"民间"分析,转而论述90年代的"民间写作",这是"民间写作"一方正式的命名论述。80年代的民间在90年代发生了分化,堕落的一些人"跻身于主流诗坛","热衷于参加国际汉学会议",但这并不意味着民间的弱化。相反,"民间写作"依然存在而有效。"与居主流地位以成功为目标的诗人的写作相比,民间写作的活力与成就都是更胜一筹的,它构成了九十年代诗歌写作真正的制高点和意义所在"。

与于坚一样,与"民间写作"其他诗人一样,韩东是强调天才的,这与"知识分子写作"一方有着根本的区别。他认为,"独立和天才的个人是民间不可或缺的灵魂"。这与他多年前在回答是否"相信诗人是天生的,相信天才论"时是一致的。他当时说:"我认为百分之八十是天生的。……诗人的品质,诗人的可能性……那种神秘的东西肯定是天然的。"①他之所以这样说，并不是没有认识到"天才论"的偏颇之处，而是想对"知识分子写作"认为民间是"黑社会"的言论进行反驳。那些"天才"的诗人，或者说诗人与生俱生的"天才"性，怎能用一个"黑社会"来否定？作为"民间"，它是"自足和本质的，是绝对的，它并不相对于官方或体制而言"。但他又并不否认民间与官方、体制、西方话语、市场间存在着对抗和差异。

他认为不能把"民间"的文学性贬低为"民间文学"，而且"民间"也绝不是"大众趣味""地摊读物"的代名词。相反，那种"清高、道德感和自命不凡的所谓贵族化倾向是很成问题的"。从而，他最终给真正的"民间"作出了一个界定："一、放弃权力的场所，未明与喑哑之地。二、独立精神的子宫和自由创造的旋涡，崇尚的是天才、坚定的人格和敏感的心灵。三、为维护文学和艺术的生存，为其表达和写作的权利（非权力）所做的必要的不屈的斗争。"

综观韩东的"民间"论，他虽然没有再次直接强调"口语诗"观念，同时也只是出于对"知识分子写作"一方有力的批判，但不可否认的是，这是他对之前"口语诗"立场的阐发。我们不能说他的观念没有一定的偏颇性，但是对于立场一贯的韩东来说，从他对"民间写作"立场阐释的深刻性与坚定的态度来看，还是足以令人敬佩的。

二、伊沙的"后口语"诗观

考察20世纪90年代的诗歌，伊沙绝对不能缺少。他不仅是一个独一无二的诗歌文体先锋诗人，还是一个提出"后口语"写作观念的诗人。他是一个独自承担的"案例"（李震语）。从90年代初贯穿整个90年代直至新世纪，他的影响力是普遍的，也是无法去模仿的一个诗人。他不仅写出像韩东与于坚在80年代初中期让人耳目一新的"口语诗"，还独创了"后口语"诗体。在这点上，整个90年代无人能与之比肩。他1983年开始写诗，到1988年完成了初期的历炼。90年写出《饿死诗人》，次年又写出《结结巴巴》，之后他写出了大量"后口语"诗作。这两首诗是伊沙最有名的代表作，前者代表了他诗歌的精神向度，后者代表了他诗歌的语言向度。这

---

① 韩东：《问答——摘自〈韩东采访录〉》，《诗探索》1996年第3期。

两首诗一举奠定了他在中国当代诗坛上无人可替代的地位。

正如沈奇所言:"在截至目前的伊沙创作中,《结结巴巴》与《饿死诗人》是最具代表性、影响最大的两首诗作。在90年代的中国诗歌中,它们可能不是最优秀的,但无疑是最重要的作品。前者代表着伊沙诗歌的语言实验所抵达的一个高度,后者则是伊沙诗歌精神的宣言性文本。"① 沈奇的评论颇具代表性,对这两首诗的评价,基本上客观地给伊沙在当代诗歌史上作了定位。所以,这两首诗也最能充分体现伊沙口语诗的"后现代"精神与他独创的"后口语"特征。我们对伊沙的考察正是从这两个角度切入并展开。

首先是伊沙诗歌观念中的"后现代"精神。

"后现代"与中国当代文学和文化发生关系应该是在进入90年代以后。80年代的思想启蒙到了1989年遭遇寒冰而冻结,但历史并不能阻止思想界与文化界的急剧分化。90年代初中国的社会语境又面临一个大的变化,其加速了这种分化的进程。这就是中国式"后现代"在中国产生的历史背景。在诗歌领域,现在看来,那时的"知识分子写作"与"民间写作"两派已开始分化;在思想界,面对日益商品化的社会与道德感的普遍失落,1993年开始了思想界最大范围的"人文精神大讨论"。但这并不能阻止或湮没文学以一种后现代姿态出现,比如说小说界的王朔就是一个例子,后来被划入"民间写作"阵营的伊沙,他的诗歌也是一个极好的例子,他们的文本确实能体现出明显的后现代特征。当然80年代后期就出现过"伪现代派"的说法,可以说现代主义在中国本来就是身份不明的,突然又来侈谈后现代主义,这似乎显得可笑。所以,"中国的后现代主义就是在现代主义开创的暧昧场景中登台的,它本身显得更加暧昧。"②

暧昧归暧昧,后现代主义在中国不可能没有它的影子。思想文化的进程并不是流线型按顺序发展,在一个越来越全球化的语境之中,即使的思想十分保守,也不可能不受到西方文化的影响。何况中国"时期"文学的发展之后,如仍用以往经验来观照90年代的文学状况,就显然不合时宜也无能为力。美国马克思主义理论家弗雷德里克•杰母逊于1985

---

① 沈奇:《伊沙诗二首评点》,《诗探索》1995年第3期。

② 陈晓明主编:《后现代主义•导言》,河南大学出版社2004年版,第1页。

年在北京大学作了题为《后现代主义与文化理论》的演讲，使中国人初涉后现代主义理论。1986年唐小兵又将之翻译并由陕西师范大学出版社出版，从此后现代主义在中国传播日盛。1985年伊沙考上北京师范大学中文系，他一进入北师大就相当活跃，很快成为北师大"八五诗群"的核心。他的同级同学、诗人徐江说他是"进入大学伊始便成为北师大学生创作群体中一位举足轻重的人物"。① 所以，他有可能也有条件最早接受后现代主义理论并影响到他的诗歌创作。

伊沙的反传统，包括对于坚口语诗的逆反，不能不说也是"影响的焦虑"的结果。当回顾来自西方的这股思潮的时候，我们完全可以公正地来看待这类逆反与焦虑。后现代主义崇尚多元与反传统的特征，其积极与消极的因素自然是并存的，它会提供一种有力的解构的理论武器。对中国90年代之前的思潮来说，秩序与一元主义（或二元主义）早就成为为人所诟病的死结，那么后现代主义的到来对文学来说则无异于一次解放，所以相应地就产生了痞子文化。它又与大众文化和消费文化一道组成了90年代多元文化的大合唱，其积极意义是不可否认的。当然，其双刃剑的性质也会带来不少消极的影响，"它在消解一切的同时也消解了文化价值建构的基础与可能性，它的极端相对主义的确隐藏虚无主义的因子，甚至发展为无原则的宽容、滑头、玩世、玩人生，更不用说玩文学、玩文化"。② 这就是自90年代以来文学中大量出现粗鄙化倾向的根源所在。但平心而论，伊沙90年代初的那两首代表作，在"玩"的外衣下却具有深刻的严肃性。这也正是我们重视它们的原因。这种严肃性建立在"影响的焦虑"的基础上，对于文学本身来说，在"破"的同时也确实有"立"，并不是一般意义上的"过把瘾就死"。

那么，伊沙到底要去解构什么？或者说他要去逃离什么然后又想要建构什么呢？论者李震在一篇文章中如此理解："伊沙的双脚一开始便站在这样一个多重意义上的边缘地带：神性的/人性——兽性的；形而上的/

---

① 徐江：《八十年代北师大诗歌写作》，《铁狮子坟诗选——北师大20年代学生诗歌选集（1977—1997）》（仇水、寒丁编选），1998年11月由北师大"五四文学社"内部印刷，第137页。

② 陶东风：《后现代主义在中国》，《战略与管理》1995年第4期。

感官的；悲剧的和苦难的/喜剧的和快感的；彼岸的/此岸的——此时此地的；象征的和幻象的/实在的和本真的；终极的/当下的；绝对的/相对的；整体的/破碎的；和谐的/不和谐……农业的/工商业的！这，便是伊沙所要逃离的现场。"①　其实，伊沙很难逃离现实的现场，只不过，在那么多李震所列出的多重意义的二元选择中，他宁可选择后者。而且在这个后者的基础上奋力挣扎，最终，他要真诚而不虚伪地面对现实，从而摆脱"影响的焦虑"。正是在这种思想背景之下，他才写出不少类似于《饿死诗人》与《结结巴巴》的诗作。"这种有意为之的粗鲁、鄙俗，这种近乎肮脏的、矫枉过正的直觉真实和官能快感，这种几乎残暴的、蛮不讲理的反文化姿态，不正是对那高处不胜寒的形而上神话和这种神话所规定出的诗歌—美学信念和原则的强硬抵制吗？不正是用一种感官的轻松和快乐去除掉我们躯体上超载的文化负荷吗？不正是以对'此在'真实的确认来杜绝中国现代诗歌对所谓'绝对精神'的妄想吗？"②　李震确实指出了伊沙诗歌的精神实质所在，也为我们理解伊沙的诗歌打开了一扇窗。

　　伊沙本人也充分认识到了自己诗歌的价值。他认为，他独创了"后现代"诗歌，也独自承担了90年代诗歌中这一路向诗歌的精神。有意思的是，他的自信也带有明显的"后现代"性。他如此给自己的诗歌定位："我使汉语在分行排列的形式中勃起，我为汉诗贡献了一种无赖的气质并使之充满了庄严感，我使我的祖国在20世纪末有了真正意义上的当代之诗、城市之诗、男人之诗，我使先锋与前卫从姿态变为常态——汉诗的'后现代'由我开创并只身承担，在我的诗行面前任何一个鬼子都不敢轻视我的母语……"③

　　简要概括伊沙的"后现代"诗歌观念，我们认为有以下三点：一、以粗鄙的反文化姿态对抗任何神性写作。在这点上，他既反"知识分子写

---

①　李震：《伊沙：边缘或开端——神话/反神话写作的一个案例》，《诗探索》1995年第3期。

②　李震：《伊沙：边缘或开端——神话/反神话写作的一个案例》，《诗探索》1995年第3期。

③　伊沙：《伊沙：我整明白了吗？——笔答〈葵〉的十七个问题》，《诗探索》1998年第3期。

作"，也反于坚。二、反悲剧性，提倡幽默感。三、戏谑之下又充满严肃，真正面对的还是现实生存和人。抛开伊沙的自负不说，他的话确有几分客观性。他诗中的后现代精神与他自觉追求的后现代精神，对90年代诗歌来说，确实有过积极的意义。

其次是伊沙诗歌观念中的"后口语"特征。

从形式上来说，评论伊沙的诗，自然首先得从他的口语说起。这是他的诗具有独特风格的最直接、最外表、最感官的元素。无论是《饿死诗人》《结结巴巴》，还是他其他的诗（1988年以后），[①]都是完完全全的口语诗。从这点来说，他首先是继承了韩东、于坚时代的口语诗的平民精神，然后才在他们的基础上超越，从而创造出只属于他的口语诗形式。用他的话说，就是"后口语"诗。也正是他"后口语"诗的特征，才支撑起他诗歌独特形式的半边天。

伊沙曾对他的口语写作有过清醒的认识：

> 我认为"后口语"是我独力承担的写作（对不起），是口语写作的急先锋，它以回到身体、回到现场说话的企图来超越一般性的口语写作，超越作为写作的口语，它的文化背景是后现代的，它的文化姿态是激进、自由和异端的。"泛口语"写作是80年代口语诗歌的继承、延续、丰富和成熟，以其代表人物之一侯马的话说就是要写得"高级"，在平易、朴素、明朗、亲切并适当地引入修辞（我的"后口语"强调反修辞）手段的口语中注入浓厚的人文精神和终极关怀，富于悲天悯人的气质，代表者有侯马、朱文、徐江、杨键、宋晓贤等。在我看来这是一种非常文人化的口语，一种写得比较文气的口语追求。"后口语"与"泛口语"兼而有之抑或呈现得不够明确的优秀诗人有唐欣、贾薇、阿坚等。90年代最富有才情的青年诗人大多集中在这一倾向的写作中，使之成为诗坛最生动有力和最富成果的一支。[②]

---

① 根据伊沙对自己创作的分期，他是从1988年之后，"开始用口语写诗，并在此后的8年中走出自己的路子，渐渐形成一种个人风格"，参见《伊沙：我整明白了吗？——笔答〈葵〉的十七个问题》，《诗探索》1998年第3期。

② 伊沙：《我在我说——回答"90年代汉语诗研究论坛"》，《诗探索》2000年第3、4期。

伊沙没有说他的"口语诗"是从天而降的，他明确表示是对韩东、于坚口语诗的超越，而其他的"泛口语"诗是对于坚、韩东的延伸发展。所以，他认为90年代的口语诗与80年代的有相当程度的不同，80年代的口语诗是"前口语"诗，在90年代他的是"后口语"诗。[①] 对于别人不承认"口语诗"或怀疑"口语诗"，他认为是"不敢正视语言发生的原初状态"，[②] 所以他强调的是"我手写我诗"。在这点上，他的诗观与韩东、于坚的观点是异曲同工的。对语言，伊沙其实也是在进一步阐释他的"后口语"特征。他说："我的语言是裸体的。别人说那是'反修辞'。……语言的似是而非和感觉的移位（或错位）会造成一种发飘的诗意，我要求（要求自己的每首诗）的是完全事实的诗意。在这一点上，我一点都不像个诗人，而像一名工程师。"[③] "工程师"是个什么意味呢？它是针对于别人对他"口语诗"缺乏技术性而言的。他认为好的"口语诗"要多在语感上做文章，要让技术不留痕迹，并且"读来如此舒服"。这样就促使了伊沙"新民谣体"口语诗的诞生。它与以往的民间歌谣与新民歌体完全不同，这只是属于伊沙的"口语诗"形式。"伊沙的新民谣所倡导的口语则是在母语缺失的强烈压迫之下，产生的一种乡音，这种乡音类似于一个人童年时期所讲的方言，它包含着一个人全部的无意识。"其特征就是粗鲁、狂放、率真、蕴含着当代精神的口语。不巧的是，这与于坚所提出的汉语之"软"又有某种相似性，但同时又是对它的超越。另外，他对所谓的"外省写作""南方诗歌"的提法表示不屑，他认为这是心虚的表现，在个人写作的年代，无所谓边缘写作。（这是对于坚为代表的口语诗观的提醒？）纵观伊沙的"口语诗"观念，这只是他的"一个人的诗歌江湖"（马铃薯兄弟语）。

对伊沙的"后口语"诗歌观念，不妨作如下简要概括：一、反修辞的

---

① 伊沙：《有话要说》，《作家》2001年第3期。

② 伊沙：《伊沙：我整明白了吗？——笔答〈葵〉的十七个问题》，《诗探索》1998年第3期。

③ 谢有顺参与了《1998中国新诗年鉴》的编选工作，而且参与了之后每一年的年鉴编选。"盘峰论争"前后他先后发表的文章有《诗歌与什么相关》《内在的诗歌真相》《谁在伤害真正的诗歌？》《诗歌在疼痛》《1999中国新诗年鉴·序》。

"裸体"语言呈现；二、"新民谣体"的语感追求；三、广阔的母语民间性的"江湖"。无疑，伊沙的诗歌观念是对"民间写作"很大程度上的丰富。

第四节　"民间写作"的杂语呈现

一、"民间写作"观念的"推手"：谢有顺

考察90年代诗歌的发展历程，谢有顺作为一个诗歌的局外人似乎可有可无。然而，如果去关注世纪末诗歌观念分化的纠结点与分水岭，或者考察"盘峰论争"的来龙去脉，他却实实在在是个不可忽略的人物。他在论争前后所撰写的数篇文章以及参与诗歌年鉴的编选工作，对"民间写作"诗歌观念的倡导与发扬都起到了推波助澜的作用；更何况，他的言论也是"盘峰论争"得以最终爆发的导火索之一。所以，即便他是一个诗歌界的局外人，我们在此也有必要来讨论他的诗歌观念。

在《诗歌与什么相关》[1]一文中，他指出诗歌或文学面临的困境是："诗人和作家对他个人所面对的生活失去了敏感，对人的自身失去了想象。"他认为当前的诗歌没有人性的气息，看到的只是一种整体主义、集体记忆、社会公论式的作品，诗人看重的是"字词迷津""玄学气质"，"完全漠视此时此地他个人所面对的生活"，从而沦为"知识和技术的奴才"，这些都是导致诗歌衰败的直接原因。他之前主要从事小说评论，对诗歌来说，他似乎确实是个局外人。不过，他就从分析卡夫卡、普鲁斯特的小说开始，从具有普泛意义的诗性问题入手来说明诗歌的本真。在他看来，日常生活、个人记忆与个人经验才是真实的、人类的、时代的"诗性"的东西，那种强调为时代代言与"精雕细琢"的诗只会"凌空蹈虚"地把诗歌推向绝境。我们不得不承认，谢有顺的言论确实指出了临近世纪末中国诗歌中存在的诸多不足。从他的立场来看，他针对的矛头无疑直接指向了"知识分子写作"一方，同时也毫不吝啬地把溢美之词无形之中加在"民间写作"头上。他所反对的，也正是"知识分子写作"一方所倡导

---

[1]　载《诗探索》1999年第1辑，又选入《1998中国新诗年鉴》。

的，这种有意识的抑彼扬此的态度，充分显示了他对"民间写作"一方的支持。

论争前夕他发表了《内在的诗歌真相》，^①这篇文章被公认为"盘峰论争"爆发的导火索之一，所以在"盘峰会议"中他成为缺席审判的对象也就不足为怪。把这篇文章说成是"盘峰论争"的导火索之一是一点都不过分的。他借《1998中国新诗年鉴》为观念导出口，十分鲜明地提出"民间写作"立场，并且对"知识分子写作"一方进行尖锐的抨击，明确了两大阵营的存在与对立，以"实现了两种不同写作道路的分野"达到对当时诗歌现状的"清场"。如果说"知识分子写作"与"民间写作"是后来多为人所言及的虚构的两大对立立场的话，那么谢有顺就是这种虚构的始作俑者。我们不能否认这两种观念的对立是由来已久的事实，而且在某种意义上说，这种对立甚至是古今中外诗歌发展史上的某种普遍存在（比如历来存在的"雅"与"俗"之争就可作为"盘峰论争"两大阵营对立诗歌美学的大背景），但是对中国新诗而言，特别是相对于90年代以来的中国诗歌而言，使这两种观念对立明晰化的"推手"恰恰是作为一个诗歌局外人的青年评论家谢有顺。

谢有顺的言论建立在对现有诗歌秩序不满的基础上，带有极强的"清场"意识，同时也不乏后现代式的破坏性。这种破坏性并不是表现为一种新的建设企图，它只是力推"好诗在民间"的观念，并使之彰显，从而对"知识分子写作"倾向实行贬抑。这种树立敌对方的做法，确实具有建设与振兴诗歌的良好愿望，同时又带有相当的策略性，尽管"民间写作"一方矢口否认这点。"当下的诗歌秩序是极不可靠的，它所淹没的，很可能是诗歌领域最真实而有价值的部分"，"……使得那些长期存在于诗歌内部的矛盾开始浮出水面。特别突出的是，关于两种最有代表性的诗歌写作——一种是以于坚、韩东、吕德安等人为代表的表达中国当下日常生活经验的民间写作，一种是以西川、王家新、欧阳江河、臧棣等人为代表的所谓'首先是一个……知识分子，其实才是一个诗人'，明显渴望与西方诗歌接轨的知识分子写作——之间的冲突……"如果我们说得没错的话，这可能是最早将二者的对立正式挑明的话语，这种对诗歌价值截然不同态

---

① 载1999年4月2日《南方周末》，此文的发表距"盘峰会议"仅十多天。

度的判断却由一个诗歌局外人来说出，尤为显得意味深长，如此一来，他的言论就更容易触发来自诗界内部的火药燃爆。

另外，谢有顺的努力还在于，在"盘峰论争"发生前，他就自觉地总结"民间写作"观念。包括于坚、韩东等等在内的其他"民间写作"诗人虽然都有各自"民间写作"立场的观念表达，但像谢有顺这样带有独立批评性质的来自诗界外部的犀利言辞却极为罕见。当然也不可否认，他是对于坚、韩东等人的观念进行总结，特别是于坚所说的："民间的意思就是一种独立的品质。民间诗歌的精神在于，它从不依附于任何庞然大物，它仅仅为诗歌本身的目的而存在。"①

前文说过，谢有顺是借陈述《1998中国新诗年鉴》的编选原则来倡导"民间写作"观念的。简略说来，除了前文所说的对日常生活保持敏感度、反对成为知识分子附庸与西方价值体系、整体主义、集体记忆等等之外，他又提出"那些微小、琐碎、无意义之事物在我们的生活与写作中的存在权利"、"使诗性在我们的生活中坚强地生长，为了使我们每一个人的生活免遭粗暴的伤害"等问题。这似乎已吹响了冲锋的号角，开始了反抗"知识分子写作"并取得"民间写作"在中国诗坛上的地位的努力。

事实上，谢有顺的文章对诗坛极具震撼力。他的言辞对"民间写作"一方是鼓舞，是新力量的声援与汇入，但对"知识分子写作"一方却十分刺耳，两种观念的分野脚步迅速加快。这可能就是谢有顺的意义所在。论争发生后，谢有顺的文章除了继续他立场鲜明的"民间写作"倡导外，也对自己一方进行适度的批评。出于行文方便考虑，在此也一并进行分析论述而不是放到下章。

在原来诗歌观念基础上，他在另一篇文章《谁在伤害真正的诗歌？》②中又有深入的论述。他认为"知识分子写作"一方是虚构的经验而没有触及生活本身，他们"依旧停留在自己几个人所构筑起来的诗歌幻觉中"，所以可以说他们的写作与生活无关，同时也就是与时代无关。与此相对，他又对"民间写作"提出"日常化写作"的概念。普遍认为90年代诗歌已

---

① 于坚：《穿越汉语的诗歌之光（代序）》，《1998中国新诗年鉴》，花城出版社1999年版，第9页。

② 载《北京文学（精彩阅读）》1999年第7期。

进入个人化写作时代，但他认为只有"民间写作"才是真正"独立的、另类的、自由的、个人的"，而不是依附于"庞然大物"的写作。在《诗歌在疼痛》[①] 中，他指出这个"庞然大物"又只是某个诗歌的小圈子，他们正集体陷入庸俗的自我神话之中。解决这种现状的办法就是倡导"民间写作"，只有有意地从生活本身和创造性的阅读中寻找语言资源并加以张扬，当下的诗歌精神才能得以矫正。从现实生活到语言资源，也就是从文学的社会发生学到诗歌形态的本身，他都采取了一边倒的态度。如果谢有顺仅仅是提倡"民间写作"观念倒还不能成为对方的靶子，多元存在的现状应该为多数人所认可，可他把"民间写作"观念指认为解救诗歌的良方，与此同时又大力鞭挞"知识分子写作"立场，这自然不为对立方所包容。

为了进一步贬斥"知识分子写作"和弘扬"民间写作"，谢有顺在《1999中国新诗年鉴·序》[②] 一文中有更为全面的论述。他认为论争是以"民间写作"为代表的诗歌界"对诗歌独立品质的捍卫，对诗歌自由精神的吁求"，"民间"一方的发难，是"一次观念上的解放和决裂"。这一切都源于北京诗歌界的霸权地位，"民间"的崛起终使"权威受到了致命的挑战"。谢有顺的言论相当有代表性，"新诗年鉴"的出世及畅销使"民间"一方尝到挑战的甜头，而且也大大增强了信心。面临此境，他们唯有乘胜"前进"。抛开这种表面胜利的光环不说，我们看重的是，对"民间写作"诗歌观念，他是如何进一步阐释的。他又提出"人性的身体"问题，在他看来，诗歌"既是灵魂的也是身体的"，让灵魂的体验实现一个物质化的过程，这就需要日常化和口语化的融合，此过程之中"蕴含着一个如何转换的诗学难题"。谢有顺的观点无疑深具启发性，而且触及一个诗学的核心问题，那就是诗性的语言载体问题，这与以往的文学来源于生活的命题相通但又不同。它涉及的是文学、世界与作者之间关系的纽带或媒质，在我们看来，这与福楼拜所说的"包法利夫人就是我自己"的看法有些类似。"民间写作"观念似乎看重的正是这种真切的个人体验与真实性的转化，而且是一种没有虚饰性的日常性再现，要努力实现的是

① 载《大家》1999年第5期。

② 广州出版社2000年版，第1—16页。

"镜"而不是"灯"的功能。这种诗歌身体学谢有顺在后来的一篇文章①中有专门的论述，这是否与沈浩波的"下半身"观念有切实的暗合之处？而且是"民间写作"观念的另一重延伸与发展？

论争发生后，"民间写作"普遍进行了自身反思。反思的本身，充分说明了任何一种诗歌观念都会存在利弊并存的两难处境。谢有顺作为一个有才华的青年批评家，也确实看到了"民间写作"的诸多弊端并深入反省，在他看来，这是"民间写作"的"陷阱"。具体说来，这些"陷阱"包括：伴随口语化运动过程中出现的"口水化"倾向、诗歌中出现的形象类型化倾向、"民间写作"中出现的"阉割了诗人与时代的复杂关系"的倾向、自我放纵标新立异的形式主义倾向，等等。这些确确实实是"民间写作"普遍存在的现象，而且深为"知识分子写作"一方所诟病并指责。谢有顺指出这些不足，目的是在推动他心目中的"一次重大的、意义深远的诗学转型"之余而做出有意识的修正工作。

由上观之，谢有顺对"盘峰论争"的发生所起到的作用确实不小，而且对"民间写作"诗歌观念的倡导也起到了局外"推手"的作用。

二、为"民间"请命、与"知识分子写作""算账"的批评家：沈奇

沈奇自称为"野路子"②诗评家，其言未免显得过于自谦。其实他自90年代中期开始至今写过大量诗论，涉及面相当广泛。不过，我们在此主要只关注他"民间"倾向的一面。事实上，他对"民间"的赞许由来已久，对他在"盘峰论争"中坚决倒向"民间写作"一方实在不必讶异观之。由于他历来都赞赏于坚、韩东、伊沙等"民间写作"诗人的口语写作，并为他们写下大量评论，所以针对后来"知识分子写作"的日益"霸权"行为，他也就不得不挺身而出，为"民间"请命并找"知识分子写作"与主流官方诗歌算一笔总账。

---

① 参见谢有顺文章《文学身体学》，载《花城》2001年第6期；又选入《2001中国新诗年鉴》，海风出版社2002年版。

② 参见沈奇：《秋后算账——1998：中国诗坛备忘录》，载《诗探索》1999年第1期，又载《出版广角》1999年第2期。

　　我们不能说沈奇是突然跳出来，并莫名其妙地要找某个对象算账。他的诗歌观念其实有着很深的"世纪末"情结，后现代式的破坏情结，甚至是"民间"情结。而这些情结的早期发芽，必然催生后来在论争中的决然态度。在此，不妨来看他90年代中期在一篇文章中说过的一些话——

　　……断裂与承传，坍塌与支撑，剥离与裂变，驳杂与梳理，清场与重建，分化与整合，现实与理想，以及困窘与尴尬——所有的命题（或问题）都呈现空前的凝重与严峻。

　　必须寻找新的、自己的光源！

　　神话写作与人的言说——重涉的两极展开。

　　目标要求：科学性、本土性、现场性、历史性、权威性。

　　转型——对所有的用语重新审视；

　　转型——对所有的命题重新发问。

　　语言的贵族化导致了诗意的流俗。

　　远离惯性，转换视点，给出一个新的说法或说出一个新的东西，便是给出或说出了一个新的精神空间。原创性——这是大诗人与小诗人、卓越的诗人与庸常的诗人最本质的区别之处。

　　拒绝既成性，拒绝惯性写作，回到"初始状态。"

　　诗，是原创性的艺术，创世的言说。

　　知识分子"死"了。

　　……①

　　对这些话语稍作分析与领悟，不难看出他求变心切，以及对"民间写作"观念的倡导和对"知识分子写作"观念的拒绝。而且，连行文的方式都极像于坚的"棕皮手记"，当然也像西川与王家新的诗学语录体，俨然他诗歌观念的大纲。他在90年代前期诗论中的"民间"倾向尚为温和，但到了90年代中期，情形发生了变化。正是在这时期，曾经"患难与共"的诗人们内部出现了分化，"民间写作"观念空前上升。沈奇的"民间写作"倾向的痕迹十分明显，在一次与有"知识分子写作"观念倾

---

① 参见沈奇：《1995：散落于夏季的诗学断想》，《山花》1995年第9期，此处引文均散摘文中语句。

向的诗人与诗评家参加的讨论中，他明确表达了他的立场。这次讨论有后来被划入"知识分子写作"阵营中的程光炜与臧棣参加，其时，程为武汉大学博士生，臧为北京大学博士生，沈则是北京大学访问学者。当时，他就认为10年前韩东所提出的语言贵族化问题又有泛滥成灾之势，并明确指出，"我认为进入90年代后的最值得研究的有两位诗人，一是伊沙，二是于坚。……"① 他的观点与程、臧两人的观点迥异，这又可成为世纪末论争中两种不同倾向在90年代中期就出现明显裂痕的又一例证。那么，世纪末的"秋后算账"也就十分符合沈奇诗歌观念发展的逻辑。不过，在"算账"之前，他一直在做诗学观念的积贮工作。比如，他所认定的"具有诗性的诗"包括以下一些因素：一、"具有独立的、自由的鲜活人格"。这种"人格"体现在诗上应该是"存在"意义上的，它要深入时间内部并有新的精神空间拓展。二、"具有独特的审美体验"。它再一次呼应了"民间写作"一方历来所倡导的"原创性"原则，诗应该"开启对生命与存在之奥秘的特殊体悟"，应该充满"新奇感、惊异感、意外感"。三、"具有独在的语言质素"。这是诗性最本质的东西，它具有命名的功能，是"有意味的语言事件"。这与于坚"有意味的形式"的追求如出一辙。②

"民间写作"对"知识分子写作"一方的发难是本着对诗歌"清场"的目的来进行的，也就是要完成对"知识分子写作"同时也包括对官方主流诗歌的清算。这种重建诗歌秩序，重建一个诗坛权威的努力是相当明显的，这无须再举出更多的例子，仅谢有顺与沈奇二人就足够说明。这种清场、清算或"大清盘"巧妙地与世纪之交联系到一起，也许迎合了许多人某种迎接新世纪曙光的愿望。当然，这种清算并不是没有由来，用沈奇的话说就是，"从理论到创作的分歧至分化，已成不可逆转的趋势，为海内外汉语诗界所关注"。③ 这也就是沈奇写作《秋后算账——1998：中国诗坛备忘录》一文的理由。此文倾向性十分明显，言辞十分犀利，我们甚至可以说该文也是"盘峰论争"爆发的导火索之一。沈奇的"大清盘"说到底

① 引自《当前诗歌：思考及对策》一文中沈奇的发言，《作家》1995年第5期。
② 参见沈奇：《诗性、诗形与非诗》，《沈奇诗学论集》（卷一），中国社会科学出版社2005年版，第94—95页。
③ 沈奇：《秋后算账——1998：中国诗坛备忘录》，《诗探索》1999年第1期。

是对两类诗歌的清盘，即：一是以《诗刊》为代表的官方主流诗歌，以其《中国新诗调查》为靶子；一是以"知识分子写作"为代表，以程光炜编选的《九十年代文学书系·诗歌卷·岁月的遗照》为靶子。他打"靶"的目的，完全是为了弘扬另一立场的诗歌，即"民间写作"，这也正是沈奇诗歌观念的一次彻底释放。他如此定位民间诗歌："民间诗歌虽历经20年的艰苦奋争，彻底改写了中国当代诗歌史的格局，以其纯正的写作立场、全新的精神世界和高品位的审美价值，成为真正意义上的主流、典范和历史的创造者。"[①] 没有什么能比这个评价再高的了。

"民间写作"在"盘峰论争"之后，似乎取得了胜利并找回了自信，由此也进一步产生了某种去占领与巩固阵地的"野心"。改写新诗史，也就成为"对民间立场的修复"的结果。"对于当代中国新诗史而言，大陆民间诗歌的存在，具有根本的、决定性的意义。……没有对'今天''非非''他们'等民间诗派的深入研究，当代新诗的历史将是何等的困乏和苍白！由此，必然要涉及新诗史写作者的立场转移的问题……"[②] 沈奇对民间诗歌的无上推崇，其实正集中体现了他的"民间写作"诗歌观念，即使不去提出具体的、更多的"民间写作"观念，此态度已足够形成一种统摄性的东西。

三、"民间写作"纷纷为自身正名

前面出于行文方便，多有涉及"民间写作"的观念阐释，比如于坚、韩东、伊沙，甚至是谢有顺、沈奇。前文已提到的一般不再重复，此外有些会放到后一章的论争中加以阐述，在此只是就一些有代表性的与"民间写作"贴近的观点来进行论述。

"民间写作"观念的倡导者一般都会将其观念的源头就近上溯到第三代诗歌运动，这也是于坚等人力挺20世纪80年代诗歌的理由之一。第三代诗歌运动一个明显的特征就是民间性的反文化倾向，当然"反"的那种"文化"指的是"主流的思想、主流的意识形态以及那些已经模式化、概

---

① 沈奇：《秋后算账——1998：中国诗坛备忘录》，《诗探索》1999年第1期。
② 沈奇：《我们需要怎样的新诗史——关于中国新诗史写作的几点思考》，《沈奇诗学论集》（卷一），中国社会科学出版社2005年版，第25页。

念化的意象群"。① 这种先锋姿态从文学伦理来说是能为人所接受的，而且客观上也为诗歌开创了新局面。90年代"民间写作"的理论资源正是基于此事实而振振有词，对于源自80年代第三代诗歌运动的"民间写作"的意义，正如论者所言："第三代诗人消解意象的诗歌运动，有力地颠覆了那些已经成为现实、已经成为自然、已经成为真理的文学虚构。他们从边缘处发出的声音，代表了一种来自民间的心声，那就是对一体化的意识形态存在的否定，对世俗生活的肯定。"② 如果说"民间"在80年代主要反抗的是意识形态的话，那么在90年代则是进行另一种反抗。90年代的语境迥别于80年代，随着诗人与时代、政治紧张关系的松弛，诗歌日益退出社会文化的中心地带，那么，"民间"的特性决定了它必然向诗歌内部发难。我们认为，以上的分析可以用来解释"民间写作"与"知识分子写作"产生分化并出现论争的内因。

"民间写作"一边密集攻讦"知识分子写作"，一边集中阐释自己一方的观念，其目的只有一个：为自身正名并真正取得在诗坛上的应有地位。所以，在此考察"民间写作"观念的丰富性，可以减轻论争中所出现的意气成分而张扬与诗歌本身更为密切的内涵。

（一）来自"民间写作"主要代表人物的观点

"盘峰论争"发生后，于坚仍然是"民间写作"诗歌观念最主要的阐释者与倡导者，这个时间主要集中在2000年到2001年之间。他相继写了《诗言体》③《当代诗歌的民间传统（代序）》④《世界在上面诗歌在下面——回答诗人朵渔的20个书面问题》①等文章。他的观点集中在三个方面：一是对"民间"的再次定位与肯定；二是对"民间写作"观念一些关键词的进一步阐释；三是对"民间写作"新生代观点的探讨与弘扬。我们

---

① 胡彦：《没落，还是新生？——一份关于当代汉语诗歌命运的提纲》，《作家》1999年第7期。

② 胡彦：《没落，还是新生？——一份关于当代汉语诗歌命运的提纲》，《作家》1999年第7期。

③ 该文部分内容载《绿风》2000年第5期；全文选入《2000中国新诗年鉴》，广州出版社2001年版。

④ 该文为《2000中国新诗年鉴》代序，原载《诗参考》2001年4月号，又载《当代作家评论》2001年第4期。

完全可以把他的观点看作是"民间写作"观念的延伸与发展。

在于坚看来，90年代诗歌之所以没有被认为是有影响的，是因为评论界"把当代诗歌已经无效的部分依然当作诗歌的总体形象"。而"民间一直是当代诗歌的活力所在，一个诗人，他的作品只有得到民间的承认，才是有效的"。所以，"民间写作"是先锋的。这种先锋性体现在，"它们总是有着独立的、排他性的、唯我独尊、自高自大的审美标准"。我们认为，于坚倒是说出了"民间写作"姿态的一些实情。正因如此，才会出现自80年代中期以来的几次口语诗运动，才有包括他本人、韩东、伊沙，甚至是后来以危言耸听著称的沈浩波之流的出现。这确实是对"民间写作"诗人特点的概括。对于论争后"民间写作"内部的分裂，于坚又作出如下解释，"真正的民间诗坛应当不断地分裂，一个坛出现了，又分裂成无数的碎片，直到那些碎片中的有生命力的'个体'鲜明活跃清楚起来，成为独立的大树"。从"民间"诗人姿态特点的概括到自身内部分裂现象的解释，这完成了一个自圆其说的过程。在此基础上，他才可将之泛化为一种无所不在的诗歌现象，从而再次确立民间的合法性与合理性的诗坛地位，"民间不是一种反抗姿态，民间其实是诗歌自古以来的基本在场。民间并不是'地下'的另一种说法。地下相对的是体制。民间不相对于什么，它就是诗歌基本的在场"。他在以前观念的基础上，又提出一些新的见解，比如民间是"保守"的，对主流文化是"阳奉阴违"的，是非"彼岸式的意识形态"的，是没有"时间"的，是"一种特殊的非历史的语言活动"，是"从文学史退出"的，等等。从这些新的观点来看，与他以前的观点相比似乎有些龃龉，也与他试图再次肯定"民间写作"的初衷存在矛盾之处。①

他在《诗言体》一文中虽然承继了"棕皮手记"的文体样式，但却一改通俗易懂的口语化风格，比"知识分子写作"更知识化，只是全部来自中国传统文化（比如道、儒家的思想比比皆是，而且用了文言的语气），而不是西方的资源。他似乎想用这样的文章风格彰显反对西方语言资源的态度，却不料无意之中也滑入玄学与"知识"的陷阱，这与他以前的提倡是相背而行的。他解释了很多"体"的含义，其实总的来看，以

① 此段引文均出自《当代诗歌的民间传统》一文。

下才是他提倡的核心："诗是一个母的。阴性。""诗是转喻的。""现代诗歌应该回到一种更具肉感的语言，这种肉感语言的源头在日常口语中。""诗以自己的身体说话。"等等。他反对的是："诗言志""隐喻""翻译""虚构"，等等。不可否认，文中有他的诗学深义，但矛盾却无处不在。比如说，"诗是没有舌头的自言自语，诗不思考，它自身就是一切"，在我们看来，这并不是传统的中国诗学的精义所在，相反，这种思想源自英美新批评的做派。美国新批评代表人物约翰·克罗·兰色姆在谈到诗歌本体意义上的格律时就曾说过，"格律与格律变化造成的效果把语言变得灵活圆转，足以表达任何意义"。①于坚虽然没有谈到具体的格律，但他也是就文本自身的自足性来说的，这二者之间是相通的。文本的自足性固然有一定的道理，但我们无法忽略文本以外的东西，它必然来自主体的思考与思想。不过，他的诗歌"肉感"说与"体"以及民间的"自高自大"的审美标准，可能直接启发了后来沈浩波"下半身"诗歌观念的诞生。

这种启发性可能还导引出"原创性"的另一层内涵。在于坚看来，原创并不是"创造一种思想、意义、主题，或者发明一个什么前所未有的写作对象"，诗歌的原创"就是创造一个说法的过程。诗人的创造性只是在语词的运动中才呈现出来，说出什么意义不重要，处理了什么材质也不重要，意义、材质必须在语词的流动活跃中才会被赋予生命"。所以他认为，意识形态的东西是"上"的，"知识分子写作"也是"上"的，他提倡"下"。"下半身"诗歌就是"越过日常生活更下，直达世界的本源之处，身体、生殖"，"下半身"就是反对"上半身"（思想）。从于坚的态度来看，他对"下半身"诗歌观念是持赞赏态度的，因他将其视作"民间写作"延伸性的发展。②

杨克作为"民间写作"的一个重要成员，其重要性不仅体现在他的诗歌创作上，更重要的是他参与编选或主编了《〈他们〉十年诗歌

---

① [美]约翰·克罗·兰色姆：《新批评》，王腊宝、张哲译，江苏教育出版社2006年版，第219页。

② 此段引文参见于坚与朵渔的谈谈文章《世界在上面 诗歌在下面——回答诗人朵渔的20个书面问题》，《2001中国新诗年鉴》，第509—530页。

选》①《90年代实力诗人诗选》②与"中国新诗年鉴"③等一系列带有强烈"民间写作"观念倾向的选本。之所以说这些重要，是因为，除了他一些文章表达了他的"民间"观念之外，这种编选诗歌选本的行为本身就带有极强的观念性，而且这些诗歌选本特别是"中国新诗年鉴"影响巨大（比如，《1998中国新诗年鉴》成为"盘峰论争"爆发的重要导火索之一），甚至引导了诗歌的潮流。

面临在市场经济冲击之下诗歌现状的无奈，杨克承认编选"新诗年鉴"的"推向市场""市场经验""策划"等因素。也就是说，"新诗年鉴"的诞生除了有发掘"民间"好诗的良好动机之外，确实也带有一定程度上的"策略性"。而不是后来论争中一些"民间写作"者所宣称的不带策略性。在这点上，杨克显然是诚实的。④论争发生后，他被推上前台，不得不作出明确的回应。在他看来，"被遮蔽者"是具有创造精神的，体现了艺术的"蜕变"，"民间写作"会给诗歌带来"革命性的激烈变化"。⑤从杨克在整个论争中的态度来看，他虽然立场鲜明但言辞并不激烈，而且少有意气骂句，这显示出他的某种从容大度。直至论争渐趋平息之时，他总结了"民间立场"诗歌观念："注重原创性、先锋性和在场感，体现汉语自身的活力……关注诗歌新的生长点，强调诗歌的直接性、感性及其直指人心的力量，守护生活的敏感和言说的活力。……它向两个方向敞开，首先它主张诗人写作，具有独立的文本性；其次是它与生活状态的真实性息息相关。"⑥总之，"民间写作"的立场是自由主义的，"它呈现的是个人的真正独特的经验，让一个个诗人鲜活生猛起来……"⑦与其他"民间写作"倡导者一样，他也特别注重"原创性"，认为那才是"柔软的表达"，是"动态的形而下"。而且"鲜活的口语"

---

① 小海、杨克编，漓江出版社1998年。

② 杨克主编，漓江出版社1999年版。

③ 从《1998中国新诗年鉴》开始，之后的每本新诗年鉴杨克均为主编。

④ 参见杨克：《"中国新诗年鉴"98工作手记》，《南方文坛》1999年第3期。

⑤ 参见杨克：《并非回应——关于〈1998中国新诗年鉴〉的多余的话》，《诗探索》1999年第4期。

⑥ 杨克：《写作立场》，《诗探索》2001年第3—4辑。

⑦ 杨克：《写作立场》，《诗探索》2001年第3—4辑。

是"'中国经验'，亲切而富有人性，与读者是对话沟通的关系"①。

从论争的过程来看，并不仅仅只有于坚与杨克等代表人物来综合深入地探讨"民间写作"观念，前文有些已提到过，在此没有提到的也不在少数。无论如何，我们通过上文"民间写作"代表诗人的观念阐释，基本上可以概览其民间性、独立性、原创性、口语性等等特点。

（二）来自具有"民间写作"倾向的代表观点

"盘峰论争"被认为是南北诗学之争，或外省与北京之争，当然这只是大概而言，因为并不能从诗人所处的地域来硬性地分出文学观念的南北来，比如"民间写作"中的年轻一代恰恰多是身处北方。不过，身处南方的诗人由于地域文化的积淀与历史的因承关系，多数将会倾向于"民间写作"观念，这也是个不争的事实。而且这种基本上泛化的观念分布不仅仅体现在诗歌观念上，在文学其他体式上也莫不如此，这有点类似于京派与海派之争。也就是说，即使没有自称为"民间写作"的诗人，也会表达出认可"民间写作"的观念。比如说身居香港的诗人黄灿然与早年写过诗的小说家林白。

黄灿然1963年出生于福建泉州，1988年毕业于暨南大学中文系，1990年至今任职于香港《大公报》，担任国际新闻翻译。他写了大量诗歌、评论，也翻译过大量外国诗歌、论著与小说。他的教育背景是典型的中国传统大学教育，而爱好却多与外国文学密切相关，这一点决定他能够清醒地审视中国与西方的文学资源问题。他的诗歌创作总的来说也多与日常生活有关，注重口语性，以日常生活为诗之源泉但又超出普通的日常琐碎，在这点上与"民间写作"倾向较为一致。"盘峰论争"发生后，他并没有卷入双方的论战，但却写出了一篇重要的诗学文章《在两大传统的阴影下》，②在看似比较中肯与中立的行文中，我们却可看出他的民间倾向，而且颇具代表性。

在他看来，包括诗歌在内的整个汉语写作都处于中国古典传统和西方

---

① 杨克：《90年代：诗歌的状况、分野和新的生长点》，《淮北煤师院学报·哲学社会科学版》1999年第3期。

② 该文连载于《读书》2000年第3、4期。

现代传统的阴影下，从而产生一种焦虑之下的压力感。但这种压力感被写作者夸大，因为他们没有看到真正的压力，即汉译的压力。正是从这"压力"出发，他引入了"民间"，认为只有民间才可能不会承担那种压力。"诗歌首先来自民间"，"民间诗歌是诗人的传统，但那是没有压力的传统"，但是诗人们却自己构筑起另一个有压力的传统。其中含意虽然没有具体所指，但明显带有当代性。这种"诗人的传统"与新诗的历史密切相关，因为新诗与汉译同步生长，可见新诗受西方现代诗歌的影响之大。然而，与古典汉语诗歌对新诗造成的"阴影"不同的是，西方现代诗歌只是"一个虚构或想象的阴影"。也正是这种"阴影"会带来两个后果：过分夸大与过分缩小，其中过分缩小会产生一种自满情绪。这让人联想到世纪末的"盘峰论争"。黄灿然虽然没有明说，但我们完全可以理解为，他把论争中的双方总结为"什么是诗"与"什么是好诗"的争论。论争其实可以具体表现为两种倾向：晦涩与反语言化，在这点上，他并没有姑息"反语言化"的倾向。他说："还有一种反语言化的写作，只用简单的语言，来复制和抄写日常生活，变得啰唆和琐碎"，这很明显可以用"民间写作"一方的类似"口水诗"来作为例证。

尽管黄灿然在文章中的态度似乎有各打五十大板的架势，但从他不把汉译当作真正的阴影、认为官方诗人的作品没有任何意义、使诗歌成为工具可以兴观群怨、现代汉语诗人毋须焦虑等等观点来看，他仍是倾向于"民间写作"的，尽管也对之进行不少修正。这种正视论争双方，客观分析诗歌的历史与现状并在一定程度上支持"民间写作"的观点在论争期间大有人在，体现出理智看待问题的一面。

林白先是写诗后改为写小说，像她这类作家对"民间写作"观念大力支持的也大有人在。这可以看出世纪末的论争不仅是诗歌趣味上的论争，甚至也是整个文学观念上的论争。这类代表人物一般相当感性，态度相当明晰，往往是从自己内心出发，或从自己写作的体验出发，表达文学写作立场。比如林白说："我怕它们高深莫测的玄学气息，它们聱牙佶齿的语词迷津，我怕它们的形而上高度，它们虚无缥缈的神学心得，我怕它们的知识和技术，怕它们冰冷和坚硬的西学背景，我怕'诗言志'，怕集体记忆、社会公论，怕升华、怕终极、怕一语双关、微言大义、装神弄鬼、精雕细琢，怕用空洞的语言构造同样空洞的寓言。总之，怕一切没有人性、没有心灵真实的东西。"[①] 我们不能说这类观点没有道理，它往往刺中当代诗歌的某些流弊积习，但是客观而言，这看似言辞犀利态度鲜明的表达未免太感性化，太个人化，或许说只看到问题的一面性而有失公允。像林白这样，在表达对某种倾向的极力反对之时，也从侧面体现出她的"民间观念"倾向，这类观念的出场对"民间写作"无疑是一种丰富与声援，但对诗歌写作本身的发展来说并无多大的建设性。

（三）来自"民间写作"新生代代表人物的观点

"盘峰论争"最大的收获并不是"知识分子写作"观念的迅速弱化，而是在"民间写作"咄咄逼人的论战中催生了一大批新生代诗人。公正地说，正是这些新诗人的出现，才使"民间写作"观念得以扬弃，才使中国诗歌在新世纪来临之际诞生了新生力量而使诗歌界迅即呈现出与以往截然不同的面貌。这些表达了新观念的年轻代表包括沈浩波、朵渔等等一大批"70后"诗人，也包括徐江、侯马这些60年代晚期出生的诗人，以至我们无法忽略他们的存在。

80年代的口语诗呈现泛化泛滥趋势后，确实出现了一些不良影响。沈浩波也赞同西川的"厌倦说"，但他认为口语诗在进入90年代后又产生了新质，这表现在两个方面：一是以于坚的《0档案》《飞行》为代表，另一是散落于民间的青年诗人的口语写作"形成了一股混音合成的力量"。沈浩波将之称为"后口语写作"，它相对于80年代的"前口语"。他以"后口语"为出发点，论证了口语诗在90年代存在的价值，并借之阐发"民间写作"的诗歌观念，毕竟"民间写作"与特定意义上的口语写作几乎是划等号的。在解释为何"后口语"诗形成了90年代强大的诗学立场时（其实也就是想说明"民间写作"立场在90年代的重要性），他概括出以下理由：

首先，后口语诗歌在90年代维护了诗歌写作所必需的原创立场，并更加具备不可混淆的独立精神。

---

① 林白：《灵魂的回头与仰望》，《1999中国新诗年鉴》，广州出版社2000年版，第586—587页。

其次，与前口语诗歌相比，"后口语"的诗人们更为讲究诗歌的内在技艺，具备深刻的语言自律。

再次，"后口语"写作在深度上开掘得更为充分，"深度叙述"在后口语写作中成为可能。①

他并不是独立论述"后口语"写作，而是树立起另一重参照，其锋芒直指"知识分子写作"。比如他在进一步解释"后口语"写作的内涵时说："'后口语'诗人与世界的关系是相互感知的，是感性的、灵感的、冲动的而不是思考的、理性的、征服的、穷尽的"。②总之，他想说明"后口语"写作的独立、不可复制、难度最大、原生质、技艺潜隐等等方面的特征。正如他形象地指出，"后口语"写作是"在谛听、战栗、追问中完成对诗歌理想的追求"。③

沈浩波同时也分析了"知识分子写作"一度兴盛的原因。他认为，第三代诗的"前口语"确实存在语言粗糙、过于随意的毛病，从而容易沦为"口水诗"，这就为90年代中期以前"知识分子写作"的盛行提供了很大的存活空间。但是"后口语"诗则弥补了语言精致化的空白，从而使"民间写作"的"后口语"诗歌时代的出现成为顺理成章的事。④沈浩波对前后口语诗的论说无疑是为"民间写作"梳理出一条合理存在的历史脉络，同时也为他后来提出"下半身"诗歌观念打下了必要的基础。

侯马表达了与沈浩波类似但又不同的观点，他在《90年代：业余诗人专业写作的开始》⑤一文中分析道，90年代初开始，在诗人"饿死"后，诗人也就被取消了，这意味着"民间写作"的滋生，从而诗歌获得独立的品质。这是"民间写作"出现的必然性，因为诗歌写作开始摆脱了依附的地位，摆脱了政治、文化，甚至是情感的纠缠，专业写作或"知识分子写作"就转入到"人"的写作，这是一种生命和生活的写作，它虽然显得

---

① 沈浩波：《后口语写作在当下的可能性》，《诗探索》1999年第4期。
② 沈浩波：《后口语写作在当下的可能性》，《诗探索》1999年第4期。
③ 沈浩波：《后口语写作在当下的可能性》，《诗探索》1999年第4期。
④ 参见徐江、沈浩波、朵渔三人的讨论文章《后口语写作与90年代诗歌》，《葵》诗刊1999年卷。
⑤ 载《北京文学（精彩阅读）》1999年第8期。

"业余"，但却是真正的"专业"写作，它应该是"智性的内核"与"简单的形式"的结合体。侯马的观点确实新颖独到。他从文学发生学的视角出发，指认了"民间写作"与"知识分子写作"的同源性，二者是同位一体的两个面，而且存在转化的历程。这对"民间写作"观念来说，确实又打开了另一扇阐释的大门，这与诸多论者的观点有不谋而合之处。只是他提到的"知识分子写作"也转向"民间写作"可能有些牵强，与论争当中双方的互不相容有些格格不入。无论是"知识分子写作"，还是"民间写作"，都有可能不认同他的这一看法，尽管他的观点不无道理。

平心而论，"70后"诗人对"民间写作"诗歌观念的发展，即表现在说出了很多不为其他人所重视与敢说的话，这比之前的韩东、于坚，甚至是伊沙一路走来的口语诗人更为真诚与直接，完全没有做作与虚伪的成分。用徐江的话说就是要争取"俗人的诗歌权利"，他表达的观点对"民间写作"来说，完全是另一意义上的丰富。他指出，哪怕是包括韩东、于坚、伊沙、阿坚、侯马、宋晓贤、朱文、杨克等等在内的诸多"民间写作"诗人"也会不时流露对高雅玩意儿的留恋"。他认为写诗不要脱离生活、脱离父母、兄弟姐妹、妻子儿女，诗，就是要写得"俗"点，并要始终保持"俗人的诗歌权利"。[1]

其他"70后"诗人也多有表达自己的诗歌观念，比如朵渔提出诗人就是"手艺人"与诗歌中"轻与重"等看法，还有以"70后"诗人为主的在网络上发表形形色色的诗观，在此不作举例。总的来看，其"民间"性较之以往更强，更具个人性的表达，其中鱼龙混杂自然不可避免，但诗歌观念的活跃总能产生更多的生机与可能性。

总而言之，"民间写作"新生代诗人的诗歌观念较之以往，在口语化更为精致的基础上，又提出了更多富于建设性的观念。这是"盘峰论争"后诗歌走向更为多元化的物质基础，同时也是"民间写作"诗歌观念走向更为丰富的具体表现。当然，我们在认识到这点的同时，也要作出具体的合理的分析，做到有选择性地评价，唯其如此，才更有利于中国当代诗歌的良性发展。

---

[1]　徐江：《俗人的诗歌权利》，《诗探索》1999年第2期。

本章小结

20世纪90年代诗歌的"民间写作"，总的来说，一与所谓的"民间独立精神"有关，二与"口语化"有关，统摄在这一路向中的写作都通称为"民间写作"或直接称之为"口语写作"。需要指出的是，这个阵营，与评论界的指认和文学史家的分类分不开，或与具相同倾向的相互唱和有关。事实的真相是，这一路向无论命名与否，其存在无疑都是客观的。同时也要看清楚，"民间写作"只是一个大倾向的共名，其中也有不同的"流派"，比如"非非"，比如"他们"，比如"后口语"，比如"下半身"，以及后来出现的"诗江湖"一类的网络诗歌群落，等等，他们共同组成了90年代以来诗歌"民间写作"的大合唱。此外，"民间写作"这个概念仅仅与"知识分子写作"相对应而存在，它也只是从"盘峰论争"开始后才具有概念的有效性。所以，考察与研究"民间写作"诗歌观念应该始终以"盘峰论争"为中心，同时平行考察出现于论争中的两种不同立场的诗歌观念，才可弄清问题的实质。

作为"民间写作"的口语化观念，一条粗略的主线是：韩东的"诗到语言为止"→于坚的"拒绝隐喻"与"有意味的形式"→伊沙的"后口语"→沈浩波的"下半身"或"诗到肉体为止"。虽然这条主线没有包括"民间写作"的全部，但本章以上内容基本上呈现了"民间写作"观念发展流变的脉络，其特征也主要体现在具体研究个案的阐发之中。纵观全过程，其观念的丰富性与建设性甚至超过"知识分子写作"一方。

第五章 ▶ 世纪之交以来诗歌观念的多元状况

对20世纪的中国新诗来说，世纪末的"盘峰论争"确实在相当程度上改变了人们对90年代以来诗歌的认识。论争不仅引发对之前诗坛的一次"清场"与再认识，掀起了诗歌研究的一次高潮，更重要的是，它还大大促进了新世纪诗歌观念新格局的形成。随着"70后"诗人的崛起，中国新诗在网络流行的大背景之下又出现了迥异于90年代诗歌多元状况的新的多元走向。在某种程度上说，新世纪以来新诗多元状况的出现是由"盘峰论争"引发的，至少我们可以说，论争的过程推动了世纪之交以来诗歌观念多元化的起步。本章呼应绪论，再次回顾论争的缘由、大讨论的情况、论争的焦点，以及论争之后多元诗歌观念的生成，这些带有总结性质的内容同样不容忽视。

第一节　"盘峰论争"的发生与论争焦点

一、关于"导火索"问题

"盘峰论争"是诗歌界的一次大震荡，无论是中国当代文学史还是中国当代诗歌史都无法绕过这次论争。其影响是深远的，意义是重大的，很多研究者对这次论争都显示出浓厚的兴趣，因为，它是"一次真正的诗歌对话与交锋"（张清华语）。1999年5月14日《中国青年报》发表记者田涌的文章《十几年没"打仗"诗人憋不住了》，文中提到："此次争论的激烈和白热化程度近十几年诗坛罕见，可称自朦胧诗创作讨论以来，中国诗坛关于诗歌发展方向的一次最大的争论。"影响如此重大的一次诗歌论争，到底因何而起？众说纷纭，但一般认为，论争的直接导火索与几个诗歌选本有关，再往深处，更与诗歌的历史与现状有关。我们认为，这次论争的发生确实原因复杂，是多方面推力导致的结果，是有着必然性和内在规律的一次诗歌论争事件。

程光炜曾如此概括"盘峰论争"的起因：

1998年3月，程光炜编选的《岁月的遗照——90年代诗歌》由社会科学文献出版社出版（该书为洪子诚主编《九十年代文学书系》之一种）。不久，北京师范大学在校学生沈浩波在《中国图书商报》发表《谁在拿"90

年代"开涮》一文，对这本诗选进行公开指责（该文后来又转载于《文友》1999年第1期）。紧接着，于坚1998年9月23日在《中华读书报》发表《诗人的写作》、《南方周末》1999年4月2日刊登谢有顺的《内在的诗歌真相》，都用杂文式的语风对该诗选和其长篇"导言"提出了尖锐批评。后来，王家新、唐晓渡、孙文波、臧棣、西渡等在《科学时报·今日生活观察》、《中国图书商报》和《文论报》撰文，对他们的指责予以反驳，并对1999年2月由花城出版社出版的杨克主编、明显是与《岁月的遗照》"对立"的《1998中国新诗年鉴》表示了不满。这种"批评"与"反批评"，成为一场发生在世纪之交的诗歌论争的敏感的"导火索"。①

　　作为学者和文学史家，程光炜在考察"盘峰论争"的起因时是客观的，说出了事实的表象脉络。基本上可以说，他的诗歌选本，杨克的"新诗年鉴"，也包括沈浩波、于坚、谢有顺三人言辞犀利的批评文章，都是引发论争的重要导火索。没有程光炜的《岁月的遗照》，也就没有杨克的《1998中国新诗年鉴》；没有沈浩波、于坚、谢有顺的文章，也就没有王家新、唐晓渡、孙文波等人回应的文章。用今天的眼光来看，程光炜的选本确实有失偏颇，带有浓重的个人趣味，而沈浩波与谢有顺的文章则更是偏激，火药味浓烈呛人，让任何人都无法忍受。双方的对立从以前隐性的对抗终于走向前台显性的争锋。从表面现象来看，确实是"民间写作"首先发难的，也确实有些民间起义的味道。问题是，如果说当时仍是一个在校学生的沈浩波不谙世事，以一种大无畏与目空一切的姿态对90年代的诗歌（在场的、占据主流的）大加挞伐还可以理解的话，那么"知识分子写作"一方急欲为自己辩解、匆忙应战则显得缺乏理性。所以说，论争由谁先发难并非一个必须回答的问题，二者的争锋是迟早要发生的。这种对抗性的存在从90年代中期即已开始萌生，到论争发生时，由于有了以上所提到的几样触媒的点火才终于得以爆发。

　　论争的酝酿、发酵和爆发并非一朝一夕的事，这其实早就达成共识。作为"民间写作"一方的伊沙在当时就清楚地表达过，"这里有一个相当复杂的背景"。伊沙所言及的"复杂背景"总的来说就是"知识分子写

---

① 程光炜：《中国当代诗歌史》，中国人民大学出版社2003年版，第352—353页。

作"一方不该如此占据诗坛的主流，是"知识分子写作"与主流官方诗坛忽视了90年代"真正的创作态势"。他认为只有三支力量才真正代表了90年代的"新的生长点"，包括：1."后口语"诗人：伊沙、阿坚、侯马、徐江、贾薇、岩鹰、朱文、杨键、宋晓贤等为代表；2."后意象"诗人：余怒、秦巴子、李岩、叶舟等等为代表；3."70后"诗人：马非、宋烈毅、沈浩波、盛兴等等为代表。① 由此一来，关于"盘峰论争"的真正起因就完全清楚了。这是一次一拨未名诗人或已出名但并不满意自己诗坛地位的诗人们的一次争权行动，"民间写作"一方为争得诗歌史的地位才是论争的真正起因。当然，不能简单把这次论争说成是一次无谓的意气争权之争。正是由于论争的发生，才使"民间写作"一方不遗余力地施展才华阐述观念，从而不仅丰富了世纪之交的诗歌观念，也助推了新的诗歌写作实践的进行。

二、论争开始时的状况

"盘峰论争"被陈超称之为"盘峰论剑"，既然是"论剑"，就有比武、比拼、决出高下之意。在北京平谷县盘峰宾馆召开的诗歌会议本来题为："世纪之交：中国诗歌创作态势与理论建设研讨会"，其宗旨应该是诗歌评估与理论建设，但是之前诗坛就已酝酿的分歧使这次诗歌会议变了味。1998年3月在北京召开的"后新诗潮研讨会"就已使诗坛内部阴云暗涌，产生了不小的反响并开始了争论，在这个背景之下才召升盘峰会议，意欲进一步讨论问题，开"一次具有总结与清理意义的重要议"。② 正因为如此，会议期间，"知识分子"倾向与"民间"倾向的诗人与诗评家都不想错过这个世纪末的机会，机不可失之时互不相让，都想以正宗的主导地位来引领新世纪的诗坛。根据一些参与会议者回忆，这次会议充满火药味，双方都失去了理智，言语之间充满攻击意味。为客观起见，笔者访谈了当时主持人之一的吴思敬教授，遗憾的是，他说当时没有留下录音资

---

① 参见伊沙：《世纪末：诗人为何要打仗》，《1999中国新诗年鉴》，花城出版社2000年版，第515—526页。

② 张清华：《一次真正的诗歌对话与交锋——"世纪之交：中国诗歌创作态势与理论建设研讨会"述要》，《诗探索》1999年第2期。

料，也没有形成会议书面记录。但从伊沙的《世纪末：诗人为何要打仗》一文的实时回忆文字中，可见当时会议"变质"情形之一斑。

"民间写作"一方

杨克大谈"新诗年鉴"的销售业绩，不谦虚而颇带商人味。徐江则颇带讽刺意味说："向知识分子学习！向中年写作致敬！"并指责"知识分子写作"是"当街手淫""买办主义诗人""国内流亡诗"。伊沙认为"知识分子写作"是天然地与阴谋结缘，四面讨好，文字表面清洁，很容易在主流刊物上流通，但他们戴着学术面具压制异己，"所谓'知识分子写作'让我想起了'女性文学'的提出，我对'女性文学'的感受同样适用于'知识分子写作'：作为男人，我平时很少想起也根本不用强调自己裤裆里究竟长了什么东西"。他对"中年写作"如此揶揄："为自己可能出现的生命力阳痿提前做好的命名。金斯堡从来不说什么'中年写作''晚年写作'，只要能操得动诗就能写得出来。"……

"知识分子写作"一方

王家新说，"你们这是在搞运动""谁也没有搞住谁""20年后，咱们走着瞧！"针对谢有顺的缺席审判，"谢有顺，一个从来没有听说过的人"。会议的第二天王家新承认自己头天的发言不妥。[①]唐晓渡说，"打着民间立场的道统，诗歌的目的是消解权力，对自己过分的张扬，对其他的排斥，当龙头老大"，他在会上抖出与于坚的隐私性事件而使会场空间尴尬。……

从伊沙的回忆文字来看，"民间写作"一方咄咄逼人的气势凌厉，说是"民间"对"知识分子"的率先发难并不为过，仅从会议本身来看，说这是一次"意气之争"则更为贴切。而且"民间"的粗鄙气质一览无余，这不仅符合"民间写作"观念的美学追求，同时也开启了之后如沈浩波"下半身"观念与网络恶搞的先声。会议直至结束也没什么诗学建设意

---

① 王家新有没有说过这些话，在此并不重要，即使这是对"知识分子写作"代表人物王家新的一种捏造或诋毁，但至少可以看出伊沙对待"知识分子写作"的一种态度。后来王家新在《纪念一位最安静的作家》（载《诗探索》2000年第3、4辑）一文中，针对沈奇的《中国诗歌：世纪末论争与反思》（载《诗参考》2000年7月号）进行了全面的辩解，也对伊沙所说的话进行澄清。

义的产生，正如吴思敬在会议结束总结发言时自嘲地表示，这种游戏也还是有意义的。总的说来，会议只是揭开了论争的序幕，此后双方在《北京文学》《诗探索》《大家》《山花》等诸多刊物上纷纷撰文，双方各自表述诗学立场，被称作"知识分子写作"与"民间写作"的诗人与诗评家几乎悉数参与，其中充满谩骂、指责、揭短、压制、贬低……如果说80年代初期的"朦胧诗论争"意识形态性浓厚的话，那么世纪末的"盘峰论争"则是江湖味十足的自由主义纷争。尽管如此，论争双方在气呼呼的话语中仍无形中表达了较为丰富的诗学观念，同时也是诗界内部问题的一次大暴露，从这点来说，论争也不无客观上的积极意义。此次论争随着"第三条道路"、"70后"、"中间代"、网络上一系列诗歌观念的滋生，于2001年底渐趋平息。

三、论争的焦点问题

论争前夕的酝酿破茧阶段，矛盾集中表现在"民间写作"一方对既有诗坛秩序的强烈不满上。1998年3月在北京召开的"后新诗潮研讨会"中，其实这种不满已初见端倪，程光炜的《岁月的遗照》成为事情的起因，因为，这次研讨会的重心"在于给滥觞于九十年代的一脉所谓'知识分子写作'的诗歌一个权威性的认同，并作为九十年代纯正诗歌写作的主流予以历史性的充分肯定"。[1]"由此，这次研讨会和这部诗选，在整个纯正诗歌阵营引起了不大不小的震动，其暴露出来的问题，正越来越为人所关注"。[2]在此之后，"民间"一方的不满遂一触即发成野火燎原之势。从沈浩波的《谁在拿"九十年代"开涮》到谢有顺的《内在的诗歌真相》，以及于坚的几篇文章，都充满了愤愤不平之气，认为现有诗坛格局遮蔽了真正的诗歌存在。为了给"民间写作"一个正名的机会，他们不得不采取一种语言暴力的姿态，以横扫一切的勇气向权威、正统文学史家以及赚有极大名声的"知识分子写作"发起冲击。论争发生后，这个诗歌外部的问题仍是焦点所在。随着论争的深入与白热化，双方都要殚精竭虑抖出自己的理由，于是，一系列焦点问题浮出水面而为人所注目。总的来

---

① 沈奇：《秋后算账——1998：中国诗坛备忘录》，《诗探索》1999年第1期。
② 沈奇：《秋后算账——1998：中国诗坛备忘录》，《诗探索》1999年第1期。

说，论争的焦点有诗歌的外部和内部两大方面。外部包括"民间写作"的被压抑与"知识分子写作"的被宠、相互的反命名、诗歌与现实、传统的关系以及新诗发展方向等，内部包括西方资源、诗歌本质、创作动机以及语言等。

平心而论，程光炜在《岁月的遗照》的"导言"——"不知所终的旅行"中确实提出了不少见解，而且也看到了许多问题的实质。文中对一些诗人的评价也充满了智慧（尽管也有不少溢美之词），问题就出在他不可能面面俱到地提到所有诗人，更为严重的是没有专门论述于坚、韩东、伊沙等诗人。而且所选的诗重点落在张曙光、欧阳江河、王家新、西川、肖开愚、陈东东等"知识分子写作"诗人身上。按理说，一本带有个人偏好的诗歌选本不会激起那么大的波澜，但它是身居北京的权威文学史家洪子诚"九十年代文学书系"之一种。这样一来，一本诗选就不仅仅是一本诗选那么简单，在某种程度上，它带有总结意味，甚至具有权威诗歌教材的意义。程光炜的做法，已让不少其实已很知名的诗人按捺不住了，他们走到一起并结成联盟，明显是针对程光炜选本的《1998中国新诗年鉴》很快就得以面世。此时已具备论争的物质基础，说法有了最直接的源头。实际上，当论争开始时，这两个选本也恰恰成了论争的焦点之一。这个焦点一旦散开来，就成为"民间写作"被压抑与"知识分子写作"被宠，谁才算得上是90年代诗歌的真正主流等方面的问题。"民间"一方意欲揭露"真相"，"知识分子"一方自然要竭力维护既得的地位，这就是论争的原动力，对自己一方历史的梳理与肯定自身的价值成了双方进入论争阵地的"序言"与必修课。这种原动力直接表现为对自己合法、正统、权威地位的命名上。本书第三章、第四章已就双方各自的命名与阐释做了基本的考察，在此需要关注的是他们对对立方的反命名，也即对对方的贬损与非议。

"民间写作"一方对"知识分子写作"一方的反命名

在被指认为"盘峰论争"导火索之一的《内在的诗歌真相》（谢有顺）中有言："这种写作的资源是西方的知识体系，体验方式是整体主义、集体记忆式的，里面充斥着神话原型、文化符码、操作智慧，却以抽空此时此地的生活细节为代价……"① 这种对"知识分子写作"作概括、定性式的反命名，确实为之后论争中"民间写作"贬斥"知识分子写作"的众多言论定下了基调。于坚论争前在《1998中国新诗年鉴》的序言文章《穿越汉语的诗歌之光（代序）》中就剑锋直指"知识分子写作"："九十年代的'知识分子写作'是对诗歌精神的彻底背叛，其要害在于使汉语诗歌成为西方'语言资源'、'知识体系'的附庸，在这里，诗歌的独立品质和创造活力被视为'非诗'。"② "五十年代以来中国诗歌依附于某种'庞然大物'的老路，正是为'知识分子写作'所继承。这种写作仅仅是某种庞然大物的傀儡，与诗歌在历史上曾经有过的那种伟大的创造精神相反……"③ 继而，他又在《真相——关于"知识分子写作"和新潮诗歌批评》一文中细指对方的缺陷："'知识分子写作'的一个特点是，把常识性的、规律性的东西用佶屈聱牙的玄学语言升华到理论、路线的高度，其实空洞无物。"④ 于坚给对方的反命名就是依附西方，做"庞然大物"的傀儡，空洞无物。伊沙则在《世纪末：诗人为何要打仗》中说："……回首即将逝去的90年代，发现'知识分子'连做主流都是伪（萎）的，是一种声势上的假象（太可笑了！'知识分子'自吹自擂或相互吹捧的文论与随笔比他们的作品要多！）。他们自称的'知识分子写作'，实质上不过是一种'泛学院化写作'。"⑤ 在他看来，"知识分子写作"就是"泛学院化写作"的代名词，只是诗歌写作上的一种"假象"。另一个"民间写作"代表人物沈奇则干脆来一篇《何谓"知识分子写作"》，文中尖锐地指出："……以知识或知识分子写作为代表的所谓'后朦胧'诗

① 谢有顺：《内在的诗歌真相》，原载《南方周末》1999年4月2日，此处引文出自《1999中国新诗年鉴》，第528页。
② 于坚：《穿越汉语的诗歌之光（代序）》，《1998中国新诗年鉴》，花城出版社1999年版，第7页。
③ 于坚：《穿越汉语的诗歌之光（代序）》，《1998中国新诗年鉴》，花城出版社1999年版，第8页。
④ 于坚：《真相——关于"知识分子写作"和新潮诗歌批评》，《北京文学（精彩阅读）》1999年第8期。
⑤ 伊沙：《世纪末：诗人为何要打仗》，《1999中国新诗年鉴》，广州出版社2000年版，第526页。

歌，打着'资源共享'和'与国际接轨'的旗帜，重蹈语言贵族化、技术化、翻译语感化的旧辙，脱离当下的生存现实，一味在欧美词根诗风中找灵感，挖资源，制造出一批又一批满纸大词虚气洋腔、只见知识不见知识分子精神，只见技艺不知所云的文本……"[1]说法林林总总，但总的来说，"民间写作"一方对"知识分子写作"一方反命名的核心内容集中体现在：1.依赖西方的语言资源与知识体系；2.缺乏独立的知识分子精神；3.脱离当下的现实；4.专注于技艺、缺少原创性而内容空洞。

"知识分子写作"一方对"民间写作"一方的反命名

王家新《从一场濛濛细雨开始》[2]："'民间写作'在今天的提出说到底和写作本身无关，它只是某些人的权力相争策略，也只能把水一时搅混而已"。

西渡《写作的权利》[3]："根本不可能存在什么独立的民间立场"，"民间立场意味着一种大众文化立场"，"作为一种诗歌立场，民间立场要求降低诗歌的品质，它要把诗歌的个性、独立性向下拉齐到大众文化的水平上。"

唐晓渡《致谢有顺君的公开信》[4]："所谓'民间立场'、'民间身份'云云，不应是对诗歌的一种限制，而应是一种解放；不应意味着一道符咒，而应意味着广泛的对话；不应被视为一件克制或扫荡异己的法器，而应被视为一根维系所有孤独的探索者的纽带。"

西川《思考比谩骂重要》[5]："说到底'民间'立场并不存在。与其说有个什么'民间立场'，还不如说有个'黑社会立场'，而诗歌黑社会立场中的头一条原则就是利益均沾，所以眼下的争论表面上看是诗歌方向的斗争，其实背后是利益在驱使。"

张曙光《90年代诗歌及我的诗学立场》[6]："一方面自诩为中国诗歌精神继承者，反对依附于任何庞然大物（实际上是强调一种国粹或民粹主

---

① 沈奇：《何谓"知识分子写作"》，《北京文学》（精彩阅读）》1999年第8期。
② 该文为《中国诗歌：九十年代备忘录》"代序"。
③ 载《山花》1999年第7期。
④ 载《北京文学（精彩阅读）》1999年第7期。
⑤ 载《北京文学（精彩阅读）》1999年第7期。
⑥ 载《诗林》2000年第1期。

义写作，把汉语诗歌的疆域无限度地缩小）……一方面大谈所谓民间立场，另一方面却标榜自己不断在官方和海外获奖，享受着非民间的殊荣；一方面鼓吹诗歌的纯正性，一方面却要用诗歌来换取声誉。这正是所谓民间立场提出者的真实写照。"

……

"知识分子写作"一方众口一词地否定"民间"的存在，即使勉强承认，也将之说成是一种权力相争的"策略"、国粹或民粹主义、换取声誉的资本、大众文化的代名词，甚至是黑社会，等等。公正地说，这是有失偏颇的。作为"知识分子写作"一方，不可能不理解"民间"的含意，也不应该漠视"民间"的传统，之所以如此坚决地否定，甚至将之化为乌有，同样也是避重就轻、击其软肋的一种策略。如果说"民间"一方是为了争得诗歌史地位而有意识地结盟并与"知识分子写作"对抗的话，那么"知识分子写作"一方则在极力肯定自身的同时却又全盘否定"民间写作"的存在，这也是一种保住自己既有地位的自动结盟式的反击。这些反命名与诗学建设毫无关涉，只是加剧了论争的无理性，在这一点上，"知识分子写作"一方也要承担诗坛一度混乱的责任。

关于西方资源问题。

"民间写作"先提出这个问题，并将之列为"知识分子写作"的罪状之一，认为这是附庸西方的表现，是殖民化的体现，是向西方的大师膜拜，等等。这里涉及一个新诗源头的问题。其实中国新诗自诞生之日始，就与西方密不可分，无论是诗体，还是作为翻译的白话形式、新的意象表达，等等，都无不是效法于西方诗歌。那么到了世纪末，西方资源却作为一个问题被提出，而且成为为人所诟病的诗歌写作的大缺陷，这又是出于什么原因？姑且先来看看"民间写作"的指责以及"知识分子写作"一方的辩解，然后再作出辨析。

于坚之所以认为"知识分子写作"背叛了诗歌精神，其中的一个重要理由就是汉语诗歌成了西方"语言资源"与"知识体系"的附庸，他认为这"丧失汉语诗歌的尊严"，而且以西方诗歌为世界诗歌的标准是一种"媚俗"。[①] 这可视作于坚反对"知识分子写作"的一个道德式的起点。谢有顺也从这个角度出发，认为新诗创造性的萎缩与接触西方诗歌有

———————
① 参见于坚《穿越汉语的诗歌之光》一文。

关，因为如此一来，我们的诗歌就"几乎整个地活在众多大师阔大的背影中"。① 谢有顺甚至认为"知识分子写作""离开西方的大师名字、知识体系、技术神话和玄学迷津，到了已经无法说话的地步"。② 韩东也认为"知识分子写作"热爱翻译作品、熟悉西方文学史、对大师与巨人五体投地、写作的灵感都来自阅读等等，这些都是在"附庸风雅"。③ 沈奇认为共享西方资源、与国际接轨，这种结果导致"重蹈语言贵族化、技术化、翻译语感化的旧辙"。④ 类似言论无须多举，以上所列已足具代表性。

在这点上，"民间写作"的观点是很难站得住脚的。且不说新诗的诞生本来就与西方有关，只需回顾一下中国新诗史，又有多少新诗名作与现代诗人没有受到西方影响的？在某种程度上讲，没有西方资源，就没有中国新诗，那还谈何所谓的原创性？西方诗歌本来就是中国新诗的酵母，这是毋庸置疑的事实。如果"民间写作"只是反对"知识分子写作"过度的西方倾向、偏离或忽视了中国当下语境与更多的日常现实而显得高蹈，那就显得有说服力。问题是，"民间写作"一方也有相当多的作品是深受西方诗歌的影响而写成的，这同样是毋庸置疑的事实。另外，如果"民间写作"把向西方学习看作是反"人民性"，那么这种理解的结果肯定会产生偏误，在这一点上，我们赞同程光炜的观点，这是"企图将诗学问题政治化、民族主义化"。⑤ 当然，"民间写作"或许是为了提出西方资源的本土化问题，作为常识，几乎没有人会去全盘否认西方诗歌的作用，但是，在论争的过程中"民间"一方对西方资源的厌恶确实是有失偏颇的。

相对而言，作为被打击的靶子——"知识分子写作"对西方资源问题的辩解反而细致得多，也较有说服力。在王家新看来，西方资源其实早已融入中国的文化血液之中，现在已很难创造一种完全本土性的东西，中国诗人"当然需要有一种本土自觉，但他们依然需要以世界性的伟大诗人

---

① 参见《1999中国新诗年鉴·序》。
② 参见《诗歌在疼痛》。
③ 参见《附庸风雅的时代》。
④ 参见《何谓"知识分子写作"》。
⑤ 程光炜：《新诗在历史脉络之中——对一场争论的回答》，《大家》1999年第4期。

为参照，来伸张自身的精神尺度与艺术尺度"。① 张曙光主张文化没有国界，作为一种调和，他认为"诗人应该从两个方向上努力：一是尽可能地吸收世界上一切有益的文化遗产（当然也包括中国传统诗歌在内）的长处，二是更加关注我们的时代和自身的生活。"② 西渡的说法饶有意味，他认为接受西方的滋养不一定沦为西方的附庸，而且西方也并不拒绝东方的资源，相反五六十年代正是因为封闭才造成新诗的式微（在我们看来，在这一点上，西渡并不完全正确，五六十年代新诗的式微并不仅仅是闭关锁国不接受西方资源所致），相反地，"对地方色彩的过分强调，暴露了这些人的民族虚无主义和对西方文化的迷信。"③ 臧棣质疑"民间写作"反对西方资源的动机，他指出"其目的是为一种文学的反感推波助澜，以便用一种粗糙的本土化立场来裁决新诗与西方诗歌的错综复杂的关系"，这种做法"是在重弹'诗歌的民族性'的老调"，"将新诗和西方诗歌之间的复杂关系偷换成中西文化之间的价值冲突，以便促成一种非理性的本土化立场，瓦解新诗在它的传统中通过艰苦努力建构起来的现代性视野"。④陈东东则从反面来说明西方资源问题，他认为与西方的接轨就是译述，而"译述是现代汉语的主动行为，更像是现代汉语的远征和殖民"。他明显是把外部的问题转为内部来说，而且颇有"以其人之道，还治其人之身"的味道。⑤ 等等。

总的来说，"知识分子写作"对西方资源问题的辩解是有一定道理的。但是，辩解的本身有道理，并不等于说他们的诗歌实践或文本中就没有问题。大量出现的西方人名、地名，确实有所偏离与忽略中国本土经验的嫌疑，并以高蹈的姿态来进行不太明朗的表达，与西方大诗人进行"互文"式的对话，等等，这些现象的确存在。这些现象的存在也确实大大削弱了"知识分子写作"与当时中国现实语境的亲密度，从而被人抓住了辫子。反过来说，即使"知识分子写作"强调与西方进行平等、平行意义上

---

① 参见《从一场濛濛细雨开始》。
② 参见《90年代诗歌及我的立场》。
③ 参见《写作的权利》。
④ 参见《诗歌：作为一种特殊的知识》。
⑤ 陈东东：《回顾现代汉语》，《诗探索》2000年第1期。

的互文交流，这也不足以作为被批评的一个重要依据，毕竟诗歌写作应该是多元的，其中的任何一种都有存在的理由，非此即彼式的压制对诗歌的健康发展都将于事无补。

关于传统与现实的问题。

众所周知，20世纪80年代第三代诗人中以"他们""非非"为代表的民间诗歌是以激进主义的反文化姿态出世的。反英雄、反体制、反传统、反官方、反主流并主张打倒一切旧有秩序，这种"先锋性"煊赫一时并产生了极大的影响。时隔十多年，以于坚为代表的"民间"观念提倡者，突然转身，不仅拒绝西方诗歌对汉语诗歌与生俱来的关系传统，甚至也拒绝新诗进入90年代以来所产生的可能存在的传统，而是转向唐诗宋词的古典之中。当然我们明白，不是诗体上转向传统诗词，用于坚的话说，是要"拒绝隐喻"，回到"原创性"。这种鲁迅式的决然态度，在历史上曾起过一定的积极作用，比如新文化运动时期的提倡白话文拒绝文言文。但是当我们回到当下语境中时，现时的语境却发生了翻天覆地的变化，全球化语境之下地球村的概念早就出现，想要完全拒绝来自西方的资源，很明显这是难以做到的，也是完全不现实的。当然，我们也可以用越是民族性的东西就越有世界性来支持"民间写作"一派的观念，但是现在诸如土著意义上的民族性已难见踪影，更多的是一种混合型的文化存立于世。所以说，传统的东西永远都可能是一个现在时，传统也永远在不断更新之中，只是传统有不同的支流，不同的质素，不同的类型，这些都需要我们去认真对待并加以继承。退一步说，即使不是主观意义上的继承传统，我们也无法逃离传统，我们就在传统之中。如果把传统当作是从现在某时某刻去观察、体认、接受、模仿、激赏过去的某时某刻，这都是静止不变的形而上学姿态。即使如我们所说，90年代的诗歌经历了一个以"89年"为标志的时间断裂的神话，我们也无法拒绝或否认80年代诗歌的传统对90年代诗歌的直接或间接的影响。

于坚的"传统"说有远、近两个。远的就是类似唐诗宋词的"拒绝隐喻"的诗歌精神，近的则是由《今天》《他们》《非非》等等民刊所开创的独立而居于边缘的"民间写作"，当然也包括"反文化"的第三代诗歌的口语传统。总之，聚焦到当代诗歌来说，"好诗在民间"就是"汉语诗歌的一个伟大的传统"。① 而他以前在《棕皮手记》中所提倡的"反传统"，"从根本上说，乃是二十世纪的'反传统'这个传统"。② 无论是于坚、韩东，还是其他的"民间写作"者们，都应该是拥持这个"传统"观念的，其实最终倡导的是中国古典诗歌传统精神，还有就是80年代第三代诗歌"反文化"的口语诗歌传统。他们反对的是西方的诗歌资源传统，特别是翻译体的传统，其最终的指向也就是90年代的"知识分子写作"的存在。"民间写作"是在重构一个传统？还是在虚设一个传统？他们忽视了最重要的一点，任何传统的形成并不以个人的好恶为转移，而且传统也并非静止孤立的，更不是一个直流的线性发展；现实中会有不同传统存在的可能与事实，传统之间也将必然存在交叉甚至是重叠与转化的情况。

对此，"知识分子写作"一方有不同的辩解。

王家新毫不讳言地直接表达了他的观点："知识分子写作""本身已构成了一种向着未来敞开的写作传统"。③ 向未来敞开什么？王家新是在强调"知识分子写作"在90年代的重要性，认为它已成为一个传统，并将对即将到来的21世纪诗歌写作提供某种借鉴或产生重大的影响。这是一厢情愿也好，还是充满自信也罢，他的着力点仍然只是在对抗"民间写作"的传统观。相对而言，张曙光的观点则较为客观，"从新文化运动到今天，汉语诗歌一直走的是在形式和手法上借鉴西方诗歌的道路，而在精神和气质上又承继了中国艺术的某些精髓。"④ 事实不可否认，中国新诗本来就是中西的混血儿，任何单方的偏激都是虚无主义的表现。孙文波看到了问题的另一面，他认为传统应该是"贯穿在汉语诗歌几千年历史中的'时间的现实性'这样一种东西"，是"时间的空间化"，"我们可以说

---

① 参见《穿越汉语的诗歌之光（代序）》。

② 参见《穿越汉语的诗歌之光（代序）》。

③ 王家新：《从一场濛濛细雨开始（代序）》，《中国诗歌：九十年代备忘录》，人民文学出版社2000年版，第11页。

④ 张曙光：《90年代诗歌及我的诗学立场》，《中国诗歌：九十年代备忘录》，人民文学出版社2000年版，第8页。

汉语诗歌的传统不是修辞学的传统，汉语诗歌的传统是变化的传统。"① 修辞学的传统是诗体与诗歌语言层面上的，他实际上不是否定这个固化的传统的存在，而是强调中国诗歌一路发展下来的流动的变化特质。所以说，只有时间处于某个现实之中时，才有它存在的空间。西渡反对回到旧体诗的传统与新诗产生之前的文学传统，他认为正因为有唐诗宋词的传统，才应该不断开拓诗歌的新疆域。而且他也"怀疑是否存在一个一成不变的民族传统"，"继承传统的唯一办法就是创新，就是在既有的传统中不断加入新的元素，开辟新的领域，拓展新的可能性。"② 他强调的仍然是一个传统的流变问题。陈东东与西川二人则坚决肯定新诗与古典传统的断裂关系。前者从语言入手，后者从诗体上切入。陈东东说，"现代汉语与古汉语的关系特征不是'延续'，而是'断裂'。这种'断裂'，也最明显地体现于用这两种语言写下的不同的诗。""想要从被现代汉诗所刻意摆脱的古典诗词里寻找范式，来评估现代汉诗……则更是自欺欺人。"他反对于坚的以古典诗歌来衡量诗歌标准的观点。③ 西川则说，"我认为中国当代诗歌和古典诗歌没什么关系"，"一个人和历史和传统的关系不是那么笨拙的一条直线的关系"。④ 我们认为，这种观点未免显得偏激，有缘木求鱼之嫌。新诗固然是以白话的面貌加以翻译体杂糅而成，但大量的古典白话与日常口语不可能消失，更何况新诗诞生之初正是以文白相杂的面目出现的，并没有产生另种文字，诗歌当中仍然是用汉语，只是语法与组词上的变化。另外，即使诗体发生了变化，也不能说明新诗与古典诗歌就没有关系，新诗与古典诗歌虽然形式上发生了断裂性的变化。但中国作为一个诗歌大国，有着深厚的诗歌文化底蕴，作为文化积淀层面上的诗歌精神是永远不会消失的。诗性的东西必将融入文化与文学中的方方面面，这是

---

① 孙文波：《我理解的90年代：个人写作、叙事及其他》，《中国诗歌：九十年代备忘录》，人民文学出版社2000年版，第19页。

② 西渡：《写作的权利》，《中国诗歌：九十年代备忘录》，人民文学出版社2000年版，第24页。

③ 陈东东：《回顾现代汉语》，《中国诗歌：九十年代备忘录》，人民文学出版社2000年版，第113页。

④ 张者：《当代诗歌承担了什么？——西川、王家新、蓝棣之、崔卫平四人谈》，《2000中国新诗年鉴》，杨克主编，广州出版社2001年版，第468页。

无法否认的事实。西川的诗素来以追求节奏感与典雅著称，这不正是中国古典诗歌所追求的么？

对于论争双方关于"传统"问题的争论，还不如黄灿然的新诗处于"在两大传统的阴影下"的观点来得干脆与直接。既承认传统的存在，也囿于传统的压力，这两种传统一是西方的诗歌传统，另一是中国古典诗歌的传统，只是新诗受到西方诗歌传统的压力更大而已。① 有论者对双方喋喋不休地争论传统问题，干脆都予以否定，"把传统作为说词是功成名就者的生存策略；把传统作为棍子挥舞是弱智者的诗歌传统；把与传统对接作为胜利的标志是先锋诗歌的失败"。为何双方都在谈论汉语诗歌的传统？"他们看到商机！""商机"是什么？商机就是论争当中的胜败，胜者才是权威，才有诗歌的发言权，"商机"导致了双方不遗余力地争论。我们虽然承认论争对澄清一些问题有一定的意义，但是对于论争本身来说，无论胜败，双方既是赢家，同时也都是败者，其中含义并不难理解。②

俄国车尔尼雪夫斯基1855年提出"美是生活"的理论。这"生活"是个复杂的包含，它可以是"现实"这个宽泛的词，同时也可以具体到"日常性"的体察。另外，这也会让我们联想到传统文学概论中"文学来源于生活又高于生活"的定论。其实文学与现实之间的关系并不矛盾，它指向两个向度，两种倾向，或者说两种趣味。说得更明白一点，也反映了中国历来文学中的"雅"与"俗"的不同追求。同样地，"知识分子写作"与"民间写作"对现实的不同看法，也分别代表了两种不同的取向，它们与文学性、诗性并不发生塌陷性的冲突。

王家新对现实的态度是向上的，有种超出现实的意味。"当代写作又必然是一种互文性写作，诗歌肯定与生活有关联，但它决不像人们一直在宣扬的那样直接地来自生活，我想它同样也来自文学本身。""90年代诗歌是一种不是在封闭中而是在互文关系中显示出中国诗歌的具体性、差异性和文化身份的写作，是一种置身于一个更大的语境而又始终关于中国、

① 黄灿然：《在两大传统的阴影下》，《1999中国新诗年鉴》，杨克主编，广州出版社2000年版，第414—437页。
② 秦巴子：《我的诗歌关键词》，《2000中国新诗年鉴》，杨克主编，广州出版社2001年版，第522页。

关于我们自身现实的写作。"①王家新在肯定文学来源于生活的同时，又指出现实的升华性质，文学与现实是"互文"的关系。不过，他提到另一种现实，即文本的现实，文学既可以来自于现实中的现实，也可以来自文本中的现实。从这点来看，王家新的话并没有错，文学史上并不缺乏相关的例证，最明显的莫过于一生工作在图书馆中的博尔赫斯。

"民间写作"一方的谢有顺对现实的态度可以说极具代表性。"保持对当下的日常生活的敏感"，强调的是"此时此地的生活细节"。②同样的，我们不能说"民间写作"的观念是错误的。谢有顺的观念更具时代的现实性，只是他的观念是向下的。文学或诗歌进入90年代后，遭遇的语境不同以往，文学不再是贵族而是沦为"献给无限的少数人"的东西。随着网络的普及，大众文化的兴起，广大民众需要文化消费，同时也需要大众化的诗歌。大众的诗歌自觉也使更多的人成为写作者，也参与到诗歌写作阵营中来，而无论是写作者还是阅读者，较之以往都发生了巨大的变化。一般人都有写作与发表的权利，阅读更为便利，发表意见也更为大众化。正是在这样的语境之下，"民间写作"诗歌观念可以说是迎合了这种潮流。作为平民的诗歌和凡夫俗子的感受则更容易为人所接受。平民性决定了日常性与生活细节在诗歌中的重要性。"生活在别处"于是成为令人嗤之以鼻的东西，凌空蹈虚也就必然不见容于越来越世俗化的生活。

以上二人的观点分别代表了两种不同的向度，其实都没有涉及诗歌本质的价值判断问题。在这点上，我们同意臧棣的说法："我不能同意谢沈二君把诗歌的日常性引申成一种关于诗歌的价值判断，并以此作为唯一的价值尺度来取缔当代中国诗歌的多样性，似乎诗歌的日常性是当下中国诗歌唯一的人间正道。"他认为这是"把诗歌的日常性和诗歌的本质混同起来。""在范式的意义上，诗歌仍然是一种知识，它涉及的是人的想象和感觉的语言化。"③我们可以说，生活处处都充满诗意，但还不能说充满

---

① 王家新：《知识分子写作，或曰"献给无限的少数人"》，《中国诗歌：九十年代备忘录》，人民文学出版社2000年版，第162页。

② 谢有顺：《内在的诗歌真相》，《1999中国新诗年鉴》，杨克主编，广州出版社2000年版，第528页。

③ 臧棣：《诗歌：作为一种特殊的知识》，《1999中国新诗年鉴》，杨克主编，广州出版社2000年版，第553页。

诗性。诗性是体现在语言之中的。语言也是一种现实，只有把日常的生活细节转译到诗句之中，让它成为诗歌现实中的质素，诗歌中的诗性才能最终实现。也即，面对生活，要将由生活的日常性所提纯的想象性的东西与感觉实施"语言化"，其中提纯的过程是需要"知识"的。

双方的观念分歧并不能掩盖他们在诗歌文本中的实质。论争的局外人胡彦说，"《0档案》是对人的成长史与生活史的重述"，"臧棣的诗歌基本上都是以现实生活作为主题的"。[①] 正所谓旁观者清，其实双方的诗歌都没有脱离现实，只是手段不同而已。或许真正存在的一个事实是，双方都在构建着属于自己的语言现实，通过这种语言现实处理对应着的不同的生活现实的方式。

关于语言的问题。

海德格尔说"语言是存在的家"，他意指"使我们直接面对一种语言体验的可能性"。这种体验并非指语言处理现实的能力，并非在说用语言来表达一件事或一个问题。在他看来，语言本身就是一种现实，这种语言与科学语言不同，在诗人那里，语言是"存在的语言"。诗意并非来自闲谈，并非来自日常说话，但是，"纯粹地被说出来的东西就是诗"。因为，"日常语言是遭遗忘因此也是被用罄了的诗"，"纯粹"就是通常所说的诗性。[②] 我们可以这样粗略去理解海德格尔的"语言是存在的家"与"人，诗意地安居"的深刻含义。"知识分子写作"与"民间写作"双方在"语言"上的争论，在我们看来，他们都是在海德格尔早就澄清了的问题之外纠缠。

"民间写作"历来以接近日常性的、抚摸的、软的口语写作者自居，而且也素来看不惯"知识分子写作"写作的贵族化、技术化、翻译体的语言风格。这种对立由来已久，"盘峰论争"中的分歧尤为严重。这里既有一个向内的、历时的、"民间"语言（包括方言）的吸纳问题，也有一个现代性、横向的（借鉴西方语言资源）、互文性的现代汉语发展问题。它

① 胡彦：《没落，还是新生？——一份关于当代汉语诗歌命运的提纲》，《作家》1999年第7期。

② 参见[德]海德格尔：《人，诗意地安居》，郜元宝译，上海远东出版社2004年版，第59—119页。

们分别代表两个不同的向度，总的来说是各有千秋，互为补充，并不矛盾的。如果语言是一个整体的，那么这两种向度分别代表着经线与纬线，共同织就中国当代诗歌的语言地图。这样看问题是公正而客观的。不过，我们还是不妨来看看双方各自对语言问题的不同表述与追求。

"民间写作"一方对"语言"的表达最典型的莫过于于坚的《诗歌之舌的硬与软——关于当代诗歌的两类语言向度》一文。这篇文章的观点也成为后来被"知识分子写作"一方攻击的焦点。于坚所提到的两类向度包括：普通话写作的向度和受到方言影响的口语写作的向度。前者是"硬"的，后者是"软"的。普通话"它创造了一个奇迹是摧毁了由各种汉语地方方言建构的中国传统的内心世界，有效地进行了所谓'灵魂深处的革命'"。这种"硬"无论是官方的还是民间的诗人都与意识形态联系在一起，诗歌与诗人形成一种抽象的脱离时空的关系。此外，这种"硬"还表现在其他方面，即欧化的、译文的和书面语的。于坚明显是拒绝这种"硬"的，可他反讽地说："被公认丰富了中国新诗的历史，加快了汉语的现代化"，因为它"更便于国际接轨"。他认为"软"的口语化写作才是承继了"五四"以后开辟的现代白话文传统，用他的话来说就是，"口语写作实际上复苏的是以普通话为中心的当代汉语的与传统相联结的世俗方向，它软化了由于过于强调意识形态和形而上思维而变得坚硬好斗和越来越不适于表现日常人生的现时性、当下性、庸常、柔软、具体、琐屑的现代汉语，恢复了汉语与事物和常识的关系。"[①]于坚的这篇文章几乎就是后来论争中对口语写作倡导的纲领性文件。

对于坚的观念，谢有顺是完全赞同的，而且还强调了其价值所在："从严格意义上说，用口语入诗是最难的一种写作方式，这就好比朴素（而不是深奥）是艺术最高的境界一样；口语也无法复制，因为它是第一性的，个人的，它对应于原创性，这跟另一些诗人所做的忙于仿写大师文本的工作（还美其名曰'互文'）是有本质区别的。"[②]当然，"民间写

_____

① 此段中引文均出自于坚：《诗歌之舌的硬与软——关于当代诗歌的两类语言向度》，《1998中国新诗年鉴》，花城出版社1999年版，第451—468页。
② 谢有顺：《1999中国新诗年鉴·序》，《1999中国新诗年鉴》，广州出版社2000年版，第9页。

作"包括谢有顺在内在提倡口语的同时也在拒绝"口水"诗的出现，这算是一种自我清理。

这种清理用沈浩波的话来说，就是要用"后口语"来完成。他认为口语是"每个诗人的自身本质，天然的语言状态和感觉"，即一种原生质。"'后口语'的诗人们更为讲究诗歌的内在技艺，具备深刻的语言自律。"① 从以于坚为代表的"前口语"到以沈浩波为代表的"后口语"，加上评论界谢有顺的价值定位，"口语"大致形成了一个体系。

针对"民间写作"口语观，"知识分子写作"做了语言层面上的相应回应。孙文波认为语言的"纯"难以做到，诗歌在采取何种语言上应该平等对待，"所谓的好词与坏词、抒情与非抒情，都已经获得了诗学观照，处于平等的地位，都可以成为诗歌确立的材料……"② 相对来说，这是一种较为客观的说法，也易于为人接受。

西渡与于坚针锋相对。他认为于坚的软硬说是把写作伦理转换到写作风格上，是"缺少起码的批评良知"，而且与诗歌追求丰富与差异的本质要求背道而驰。他进而指出，"口语写作"使"词语的诗性已被消耗殆尽"。③ 这类观念明显带有意气相争的口气，并不符合当代诗歌的历史真实。事实上，"口语写作"也产生了为数不少的优秀诗作。

桑克认为口语的本质是声音，"它一旦进入纸这种载体，它最小的独立声音单元也就演变成了文字，这种转化过程实际上巨大而复杂，带有浓重文明痕迹"。他从口语的物质转化过程来下结论，认为诗中的口语只能是"假口语"。他对看重口语的看法是，"只是出于一种社会学的借口，而不是一种对诗歌多种可能性具有建设意义的讨论"。④ 同样地，实质上他也是一笔抹杀了口语在诗歌写作中的客观存在。

① 沈浩波：《后口语写作在当下的可能性》，《1999中国新诗年鉴》，广州出版社2000年版，第481—482页。

② 孙文波：《我理解的90年代：个人写作、叙事及其他》，《中国诗歌：九十年代备忘录》，人民文学出版社2000年版，第18页。

③ 西渡：《写作的权利》，《中国诗歌：九十年代备忘录》，人民文学出版社2000年版，第29—31页。

④ 桑克：《诗歌写作从建设汉语开始：一个场外发言》，《中国诗歌：九十年代备忘录》，人民文学出版社2000年版，第36—38页。

　　陈东东认为于坚混淆了现代汉语与普通话或方言在诗中的地位。现代汉语就是现代汉语，而不是普通话与方言，"因为并没有直接的口语写作"。口语入诗提纯为书面语的程度如何，"并不意味着写作的优劣"。对于西方的语言资源问题，这涉及"译述"问题，在他看来，译述与西方语言资源并非那么不堪。因为，"译述使现代汉语成为一种自觉、主动、开放和不断扩展着疆域的语言，它要说出的或意欲说对的，是所谓'世界之中国'"。① 陈东东的言说，一方面存在极大的合理性，因为他看到了现代汉语在诗歌历史过程中的真实命运，同时也看到其间内在融合的事实。但是另一方面他又与"民间写作"带有"民族主义"嫌疑一样也带有浓郁的"民族主义"倾向，比如他说，现代汉语的译述不是被殖民，而是"远征和殖民"。如果是这样，对语言的论争就逃离了语言诗性运用的初衷而变得不知所云。

　　相对而言，姜涛对于坚的辩驳则具相当的学理性。他认为于坚所言及的"硬"与"软"涉及的实际上是"一种压抑机制"，是"某种公共——权力话语在不断削删控制着自由言说的权利（但这决不是想当然的普通话对口语的压制）"。这种情况是存在的，而且"这种话语已深深地渗入了20世纪中国的文化想象的历史阐述中，构成了记忆、习惯和挥之不去的遗产"。他认为于坚的说法体现了"在多种话语的交错中，一种与时代共谋的历史机会主义心态"。②

　　先抛开双方不同的观念与意气成分，我们可以说，对语言的不同阐述是具有积极意义的。毕竟，诗人都在寻觅一个"语言存在的家"，认可多种观念的并存才是应有的态度，而不是非此即彼、打死对手而后快的二元对立的思维模式。

　　总的来看，论争的焦点除了以上所提到的之外，还有诸如创作动机、新诗发展方向、具体诗人的评价、90年代的诗歌特征（如叙事性、个人写作、历史化与非历史化、连续性与非连续性）等等，不过这些都是附从于

---

① 陈东东：《回顾现代汉语》，《中国诗歌：九十年代备忘录》，人民文学出版社2000年版，第114—115页。

② 姜涛：《可疑的反思及反思话语的可能性》，《中国诗歌：九十年代备忘录》，人民文学出版社2000年版，第145—146页。

以上所讨论焦点之下的延伸。双方的不同阐述，如果剔除去意气的无谓的争吵，还是相当有意义的，至少让我们进一步摸清了90年代以来诗歌发展的脉络，澄清了以往处于一种含混状态的观念杂合，从而加深了我们对20世纪90年代以来诗歌观念的认识。

第二节 "70后"诗歌观念的浮出

回顾"70后"诗歌运动的出现，不可否认，它是从"盘峰论争"的硝烟中"杀"出来的一支新生力量。作为代际的命名，它正是在"知识分子写作"与"民间写作"争得面红耳赤时乘虚而出的。它的一出世，就以"持续狂欢"（张清华语）的态势担当了诗坛的先锋，正是因为它的出现才使"盘峰论争"的高潮迅速回落，诗歌界的专注兴奋点迅速聚集到"70后"的身上。从"70后"诗歌运动衍生而来的"下半身"写作观念更是惊世骇俗，吸人眼球，它与网络一道进一步推进了诗坛的"价值分裂与美学对峙"（张清华语），从而成为世纪之交以来诗歌界一道"怪异"的风景。

一、"70后"诗歌运动

"70后"在诗坛的冒现，是以一种诗歌运动的形式出现的。它的发端虽然源于"70后"自觉的集体诗歌活动，但其决定性的一步，还是与沈浩波对90年代诗坛的发难与黄礼孩编诗有关。不过，这都是以"盘峰论争"为背景。"70后"既在某种程度上刺激了论争的发生，也在论争中双方不可开交之空隙奋力冲出并最终确立了自身在诗坛上的地位。总的来看，"70后"在开始并无统一的诗歌观念，其运动性大于观念性，直到沈浩波的"下半身"观念出现，才有了一个标志。

本书第二章"90年代以来诗歌观念的流变"中，已粗略交代了"70后"诗歌运动与"下半身"观念的形成过程，在此进一步考察其观念及形成过程。

（一）顶撞而出世：沈浩波的"角"

90年代末沈浩波还是北京师范大学中文系一名在校的大学生，当时他在诗歌创作与诗歌观念上并无建构。他的成名确实太突然，在90年代诗歌"民间写作"这一阵营中，他无异于一匹从天而降的黑马。原因何在？大概有以下几个原因：一、1998年在北师大自印小报——《五四文学报》上发表《谁在拿90年代开涮》，此文后又在《文友》1999年第1期上发表，并收入杨克主编的《1999中国新诗年鉴》。此文与谢有顺发表于1999年4月2日《南方周末》上的《内在的诗歌真相》一起成为"盘峰论争"的重要导火索。他们也是"盘峰论争"中被"缺席审判"的两个人。所以，沈浩波成为研究"盘峰论争"不可或缺的一个人物。二、对80年代中期以来"口语诗"传统的充分肯定，以及对90年代"后口语诗"的极力提倡，对民间精神的重新阐释。沈浩波对伊沙所说的"后口语"独自承担进行纠正，他认为这是许多人共同合力才形成的局面，是一股潮流。他对"民间写作"的青睐，使他能搭上一趟诗歌历史便车，使以他为代表的"70后"能够迅速成为诗坛关注的焦点。"70后"的这一策略使其最终杀出诗坛混乱的重围，为其在诗坛上立足奠定了基础。三、提出"下半身"写作诗歌观念。这是以他为代表"70后"诗人的独创观念，一时影响极大，其"心藏大恶"的姿态几乎彻底改变了中国先锋诗歌的走向，以致他"在通往牛B的道路上一路狂奔"（沈浩波：《说说我自己》）。四、不仅态度鲜明地对"知识分子写作"大加挞伐，而且也对"民间写作"内部进行全面攻击，比如与韩东论战，这可能就是他所说的"先锋到死"的精神，在"诗江湖"中"心藏大恶"。在"民间写作"内部发难，使他再一次"起义"成功。同时也是"70后"在诗坛上的地位得以巩固而走出的关键性的一步。下面逐一进行阐述。

沈浩波写《谁在拿90年代开涮》一文纯属偶然事件，但这一偶然事件竟成为"盘峰论争"的导火索之一，从而为90年代诗歌彻底分化的局面提供了一次有效的催化。但是，看似也为偶然事件的"盘峰论争"，由于论争的触发与深化也逐显出必然性的线索。此文，正是这一线索开始显形的开端。

沈浩波在文章一开始就毫不留情以酷评的姿态指名道姓列出他要批判的对象，这些人包括：程光炜、洪子诚、欧阳江河、王家新、孙文波、陈东东、肖开愚、张曙光、臧棣、西渡、唐晓渡。这个名单中除洪子诚之外，其余的都是"盘峰论争"中"知识分子写作"一方的重要人物。沈浩波用词之激烈，否定之彻底，可以用"骇人听闻"来形容。他认为他所列人物的罪状是用"毫无生命力的东西去占领整个当下诗歌语境，去涂改90年代中国诗歌的成就"。他所用的直接证据就是"案头的三套大书"。[①] 他不无讥讽地说，正是这几套大书中的诗人建立起了"中国的诗歌秩序"，这是"继汪国真之后找到新的技术主义的崇拜偶像了"。他继而笔锋一转，认为是上面所列的"同党们""压制住了90年代那些真正优秀的诗人"。他也列出一份90年代"最重要最优秀诗人"的名单：于坚、伊沙、阿坚、莫非、侯马、徐江、韩东、王小妮。他们之所被"压制"，是因为没有掌握出版机器，没有接近主流话语。沈浩波最后直接把最尖锐的矛头对准程光炜，并施以致命一击："程光炜，你那么点起家史、发迹史谁不知道？你说1991年你和王家新在湖北武当山有过一次历史性的会面，但我可记得你当时正在为汪国真之流的东西鼓而呼之著书立说呀！你当时叫得多么热烈呀！你现在怎么不提汪国真了？！"从青春期的冲动激情来看，这种貌似鲁迅杂文般的酷评是可以理解的。他与葛红兵酷评鲁迅的一无是处，与后来韩寒所说的中国无诗歌，细究起来并无二致。这种过火的批评很容易让人联想起"文革"时期的"破四旧"与红卫兵的破坏行为。姑且不论沈浩波酷评到何种程度，他"破"的欲望是如何强烈，可他希望看到一个新的秩序与新质的诗歌还是值得肯定的，因为在"破"的同时也许会存在某种"立"的可能。无论他承认与否，这与伊沙在90年代初的"后现代"姿态一脉相承，这种姿态也许是他永远不能解构的。在某种意义上说，沈浩波"谁在拿90年代开涮"中的"谁"正是他本人。只不过，这个"90年代"是既成的90年代诗歌秩序。总的来说，从他文章火药味的程度来看，从他的江湖气、草莽气以及他自认为的无赖性来看，其成为"盘峰论争"的导火线就不足为怪了。怪的是，一个还未毕业的大学中文系学生的意气味十足的文章，竟然能在一个偌大的诗歌秩序中掀起如此的轩然大波，可见当时诗歌现场是如何的脆弱，甚至不堪一击。

---

① 包括：门马主编的《中国当代诗人精品大系·坚守现在诗系》，共五册；洪子诚主编的《90年代文学书系》，其中包括程光炜主编的《岁月的遗照》；湖南文艺出版社出版的一套"当代诗人自选集"。

不过，沈浩波并不是一味地否定与打倒一切。他对80年代以韩东、于坚为代表的"口语诗"传统的肯定、对90年代伊沙首创的"后口语"诗的提倡、对民间精神的重新阐释，从这些都可看出他的明显倾向来。对于"八十年代的诗歌传统"，他用的是"必然尊重"的态度。他心目中似乎只有这个传统，所以他认为："我们根本不用与我们祖先的古汉语诗歌传统接轨，我们也不用绞尽脑汁去与什么西方传统、国际传统接轨，我们真正需要接轨的，就是八十年代的汉语诗歌的传统。"[1] 具体说来，这是个什么传统呢？在他看来，就是"非非"的"反文化""反传统""反崇高"与重视"语言"本身；就是"莽汉"的"生命性"与"身体性"；就是韩东的"诗到语言为止"的日常性书写。而这些恰恰构成了沈浩波"下半身"诗歌写作观念的精神资源，不过，他在"传统"的基础上走向更远，几乎走向一个极端。对于西川的口语"厌倦说"他有限度地接受，对于欧阳江河的口语"失效说"，他认为是"一个别有用心、强词夺理式的谎言"。[2] 不过在谈到"后口语"时，他并没有强调这是伊沙一个人的专利，而是说"'后口语'写作的青年诗人们"。他对"后口语"写作的内涵有如下阐述："首先，后口语诗歌在90年代维护了诗歌写作必需的原创立场，并更加具备不可混淆的独立精神。""其次，与前口语诗歌相比，'后口语'的诗人们更为讲究诗歌的内在技艺，具备深刻的语言自律。""再次，'后口语'写作在深度上开掘得更为充分，'深度叙述'在后口语写作中成为可能"。同时他认为在整个90年代诗歌中，"后口语诗歌仅仅是这个众声喧哗时代较为清晰的一脉"，[3] 他明显成熟了许多，他不再打倒一切。对"民间精神"他也有自己的理解，这是对"民间精神"的一个很好的补充，而且针对性更强。"我认为，民间是一种精神，这种精神就是我刚说的，永远在文化的背面，永远反抗的一种精神。那么有人会说，民间的对立面应当是官方啊！错了，官方这个词是一个社会性的词，而从历史的观点来看，民间所对抗的，正是学院，正是知识分子，

① 沈浩波：《重视八十年代的传统》，《鸭绿江（上半月版）》2001年第7期。
② 沈浩波：《后口语写作在当下的可能性》，《诗探索》1999年第4期。
③ 沈浩波：《后口语写作在当下的可能性》，《诗探索》1999年第4期。

对抗的正是这种文化传统。"① 他的"反抗"也包括对时尚的对抗。一言以蔽之，他心目中的"民间立场"就是对"所有文化正面的叛逆"。

沈浩波在"盘峰论争"中被"缺席审判"，这反而使他的地位迅速提高。他在同年举行的"'99中国龙脉诗会"（1999年11月）上，仍然是对"知识分子写作"进行指责，比如他说像西川这类写作"强调圣化、超越，追求思考的深度，但当思考深入不下去时，他就表现得模糊不清"。②只是这次诗会"知识分子写作"一方集体缺席，直到第二年又举行"衡山诗会"（2000年8月），"知识分子写作"一方仍是没有出席。此时的沈浩波再也按捺不住了，强烈的好斗心使他在这次诗会上为找不到对手而备感寂寞，于是突然掉转矛头对准自己阵营一通乱杀。"民间写作"一方有成就的诗人全都成了他打击的对象。比如他在评价伊沙时先是把他贬斥一顿，然后又说，"而伊沙的真正意义体现在95年以后的写作上，他是把中国先锋诗歌从语言状态推进到身体状态的前驱者，起到了承上启下的重要作用。"③ 其时，沈浩波已在为他的"70后"与"下半身"写作在清扫道路了。

"下半身"诗歌观念，可视作沈浩波对当代诗歌的一大贡献，同时也是他"反抗性"爆发到最大限度的一个标志。这是一个颇受争议的观念，褒贬不一。究其实，这仍然是他反抗传统文化与传统观念的间接表达，仍然是"非非"式的一次迈进，是他"先锋到死"的又一轮实践。拒绝诗意、拒绝承担和使命、拒绝传统，强调快感、强调先锋精神、强调下半身。他眼中的下半身，是"形而下状态""贴肉状态""肉体的在场感"，总之是"诗歌从肉体开始，到肉体为止"。这确实是石破天惊的言论，闻所未闻，先锋至极，无异于又给诗坛投放了一记重磅炸弹。特别是他说出，"我们亮出了自己的下半身，男的亮出了自己的把柄，女的亮出了自己的漏洞。我们都这样了，我们还怕什么？"其引起的争议，估计是

① 沈浩波、李红旗、侯马：《关于当代中国新诗一些具体话题的对话》，《诗探索》2000年第2期。

② 孙基林：《世纪末诗学论争在继续》，《诗探索》1999年第4期。

③ 沈浩波：《在衡山诗会上的即兴发言》，《2000中国新诗年鉴》，广州出版社2001年版，第471—479页。

前所未有的，或者是大多数人根本就不屑一顾，当作是他的自言自语。不妨来看看他的"下半身"观念是如何运用在诗歌创作中的。

　　她一上车／我就盯住她了／胸脯高耸／屁股隆起／真是让人／垂涎欲滴／我盯住她的胸／死死盯住／那鼓胀的胸啊／我要能把它看穿就好了／她终于被我看得／不自在了／将身边的小女儿／一把抱到胸前／正好挡住我的视线／嗨，我说女人／你别以为这样／我就会收回目光／我仍然死死盯着／这回盯住的／是她女儿／那张俏俏的小脸／嗨，我说女人／别看你的女儿／现在一脸天真无邪／长大之后／肯定也是／一把好乳

　　　　　　　　　　　　　　　　　　　——沈浩波：《一把好乳》

　　看到女人，就直接看她的性感部位，而且堂而皇之大言不惭。这本身就够"下半身"了。更有甚者，连性感少妇的"小女儿"也一并性幻想并意淫起来了。天真的女孩与直露的"下半身"诗人的昏话相互映照，确实能产生一种恶心的效果，这也许正是沈浩波所要追求的。这种效果大大超出了鲁迅当年形容中国男人对女人一步步进行性幻想的言词了。无论怎样去阐释沈浩波的"下半身"诗歌，或者说无论多少评论家去找寻多种可能性去为沈浩波的诗进行开脱或粉饰，都无法掩盖其中的猥琐成分。

　　对于"沈韩之争"（沈浩波与韩东）以及沈浩波对"民间写作"诗人的逐一攻击与否定，如果还可以马虎将之认作一种"反抗"精神的体现的话，那么他的"下半身"诗歌就不能作为他寻求与传统诗意相悖的另一种"诗意"的借口。难以想象，从一个天真无邪的小女孩身上，一味地想象她长大后的"一把好乳"，这诗意将从何处产生？这又是在反抗哪一路传统文化？这绝不是一句他自认为的流氓、无赖姿态所能掩盖的。

　　总而言之，到目前为止，"70后"的"角"仍然是锐利而到处冲撞，沈浩波在中国当代诗歌史上，确实无意有意间激起过一场又一场"浩波"。他对"民间精神"的阐释及对"后口语"诗的提倡不乏建设性的贡献。但对他的争议不是没有理由，最终将会有一个比较客观的评定，而不仅仅是伊沙骂中带褒说他是剃一光头的"跳梁小丑"。[①]

---

① 　伊沙：《现场直击：2000年中国新诗关键词》，《芙蓉》2001年第2期。

（二）黄礼孩的建构及"70后"的式微

沈浩波在"盘峰论争"过程中以吸人眼球的方式，使"70后"开始受到关注，但他十分清楚，真正让"70后"诗歌群落得以面世并做了实实在在工作的，应该是广东的黄礼孩。所以，沈浩波的功劳在于以急先锋的姿态为"70后"进军诗坛撕开了一个口子，最终使"70后"诗歌如潮流般稳驻诗坛的却是黄礼孩。至于沈浩波不久后成立"下半身"诗歌团体，只是"借势"（马策语）① 而已。对于沈浩波试图当"70后"领袖的野心，② 安琪表达了不平之情："对于为'70后'的现身并最终奠定历史地位的广东'70后'诗人黄礼孩而言，这一切未免显得残酷和不公平。"③ 所以，在此应该给黄礼孩一个合适的位置加以肯定。当然我们既可以把沈浩波的"下半身"观念当作"70后"的代表性诗歌观念来看待，也可以将二者当作两个独立的现象来考察。

关于代际的命名，之前有"第三代"诗人，那种代际特指是相对模糊的，大概是以文学史上的几个时期来命名几代有代表性的诗人的创作概况。以诗人出生年代来命名的，"70后"恐怕是较早的一次，而且并非来自官方或主流刊物，所以"70后"具有与生俱来的"民间"性。早在1996年，陈卫在南京创办民刊《黑蓝》，并初步提出"70后"的概念，但其中主要指的是1970年后出生的诗人。现在看来，"70后"并非一个严格的代际划分。1970年后出生的自然也应当包括1980后出生的诗人在内，更何况，1980年后出生的与1970年后出生的诗人的创作，以及与60后诗人并没有截然不同的创作路向，在很多方面还显示出相同的一面。所以，"70

---

① 马策：《诗歌之死》，《2000中国新诗年鉴》，广州出版社2001年版，第550页。

② 沈浩波写了一篇《诗歌的"70后"与我》，该文先在网上发表，后载《诗选刊》2001年第7期。他说："甚至可以毫不夸张地说，'70后'这一概念的历史在很大程度上是随着我本人的成长的历史行进的。也可以说，我和'70后'互相利用了一把。"对于"盘峰论争"，他大言不惭地说，"（我）毫无疑问也成了名声上最大的收益者"，"中国诗歌新的春天即将到来，'70后'们将以加速度开始成长并'抢班夺权'。可以说，盘峰论争真正成就了'70后'"。对于"下半身"，他明确表示这是他与朵渔在"抢占'70后'高地"，是"要给'70后'重新洗牌"。

③ 安琪：《一个时代的出场——关于"70后"诗群》，《诗选刊》2001年第7期。

后"最早的提出是针对当时一群初露头角的诗人，仅仅是一个特指的群体，并不包括80后。"盘峰论争"后所指的"70后"仍是那一个群落，只是加了一些诗人名单而已。黄礼孩对这点是十分清楚的，并有过较为全面的溯源。[①]

1999年，黄礼孩决定创办"70后"诗歌刊物。他不遗余力地联系、搜罗"70后"诗人。他除了得到60年代出生的诗人与一些诗刊编辑的大力支持外，还得到了崭露头角的沈浩波的支持，从而揭开了"70后"诗人自己创造历史的序幕。民刊《诗歌与人》应运而生，迅速风起云涌并产生一定影响。前文提到，"70后"与生俱来就是一股"民间"诗歌力量，这决定了他们的诗歌精神就是以自由人的身份对诗坛发出自己的声音。既是自由人，而且是发出自己的声音，这就决定了"70后"只能成为诗歌运动性质的出现，而没有统一的诗歌观念，从而也不可能成为一个旗帜鲜明的流派。尽管如此，黄礼孩的努力还是得到了包括《诗选刊》《诗刊》在内的众多刊物的认可并配发大量"70后"诗作。2000年上半年黄礼孩又策划《'70后诗人诗选》，同样地，这是一本没有同仁倾向的诗选，强调的是"70后"诗歌的整体性。值得注意的是，这一年沈浩波成为"中国诗坛真正的'风云人物'"（伊沙语），"影响的焦虑"与沈浩波自己所言及的"抢班夺权"的欲望，这些因素决定了"70后"自身内部出现分化成为必然。

"盘峰论争"发生后，"70后"一度成为焦点，"民间写作"于是呈现出新的发展趋势。顺此余波，2000年开始，随着诗歌网站迅速崛起，这进一步加快了"民间写作"的扩散及其分化。具体表现就是，"70后"诗群在短期内穿越论争铺漫诗坛的同时，从中又冒出一个"下半身"。沈浩波另立山头的行为，使"70后"在一两年之间从风头正紧转向迅速式微。话说回来，我们可以将"下半身"视为"70后"的一个变体或者延伸，在这个意义上讲，"70后"的式微也是另一种形式的崛起。

二、"下半身"粗鄙身体美学

90年代中期，"民间写作"与"知识分子写作"已开始分化。评论界

---

① 具体可参见黄礼孩文章《一个时代的诗歌演义——关于'70后诗歌状况的始末》，《诗选刊》2001年第7期。

不仅意识到这点，而且还作出过较为合理的辨析。程光炜认为20世纪的中国思想史已分裂为三种话语形态："国家权力支持的权威意识形态，以西方外来形态为主体的知识分子形态，保留在中国民间社会阶层的民间意识形态。"①民间话语形态历来是遭受压抑的对象，直到90年代以来，随着商品消费社会的冲击，这种状况得到彻底的改观。民间的话语力量一旦得到释放，将会形成一股不可遏制的力量，这种力量开始表现为一种大众文化的姿态，然后在各自所属的领域内发生作用。"90年代的诗歌，是以权威话语的退缩和民间话语的扩张为基本特征的"，程光炜认为，"当社会运作出现哈贝马斯所说的'总体性价值系统危机'时，民间话语就有可能在夹缝中一跃而出，表现为一种'语言的狂欢'。"②诚如程光炜的预言，到世纪末这种狂欢的效应终于得以展现，而这一切仅仅是个开始。沈浩波的出现，以及他之后网络话语发挥到极致，都验证了之前许多中外学者的判断。如以一种世界性现象作为背景，其实"盘峰论争"的发生与沈浩波一类人物的出现是迟早的事。

沈浩波在论争之前就以一个在校学生的身份搅动了诗界的平静，之后又以独行侠的作风大闹"民间写作"阵营，待所属自己阵地的"70后"刚刚立足，就又另起炉灶成立"下半身"团体。其破坏性是一贯的，求新求异的做法是一贯的，只是其狂欢的粗鄙性在一路狂奔之下，最后直指"牛B"的"下半身"。前文提过，"下半身"成立与沈浩波、朵渔等人的提出与推动分不开，但更与网络传播的速度密不可分。一时间，"下半身"与"正在通往牛B的路上一路狂奔"（沈浩波语）不仅成为诗歌界热议的话题，而且也成为社会流行语，可见其影响的广泛性。我们不妨来看看"下半身"是如何表述的：

"知识、文化、传统、诗意、抒情、哲理、思考、承担、使命、大师、经典、余味深长、回味无穷……这些属于上半身的词汇与艺术无关，这些文人词典里的东西与具备当下性的先锋诗歌无关。"

"让这些上半身的东西统统见鬼去吧，它们简直像肉乎乎的青虫一样

① 程光炜：《误读的时代》，《诗探索》1996年第1期。
② 程光炜：《误读的时代》，《诗探索》1996年第1期。

令人腻烦。我们只要下半身，它真实、具体、可把握、有意思、野蛮、性感、无遮拦。"

"所谓下半身写作，指是的一种坚决的形而下状态。对于我们而言，艺术的本质是唯一的——先锋；艺术的内容也是唯一的——形而下。"

"所谓下半身写作，指是的一种诗歌写作的贴肉状态，就是你写的诗与你的肉体之间到底是一种什么样的关系？……"

"所谓下半身写作，追求的是一种肉体的在场感。注意，甚至是肉体而不是身体，是下半身而不是整个身体。……"

"而我们更将提出：诗歌从肉体开始，到肉体为止。"

"我们亮出了自己的下半身，男的亮出了自己的把柄，女的亮出了自己的漏洞。我们都这样了，我们还怕什么？"

以上只是摘录于沈浩波那篇著名的《下半身及反对上半身》[①]中的部分文字。

另一个"下半身"的主要代表人物朵渔，[②]除了拥护这一观念之外，并作了进一步的阐释。在他看来，"下半身"是对80年代诗歌的重构，是对90年代诗歌的颠覆，并且它的出现意味着三个结束与三个开始："知识分子写作"与"民间写作"之争的结束、"民间"与"伪民间"混淆局面的结束、平庸的90年代的结束；纯粹肉体写作的开始、颠覆经典，诗歌不归路的开始、人是文化的最大成果，要坐到文化的背面，必须从"你不是人"开始。他对沈浩波的文章进一步发挥："'下半身写作'是人性的、一种行动的诗学"，"以激情、疯狂和热情来捍卫人的原始的力量"，"对于'下半身'来说，写作是一种肉体的召唤，一种感觉，一种强烈的愿望"，"诚实于自己的身体，诚实于文字，与一切没有身体的、没有道理而只是为了炫耀的说谎的东西为敌，去掉虚伪的掩饰，去掉空幻高蹈的丽词，简单，明晰……"[③]等等。"下半身"诗人除了沈浩波、朵渔之

---

① 沈浩波：《下半身写作及反对上半身》，《2000中国新诗年鉴》，广州出版社2001年版，第544—547页。

② 在伊沙的一篇文章中提到，"下半身"是由朵渔最早提出来的，但考虑到沈浩波的《下半身写作及反对上半身》，我们暂且将沈浩波视作"下半身"观念的标志性人物。

③ 此段引文均出自朵渔：《我现在考虑的"下半身"——并非对某些批评的回应》，《2000中国新诗年鉴》，广州出版社2001年版，第560—574页。

外，还有南人、巫昂、马非、盛兴、尹丽川、李红旗、朱剑、轩辕轼轲、阿斐、李师江，等等。这些"70后"诗人都写出不少"下半身"的诗歌以表示对沈浩波的支持，俨然形成一个"下半身"诗歌群。这个群体也成为"70后"诗人中重要的一部分。

先不必去探究文字深处所要表达的所谓"身体美学"①或提倡的"荷尔蒙叙事"，仅这些话就足够惊世骇俗，足够让人心惊肉跳了。推翻、打倒传统的一切，肯定与自己身体有关的一切，贴肉、在场、"诗歌从肉体开始，到肉体为止"、亮出把柄、亮出漏洞，等等，完全一副泼皮的模样，还哪有传统意义上的诗学可言？而奇怪的是，恰恰就是他这些流氓性十足的话语，把诗坛搅得纷纷扬扬而且响应者众。这个时候，"知识分子写作"诗人哪去了？传统的老诗人哪去了？官方诗坛哪去了？意识形态哪去了？一切都似乎悄无声息起来。是不屑于这种言论，还是已不屑于诗歌？我们只能说，诗歌边缘化的地位已是无论如何都激不起大众的口味了，曾经辉煌又被主流意识形态作为控制思想的工具的诗歌已无法再去实现介入的功能，诗歌要么成为个人自吟的东西，要么成为网络起哄、吵闹、噱头的实现自恋的游戏方式。也许我们可以说，诗歌已不再强调"知识分子性"，诗歌已成为新世纪以来狂欢化语境的一个实例而存在。如果这就是诗歌的结局，那么"盘峰论争"还有什么意义可言？不过，也有持不同观点的人。于坚、谢有顺仍然葆有"民间写作"一方的"党性"原则，他们对沈浩波为代表的"下半身"诗歌观念基本持赞许的态度，并进行了美学意义上的阐释。

于坚其实在《诗言体》②一文中就表达了相近的一些观点。比如他推崇中国古代诗歌中的"肉感"，强调现代诗歌应回到一种"更具肉感的语言"，"人们肯定是在口语中性交而不是在书面语中性交"。尽管他是在反对"诗言志"的传统与提倡日常性的"口语"写诗，但是我们从他的字里行间里，仍然可以看出他对诗歌赤裸性的追求。他后来进一步明确表达

---

① 朵渔是不承认"身体美学"的说法的，他认为"下半身就是下半身"。但一般论者在论及"下半身"时仍从"身体美学"的角度来论述。

② 于坚：《诗言体》，《2000中国新诗年鉴》，广州出版社2001年版，第442—459页。

了"世界在上面，诗歌在下面"的观点，以此来声援"下半身"写作观念。他认为80年代以前的诗歌"大多数时间是在意识形态的天空中高蹈，站在虚构的一边。浪漫、理想、升华、高尚、对世俗生活的蔑视。"这是"上"，而"下半身"的"下"则是"诗歌越过日常生活更下，直达世界的本源之处"，它的生殖力、感官、感觉等等与上半身（思想）是完全不同的。① 总之，他对"下半身"的支持是溢于言表的。

谢有顺站在文学史的高度来认识"下半身"的价值并为之定位。他认为，正是以所谓的"私人写作""七十年代人""身体写作""下半身"等身体叙事的出现，才使这个时代有了新的文学动力。他的理由是，历来的文学或文化传统，对身体的压抑和蔑视，这本身就是对文学的伤害。"下半身"就是对压抑机制的反抗，是"从身体中醒来"，而身体本身就包括着文化意义，这种意义在历来的文学中都显得相当重要，"如果作家的写作省略了肉体和欲望这一中介，而直奔所谓的文化意义，那这具身体一定是知识和社会学的躯干，而不会是感官学的，这样的作品也就不具有真实的力量"。作为评论家的谢有顺是理智的，他并不像"下半身"写作者们那样走入一个极端，他同时也在反思这种写作的负面性，"'下半身'一旦完成了它本身的反抗意义，是否还是肉体和性在其中起决定作用"。这种反问不无现实意义，它要质疑的正是"下半身"中可能出现的借着"下半身"旗号而实际上仅仅是在生产"肉体"和"性"的欢娱。②

张清华将"下半身"纳入"粗鄙美学"范畴中来进行认识。粗鄙的作用在于解构，是"现代的一种畸变的美学，一种最终会离开美感本身的粗陋的美"。③ 它虽然突破一般人的道德底线，但仍不能以道德审判的方式来对待之。在张清华看来，它作为一种修辞或隐喻则更为贴切。相对于

---

① 参见于坚：《世界在上面　诗歌在下面——回答诗人朵渔的20个书面问题》，《2001中国新诗年鉴》，海风出版社2002年版，第509—530页。

② 此段引文均出自谢有顺：《文学身体学》，《2001中国新诗年鉴》，海风出版社2002年版，第509—530、473—493页。原载《花城》2001年第6期。

③ 张清华：《价值分裂与美学对峙——世纪之交以来诗歌流向的几个问题》，《文艺研究》2007年第9期。

1986年"现代主义诗歌大展"为数不少的仅为传达观念工具的诗歌而言，如果"下半身"是为着一个严肃的命题出现，那么它的价值仍然成立，否则其中的"粗鄙"作为一种美学则不能成立。

"盘峰论争"之后直至新世纪以来，诗歌呈现出绝对不同于以往任何时期的面貌。在"知识分子写作"群体突然集体暗哑之后，"民间写作"也走向一个散变的局面。"知识""升华""价值""精神"等等再也激不起诗坛的浪花，随之而来的是网络环境之下的娱乐化、伦理变异、向下、狂欢等等。任何人都无法左右诗坛的走向，又似乎任何人都能在诗坛上"撒一泡尿"，这可能就是当时诗歌现场的真实处境。虽然"下半身"很快就难以为继，但诗坛再也不会甘于寂寞。继之而来，网络的蒙面性、隐身性、匿名性一再极度发挥，使诗坛的狂欢化倾向走得更远。2006年发生的赵丽华"梨花体"恶搞事件与垃圾派的"低诗歌"，这些都为新世纪的诗歌现状做了最好的注脚。"民间"的继续延伸与扩变，又为中国诗歌增添许多难以预料的新质，诗歌观念再度呈现混乱的局面。

第三节 网络语境下"民间"的延伸与扩散

一、"民间"扩散与网络推动

新世纪以来，"民间写作"在多方面因素的推动下已呈扩散之势，其中网络"功不可没"。相对于纸质媒介来说，网络是有史以来最大的一次传播革命。而这次革命恰恰开始发生于20世纪90年代，并在新世纪以来迅速得到普及，它极大地影响了文学，影响了诗歌，甚至影响了当代文学与文化的诸多性质。在诗歌方面，一个明显的表现就是，诗歌的发表、传播十分便利，但又充满泥沙俱下的窘况。网络的面具、隐身、匿名等性质，使诗歌的高贵大打折扣，它使诗歌在平民化、大众化、消费化的同时，又让它狂欢化、粗鄙化、口水化。网络诗歌的发展速度令人咋舌，特别是新世纪以来，几乎让诗坛发生了一场革命。这种状况早就引起众多研究者的关注，网络文学（诗歌）从而成为文学与大众文化研究的一个热点。

其实，网络诗歌在90年代中期就以极快的发展速度扑入文学领域，其创作的实绩也早就为人所称道。尽管"网络诗歌"概念的提法尚存争议，还有许多问题需要去解决，但它确已成为一个不可逆转、日益普泛化的文学现实。美国加州大学学者杜国清写了最早的一篇关于互联网中文诗歌的学术论文——《网络诗学：20世纪汉诗展望》，他是在1997年7月福建武夷山"现代汉诗研讨会"上提交的。他提出，国际互联网（Internet）势必改变人类未来的生活方式和思考方式，也将会产生一种新的国际网络诗学（Internet Poetics）。后来的事实证明，他的见解是有预见性的。比如，2000年至2001年，网络成全了"下半身"。沈浩波说，"《下半身》的一举成名，离不开各诗歌网络站点的兴起，《下半身》就是从'诗江湖'和'诗生活'引发了不啻地震般的强烈震撼并从这两处将其影响辐射出去的。2000—2001年，大约近20种诗歌站点或论坛纷纷开通。其中最负盛名的莫过于'诗江湖'和'诗生活'；2001年新出现的'唐'和'橡皮'也同样显示了强劲的势头。这四个站点，成为众多诗歌站点的'四大名旦'。几乎所有的知名诗人都在这几个站点发表诗作或言论，中国先锋诗歌的现场已经转移到网上了。"① 再比如，在"下半身"之后的"低诗歌运动"，包括"垃圾派""垃圾运动""空房子主义""反饰主义"等等，都源于网络。没有网络，就没有这一系列诗歌运动的出现，而且这些诗歌运动形成了"民间写作"延伸与扩散的一个个标志。

　　无法考证最早的中国诗歌网站，最早的网络诗歌是寄生在一些文学的、教育的、网络公司的网站上，开始也只是一些简单的BBS诗歌讨论区。早在1994年，综合性文学网站"橄榄树"就已创办，我们可以把它当作是中文诗歌网站的先驱。之后一两年时间内，清华大学的"水木清华"诗歌讨论区创建，其他大学还有"华南木棉""逸仙时空""白云黄鹤"等等诗歌讨论区。商业网站也有像"新浪·读书沙龙、艺术长廊""网易·诗人的灵感、开卷有益""榕树下""清韵书院"一类的诗歌讨论区，这些网站的诗歌栏目都产生了较大的影响，发表了数量巨大的诗歌作品，其中不少质量较高。不仅大量的诗人融入诗歌网站，而且许多诗评家也加入其中形成互动。稍后迟至2000年创办的"诗生活"网站，网罗的诗人与诗评家让人叹为观止。进入该网站"诗人专栏"与"评论家专栏"里的大

---

①　沈浩波：《诗歌的"70后"与我》，《诗选刊》2001年第7期。

多都是在90年代颇有影响力的人物，包括：王家新、张曙光、孙文波、陈东东、郑单衣、西渡、侯马、蔡天新、宋晓贤、吴晨骏、杨小滨、马永波、林木、周伟驰、唐丹鸿、崔卫平、张柠、敬文东、张闳等60多位当代活跃的诗人与诗评家。之后成立的"诗江湖""锋刃"等知名诗歌网站也多呈如此景观。[①] 经过90年代中期以来的发展，"进入2001年以后，中国诗坛，形成纸质诗刊的创作和网络诗歌的创作两大阵营，网络诗人成为华语诗歌界的不速之客"。（"所谓不速之客，就是自己为自己颁发通行证！"）[②] 网络诗歌在90年代的兴起与新世纪以来的兴盛，其实已与主流官方纸质的诗刊、大量难以数计的民间诗刊诗报形成三足鼎立的态势，"三分天下"的格局在90年代实际上已经初具规模，到新世纪网络诗歌则以更为强大的阵容在构建诗坛的新格局。无视网络诗歌必然造成对诗歌现实的盲视。在此我们无力去做一个结论性的统计工作，其铺天盖地、无孔不入的特征，足以构成一个崭新的诗歌天地。我们只能在网络客观存在的基础上进行观念上的认可，对虚拟世界的诗歌进行"虚拟"的实绩评估。那么随之而来的是，我们必须面对全新的文学土壤、文学环境，日益新异的诗歌观念、诗歌体式，以一种革命性的研究话语去考察和研究"革命性"的诗歌。

二、网络美学与眼球经济的介入

"民间写作"在新世纪呈现出全新的特征，除了其自身的嬗变之外，还与网络美学和眼球经济的介入紧密相连。互联网的普及，不仅使中国范围内信息能够瞬间到达，整个世界都已进入一个"地球村"时代。在这种境况下，如果文学在网络上播行，纸质传媒的官方文学和主流文学的权威性将大打折扣，网络文学大范围、短时间的传播速度，将使文学以一种更大众化、平民化的姿态出现。而且，网络文学将以更多的方式影响、渐变传统文学。文学不再高贵，文学将成为普通大众的一种自由表达的话语方

[①] 此段内容重点参考桑克的文章《互联网时代的中文诗歌》，《诗探索》2001年第1、2合辑。

[②] 小鱼儿：《诗歌报网站：2001年华语网络诗歌不完全梳理》，《星星》2002年第4期。

式，其"平民性"的特征较之以往则更为普泛，广义上的"民间写作"不仅可能而且将会成为真实的存在。中国自古就是一个诗歌的国度，80年代中期已有第三代诗歌运动的基础，"盘峰论争"之后，"70后"诗歌运动也让年轻一代再次尝到"造反"的甜头；此外，新诗的形式甚至以一种无难度的错觉进入大量前写作者的意识，字数不多只需分行就可以表达情绪的诗歌形式就成为最佳的文体选择，从而诗歌一度成为网络文学最常见的形式。

与美学相关的是，网络终于极大改变了我们的审美活动。具体表现为：现代网络与数码技术渗浸入文学艺术的审美体系、世俗化与私语性内容成为审美的对象、写作的无功利性决定欲望的发泄无意间成为审美活动的动机、网络的虚拟性同时决定了审美心理的虚拟性体验与游戏心态，这些具体的网络美学特征经历了一个渐变与成型的过程。早在1994年互联网进入中国以来，中国社会也同时经历一个从80年代进入90年代的转型时期，社会经济、文化、政治发生了巨大的变化。在此之际，网络的介入，使社会生活与文化找到一个转流的突破口。特别是新世纪以来，尤其对年轻人来说，网络成为日常生活的重要内容，以往纯纸质的文学样式不再高贵与受宠。年轻一代的精神审美需求从以前的被动式的、受教育式的接受方式，转变成为互动式的生活体验与表达。从而，人与生活、世界的对话转换成人机对话、自己的倾诉，这种随时都可发生的表达欲与带有文学性质的私语性的结合，就成为中国人生存状态与精神面貌的审美意义上的一种真实反映。

按照西方当代一些思想家的意思，科学技术本身就带有意识形态性，那么网络与网络诗歌又将意味着什么？这正是我们把网络诗歌也纳入"民间写作"范畴来讨论的意图所在，只是这是一种更为普遍意义上的"民间写作"的延伸与扩散。在我们看来，网络诗歌的意识形态性即表现为它无所不在的"平民性""民间性"。有研究者已关注到网络诗歌全新的文化革命的性质，并针对网络对文学发展的意义作出概括，比如向卫国如此指出：

（1）它第一次彻底地破除了艺术形而上学，使之从神秘的空中回到阳光灿烂的人间，回到它的原始起源，从而在某种程度上再次体现了文学生产的体力性和大众化。

（2）网络时代通过群众性的参与真正打破了上千年狭隘的"抒情"神话，回归到更广义的"言志"传统。

（3）诗歌创作并不一定非要使用那些高雅抒情手段（如繁复的语言技巧，深不可测的隐喻、象征等），完全也可以使用日常的、最简单的语言操作方式，甚至包括简单叙述和科学说明的方式等等，从而恢复和释放出诗歌语言的创造活力。

（4）由于现代工具带来的方便，壁垒森严的文体界限正在被打破。

（5）促使人们对以往的"诗歌现代化"进行反思。

（6）现代工具革命和生产方式的变革必然驱使我们重新思考一个相当重要的哲学问题，即物质与人（意识）的关系问题。

（7）电子时代"诗歌生产"的消费性质，反转过来会促进诗歌的生产。[①]

这个分析确实很到位。向卫国的概括告诉了我们，由于网络与网络美学的介入，我们正在进入一个空前的平民写作时代。不过，这还只是平民写作或"民间写作"最新表现形式的一个物质基础与部分特征，它的另一个最明显的负面特征就是其粗鄙性的进一步深化，比如，诗歌的网络"恶搞"与比"下半身"更"下"更"低"的系列"低诗歌"的出现。简单分析其中原因，这与时下流行的"眼球经济"的介入有关，网络的追求点击率与蒙面式的虚拟攻击是其生成机制。

"眼球经济"又叫注意力经济，它本来不是网络的专利，只是在网络时代尤为显目。一个网站成功与否，其衡量的标志之一就是网页点击率的高低，所以"眼球经济"就成为一个形象的称谓。在广义上来说，"眼球经济"无非是依靠吸引公众的注意力而获取经济收益、社会效益的一种运作方式。这是一个"耸动新闻主义"的年代，策划新闻就成为"眼球经济"的一个极为常用的策略。然而，网络诗歌是非功利性的，它更多时

---

① 向卫国：《试看网络文学革命的前潮——读〈中国低诗歌〉》（序二），《中国低诗歌》（张嘉谚），人民日报出版社2008年版，第31页。

候只是无数个个体以诗歌为载体的自由表达；但网络的本性是要求点击率的，另外，人之本性的表现欲、狂欢、欲念、游戏心态等等，这些的介入又为诗歌打开了另一个侧门或魔盒，平添网络诗歌的又一形态或命运。从2006年发生的赵丽华"梨花体"诗歌恶搞事件，我们就可见识"眼球经济"对诗歌介入的"盛况"。

关于赵丽华"梨花体"诗歌事件的论争始于2006年9月的网络上。2006年8月，以河北女诗人赵丽华名字命名的网站建立。这个网站粘贴了她2002年之前的一些短诗，有些故意将赵丽华的诗打乱分行粘贴上去，其中还有一些伪作。这些"诗"被配上"鲁迅文学奖评委、国家一级作家女诗人"的标签到处转贴，并且成立以赵丽华名字的谐音而来的"梨花教"教派，封赵丽华为"教主"。该网站的始作俑者选择天涯社区娱乐八卦论坛，进行疯狂的转帖和煽动。

从策划的角度看，这是一次非常成功的举动。"梨花教"似乎并不是一个（或者一群）纯粹的、本分的、呆板的文人，他（他们）应该很有几分阅历，对天涯八卦论坛的影响力有所认识，对天涯八卦人的微妙心理、微妙趣味更是非常了解，对该论坛的传播模式也谙熟于心，从而创造了一种互动性极强的传播方式，即仿写赵丽华诗歌，于是，不过三四天时间，就制造出了"万人齐写梨花体"的壮观场面。

继之，对赵丽华本人及对她"梨花体"诗歌的论争，在网络上迅速铺天盖地地展开。多数是批判、嘲弄、质疑和仿写。

2006年9月30日，"废话派"代表诗人杨黎、"荒诞派"代表诗人牧野组织各个流派诗人相聚北京朝阳第三局书屋，举行"支持赵丽华，保卫诗歌"朗诵会。接近尾声时，"物主义"代表诗人苏非舒以脱衣秀方式阐释了他的诗歌观念。这一时成为轰动性的新闻。

赵丽华诗歌事件的发生和发展，使现代诗歌和现代诗人再度引起大众和媒体的关注。各种官方和民间诗歌活动空前活跃。

赵丽华诗歌事件对新诗是一次契机？还是从这个诗歌事件中我们看到诗歌颓败的征兆？这一事件确实让大众的眼光齐刷刷地向诗歌看来，但是，诗歌这一古老的形式在网络时代被极度沉重地亵渎了。"眼球经济"对诗歌的介入能否功过相抵？我们确实需要重新认识与反思这个问题。网络是把双刃剑，它既能让诗歌走入寻常百姓家，也能让诗歌死于一次自刎。同时，从这个诗歌事件中，我们还能看到"民间"性力量的巨大与其猥琐、阴暗的一面。毕竟，为何选择赵丽华这个年轻的女诗人进行"恶搞"，其中原因一般人都能想象得到。

自20世纪末的"盘峰论争"及沈浩波的"下半身"以来，诗歌的"民间写作"路向确实越铺越开，越走越远；其观念是越来越发散，越来越复杂与难以把握。再也无人去奢谈诗歌中的"知识分子性"与"知识分子写作"，越来越"低"的诗歌观念成为我们不得不去面临的现实。

三、"民间"渐行渐远：低诗歌

20世纪初的白话文运动，使现代汉语一举取代了古代汉语而成为通行的书面与文学用语。中国新诗在历经近百年后，新世纪初的"民间写作"的变异与泛化，又使诗歌精神发生了翻天覆地的变化。这种变化与网络的普及密切相关。新世纪以来的先锋诗歌主潮莫过于被张嘉谚（老象）所命名的"低诗歌运动"。这场运动由沈浩波为代表的"下半身"来揭开了序幕。2003年开始，"下半身"遭到同样来自网络诗歌运动的冲击而式微。自此，"民间"借助网络渐行渐远，"垃圾派""垃圾运动""空房子主义""反饰主义""中国话语权力""中国平民诗歌""俗世此在主义""民间说唱""打工诗歌""草根派""放肆派"等等接踵而至，此起彼伏。这个"低诗歌运动"完全秉承"民间"特性，大肆聒噪，以先锋的姿态引领民间诗歌的潮流。与主流或官方诗刊媒体不一样，它们虽然存身于网络，但是它们动作迅捷，影响广泛，让诗歌变得更加扑朔迷离。评论界确实无法紧随其后作出同步跟踪的研究。尽管主流诗刊顺应时代潮流，不仅开辟诗歌网络版、电子版，而且也致力追踪、发现并发表民刊与网络上的诗歌，但于网络的"民间"诗歌而言，仍是难以望其项背。诗歌评论界面临窘境，诗歌观念处于一种极度杂语与狂欢的状态之中。

好在无论情况如何复杂，这些都是"民间写作"的延伸与变异。学者钱理群在评介张嘉谚的"低诗歌"理论建设时说："今天从事'低诗歌'的理论建设，都集中于一点，就是要推动一个自下而上的民间诗歌运动，它是民间思想文化运动的有机组成部分，又是为自下而上的社会改革运动注入精神力量的。"① 其中意思不仅是对张嘉谚研究的肯定，而且也是对"民间写作"价值的肯定。

　　为何新世纪以来不再过多谈论"知识分子写作"，或者是与"知识分子写作"相近的写作？我们不能简单说成是在"盘峰论争"中"知识分子写作"斗败了，也不能简单说是"民间写作"占据了写作伦理的制高点。除了双方各自内部原因之外，造成新世纪以来诗歌不同局面的一个重要因素自然是前文一再提起的网络。网络促使了诗歌观念的进一步变化与分化。"网络写作打破了话语垄断，给底层、边缘的民间写作提供了一个展现自己、相互支持的广阔天地，为促进话语权的平等，思想与文学的民主、自由提供了新的可能性"。② 真是一语道破其中因由。

　　何谓"低诗歌"与"低诗歌运动"？在张嘉谚看来，是指"种种以'崇低'、'审丑'为基本特征的诗歌"，"对于这类低诗歌写作的推波助澜，姑且称之为'低诗歌运动'"。"它的'低'未必意味着诗歌精神的堕落；相反，当'假大空'成为一个社会的常态并盛行于世，作为社会意识敏锐的神经，先锋诗人应世而起，负起了审伪（审假）、审丑与审恶的使命；先锋诗不约而同的'引体向下'（花枪）：认同肉体生命、立足广袤大地、落到社会底层"。③ 如果说"下半身"是向"下"的，那么"低"诗歌则是"下之下"。"下半身"是肉体的、性的，而"低诗歌"则是丑的、更关注现实的。

　　有一个共识是，20世纪90年代以来的诗歌，包括"知识分子写作"与"民间写作"双方，都是"个人写作"的（双方也各自强调自己的"个人写作"性）；而"低诗歌"从"民间"走来，从个人性、下半身，回到了假、丑、恶的社会，这可能是"低诗歌"不同于以往"民间写作"而呈现出来的新质。虽然文学的审美与审丑同属于文艺美学的范畴，但从文学社会学来说，超脱文学的个人抒发性，回到现实与关注现实，则更具文学

---

① 钱理群：《诗学背后的人学——读〈中国低诗歌〉》（序一），《中国低诗歌》（张嘉谚），人民日报出版社2008年版，第4页。

② 钱理群：《诗学背后的人学——读〈中国低诗歌〉》（序一），《中国低诗歌》（张嘉谚），人民日报出版社2008年版，第13页。

③ 张嘉谚：《中国低诗歌》，人民日报出版社2008年版，第4—5页。

的功能性。所以从表面上看，"低诗歌"是古今中外现实主义文学品质的回归，只是它采取了极端的、更大众化的方式。具体来说，它迥然有别于"下半身"的流氓性，甚至极力鄙薄"下半身"观念而更愿意面向"黑暗"的现实，从而以一种独特的诗歌话语方式发出自己的声音。从"下半身"转向"垃圾"，其中至少表现出了严肃的"恶之花""野草"与"死水"等品质，其严肃性与精神性是"下半身"远远不可比拟的，狭隘的文学身体学已不能用来解释"低诗歌"观念。"低诗人以肮脏、丑恶、粗鄙、下流与粗俗对一本正经的主流话语与一贯正确的权势形象进行讥嘲、调侃、戏谑、詈骂等等，对于主统话语的虚伪、虚假、虚浮、虚饰、虚滑、虚肿的揭露和打击，是不讲道理的、轻蔑的；也是诙谐的、痛快宣泄的，淋漓尽致的"。① 让我们来看看"低诗歌"的"低"：

我对每个人都很真诚/这样我就成了傻逼/被每个人耻笑/生活就是这个逼样/怎么努力都无济于事

——空：《他妈的生活就这逼样》

这确实是现代生活的一种畸形现象，身同感受的我们已无法去拒绝承认这样坦荡的句子。这也绝对不是沈浩波式的"一把好乳"所能表达的人生感受。

大约在九十年代末/生活在一夜之间/长满泡沫/良心下岗了/理想也下岗了/我们躺在床上/不敢相信/一张狗皮膏药/正好贴在/时代的节骨眼上

——消除：《我们这些人》

这样的诗句恰恰是一个时代在转型期的真实写照，金钱社会良心泯灭，人们不再相信以往传统的价值信念体系，这与其说是揭露了社会的丑恶，还不如说是揭露了人性本身。

在"低诗歌运动"中，"垃圾派"堪为主流。有首"垃圾"诗歌如此白况：

东方黑，太阳坏/中国出了个垃圾派/你黑我比你还要黑/你坏我比你还

---

① 张嘉谚：《中国低诗歌》，人民日报出版社2008年版，第19页。

要坏/在这个装逼的世界里/堕落真好，崇高真累/黑也派坏也派/垃圾，派更派

——徐乡愁：《崇高真累》

　　读如此诗歌，有可能堆一脸坏笑。这种诗歌话语的目的与效果何在？张嘉谚如此概括："低诗歌审丑写作的目的，是要我们屹立在世风日下丑陋横行的语境中，对丑恶进行'对治'与'化解'，而不是真的与丑恶同流合污。"[①] 与"下半身"的过于张扬和流氓不同，这类诗歌在看似颓废的表象下，却难抑其中那份愤怒、不满的真诚。

　　这种普泛性的"低"还表现在新世纪以来发展十分迅速的"打工诗歌"中，而且更具时代的特征，还充分表现了在这个"打工"年代中广大打工族寄居都市的个人感受。他与其他"低"诗歌不同的是，打工诗歌表达出一种背井离乡的愁，表达出一种精神无处皈依的窘，表达出在城市漂泊不定的"小"，于是，"蚯蚓""青蛙""蚊子"等一系列动物意象频频出现在诗句中，深刻地表达出另一形式的"低"。

本章小结

　　总的来说，"盘峰论争"之后、新世纪以来，诗歌观念呈现出新一轮的多元格局的状态。"第三条道路""中间代""70后""下半身""低诗歌"等等，不一而足。由于"第三条道路"与"中间代"还难以形成自足性很强的、有影响的诗歌观念而多有争议，故在本书第二章简略阐述之后在此不作更多的考察。"知识分子写作"自论争发生后日渐淡化而退出舞台，在此也难以作更多结局性的考察。相反地，"民间写作"观念则显示出蓬勃的生机，同时在网络语境之下又呈现出混乱、杂生、狂欢的局面，所以我们要辩证地看待网络媒介所导致的诗歌繁盛与泡沫化的复杂现象。它从一个中心无尽发散、延伸、变异，从中生发出诸多不同品质的诗歌与观念。这种现象为新世纪以来的诗坛增添了不少异质因素，也为新诗的发展埋下多种发芽生根的可能性，这种可能性是从现实土壤之中生发出来的。"民间"渐行渐远，唯诗歌精神才是前行路上的明灯。

---

① 张嘉谚：《中国低诗歌》，人民日报出版社2008年版，第99页。

结　语

通过前面五章的论述，我们大致对20世纪90年代（具体说是从1989年开始）以来的中国诗歌的演变历程有了一个大致的了解。从研究的时段来说，重点包括1989年（也粗略涉及1989年之前的几年）、90年代初期几年、90年代中期直至"盘峰论争"的发生、论争之后的几年，整体上来说，这个时段包括了从1989年至2009年的二十年。这个过程中的诗歌演变脉络大致如下：1.1989年至90年代初期转折的发生。80年代的语境突然中断并发生重大的转向，诗坛沉寂几年后逐渐复苏，"知识分子写作"观念生成并成为主流。2.90年代初至1995年是"知识分子写作"发生渐变的一个过程。随着政治、经济改革的深入，大众文化兴起，社会语境发生了极大变化，诗歌不再是焦点，市场、经济和娱乐已是普遍热议的话题。与此同时，许多诗人的身份发生改变或成为既得利益的获得者，发生在诗人身上的与时代的紧张关系得以缓解，"知识分子写作"的"知识分子性"不再彰显，其在90年代初所形成的观念与写作的有效性受到质疑。3.90年代中期开始，"民间写作"开始抬头，作为本是同一阵营内部的诗人在此时发生观念上的分化。直至1999年爆发"盘峰论争"，两种不同倾向的诗歌观念彻底决裂。4."盘峰论争"之后，"知识分子写作"淡化，"民间写作"继续发展延伸。但随着"70后"诗人的崛起，"民间写作"内部又发生了分化。5.在"70后"崛起的同时，其他诗歌观念也相继而出，比如"第三条道路""中间代"等等。但随着新世纪的到来，网络以极快速度得到普及，诗歌的话语方式发生了革命性的改变。与80年代、90年代的多元状况比较起来，网络时代的诗歌更显多元化、多声部和狂欢化的品质，诗歌在复杂多变的喧嚣中变得更难以把握。

以上对20世纪90年代以来不同时期诗歌的考察，是通过先把注意力集中于一个"点"上来展开的，这个"点"就是"盘峰论争"。"盘峰论争"确实是90年代以来诗歌演变的一个关节点，通过它，向前，我们可以把住90年代最重要两大诗歌观念的脉；往后，我们可以理清新世纪以来更为多元化诗歌走向的起点或重要发源。从中通过梳理"知识分子写作"与"民间写作"的来龙去脉，我们可以清醒地理解"盘峰论争"发生偶然中的必然性；正是因为"盘峰论争"的发生，才使"70后"诗人有了崛起的机会，从而使诗坛权威（包括"知识分子写作"与"民间写作"）从此走向消解，也就使得网络时代中一大批年轻的诗人能够发出自己的声音。这些恰恰是"盘峰论争"的后续影响。研究1989年至2009年这20年的中国诗歌，如果将"盘峰论争"作为研究过程中的一面放大镜或切入口，那么这项研究终会有效而有意义。

对20年期间的诗歌进行考察，远非这一本书所能完成。我们能够去做的，仅仅是对其中某些主要诗歌现象做粗线条的梳理，并试图解析其前因后果。从20世纪80年代以来，中国诗歌就逐渐远离了以意识形态为中心的写作模式，并已进入一个多元观念写作的时代，体现在其中的诗歌观念必然是纷繁复杂的，我们只能放大其中的部分却难以穷尽所有。特别是新世纪以来，不仅是社会文化语境发生了巨大变化，传统的传媒系统也发生了革命性的变化（虽然这种变化从90年代初期即已开始，但到了新世纪，这种变化尤为触目惊心），这两种变化合流之后，为诗歌的话语方式带来了十分不确定的因素。至今，我们都无法真正看清变化所带来的后果，我们仍在这摊混水中摸索，一切皆因"只缘身在此山中"。

▶ 参考文献

一、专著

文学史类：

1. 程光炜：《中国当代诗歌史》，中国人民大学出版社，2003年版。

2. 洪子诚、刘登翰：《中国当代新诗史》，北京大学出版社，2005年版。

3. 董健、丁帆、王彬彬：《中国当代文学史新稿》，人民文学出版社，2005年版。

4. 陈思和：《中国当代文学史教程》，复旦大学出版社，1999年版。

5. 洪子诚：《中国当代文学史》（修订版），北京大学出版社，1999年版。

6. 李扬：《中国当代文学思潮史》，上海社会科学院出版社，2005年版。

7. 王光明：《现代汉诗的百年演变》，河北人民出版社，2003年版。

8. 潘颂德：《中国现代新诗理论批评史》，学林出版社，2002年版。

9. 於可训：《中国当代文学概论》，武汉大学出版社，2009年版。

10. 张健：《新中国文学史》（上卷），北京师范大学出版社，2008年版。

理论与作品类：

1. 程光炜：《岁月的遗照》，社会科学文献出版社，1998年版。

2. 杨克：《1998中国新诗年鉴》，花城出版社，1998年版。

3. 杨克：《1999中国新诗年鉴》，花城出版社，2000年版。

4. 杨克：《2000中国新诗年鉴》，花城出版社，2001年版。

5. 杨克：《2001中国新诗年鉴》，海风出版社，2002年版。

6. 杨克：《中国新诗年鉴（2002—2003）》，天津社会科学院出版社，2004年版。

7. 杨克：《中国新诗年鉴（2004-2005）》，海风出版社，2006年版。

8. 杨克：《2006中国新诗年鉴》，花城出版社，2007年版。

9. 王家新、孙文波：《中国诗歌：九十年代备忘录》人民文学出版社，2000年版。

10. 程光炜：《程光炜诗歌时评》，河南大学出版社，2002年版。

11. 于坚：《于坚的诗》，人民文学出版社，2000年版。

14. 于坚：《0档案：长诗七部与便条集》云南人民出版社，2004年版。

15. 谭五昌：《中国新诗白皮书：1999-2002》昆仑出版社，2004年版。

16. 刘春：《朦胧诗以后：1986-2007中国诗坛地图》昆仑出版社，2008年版。

17. 王家新：《为凤凰找寻栖所——现代诗歌论集》北京大学出版社，2008年版。

18. 杨黎：《灿烂》，青海人民出版社，2004年版。

19. 张清华：《内心的迷津》，山东文艺出版社，2002年版。

20. 刘福春：《新诗纪事》，学苑出版社，2004年版。

21. 张清华：《天堂的哀歌》，山东文艺出版社，2005年版。

22. 欧阳江河：《站在虚构这边》，三联书店2001年版。

23. 陈超：《游荡者说》，山东文艺出版社，2007.

24. 戴锦华：《隐形书写：90年代中国文化研究》，江苏人民出版社，1999年版。

25. 邵燕君：《倾斜的文学场——当代文学生产机制的市场转型》，江苏人民出版社，2003年版。

27. 杨俊蕾：《中国当代文论话语转型研究》，中国人民大学出版社，2003年版。

28. 敬文东：《诗歌在解构的日子里》，北京大学出版社，2008年版。

29. 耿占春：《失去象征的世界——诗歌、经验与修辞》，北京大学出版社，2008年版。

30. 孙玉石：《中国现代解诗学的理论与实践》，北京大学出版社，2007年版。

31. 孙玉石：《中国现代诗歌艺术》，长江文艺出版社，2007年版。

32. 叶维廉：《中国诗学》，生活•读书•新知三联书店1992年版。

33. 朱光潜：《诗论》，广西师范大学出版社，2004年版。

34. 王晓明：《人文精神寻思录》，文汇出版社，1996年版。

35. 汪晖：《汪晖自选集》，广西师范大学出版社，1997年版。

36. 杨继绳：《中国当代社会各阶层分析》，甘肃人民出版社，2006年版。

37. 张晓红.《互文视野中的女性诗歌》，广西师范大学出版社，2008年版。

38. 西川：《西川的诗》，人民文学出版社，1999年版。

39. 王家新：《王家新的诗》，人民文学出版社，1999年版。

40. 孙文波：《孙文波的诗》，人民文学出版社，1999年版。

41. 张清华：《文学的减法》，吉林出版集团有限责任公司2009年版。

42. 汪晖：《现代中国思想的兴起》，生活·读书·新知三联书店2004年版。

43. 王珂：《百年新诗诗体建设研究》，上海三联书店2004年版。

44. 夏忠宪：《巴赫金狂欢化诗学研究》，北京师范大学出版社，2000年版。

45. 龙泉明：《中国新诗的现代性》，武汉大学出版社，2005年版。

46. 王光明：《面向新诗的问题》，学苑出版社，2002年版。

47. 王珂：《新诗诗体生成史论》，九州出版社，2007年版。

48. 朱自清：《新诗杂话》，广西师范大学出版社，2004年版。

49. 朱自清：《经典常谈》，江苏文艺出版社，2007年版。

50. 朱自清：《论雅俗共赏》，江苏文艺出版社，2008年版。

51. 王晓明：《思想与文学之间》，人民文学出版社，2004年版。

52. 张灏：《危机中的中国知识分子》，新星出版社，2006年版。

53. 许纪霖：《20世纪中国知识分子史论》，新星出版社，2005年版。

54. 陶东风：《社会转型与当代知识分子》，上海三联书店2001年版。

55. 郁达夫：《艺文私见》，复旦大学出版社，2004年版。

56. 杨克：《90年代实力诗人诗选》，漓江出版社，1999年版。

57. 吴思敬：《主潮诗歌》，北京师范大学出版社，1999年版。

58. 曹文轩：《中国八十年代文学现象研究》，作家出版社，2003年版。

59. 曹文轩：《20世纪末中国文学现象研究》，北京大学出版社，2002年版。

60. 林伟民：《中国左翼文学思潮》，华东师范大学出版社，2005年版。

61. 谢冕、张颐武：《大转型——后新时期文化研究》，黑龙江教育出版社，1995年版。

62. 杨四平：《中国新诗理论批评史论》，安徽教育出版社，2008年版。

63. 刘继业：《新诗的大众化与纯诗化》，北京大学出版社，2008年版。

64. 孙文波、臧棣、肖开愚：《语言：形式的命名》，人民文学出版社，1999年版。

65. 沈奇：《沈奇诗学论集（卷一）》，中国社会科学出版社，，2005年版。

66. 唐晓渡：《唐晓渡诗学论集》，中国社会科学出版社，2001年版。

67. 张嘉谚：《中国低诗歌》，人民日报出版社，2008年版。

68. 小海、杨克：《他们》，漓江出版社，1998年版。

69. 张德厚：《新时期诗歌美学考察》，北京大学出版社，1995年版。

70. 魏天无：《新诗现代性追求的矛盾与演进》，湖北教育出版社，2006年版。

71. 姜耕玉：《跨世纪中国诗歌描述》，百花文艺出版社，1995年版。

72. 周瓒：《透过诗歌写作的潜望镜》，社会科学文献出版社，2007年版。

73. 张志忠：《1993：世纪末的喧哗》，山东教育出版社，1998年版。

74. 季水河：《多维视野中的文学与美学》，东方出版社，2002年版。

75. 吴开晋：《新诗的裂变与聚变——现代诗歌发展的历史轨迹》中国文学出版社，2003年版。

76. 吴尚华：《中国当代诗歌艺术转型论》，安徽教育出版社，2004年版。

77. 西渡、郭骅：《先锋诗歌档案》，重庆出版社，2004年版。

78. 梁晓明、南野、刘翔：《中国先锋诗歌档案》，浙江文艺出版社，2004年版。

79. 西渡、王家新：《访问中国诗歌》，汕头大学出版社，2009年版。

80. 刘春：《70后诗歌档案》，中国海洋大学出版社，2008年版。

81. 刘春：《朦胧诗以后：1986—2007中国诗坛地图》，昆仑出版社，2008年版。

82. 于坚、谢有顺：《于坚谢有顺对话录》，苏州大学出版社，2003年版。

83. 许纪霖.《启蒙的自我瓦解：1990年代以来中国思想文化界重大论争研究》，吉林出版集团有限责任公司2007年版。

84. 许纪霖.《二十世纪中国思想史论》，东方出版中心2000年版。

85. 翟永明.《最委婉的词》，东方出版社，2008年版。

86. 周伦佑：《悬空的圣殿——非非主义二十年图志史》，西藏人民出版社，2006年版。

87. 周伦佑、孟原：《刀锋上站立的鸟群——后非非写作：从理论到作品》，西藏人民出版社，2006年版。

88. 张器友：《20世纪末中国文学颓废主义思潮》，安徽大学出版社，2005年版。

89. 盖生：《价值焦虑：新时期以来文学理论热点反思》，上海三联书店2008年版。

90. 甘阳：《八十年代文化意识》，上海人民出版社，2006年版。

91. 罗振亚：《朦胧诗后先锋诗歌研究》，中国社会科学出版社，2005年版。

92. 郑敏：《诗歌与哲学是近邻——结构—解构诗论》，北京大学出版社，1999年版。

93. 陈晓明：《后现代主义》，河南大学出版社，2004年版。

94. 陈思和：《陈思和自选集》，广西师范大学出版社，1997年版。

95. 野曼：《中国新诗坛的喧哗与骚动》，中国文联出版社，2005年版。

96. 戴锦华：《书写文化英雄》，江苏人民出版社，2000年版。

97. 赵丽宏：《鲸鱼出没的黄昏》，上海文艺出版社，2007年版。

98. 西川：《海子诗全集》，作家出版社，2009年版。

99. 邓小平：《邓小平文选》，人民出版社，1994年版。

100. 钱穆：《国史新论》，三联书店2001年版。

101. 余英时：《士与中国文化》，上海人民出版社，1987年版。

102. 刘志荣：《潜在写作：1949—1976》，复旦大学出版社，2007年版。

103. 廖亦武：《沉沦的圣殿（中国20世纪70年代地下诗歌遗照）》，新疆青少年出版社，1999年版。

104. 毛泽东：《毛泽东选集》，人民出版社，1991年版。

105. 查建英：《八十年代：访谈录》，生活·读书·新知三联书店2006年版。

106. 西川：《大意如此》，湖南文艺出版社，1997年版。

107. 杨匡汉、刘福春：《中国现代诗论（上编）》，花城出版社，1985年版。

108. 西川：《深浅：西川诗文录》，中国和平出版社，2006年版。

109. 万夏、潇潇编：《后朦胧诗全集》，四川教育出版社，1993年版。

110. 袁可嘉：《论新诗现代化》，三联书店1988年版。

西方文学理论类：

1. [美]M. H. 艾布拉姆斯，郦稚牛、张照进、童庆生译：《镜与灯——浪漫主义文论及批评传统》，北京大学出版社，2004年版。

2. [美]勒内·韦勒克、奥斯汀·沃伦. 刘象愚、邢培明、陈圣生、李哲明译：《文学理论（修订版）》，江苏教育出版社，2005年版。

3. [美]哈罗德•布鲁姆.徐文博译：《影响的焦虑———一种诗歌理论》，江苏教育出版社，2006年版。

4. [美]约翰•克罗•兰色姆.王腊宝、张哲译：《新批评》，江苏教育出版社，2006年版。

5. [美]莱昂内尔•特里林.刘佳林译：《诚与真：诺顿演讲集，1969-1970年》，江苏教育出版社，2006年版。

6. [法]米歇尔•福柯.莫伟民译：《词与物——人文科学考古学》，上海三联书店2001年版。

7. [法]米歇尔•福柯.谢强、马月译：《知识考古学》，生活•读书•新知三联书店1998年版。

8. [德]瓦尔特•本雅明.陈永国、马海良编：《本雅明文选》中国社会科学出版社，1999年版。

9. [美]爱德华•W•赛义德.谢少波、韩刚等译：《赛义德自选集》中国社会科学出版社，1999年版。

10. [法]罗兰•巴特.屠友祥译：《文之悦》，上海人民出版社，2002年版。

11. [德]马丁•海德格尔.陈嘉映、王庆节译：《存在与时间》，生活•读书•新知三联书店1998年版。

12. [德]叔本华.韦启昌译：《叔本华美学随笔》，上海人民出版社，2004年版。

13. [英]路德维希•维特根斯坦.[芬]冯•赖特、海基•尼曼.许志强译：《维特根斯坦笔记》，复旦大学出版社，2008.

14. [美]布罗茨基.刘文飞、唐烈英译：《文明的孩子》，中央编译出版社，1999年版。

15. [德]黑格尔.朱光潜译：《美学》第三卷下册，商务印书馆1981年版。

16. [俄]维谢洛夫斯基.刘宁译：《历史诗学》，百花文艺出版社，2003年版。

17. 潞潞：《准则与尺度》，北京出版社，2003年版。

18. [墨西哥]奥克塔维奥•帕斯.赵振江译：《批评的激情》，云南人民出版社，1995年版。

19. [美]孙隆基：《中国文化的深层结构》，广西师范大学出版社，2004年版。

20.[美]杜维明.钱文忠、盛勤译：《道、学、政：论儒家知识分子》，上海人民出版社，2000年版。

21.[美]刘若愚.林国清译：《中国文学理论》，江苏教育出版社，2006年版。

22.[德]海德格尔.郜元宝译：《人，诗意地安居》，上海远东出版社，2004年版。

23.[美]爱德华•W•萨义德.单德兴译：《知识分子论》，生活•读书•新知三联书店，2002年版。

24.[德]尼采.周国平译：《悲剧的诞生•尼采美学文选（修订本）》北岳文艺出版社，，2004年版。

25.[德]弗里德里希•席勒.冯至、范大灿译：《审美教育书简》，上海人民出版社，2003年版。

26.[法]朱利安•班达.佘碧平译：《知识分子的背叛》，上海人民出版社，2005年版。

27.[德]海德格尔.孙周兴译：《荷尔德林诗的阐释》，商务印书馆2000年版。

28.[法]雅克•德里达.赵兴国译：《文学行动》，中国社会科学出版社，1998年版。

29.[美]丹尼尔•贝尔.严蓓雯译：《资本主义文化矛盾》，江苏人民出版社，2007年版。

30.[美]雷蒙•威廉斯.刘建基译：《关键词：文化与社会的词汇》，生活•读书•新知三联书店2005年版。

31.[意]安东尼奥•葛兰西.曹雷雨、姜丽、张跣译：《狱中札记》，中国社会科学出版社，2000年版。

32.[法]米歇尔•福柯.刘北成、杨远婴译：《规训与惩罚：监狱的诞生》，生活•读书•新知三联书店2003年版。

33.[法]萨特.陈宜良等译：《存在与虚无》，生活•读书•新知三联书店2007年版。

二、期刊文章

1. 张清华：《一次真正的诗歌对话与交锋——"世纪之交：中国诗歌创作态势与理论建设研讨会"述要》，《诗探索》1999年第2辑。又载《北京文学》1999年第7期。

2. 沈浩波：《谁在拿90年代开涮》，《文友》1999年第1期。

3. 于坚：《诗人的写作》，《中华读书报》1998年9月23日。

4. 谢有顺：《内在的诗歌真相》，《南方周末》1999年4月2日。

5. 孙基林：《世纪末诗学论争在继续——'99中国龙脉诗会综述》，《诗探索》1999年第4辑。

6. 谭五昌：《世纪之交的中国新诗状况：1999～2002年》，《诗探索》2003年第3—4辑。

7. 张闳：《权力阴影下的"分边游戏"》，《南方文坛》2000年第5期。

8. 王光明：《相通与互补的诗歌写作——我看"民间写作"与"知识分子写作"》，《南方文坛》2000年第5期。

9. 耿占春：《真理的诱惑》，《南方文坛》2000年第5期。

10. 洪治纲：《绝望的诗歌》，《南方文坛》2000年第5期。

11. 吴思敬：《当今诗歌：圣化写作与俗化写作》，《星星》2000年第12期。

12. 欧阳江河：《'89后国内诗歌写作：本土气质、中年特征与知识分子身份》，《花城》1994年第5期

13. 西川：《答鲍夏兰、鲁索四问（选二）》，《诗神》1994年第1期。

14. 谢冕：《20世纪中国新诗：1989—1999》，《山花》1999年第11期。

15. 刘湛秋：《双轨：躁动和沉静》，《人民日报》1989年5月16日。

16. 谢冕：《选择体现价值》，《诗刊》1988年第10期。

17. 欧阳江河：《从三个视点看今日中国诗坛》，《诗刊》1988年第5期。

18. 张立群：《拆解悬置的历史——关于90年代诗歌研究几个热点话题的反思》，《文艺评论》2004年第5期。

19. 孙绍振：《向艺术的败家子发出警告》，《星星》1997年第8期。

20. 谢冕：《丰富而又贫乏的年代——关于当前诗歌的随想》，《文学评论》1998年第1期。

21. 郑敏：《世纪末的回顾：汉语语言变革与中国新诗创作》，《文学评论》1993年第3期。

22. 周涛：《新诗十三问——〈绿风〉诗刊百期献芹》，《绿风》1995年第4期。

23. 孙文波：《我理解的90年代：个人写作、叙事及其他》，《诗探索》1999年第2期。

24. 王珂：《为何出现"萧条论"——为90年代诗歌一辩》，《诗探索》1999年第1期。

25. 韩东：《论民间》，《芙蓉》2000年第1期。

26. 沈奇：《中国诗歌：世纪末的论争与反思》，《诗探索》2000年第1、2合辑。

27. 程光炜：《90年代诗歌：另一意义的命名》，《山花》1997年第3期。

28. 张清华：《存在与死亡：关于九十年代诗歌的主题》，《诗神》1999年第6期。

29. 肖开愚：《个人写作：但是在个人与世界之间》，《北京大学研究生学刊·文学增刊》1997年1月创刊号。

30. 王家新：《夜莺在它自己的时代——关于当代诗学》，《诗探索》1996年第1期。

31. 胡续冬：《在"亡灵"与"出卖黑暗的人"之间——关于90年代知识分子个人诗歌写作》，《北京大学研究生学刊》1997年第1期。

32. 张清华：《九十年代诗坛的三大矛盾》，《诗探索》1999年第3辑。

33. 王家新：《知识分子写作：或曰"献给无限的少数人"》，《诗探索》1999年第2期。

34. 张颐武：《诗的危机与知识分子的危机》，《读书》1989年第5期。

35. 安琪：《西川访谈：知识分子是"民间"的一部分》，《经济观察报》2006年3月27日。

36. 吴思敬：《精神的逃亡与心灵的漂泊——90年代中国新诗的一种走向》，《星星》1997年第9期。

37. 陈旭光、谭五昌：《平民与贵族的分化——"第三代"诗人的心理文化特征》，《中国青年研究》1997年第1期。

38.陈旭光、谭五昌的《断裂转型分化——90年代先锋诗的文化境遇与多元流向》，《诗探索》1997年第3期。

39.刘纳：《西川诗存在的意义》，《诗探索》1994年第2期。

40.沈奇：《伊沙诗二首评点》，《诗探索》1995年第3期。

41.伊沙：《饿死诗人开始写作》，《诗探索》1995年第3期。

42.翟永明：《内心的个人宗教》，《星星》2002年第7期。

43.周瓒：《简评翟永明诗歌写作的三个阶段》，《星星》2002年第7期。

44.燎原：《从"麦地"向着太阳飞翔》，《星星》1998年第10期。

45.魏义民：《"汪国真热"实在是历史的误会》，《诗歌报月刊》1991年第7期。

46.燎原：《重返"家园"与新古典主义》，《星星》1998年第11期。

47.袁忠岳：《现代"游子"的梦幻——也谈新乡土诗》，《星星》1992年9月号。

48.谭五昌：《20世纪90年代"个人写作"诗学探析》，《文艺争鸣》2009年第4期。

49.于坚：《诗人于坚自述》，《作家》1994年第2期。

50.黄礼孩：《一个时代的诗歌演义——关于'70后诗歌状况的始末》，《诗选刊》2001年第7期。

51.沈浩波：《诗歌的"70后"与我》，《诗选刊》2001年第7期。

52.燎原：《为自己的历史命名——关于"中间代"的随想》，《诗歌月刊》2002年第8期。

53.梁艳萍：《中间代：一个策划的诗歌伪命名》，《文艺争鸣》2002年第6期。

54.程光炜：《"中间代"一说》，《诗歌月刊》2002年第8期。

55.罗振亚：《"知识分子写作"：智性的思想批判》，《天津社会科学》2004年第1期。

56.魏天无：《90年代诗歌中的"知识分子写作"》，《华中师范大学学报》（人文社会科学版）2004年第3期。

57.王燕生、北新：《求异存同各领风骚——第七届"青春诗会"拾零》，《诗刊》1987年第11期。

58. 西川：《思考比谩骂重要》，《北京文学》1999年第7期。

59. 陈东东：《杂志80年代》，《收获》2008年第1期。

60. 西川：《诗歌炼金术》，《诗探索》1994年第2期。

61. 西川：《关于诗学中的九个问题》，《山花》1995年第12期。

62. 西川：《90年代与我》，《诗神》1997年第7期。

63. 刘春：《"知识分子写作"五诗人批评》，《南方文坛》2008年第2期。

64. 陈东东：《只言片语来自写作》，《山花》1997年第5期。

65. 欧阳江河：《90年代的诗歌写作：认同什么？》，《郑州大学学报（哲学社会科学版）》1998年第1期。

66. 欧阳江河、张学昕：《"诗，站在虚构这边"》，《作家》2005年第4期。

67. 臧棣：《王家新：承受中的汉语》，《诗探索》1994年第4期。

68. 王家新：《谁在我们中间》，《诗探索》1994年第4期。

69. 王家新：《从炼金术到化学——当代诗学的话语转型问题》，《社会科学战线》1996年第5期。

70. 王家新：《对话：在诗与历史之间》，《山花》1996年第12期。

71. 王家新：《阐释之外——当代诗学的一种话语分析》，《文学评论》1997年第2期。

72. 王家新：《来自写作的边境》，《牡丹》1997年第2期。

73. 王家新：《文学中的晚年》，《人民文学》1998年第9期。

74. 王家新：《中国现代诗歌自我建构诸问题》，《诗探索》1997年第4期。

75. 臧棣：《后朦胧诗：作为一种写作的诗歌》，《文艺争鸣》1996年第1期。

76. 臧棣：《诗歌：作为一种特殊的知识》，《北京文学（精彩阅读）》1999年第8期。

77. 程光炜：《第三代诗人论纲》，《湖北师范学院学报》1989年第3期。

78. 程光炜：《当代诗创作的两个基本向度》，《文学评论》1989年第5期。

79. 程光炜：《幻象：活的空间和时间——论实验诗歌》，《湖北师范学院学报》1991年第1期。

80. 程光炜：《新诗发展态势剖析》，《诗探索》1994年第1期。

81. 程光炜：《误读的时代》，《诗探索》1996年第1期。

82. 程光炜、陈均：《找回一个权威》，《山花》1999年第6期。

83. 程光炜：《我以为的90年代诗歌》，《郑州大学学报（哲学社会科学版）》1998年第1期。

84. 程光炜：《九十年代诗歌：叙事策略及其他》，《大家》1997年第3期。

85. 唐晓渡：《不断重临的起点——关于近十年新诗的基本思考》，《艺术广角》1988年第4期。

86. 唐晓渡：《纯诗：虚妄与真实之间——与公刘先生商榷兼论当代诗歌的价值取向》，《文学评论》1989年第2期。

87. 唐晓渡：《时间神话的终结》，《文艺争鸣》1995年第2期。

88. 唐晓渡：《90年代先锋诗的若干问题》，《山花》1998年第8期。

89. 唐晓渡：《致谢友顺君的公开信》，《北京文学（精彩阅读）》1999年第7期。

90. 孙文波：《我读张曙光》，《文艺评论》1994年第1期。

91. 孙文波：《关于"西方的语言资源"》，《北京文学（精彩阅读）》1999年第8期。

92. 孙文波：《我的诗歌观》，《诗探索》1998年第4期。

93. 孙文波：《论争中的思考》，《诗探索》1999年第4期。

94. 孙文波：《历史的阴影》，《诗探索》2000年第3、4辑。

95. 陈东东：《回顾作为诗歌语言的现代汉语》，《诗探索》2000年第1期。

96. 王家新：《知识分子写作，或曰"献给无限的少数人"》，《诗探索》1999年第2期。

97. 王家新：《从一场濛濛细雨开始》，《诗探索》1999年第4期。

98. 王家新：《关于"知识分子写作"》，《北京文学（精彩阅读）》1999年第8期。

99. 王家新：《"从内部来承担诗歌"——答一位青年诗人》，《上海文学》2009年第1期。

100. 张清华：《另一个陷阱与迷宫——我看80年代后期以来的诗歌》，《文艺报》1998年4月28日。

101. 张曙光：《90年代诗歌及我的诗学立场》，《诗林》2000年第1期。

102. 张曙光：《诗坛：一间闹鬼的房子》，《文艺评论》1999年第3期。

103. 陈超：《关于当下诗歌论争的答问》，《北京文学（精彩阅读）》1999年第7期。

104. 郭沫若：《"大跃进之歌"序》，《诗刊》1958年第7期。

105. 周伦佑：《"第三浪潮"与第三代诗人》，《诗刊》1988年第2期。

106. 陈思和：《民间的还原——文革后文学史某种走向的解释》，《文艺争鸣》1994年第1期。

107. 陈思和：《民间的浮沉——对抗战到文革文学史的一个尝试性解读》，《上海文学》1994年第1期。

109. 陈思和：《民间和现代都市文化——兼论张爱玲现象》，《上海文学》1995年第10期。

109. 陈思和：《知识分子的民间岗位》，《天涯》1998年第1期。

110. 陈思和：《理想主义和民间立场》（与何清合写），《中山大学学报（社会科学版）》1999年第5期。

111. 陈思和：《多民族文学的民间精神》（与刘志荣合写），《中国文学研究》2000年第2期。

112. 于坚：《从"隐喻"后退——一种作为方法的诗歌之我见》，《作家》1997年第3期。

113. 韩东：《问答——摘自〈韩东采访录〉》，《诗探索》1996年第3期。

114. 杨小龙：《赵丽华诗歌事件始末》，《汉诗》2008年第1期。

115. 于坚：《当代诗歌的民间传统》，《当代作家评论》2001年第4期。

116. 于坚、韩东等：《〈他们〉：梦想与现实》，《黄河》1999年第1期。

117. 韩东：《诗人与艺术史》，《山花》1989年第2期。

118. 韩东：《自传与诗见》，《诗歌报》1988年7月6日。

119. 周伦佑：《红色写作——1992年艺术宪章或非闲适诗歌原则》，《非非》1992年复刊号。

120. 韩东：《〈他们〉略说》，《诗探索》1994年第1期。

121. 贺奕：《"诗到语言为止"一辨》，《诗探索》1994年第1期。

122. 小海：《诗到语言为止吗？》，《诗探索》1998年第1期。

123. 燎原：《东方智慧的"口语诗"冲和》，《星星》1998年第3期。

124. 韩东：《问答——摘自〈韩东采访录〉》，《诗探索》1996年第3期。

125. 朱子庆：《我们有"口语诗"吗？——瘦狗岭诗歌笔记之三》，《诗林》2003年第3期。

126. 姜耕玉：《诗风与策略：口语化的叙述》，《诗刊》1999年第10期。

127. 秦巴子：《关于"口语写作"和"抒情"》，《星星》2001年第8期。

128. 陶东风：《后现代主义在中国》，《战略与管理》1995年第4期。

129. 李震：《伊沙：边缘或开端——神话/反神话写作的一个案例》，《诗探索》1995年第3期。

130. 伊沙：《伊沙：我整明白了吗？——笔答〈葵〉的十七个问题》，《诗探索》1998年第3期。

131. 伊沙：《我在我说——回答"90年代汉语诗研究论坛"》，《诗探索》2000年第3、4期。

132. 伊沙：《有话要说》，《作家》2001年第3期。

133. 谢有顺：《文学身体学》，《花城》2001年第6期。

134. 沈奇《秋后算账——1998：中国诗坛备忘录》，《诗探索》1999年第1期。

135. 沈奇：《1995：散落于夏季的诗学断想》，《山花》1995年第9期。

136. 胡彦：《没落，还是新生？——一份关于当代汉语诗歌命运的提纲》，《作家》1999年第7期。

137. 杨克：《"中国新诗年鉴"98工作手记》，《南方文坛》1999年第3期。

138. 杨克：《并非回应——关于〈1998中国新诗年鉴〉的多余的话》，《诗探索》1999年第4期。

139. 杨克：《写作立场》，《诗探索》2001年第3、4辑。

140. 杨克：《90年代：诗歌的状况、分野和新的生长点》，《淮北煤师院学报·哲学社会科学版》1999年第3期。

141. 黄灿然：《在两大传统的阴影下》，《读书》2000年第3、4期。

142. 沈浩波：《后口语写作在当下的可能性》，《诗探索》1999年第4期。

143. 徐江、沈浩波、朵渔：《后口语写作与90年代诗歌》，《葵》诗刊1999年卷。

144. 徐江：《俗人的诗歌权利》，《诗探索》1999年第2期。

145. 沈奇：《何谓"知识分子写作"》，《北京文学（精彩阅读）》1999年第8期。

146. 沈浩波：《重视八十年代的传统》，《鸭绿江（上半月版）》2001年第7期。

147. 沈浩波、李红旗、侯马：《关于当代中国新诗一些具体话题的对话》，《诗探索》2000年第2期。

148. 伊沙：《现场直击：2000年中国新诗关键词》，《芙蓉》2001年第2期。

149. 沈浩波：《诗歌的"70后"与我》，《诗选刊》2001年第7期。

150. 安琪：《一个时代的出场——关于"70后"诗群》，《诗选刊》2001年第7期。

151. 黄礼孩：《一个时代的诗歌演义——关于'70后诗歌状况的始末》，《诗选刊》2001年第7期。

152. 张清华：《价值分裂与美学对峙——世纪之交以来诗歌流向的几个问题》，《文艺研究》2007年第9期。

153. 桑克：《互联网时代的中文诗歌》，《诗探索》2001年第1、2合辑。

154. 小鱼儿：《诗歌报网站：2001年华语网络诗歌不完全梳理》，《星星》2002年第4期。

其他参考期刊文章

1. 于坚：《诗人及其命运》，《大家》1999年第4期。

2. 于坚：《真相——关于"知识分子写作"和新潮诗歌批评》，《诗探索》1999年第3辑。

3. 于坚、谢有顺：《对话：于坚、谢有顺谈话录》，《诗选刊》2003年第9期。

4. 于坚：《诗歌之舌的硬与软：关于当代诗歌的两类语言向度》，《诗探索》1998年第1辑。

5. 谢有顺：《诗歌在疼痛》，《大家》1999年第4期。

6. 程光炜：《新诗在历史脉络之中——对一场争论的回答》，《人家》1999年第4期。

7.周志强、蒋述卓：《边缘的主流——对八九十年代诗歌论争的一种阐释》，《暨南学报（哲学社会科学版）》2008年第2期。

8.张清华：《二十世纪中国文学中的知识分子谱系》，《粤海风》2007年第5期。

9.张清华：《持续狂欢·伦理震荡·中产趣味——对新世纪诗歌状况的一个简略考察》，《文艺争鸣》2007年第6期。

10.张清华、程光炜：《关于当前诗歌创作和研究的对话》，《渤海大学学报》2007年第5期。

11.魏天无：《口语、个人与传统：近年中国诗歌现象述评》，《江汉论坛》2008年第7期。

12.谭旭东：《知识分子写作与民间写作之争综述》，《艺术广角》2002年第5期。

13.孙玉石：《新诗与传统关系断想》，《诗探索》2000年第1-2辑。

14.西渡：《我的新诗传统观》，《江汉大学学报（人文科学版）》2004年第4期。

15.肖开愚：《我看"新诗的传统"》，《读书》2004年第12期。

16.李怡：《论中国新诗的"传统"》，《诗探索》2006年第1辑。

17.孙玉石：《新诗的诞生及其传统漫言——为新诗诞生九十周年作》，《诗刊》2007年3月上半月刊。

18.赵思运：《失踪了的中国新诗传统》，《扬子江评论》2008年第3期。

19.周晓风：《九十年代的诗歌生态》，《星星》1999年第7期。

20.游子：《中华诗歌的危机与前途》，《星星》1999年第12期。

21.《回答10个问题（上）——来自沈浩波和朵渔侯马》，《诗林》2002年3期。

22.陈蔚：《当前诗歌存在的问题》，《诗林》2002年第4期。

23.铁舞：《诗的先锋性及对文化的逼视》，《诗林》2006年第4期。

24.东荡子：《消除人类精神中的黑暗——完整性诗歌写作思考》，《诗林》2006年第4期。

25.李建立、于坚：《我的写作开始就是结束（于坚访谈）》，《星星》2005年1月上半月刊。

26. 李建立、杨黎：《要对得起"反叛者"三个字（杨黎访谈）》，《星星》2005年5月上半月刊。

27. 席云舒：《自恋与逍遥——90年代诗坛的山林意识辨析》，《诗探索》1998年第1辑。

28. 西渡：《历史意识与90年代诗歌》，《诗探索》1998年第1辑。

29. 郑单衣：《80年代的诗歌储备》，《诗探索》1998年第1辑。

30. 张清华：《论"第三代诗歌"的新历史主义意识》，《诗探索》1998年第1辑。

31. 荒林：《当代中国诗歌批评反思——"后新诗潮"研讨会纪要》，《诗探索》1998年第1辑。

32. ［美］王性初：《并不遥远的呼吁——保护诗坛的生态平衡》，《诗探索》1998年第3辑。

33. 李霞：《90年代汉诗写作新迹象》，《诗探索》1998年第3辑。

34. 郜积意：《"后新诗潮"的论争及其理论问题》，《诗探索》1998年第3辑。

35. 孙基林：《"第三代"诗学的思想形态》，《诗探索》1998年第3辑。

36. 王宁：《中国当代诗歌中的后现代性》，《诗探索》1994年第3辑。

37. 沈天鸿：《后现代诗歌与后现代主义诗歌》，《诗探索》1994年第3辑。

38. 刘春：《第三代诗与后现代主义是何关系？》，《诗探索》1994年第3辑。

39. 谢有顺：《诗歌与什么相关》，《诗探索》1999年第1辑。

40. 孙绍振：《关于所谓"脱离人民"的理论基础——根据在张家港诗会上的发言重写》，《诗探索》1999年第1辑。

41. 李霞：《汉诗新世纪：诗人写作或"我"的写作》，《诗探索》1999年第1辑。

42. 陈仲义：《日常主义的诗歌——论90年代先锋诗歌走势》，《诗探索》1999年第2辑。

43. 王光明：《个体承担的诗歌》，《诗探索》1999年第2辑。

44. 雷世文：《90年代诗歌创作的零度风格》，《诗探索》2000年第1—2辑。

45. 小海：《面孔与方式——关于诗歌民族化问题的思考》，《诗探索》2000年第1—2辑。

46.陈旭光：《"现实问题"、"语言资源"、"向上的路"与"向下的路"——世纪之交诗坛态势之旁观者言》，《诗探索》2001年第1—2辑。

47.沈健：《走向消费时代的诗歌》，《诗探索》2001年第1—2辑。

48.韩作荣：《2000年的中国新诗》，《诗探索》2001年第1—2辑。

49.树才：《活法，写法——谈两年来的诗歌印象》，《诗探索》2001年第1—2辑。

50.丘有滨：《边缘化：九十年代诗歌的历史语境》，《诗神》1999年第6期。

51.张清华：《死亡之渊中的主题——关于九十年代诗歌的回顾之二》，《诗神》1999年第6期。

52.西渡：《对几个问题的思考——与于坚商榷》，《诗神》1999年第7期。

53.王永：《诗歌：穿越大地到天空的仰望——关于世纪末诗坛纷争的思考》，《诗神》1999年第8期。

54.张清华：《语言的迷津——关于九十年代诗歌的回顾之三》，《诗神》1999年第9期。

55.刘士杰：《共和国新诗五十年》，《诗神》1999年第10期。

56.薛世昌：《我们和诗歌的现代冲突》，《诗探索》2001年第3—4辑。

57.王珂：《论20世纪汉语诗歌文体建设难的三大原因》，《诗探索》2001年第3—4辑。

58.席云舒：《困顿中的反思——关于世纪之交的诗坛现状及其局限》，《诗探索》2001年第3—4辑。

59.黄天勇：《反叛与游戏——对中国20世纪最后15年诗歌实验的考察》，《诗探索》2001年第3—4辑。

60.孙文波：《中国诗歌的"中国性"》，《诗探索》2002年第1—2辑。

61.王向晖：《思考在技艺与现实多外——追寻当代诗歌的文化理想》，《诗探索》2002年第1—2辑。

62.沈健：《众声交响：汇聚在汉诗复兴的宏大水域——21世纪中国首届现代诗研讨会综述》，《诗探索》2002年第1—2辑。

63.陈仲义：《大陆先锋诗歌（1976-2001）四种写作向度》，《诗探索》2002年第1—2辑。

64. 胡慧翼：《向虚拟空间绽放的"诗之花"——"网络诗歌"理论研究现状的考察和刍议》，《诗探索》2002年第1—2辑。

65. 牧野：《浅者不觉深深者不觉浅——赵丽华诗歌批判》，《诗探索》2002年第3—4辑。

66. 傅宗洪：《新诗时代的终结语》，《星星》1997年第3期。

67. 孙绍振：《向艺术的败家子发出警告》，《星星》1997年第8期。

68. 吴思敬：《精神的逃亡与心灵的漂泊——90年代中国新诗的一种走向》，《星星》1997年第9期。

69. 陈超：《现代诗：个体生命的瞬间展开——〈向诗而生〉之一》，《星星》2001年第1期。

70. 陈超：《现代诗：诗歌信仰与个人乌托邦——〈向诗而生〉之二》，《星星》2001年第2期。

71. 陈超：《生命：另一种"纯粹"——〈向诗而生〉之三》，《星星》2001年第3期。

72. 陈超：《现代诗的基本性质——〈向诗而生〉之四》，《星星》2001年第4期。

73. 陈超：《守旧者说（在一个诗歌讨论会上的发言）——〈向诗而生〉之五》，《星星》2001年第5期。

74. 陈超：《诗歌审美特征：个人话语——〈向诗而生〉之六》，《星星》2001年第6期。

75. 陈超：《疏淡：另一种"意象密度"——〈向诗而生〉之七》，《星星》2001年第7期。

76. 陈超：《实验诗对结构的贡献——〈向诗而生〉之八》，《星星》2001年第8期。

77. 陈超：《生命的意味和声音——〈向诗而生〉之九》，《星星》2001年第9期。

78. 陈超：《变血为墨迹的阵痛——〈向诗而生〉之十》，《星星》2001年第10期。

79. 陈超：《实验诗的结构特征——〈向诗而生〉之十一》，《星星》2001年第11期。

80. 陈超：《火焰或升阶书——〈向诗而生〉之十二》，《星星》2001年第12期。

81. 翟永明：《内心的个人宗教》，《星星》2002年第7期。

82. 石天生：《"网络诗人"成名绝技》，《星星》2003年1月下半月刊。

83. 玄鱼：《中国诗歌行为初探》，《星星》2003年1月下半月刊。

84. 欧亚：《中国的咸——于坚访谈》，《星星》2003年3月下半月刊。

85. 黄金明：《民间的尊严》，《星星》2003年5月下半月刊。

86. 向卫国：《反对"语言"乌托邦——并答沈浩波先生》，《星星》2003年6月下半月刊。

87. 张军：《当代诗歌叙事性的控制》，《星星》2003年9月下半月刊。

88. 胡丘陵：《当代汉语诗歌建设的提纲》，《星星》2003年10月下半月刊。

89. 吴作歆：《诗歌的良心和语言伦理》，《星星》2003年12月下半月刊。

90. 阿翔：《诗歌在网络（概述）》，《星星》2004年3月上半月刊。

91. 世中人：《以可疑的身份进入历史的真实（概述）——管窥中国大陆民间诗歌报刊的发展及意义》，《星星》2004年3月上半月刊。

92. 洪迪：《树立大诗歌理念刍议——大诗歌理念探讨之一》，《星星》2004年1月下半月刊。

93. 洪迪：《诗美的生命本体——大诗歌理念探讨之二》，《星星》2004年2月下半月刊。

94. 李少君：《汉语诗歌的世界版图》，《星星》2004年8月上半月刊。

95. 邵邑：《"诗之衰落"与"走向个人"》，《诗选刊》2001年第1期。

96. 马策：《诗歌之死——主要是对狂奔在"牛B"路上的"下半身"诗歌团体的必要警惕》，《诗选刊》2001年第3期。

97. 陈超：《2000年的诗歌？》，《诗选刊》2001年第5期。

98. （香港）犁青：《华文诗的民族性、现代性和世界性》，《诗林》1995年第4期。

99. 吴奔星：《华文诗歌的特色与地位》，《诗林》1996年第2期。

100. 邹建军：《中国"第三代"诗歌纵横论——从杨克主编《1998中国新诗年鉴》谈起》，《诗探索》1999年第3辑。

101. 陈旭光：《从"感性"到"知性"——中国现代主义诗歌"诗学革

命"论之一》，《诗探索》1999年第3辑。

102.何锐、翟大炳：《精神三角形效应：诗歌中的规则、反规则与创新》，《诗探索》1999年第3辑。

103.西川：《一个我搞不清的问题》，《诗林》1997年第2期。

104.李景冰：《诗的现状与趋向》，《诗林》1997年第2期。

105.旻乐：《九十年代的诗歌》，《诗林》1998年第1期。

106.沈奇：《拓殖、收摄与在路上——现代汉诗的本体性特征及语言转型》，《诗林》1998年第4期。

107.臧棣：《当代诗歌中的知识分子写作》，《诗探索》1999年第4辑。

108.吕汉东：《多元无序与互渗互补——对90年代诗歌的一种观照》，《诗探索》1999年第4辑。

109.沈健：《从思想的人到物质的人——论二十年来诗歌个人反抗主题的嬗变》，《诗探索》2003年第3—4辑。

110.师力斌：《"欧化"与"化欧"》，《诗探索》2004年秋冬卷。

111.鲍昌宝：《21世纪的新诗：走出语言的迷宫》，《诗探索》2004年秋冬卷。

112.洪迪：《诗人的知识分子、民间和纯诗美立场》，《诗探索》2004年秋冬卷。

113.叶橹：《传统与革命》，《诗探索》2005年第1辑。

114.张曙光：《新诗百年：回顾与反思》，《诗探索》2005年第1辑。

115.桑克：《诗歌的命运》，《诗探索》2005年第1辑。

116.韩寒：《诗歌的问题》，《诗选刊》2005年第7期。

117.孙文波：《当代诗：一点意见》，《诗选刊》2005年第3期。

118.谢冕：《回望百年——论中国新诗的历史经验》，《诗探索》2005年第3辑。

119.王光明：《20世纪中国诗歌的三个发展阶段》，《诗探索》2005年第3辑。

120.张桃洲：《忧思与希冀——"中国新诗一百年国际研讨会"》，《诗探索》2005年第3辑。

121.沈奇：《我们需要怎样的新诗史——关于中国新诗史写作的几点思

考》，《诗探索》2005年第3辑。

122.陈仲义：《撰写新诗史的"多难"问题——兼及撰写中的"个人眼光》，《诗探索》2005年第3辑。

123.陈超：《贫乏中的自我再剥夺——先锋"流行诗"的反文化、反道德问题》，《诗探索》2005年第3辑。

124.杨匡汉：《当代诗歌：人文资源与本土化策略》，《诗探索》2006年第1辑。

125.李怡：《论中国新诗的"传统"》，《诗探索》2006年第1辑。

126.李志元：《诗歌研究中的话语分析方法》，《诗探索》2006年第1辑。

127.杨志学：《诗歌传播类型初探》，《诗探索》2006年第1辑。

128.张德明：《网络诗歌研究述评》，《诗探索》2006年第1辑。

129.沈奇：《从"先锋"到"常态"——先锋诗歌二十年之反思与前瞻》，《诗探索》2006年第3辑。

130.吕进：《对话与重建》，《诗刊》2003年1月号上半月刊。

131.陈超：《诗的困境与生机》，《诗刊》2003年1月号上半月刊。

132.李怡：《标准与平台——关于当代中国诗学发展的思考》，《诗刊》2003年2月号上半月刊。

133.姜耕玉：《新诗要表现汉语之美》，《诗刊》2003年3月号上半月刊。

134.方政：《写有中国特色的现代格律诗——关于新诗形式的一点想法》，《诗刊》2003年3月号上半月刊。

135.蒋登科：《警惕多元语境中的误区》，《诗刊》2003年3月号上半月刊。

136.孙玉石：《完成自己与介入民族精神提升——关于新诗现状的一点随想》，《诗刊》2003年4月号上半月刊。

137.谭延桐：《是"口语诗"还是"口水诗"？》，《诗刊》2003年5月号上半月刊。

138.蓝野：《漫谈中国新诗地理》，《诗刊》2003年5月号下半月刊。

139.洪芳：《口语：诗歌的双刃剑》，《诗刊》2003年10月号上半月刊。

140.陈超：《"反道德""反文化"：先锋"流行诗"的写作误区》，《诗刊》2004年6月号上半月刊。

141.朱先树：《在个性化与多样化格局的后面——对当代诗歌的印象批

评》，《诗刊》2005年2月号上半月刊。

142. 李少君：《寻找诗歌的"草根性"》，《诗选刊》2004年第6期。

143. 张清华：《现今写作中的"中产阶级"趣味》，《诗刊》2006年5月上半月刊。

144. 谭五昌：《诗学提纲》，《诗潮》2005年第11、12月号。

145. 郁葱：《诗歌的另一种表情——中国民间诗歌及民间诗报刊发展的回顾与展望》，《诗选刊》2002年第3期。

146. 郑敏：《全球化时代的诗人》，《诗潮》2003年第1、2月号。

147. 程光炜：《谈谈汉语母语写作》，《诗歌报》1993年第6期。

148. 程光炜：《时代的加速与写作的减速——一次纯粹属于自己与自己的对话》，《诗歌报》1993年第9期。

149. 南野：《生活情怀与思的品质——中国现代诗内部的分层》，《诗歌报》1996年第8期。

150. 洪迪：《中国诗现代化是历史的必然》，《诗歌报》1996年第9期。

151. 王家新：《"乌托邦诗丛"总序》，《诗歌报》1996年第9期。

152. 李训喜：《民间方式》，《诗歌报》1996年第11期。

153. 杨远宏：《诗歌写作中的问题》，《诗歌报》1998年第2期。

154. 曹建平：《诗歌时代：原创与派生》，《诗歌报》1998年第2期。

155. 刘洁岷：《后90年代诗歌批评：感性》，《诗歌报》1998年第7期。

156. 陈仲义：《世纪之交：诗学新难点——关于个人化和相对主义的断想》，《诗歌报》1999年第1期。

157. 洪迪：《诗：贵族性与平民性的统一》，《诗歌报》1997年第1期。

158. 程光炜：《诗歌面向生存》，《诗歌报》1997年第7期。

159. 陈超：《现代诗：作为生存，历史，个体生命话语的特殊"知识"——诗坛现状问与答》，《诗歌报》1997年第7期。

160. 杨远宏：《圈子，流派或个体写作》，《诗歌报》1997年第8期。

161. 栗原小荻：《跨代时期：中国诗坛三原色》，《诗歌报》1994年第2期。

162. 南野：《走向成熟与完整的个体多元性诗歌写作》，《诗歌报》1994年第8期。

163. 徐敬亚：《中国诗批判（提纲）》，《诗歌报》1994年第10期。

164. 李凯霆：《世界末之战：先锋与后卫》，《诗歌报》1994年第10期。

165. 张颐武：《寓言/状态：后新时期诗歌的选择》，《诗歌报》1994年第10期。

166. 杨远宏：《一个抒情时代的终结语》，《诗歌报》1994年第12期。

167. 吕进：《文化转型与中国新诗》，《诗刊》1997年3月号。

168. 毛翰：《诗歌的功利性与非功利性》，《诗刊》1997年4月号。

169. 李保平：《试谈高深诗歌的个体指向》，《诗刊》1997年11月号。

170. 吴欢章：《当前中国新歌发展的几个问题》，《诗刊》1998年4月号。

171. 姜耕玉：《诗风与策略：口语化的叙述》，《诗刊》1999年10月号。

172. 徐放：《弱势文化下的诗歌传统问题》，《诗刊》2002年2月上半月刊。

173. 沈奇：《中国新诗的历史定位及其本质探讨》，《诗神》1994年第11期。

174. 吴开晋：《世纪末中国新诗》，《诗神》1994年第11期。

175. 远村：《让诗歌回到广场》，《诗神》1995年第5期。

176. 王建旗：《倡导"知识分子"写作》，《诗神》1996年第1期。

177. 杨克：《"身体"取代"自我"的世界》，《诗神》1996年第1期。

178. 曾蒙：《诗歌的时代精神及其个人写作》，《诗神》1996年第6期。

179. 李凯霆：《消解·边缘·变异》，《诗神》1996年第7期。

180. 黄曙光：《叛离之后的寻找——中国当代新诗发展态势剖析》，《诗神》1997年第1期。

181. 刘泽球：《对严肃写作的一次清理和修正》，《诗神》1997年第4期。

182. 刑海珍：《自在状态的诗歌与雅文化局限》，《诗神》1997年第7期。

183. 马力诚、凌志军：《1979·思想解放运动与中国诗坛》，《诗神》1998年第7期。

184. 洪迪：《诗的贵族性与平民性》，《诗神》1998年第7期。

185. 蒋登科：《新诗：面对跨世纪的挑战》，《诗歌报》1992年第3期。

186. 吴开晋：《新时期诗歌的聚变与再生》，《诗刊》1996年2月号。

187. 吴思敬：《启蒙·失语·回归——新时期诗歌理论发展的一道轨迹》，《诗刊》1996年7月号。

188. 洪三泰：《世纪末诗论》，《诗刊》1996年11月号。

附录 ▶ 与诗歌有关：从89后到新世纪

——诗人于坚访谈

主访人：周航

受访人：于坚

时间：2009年10月19日9:35—12:15

地点：昆明翠湖公园海心亭茶苑

一、回顾：89后的诗歌与诗论

周航（以下简称周）：你于1993年提出"拒绝隐喻"的诗观，我深知其中内涵的丰富与复杂性。你有不少关于这一理论的阐释，也有相关的实践。时隔十六七年，回头再来看这一提法，我感觉你当时有一种策略的意味，正如鲁迅，欲兴新文学，必然决绝地打倒文言，提倡白话。按你的说法，批判隐喻是为了复活隐喻，那么今天你还持以前的观点吗？对"拒绝隐喻"有无新的发展性的阐释？

于坚（以下简称于）：鲁迅他们那个时代文学和改造社会的大任比较密切，所以策略多，有些极端的说法是明知故犯。写诗需要什么策略呢？批评家总是喜欢用政治术语来谈论诗歌。仿佛诗人都在搞阴谋似的。昨天，我参加了成都的一个民间诗歌节，我在发言里提出"后现代可以休矣"。也许人家又要以为这是一种策略。不是。我在写诗，也在思考诗。我为什么在1992年提出"拒绝隐喻"？那是因为我对语言的思考到了一个阶段。隐喻对于汉语，那是本体性的，只要你用汉字写作，你就是在隐喻。这个于拼音文字还不一样。西方诗歌的隐喻是制造出来的，语言是抵达意义的工具，汉字本身就是隐喻。你不用说什么，把它摆那儿，它就是隐喻。我的那个文章，"拒绝隐喻"，副标题是"一种作为方法的诗歌"，我的思考限制在一个诗的技术范围内。实际上，我是从文化的角度来思考诗的。可我只针对诗说话，另外的东西我没有说。八九十年代各种西方的语言哲学进入中国，从维特根斯坦到雅各布森，再到海德格尔，刚刚进来时，我就在读那些书。在这之前，我对与语言有关的理论也非常注意，这个来自童年时代我母亲的影响。我母亲是中学数学教师。她总喜欢说，怎么样呢，而不是说为什么呢。怎样，如何对我影响很大。这影响到我的语言态度，我总是关心如何说。"拒绝隐喻"具体到写作是和诗歌如何说有关。但是从广义上来讲，我认为中国文化本身就是隐喻性、表现性、诗性的。在中国，日常生活通常就是一种象征的方式。象征可能太高雅了，我们换个说法，面子的方式。言此意彼，其实不像西方那样高深莫测，并且是在19世纪法国象征派出现后才自觉起来的东西，那就是世俗生活。那个时候我意识到象征、隐喻在中国现实生活中是一种逃不开的东西，一种暴力。最近十年，社会的发展愈发使我觉得我那个想法是对的。面子文化在当今的中国非常发达，所有的事情不是从事物本身，不是从身体出发，而是从观念、主义、形象、面子出发。你看现在许多大城市越来越与居民的身体、生活、过日子无关，只是些现代、高大、宏伟、欣欣向荣之类意义的隐喻。"金光大道"已经成为空间性的象征。过去的这些东西只是观念，现在是直接空间化，用物质技术来完成这些象征，暗示这些观念。我觉得这很恐怖，工程不考虑到住在其中的人的体验感受，只考虑的是它是否象征什么意义，现在很普遍。比如汽车房子，成为身份、地位、权力的等级象征。比如流亡、出国、被翻译、获奖……成了诗歌质量的象征，这个国家还有多少"直接就是""A就是A"的东西？拒绝隐喻，就是要在语言上回到"直接就是"那种汉语的原始神性。我绝不是什么世俗的诗人，我是要在语言上回到神性，而不是许多诗人的"观念神性"。《尚义街六号》就是将日常生活神圣化。继续的是杜甫《酒中八仙歌》的传统。批评家总说我在写小人物，不，我写的是那个时代的少数人的仙人生活。世界的根源在语言，孔子说："不学诗，无以言""名不正，则言不顺；言不顺，则事不成；事不成，则礼乐不兴；礼乐不兴，则刑罚不中，故君子名之必可言也；言之必可行也，君子于其言，无所苟而已矣"。海德格尔说："语言是存在之家。"我只是要把握语言本源性的东西。当时我没说那么多，但我一直在想。我受语言哲学的影响，我觉得应该从一种具体的写作入手，在写作的具体过程中来改变传统诗歌的方法，通过对语言的怀疑来重建对语言的信任，拒绝隐喻是一个方法，而不是颠覆。颠覆隐喻那意味着颠覆汉语存在方式。五四的时候，有激进的知识分子就想干这个，将汉语拼音化。天佑我中华，他们未能得逞。人们并未注意到我的"拒绝隐喻"后面有个副标题"一种作为方法的诗歌"。这就是当代批评的水平。唯一注意到这个副标题的是荷兰的柯雷。80年代、90年代初期还不存在"知识分子写作""民间"的划分。90年代不是后来的人以为的"知识分子""民间"那样对立的，我们都是一伙，而且我们要共同面对一个要把我们绞杀的主流文化。《文艺报》90年代初期曾经发表整版文章批判我们。当时提出那个说法不是什么策略性的东西，纯粹是写作上的思考。当然，那时我写它还是比较粗糙的，只是讲出了一些要点。二十年来，我一直在想这个东西，后来想得比较清楚，这个观点是对的。我并不是标新立异以引人注目，但是批评家会这么去想。我认为批评家在90年代是比较软弱的，他们被那个时代铺天盖地的理论吃掉了。对当代诗歌缺乏判断力，当代诗歌写作是很强大的，批评却是矮子。我当然希望我写的东西同时代的批评者有所呼应。可是同时代的批评层次很低。我于坚从来就不是老想到策略的人。

周：从你90年代的一些诗论中可看出，你似乎对天才写作情有独钟，是这样的吗？你认为你是天才式的写作吗？世界上有很多的天才诗人，你是如何看待自己这么多年来的写作的？

于：诗人是比较敏感的，90年代不想写的人都做生意去了，认为写作没前途的人该干什么就干什么了。而80年代在活法上是没有选择的，大家都关在某个单位里。优秀的年轻人要想鹤立鸡群，大多是在写作上来表现，发泄。通过写作才能显得与众不同，中国五千年来出人头地的大都是写作的人，所以在80年代很多人选择写作是传统使然。90年代以后，选择的机会多了，人生可以有许多方式飞黄腾达，不必守着写作。许多人就离开了，我记得那时候我的朋友中就有人劝我干别的，何必拴在一棵树上，我大吃一惊！他居然敢这样说，他把写诗视为一个饭碗。90年代继续写诗的人那是真的喜欢写，90年代是一个平静地琢磨怎么写的时期。我的许多有力量的经过深思熟虑的文本都在90年代写的，那时已不是振臂一呼，应者云集的年代。90年代，许多诗人出国了，许多前诗人都不写了，另谋高就，后来甚至以曾经写诗为幼稚、为耻辱。我很穷，但我与诗的关系更深入，我一直在沉思80年代所想到的东西。如果没有这些沉静下来的思考，90年代的文本我是写不出来的。那时我对天才产生了怀疑，我本来是崇尚天才的，我80年代是一气呵成的年代，现在我意识到天才必须要养，养就是要自我警惕那些所谓才华性的东西，要自觉地成为一个匠人。我认为天才是完全不重要的东西，我看到很多有才华的人都像流星那样消失了。

中国五千年来很少有把写作看作专业，优秀的文人写作都是通过写作来通达仕途，或用来改变人生的际遇。我认为，中国这一百年，通过对西方的学习，如果没有学到专业精神，那么这一百年就算是白学了。应该追求一种纯粹意义上的写作，李白、杜甫在写作上其实很专业的，但他们不是主流。对于中国，专业精神是最本质的现代性之一，许多人以为现代性就是什么"象征主义""荒诞派""后现代"，我以为那是过眼云烟。写作是对语言技艺的一种持续打磨，它不靠才华来支撑。才华很有可能变成那样的写作："春风得意马蹄疾，一日看尽长安花。"就不写了，混吃混喝混会去了。我在80年代就体验到"一日看尽长安花"的快感，我的诗在中国被大家承认，然后就是著名诗人。我很快意识到这不足以持续我的写作，所以我对天才是很怀疑的。后来我写的东西，很多人认为不是一个天才写的了，他是一个匠人，我很高兴。这是我的写作得以持续的一个重要原因。

　　周：你认为故乡、母语是你重要的记忆，所以你说你在为过去写作。所以你的诗更多的是对现实的否定，进而你不相信未来，主张从非历史的方向进入历史。一直以来，大多数人把你列入先锋写作。我是否可以把你的这些诗观考虑成你之前诗歌写作的基调？能否作简要的阐释？

　　于：从表面上看，很多人认为我是一个先锋派。比如说我的《0档案》是一个振聋发聩的文本。但是我认为现在是一个批评矮子的年代，这个时代的诗人，他们得自己当自己的批评家。在批评上，诗人真的是有许多真知灼见。他们看不到我作品的空间性，他们只能局限于文本。我的价值观是非常传统的。雅是什么？雅一方面是"诗无邪"，一方面也是"怎么写"的雅驯。李白说"大雅久不作"他突破前朝诗歌的雅驯，是回到大雅、清真。（清真是什么？就是要从矫饰死亡的隐喻泥塘回到"直接就是"。）回到朴素，回到正声。如杜甫那样"再使风俗淳"，而不是什么"先锋到死"。"先锋到死"，那是一种狂狷，把文学变成一种行为。魏晋就是一个狂狷做作的时代，诗没有几首写得像样的，一堆"世说新语"，什么用剑去杀蚊子之类的东西。魏晋之后的诗人肯定有一种"大雅久不作"的感慨。我所有的作品都是一种"仁者人也"的东西，只是我的言说方式是非历史的，拒绝雅驯的。所以，非历史对我来说只是言说方式的革命。但是回到历史，我要发扬的是中国民族那种基本的世界立场，而不是颠覆这个东西，我从来没有颠覆它。有些西方汉学家认为我是亵神的，其实我亵渎的是"雅驯"，以及这个时代的丧失常德。我没有亵渎"诗无邪"这个神灵。"雅驯"是形式上的一种相对限制，五言七言，甚至到了自由诗，文明的习惯老是想要获得一种规范性的东西。我认为诗就是为天地立心，只要立心，怎么写都可以。人们没有看出我的反传统不是反抗仁义礼智信这类东西，我在文革年代目睹传统价值观是如何被摧毁的，亲身体验，我的家庭也遭受磨难。我看到了仁、善在中国如何被踩在了铁蹄之下，所以我的诗里面是要回到这种东西。从我早期到现在的作品，我从来没改变，在这点上，我绝对是传统的。

周：你好像历来对90年代诗歌有点看法，认为80年代才是伟大的。我想其中原因不外乎你对90年代"知识分子写作"风头颇劲的抗拒。同时你还论证了90年代是"民间写作"的时代，认为那才是值得重视的一股写作潮流。时至今日，"知识分子写作"已成过去，您认为是以您为代表的"民间写作"反拨的结果吗？您以前的一些想法有无改变？

于：其实，在80年代末期到90年代，后来所谓的"知识分子写作"，一直暗中有些争论。1988年的《诗歌报》上说是要写"正派"的诗歌，那个"正派"的诗歌我到现在也没弄清楚，可能是指修辞上要更为文雅一些。它有没有涉及"德"的东西那个时候还看不出来，但是也有一些所谓知识分子写作的诗人比如西川，从他身上我也看到涉及到"德"这个层面。但是在80年代我们所面对的语境，"知识分子写作"是想从那个语境中脱离出去，而那个语境是非常严峻的。就是说，诗人要面临主流文化的压迫。比如，民间诗人基本上都有因为创办民间刊物或者是民间写作被审问的经历，包括我、韩东。相对来讲，"知识分子写作"没有这个历史，他们一直在象牙塔里面。知识分子写作当时强调的那些东西在那个语境里不重要。你想，如果你办个诗歌刊物都要被带进去审问，诗歌还是个象牙塔吗？我认为他们说的那些东西没有什么问题，但是，他们说的不是那个时代应该说的东西。后来的时代，宽松多了，知识分子写作自然要彰显它的价值，比如说在最近十年，"知识分子写作"也在彰显它的价值。其实我并不是说"知识分子写作"一无是处，我认为他们提出的那些观点也是对中国当代诗歌的一种纠正，一种修正，这是必要的，特别在现在来说，它有它的意义在里面。我说80年代伟大，不是针对"知识分子写作"。我认为整个80年代对思想界、诗歌界奠定了一个重要的东西，那就是自由主义的基础。自由主义经历了80年代、90年代之后，它终于在中国当代诗歌中扎下了根。自由主义在30年代、40年代只是少数人比如胡适等人的一个主张，那时有各种主义的交锋，比如自由主义、马列主义等；但在80年代、90年代自由主义成为先锋派诗人的一个基础。我昨天的那个发言就是这个意思。但是我们所强调的自由主义是在80年代确立的，在确立自由主义的过程中我们忽略了一个重要的东西，在诗歌上也就是在自由主义上有没有一个神灵，就是有没有"德"这个东西。你有没有终极价值和底线，那么像我的"非历史"是有这个底线的。但我就没有想到在往后现代一路狂奔的路上，已经完全是无神论写作了。在这个意义上，我肯定"知识分子写作"提出的某些东西，虽然那是来自观念、知识，它们缺乏经验。80年代还没有"拜物教""彻底无神"的经验，那是一个短暂的众神归来，众神狂欢的时代，在80年代我是感觉到神灵在场的，今天我完全感觉不到了，我体验到了何谓神性缺失。"知识分子写作"当年从观念阅读得来的"神性"，今天他们自己是不是还在继续，我很怀疑。我觉得"知识分子写作"好像也要被今天和市场经济收编了去。他们当中也有许多人不坚持了，这令我好失望。"盘峰论争"发生后，其实两方面的诗人都对对方的观点都有所吸收，对自己的写作也有所调整。最后的结果是，诗坛曾经如诗人朵渔说的"不团结就是力量"，但现在实际上"民间写作"与"知识分子写作"的对立已不存在。大家共同感受的恐怕是受这个时代猖獗的拜物教影响的写作上的"无德"。最近十年，虽然民间占有上风，但是这个上风只是声势上的，文本我并不那么看好。我觉这个"上风"对具体诗人的写作影响不大，网络上出现了一些优秀的诗人，年轻的诗人，与"民间""知识分子"都没有什么关系，我觉得是有希望的。但是像80、90年代那样有影响力的作品基本上没有出现，这个原因是非常复杂的。

周：你能用最简洁的话对89后的诗歌与诗歌观念作个哪怕是片面的评价吗？尽管90年代是复杂多元的，并非三言两语所能概括。

于：如果说80年代是鱼龙混杂的话，那么90年代的写作可以说是一个水落石出的时期。就是说，真正要写诗的人继续在写，那种混在诗歌队伍的人就自动消失了。然后呢，最近十年又是一个鱼龙混杂的时期——网络时期，年轻一代出来表演。接下来，我认为也许又会是一个水落石出的时期。最近这十年，不仅是年轻人在表演，对我们这一代诗人也是一个考验。你的文本是不是依然具有一种力量，对每一个80年代、90年代成名的诗人，对"知识分子"与"民间诗人"都是一个考验。

二、旧事重提：关于"盘峰论争"

周："盘峰论争"一晃过去十年，研究者多有谈及，似乎有一个公论，说那是一场"意气之争"，是论战双方的某种狭隘心态使然，是文坛的权力之争。时过境迁，心态也该平静，您今天是如何看待那场论争的？有没有来个"盘峰论争"十周年祭的想法？

于：其实，"盘峰论争"是势所必然。它涉及诗歌标准多元化的问题。因为，在过去，诗歌的标准是唯一的，歌功颂德，官方说了算。那么"民间""知识分子"诗歌的标准都是被压着的。总有一天，民间的诗人会出来说我认为的好诗是什么样子。这本来是一个自然的生态，每个人都可以站出来说自己所认为的好诗是什么，然后由时间与历史去选择。90年代倾向"知识分子写作"的一些批评家已经在做一些编选诗集的工作，诗集就是在确立诗歌标准。在80年代大家相安无事，你写你的，我写我的，谁也没有确立标准的权力。虽然我不认同你的诗歌观念，但是我也无权否定你。在90年代末期有些诗歌批评家掌握了编选诗集的权力。本来大家都是民间的，诗人之间是惺惺相惜。虽然风格不一样，彼此对某个人作品的分量都心知肚明。但诗歌选本是批评家的立场，只有民间的一部分诗人进入诗歌选本。那时候的选本和现在泛滥的不同，一旦正式出版，那就是国家意志。官方出版的权力可不得了啊，那就是盖棺论定。倾向"知识分子写作"的批评家首先运用了这种权力。"盘峰论争"的起因，就是因为这种权力已经被使用了。从程光炜编的那个东西开始，他在序言里面说得很清楚，要来一次清场，清场就是要重建一个诗歌秩序，ABC重新排列一遍。不过，他的清场了坚你是清不掉的。他的那个场里我与韩东都在里面，但是他把很多的第三代诗人给清掉了，而他的选本打的是全称性、权威性的旗号。这个书出来后不久，杨克在广州搞中国新诗年鉴，邀请我、韩东、谢有顺等当编委，讨论时韩东说"诗歌在民间"，后来被杨克改成"好诗在民间"，差别很大。编委会要我为年鉴写个序言，我不针对诗人，但不点名批评了批评家。许多观点都是我一直以来的看法，这次明说出来罢了。后来谢有顺在南方周末发表了《诗歌的内部真相》。这是盘峰论争之前的情况。盘峰会议是自费的，我根本不想去，我就是一心一意在写作的人，何况那时候我很穷。但如果在这样一个清场已开始的情况下，你有了名声，人家也承认你，我就装聋作哑不出气，那作为诗人的良知是有问题的。有些诗人当时不在场，比如杨黎，他当时在忙于谋生，90年代的市场经济使很多诗人都生计窘迫，不在场。那么我这个一直在场的总得出来说几句话，没有批评家为这些诗人的杰作说话，人家说，他们被遗忘了，不对，至少我没有遗忘。我就说两句吧。把当代诗歌的真实情况、我的标准给大家说一说，所以我去了。我在90年代写了不少诗，他们也不会认为我退出了诗歌现场。之前的暗中较劲，现在就公开了。大部分批评家当时都站在知识分子写作一边，包括北大那些教授。他们把这个论争叫做"知发难"，说得很傲慢，也很准确，可想见那时候是个什么情况，诗人之间的争论，居然用到"发难"这个词，可想而知，已经认为自己就是诗歌君主了，本来都是一个大民间的，一旦掌握了文学史的话语权，就这样搞，不对。"盘峰论争"一开始并没有所谓的火药味，后来吵了一下，主要是几个年轻诗人在吵。实际上我后来没有说话，我开始时做了一个发言，一些话也只是开开玩笑，比如说，每个诗人背后都站着五十个批评家，我觉得这种说法不太合适。那时我去的时候大家还是朋友，只是讨论。王家新愤怒地写了一篇批评我的新诗年鉴绪言的文章，他念得时候，我站起来出去了一下。后来第二天都批我，我当时很非常难受，眼泪都出来了。我觉得老朋友怎么能那样说话呢？这都变成"文革"去了，我很受伤害。但是，我觉得这些都不重要。诗人都是从文革过来的，文革的那一套都在潜意识里影响着大家，我对这些都是深恶痛绝也深受其害的。我也说过过于激烈的话。但重要的是，盘峰之前是官方拿民间的某个诗人、某种风格来批判，诗人与诗人之间从来就没有这样过。我们没有过公开争论的经验，我们的历史记忆那就是批斗会。牛汉对我说，你们在这里争论，后面还有人看着你们哪。我明白牛汉话里的意思。但我觉得过去那些政治批判与诗没有关系。我们的争论，我知道，可能最后两方都会被收拾掉。但是我们确实在争论诗的标准问题、公正问题，不是在搞政治。虽然用的话语方式表面上很暴力，但是民间其实说的是诗要直指人心，比如用日常语言、口语，实际上我不喜欢"口语"这个词，我说的是日常语言，要表现生活世界的诗意。知识分子说的是诗要正派，修辞要有难度，要表达一种超凡脱俗的精神境界。其实都在讲诗与形而上的关系，知识分子用的精神、灵魂，民间用的是人心。知识分子的形而上有许多知识背景，民间的则更强调经验、超验、感性。也可以往深里说，"知识分子写作"意识到现代文明中的理性、智性、祛魅。民间则要返魅，强调"诗关别材""不涉理路"，有道家的影响。那时大家都非常焦虑，铺天盖地的场经济使诗人的身份产生危机，我们也许是这个文明最后的诗人了。西方文化对中国文化的入侵，不只是一个思想观念的问题，每天都看见各种各样的西方生活方式全面进入，所以每个诗人的内心都有一种焦虑。最扯淡的是那些不在场的批评家，他们至今缺乏对这场论争的理性梳理。中国诗歌批评界对盘峰的发言，我以为真的是很不知识分子。

周：一般认为，"盘峰论争"的直接导火线是因那两本众所周知的选本而引发的，但是从你之前的诗论中早就有对另一方不满的言论，如果没有北京那次研讨会双方的碰头，对立双方的论争会不会以另一种方式爆发？你认为那是"民间写作"的一次契机么？

于："知识分子写作"在盘峰会议之前就在张扬的一个观点就是要以西方诗歌为蓝本，公开地讲诗人写的好就是因为像某某德林某某茨基。我内心一直有民族主义的东西存在，这也是使我愤怒的另外一个原因。即使没有"盘峰"，我也会以另一种方式说出来。你在80年代讲无所谓，因为封闭得太可怕，大家都在"拿来"。也必须"拿来"，让众神狂欢吧！但是到90年代后期，这个"拿来"也太疯狂了，西方已经成为一个全面的几乎是唯一的标准。你看所有的东西都是西方的，评职称都要考外语过级什么的。这太恐怖了，而诗人还在讲这种东西，这就是"盘峰论争"中争论的另外一个话题。"知识分子写作"在"盘峰论争"以后其实调整了这个思路，也有回到母语，回到中国经验的反省。最近十年，"知识分子写作"还在写的诗人在调整，民间也在调整，所谓民间立场的诗人对口水化、无德也很反感。

周： 你觉得"盘峰论争"对你本人和"民间写作"有什么影响？对"知识分子写作"有什么影响？它对新世纪的诗歌产生了怎样的直接后果？

于： 我觉得"盘峰论争"对我个人影响不大，因为我的写作一直都在继续，而且我思考的东西就是我说的东西，但是对其他人出名可能有好处。对"知识分子写作"那方的真正诗人的影响其实也不大。"盘峰论争"真正的影响是为那真正有才华的无名诗人打了一道光明之门。我们这一代人都在黑暗中写作，要依靠各种刊物去发表自己的作品，你不是你自己的主编。"盘峰"以后，诗人都成了自己的主编，无论作品的好坏都直接送到读者面前，所以，改变了很多人，他们没有走我们走过的路。而我们也面临着新的考验。也就是说，你以前依赖刊物发表作品赢得的名声现在变得很可疑。你的作品是否可以直接在网络上依然被认可，成了对成名诗人的一块试金石。在这点上我又发现，民间的诗人直接面对网络的要多一些，"知识分子写作"好像比较回避网络，我不太清楚他们是个什么心理。面对读者，没有必要把自己关在象牙塔里，你完全可以写象牙塔里的作品，但要对自己的作品有自信。

周： "盘峰论争"对参与论战的双方在当时都产生了不好的人际关系影响，事到如今，这种影响还存在吗？是否还觉得还有点"隔"？

于： 大家见面都很客气。又不是阶级敌人，都是诗人，在这个时代，诗人不容易啊，团结就是力量。我觉得对于"盘峰"怎么估计它都不过分。1949年以来到现在，文人大部分处于一种被国家敌对怀疑的状态，他们"利用写作反"。一旦批评，文人就很不适应，觉得一批评就是要整你，而"盘峰"把这个东西改变了，大家可以彼此批评了，批判完了还可以面对，没有人被带走。这十年来，知识分子把我骂完（我其实没有点名骂过谁），民间的在网络上接着骂，我恐怕是中国被骂得最多的一个诗人。2007年我获鲁迅文学奖，我没有主动争取这个奖，我的诗集是作为一套诗歌丛书中的一本送去的。结果被左派老诗人整整骂了两年，到处告状。（不喜欢你的诗，不是通过文学评论，而是期待行政解决，这是当代中国的一个老传统。）最后告到领导那里，颁奖者最后只好承认他们对评委监管不力。知识分子、民间对我的骂我还可以忍受，最可怕的就是来自左派的。报纸上整版整版地登，那些文章这么写：于坚是什么人？他一贯反对"文艺路线"。"盘峰论争"最好的一点就是，诗人都可以容忍对方的批评，批评的是你的诗学观念，就算人身攻击一下，但是没人把你往政治上搞，"盘峰"结束了这种东西。之前徐敬亚被骂，谢冕被骂，都是以评论员文章的方式，而且诗人根本不能为自己辩护、还嘴。用这种方式对付诗人我觉得太恐怖了。牛汉的担心是有道理的，但是"盘峰论争"使那一套变成了狗屎。正因为如此，后来《华夏诗报》对我的政治批判才没有多少效果，如果没有"盘峰论争"，那种文章一出来我要倒霉的。

三、当下与展望：新世纪的诗歌

周：从你1979年第一次在昆明的一家油印刊物发表诗歌起，迄今刚好30年。三十而立，诗龄30年的你，对写诗最大的感受是什么？

于：我最大的感受就是写作的生态环境已往好的方面转变，但是恐惧没有最后消除。我永远有一种恐惧感。从"文革"开始到今天，我越是恐惧我越是写。我的写作在某种意义上是对这种恐惧感的一种释放，这种恐惧是一种深入到生命当中的恐惧。

周：多年来，你坚持写"棕皮手记"与"便条集"，还兼写散文，另外还搞摄影，抛开兴趣的因素外，你有写作计划吗？或者能否谈谈你近几年写作的大致状况？作为在中国当代诗坛举足轻重的人物，你的写作动态肯定有不少人关心。

于：从整体上来看，是跟着感觉走。但是一旦找到一种感觉，那就有了清晰的写作目标。持续地表达一个主题我觉得有点累，我想写一种更为自然的东西。我想让诗深入更广泛的生活世界里面，表面上是日常化，实际上是把日常生活神圣化，我是一个非常迷信神性的诗人。我认为今天批评家对神性的理解非常肤浅，他们认为神性就是海子的那种东西才是神性。海子是在表达一种观念神性，而我是把日常生活大家看来毫无诗意的东西通过汉语的神性力量把它神圣化。其实这也是中国的一个传统。《尚义街六号》，我受的是《酒中八仙歌》的影响。它通过诗歌把普通人升华成仙人，把中国的日常生活通过语言来神圣化，汉语的神性不是一个高高在上的上帝观念。一定要注意到语言在中国的特殊力量，我写《尚义街六号》，语言是非常严肃、郑重的，这是一种神圣的命名，把日常生活传世不朽。我绝对不是批评家所说世俗化的诗人，我的诗一点都不世俗，我只是把那种世俗的生活神圣化。我觉得我的写作现在处于一个比较丰满的时期。有很多东西现在可以开始。我过去写的东西现在越来越清楚，以前那种自然发生的那种神性我现在会刻意为之。过去我不太讲神性，不太讲"雅"一类的东西，随着现在后现代变得十分媚俗，什么都处在后现代的解构之中，神性的东西有必要在写作中张扬。我在最近几年想把诗写得更为复杂，诗是一个曼陀罗那样的场。

　　周：新世纪以来70后诗人崛起，你对70后诗人多持赞许的态度。另外诗坛怪事也层出不穷，标准不定，诗的前途难卜，诗坛似成"诗江湖"。你对这些现象是如何理解的？你可以印象式的总结。

　　于：90年代的诗人写作态度非常严肃，写作是处于世界的常态上，诗人是对诗本身负责。但是最近十年我觉得诗人为名声而写，为吸引眼球而写，这成为一个普遍的态势。那么诗本身写得如何已变得不重要了，写得好的诗人被抢眼的诗所遮蔽，那些最耀眼的明星往往是写得最臭的。我在2005开始就发表这样的观念，先锋是后退的，不一定总是在前进的，而且我也提到中国传统文化的学习。我认为对70后的诗人，还是主张只肯定文本，不肯定群体。我从来都是反对什么后，什么代，诗人就是一个一个的，你不能以一群来评定某个诗人。我不看你的口号，不看你的汹涌，所谓70后与第三代是一样的，最后剩下来的就那么几个诗人。这十年过去，闹闹哄哄，烟消云散，其中也出现了优秀的诗人，只不过优秀的诗人被抢眼球的东西遮蔽住了。批评在这喧哗面前有点茫然。现在许多人在确立标准，其实尺子只是自己那个小圈子的小真理。在八九十年代是有标准的，那个标准是中外诗歌的经典。那时的诗人是读经典长大的。我们这一代人与后来的诗人不一样，最大的区别就是无论是知识分子还是民间，我们是读经典长大的。为什么呢？"文革"时期把所有的经典都封闭了，对经典的渴求就成为我们那一代的读者的最大目标，所以那时的知识水平是在一条线上的。比如说，讲莎士比亚，讲庞德，都是知识分子耳熟能详的事情，而民间也熟悉，我们都公认那些是经典，这是不分知识分子与民间的。我喜欢拉金，有些人喜欢荷尔德林，无论是喜欢哪个诗人，我们都认为他们是经典。而21世纪的状况是什么呢？我感觉他们不读经典，他们从当下的诗人开始读，所谓取其中者得其次，这就是近十年诗歌普遍下滑的原因之一。很多诗人只读网上的诗，他只看谁走红就读谁的诗，这太恐怖了。那么批评家之所以无标准，是因为他们没有以经典为标准。我最近还在想，如果有布鲁姆那样一本《西方正典》的书镇住，那么年轻的诗人就可以通过这种阅读来判断诗歌的好坏。我们通过当下的诗歌来定标准是非常可笑的。我还是主张当下的要向古典的东西学习，这不仅仅是诗歌界的问题，整个中国都放弃经典，绘画的、写小说的，等等。那些艺术学院培养出来的画家，连素描都不会，伦勃朗是谁都不知道。一年级就教你抽象，就教你创造，这太恐怖了。你看刚获奖的穆勒写作时各种字典是放在旁边的，这与我一样。我写东西时什么辞典什么词源都有，我有七八种不同版本的汉语词典。这又得回到我开头说的，我为什么反对才华的写作，写作应该成为一个工匠的东西，它是一个不断打磨语言的活计。

周：我知道，你以前是很反对诗歌中所谓的"西方资源"的，十分反感从翻译过来的西方诗歌中获取灵感。你曾一度谈西必斥，特别是在90年代你对不少"知识分子写作"的诗人参加国际会议不以为然，尤其是对他们在诗作中向西方大师致敬表现出某种不屑与愤怒。可我发现你与西方并不是绝缘的，以前你多次回答外国诗人的提问，也有出访西方的时候，作品中难免会有不少西方的影子，最近看您博客发现其中外国人名与写外国的诗作为数不少，于是我有一个疑问：对于西方，要么你与"拒绝隐喻"一样也是一种策略，要么你原来的诗歌观念发生了调和、变化或修正。也许是我对你理解得不深，希望你能谈谈不少读者与研究者所关心的这一话题。

于：我从来没有反对向西方学习。实际上，西方的书我读得非常的多。我深受西方文化的影响。但是我认为我们和西方的关系应该是一种平等的关系，而不是孙子与老子的关系，我反对的是这种东西。当时的"知识分子写作"的诗人在谈到西方诗人的那种语气，那简直是顶礼膜拜。要说读西方的东西，我可能比"知识分子写作"的人还要读得多。我从"文革"时代就在秘密阅读，从他们的基本名著读起。我刚才说西方的名著对我的影响非常重要，这种影响不是如何说，是他们的说什么。"知识分子写作"可能认为西方最重要的是上帝。我最近写了一篇文章说，最近三十年中国对西方的学习可以说什么都学会了，你不能说现在还有什么没有拿过来，没有拿过来的是不能拿来的东西，可以拿来的，从政治、经济、哲学、文化到日常生活方式，我们都在拿，但是我们只有一个东西没有拿过来，那就是上帝。"文革"摧毁了诗教，今天的中国没有诗教，中国的"上帝"在诗教中。上帝是拿不过来的。西方可以拿来的就是匠人的精神，那种道成肉身的写作，我认为这才是从根本意义上的学习西方。最重要的是西方人的那种写作的专业态度。如果我们用一百年学习西方，如果没有学到这点，那就是白学了。上帝得我们自己寻找，它其实就在汉语中，只是被遮蔽着。

周：与90年代相比较，进入新世纪后，总的来说你的诗歌写作与观念有变化吗？

于：我是一以贯之。但是也有自相矛盾的时候，但我大的方向是不变的，万变不离其宗。

周：说一个最新的但与我们的访谈关系不是很紧密的话题。2009年诺贝尔文学奖授予在罗马尼亚出生的德国女作家和诗人赫·穆勒（Herta Müller）。瑞典文学院在颁奖词中称，穆勒的作品"兼具诗歌的凝练和散文的率直，描绘了一无所有者的境况"。我自然联系到你。你多次提到维特根斯坦的一句话："要看见正在眼前的事物是多么难啊！"从而日常性成为你一再强调的写作方法，即使是像《0档案》一类的诗作，你拒绝的是文体形式的探索，提倡的是对存在的澄明。而且你明确说过，你的诗歌注意戏剧和散文的因素。这一切都让我想到这次诺奖与你的创作。你对此有何感想？

于：你说的这个问题实际上是个不能回答的问题。你说你不在乎这个，人家会说你自大，你说你在乎这个，我确实也没法去在乎。我觉得从一个人的基本自尊心来讲，我不会去想这个东西，但是如果从一种世俗的虚荣心来看，每个人都会觉得得个什么奖是个非常好的事情。写作，我想象的是读者都是说汉语的人。对汉语翻译成外语我是不抱什么信心的。因为语言是存在之家，海德格尔说这话的时候，可能也没有深刻的理解。可以简单地说，所有汉语的东西翻译成拼音语言的话，它永远是意译过去，剩下的东西就是作品的身体，是翻译不过去的。实际上，翻译只是一种解释、转述，要解释、转述我的作品是很困难的，无法转述。我的作品不是要赋予语言一个什么意义，它们就是存在本身。我对我的作品被真正翻译过去是不作指望的。我的写作不只是在组合意义，它组合的是"字"，我认为用汉字写作已经是很高级的了，我不会因想获得较低的语言的什么奖而梦魂牵绕。我的日子也过得不错，起码我一日三餐是无忧的。在能指与所指之上，还有"字"这个东西，汉字把能指和所指变成了一个东西，西方语言没有达到这一点。对于汉语写作来说，这个什么奖只是奖给二流意义上的写作，永远不会奖给一个一流意义上的写作。因为"字"已经在转述中被消灭了，它只剩下拼音和意思。在这方面我信任的是汉语的奖。我要补充一点。就是关于神灵至上的问题。刚才讲到90年代"知识分子写作"，海子提出这种崇高的上帝问题，他们提出这个东西，我认为是个读书的结果。知识分子总是把这些当作一种知识、一种观念、一种主义来提出，这个无可厚非。80年代我就没有那么讲。我的生活经验，我的身体、年龄还体验不到这一层。那个时候神的问题不是最重要的问题，意识形态对人的精神禁锢是最重要的。那么我现在为什么提神灵、召唤众神？我最近出的书就叫《众神之河》，这是一个长篇的散文，是因为我已经感受到这个彻底的唯物主义的时代，诗教作为具有宗教风格的文化，在"文革"时期被摧毁了，整个民族的精神处于一种虚无状态。这个时候，使人深刻地感受到神的重要性。我总是从经验、身体、感觉出发的，就是古代所说的"随物赋形"，我不是从观念出发，这是和"知识分子写作"最大的不同。

（该访谈根据录音整理成文，并通过受访人审阅）

后 记

上世纪80年代以来，相对于"十七年"和"文革"时期来说，中国当代诗歌发生了巨大的变化。然而，在某种程度上我们只能说，80年代以来的诗歌只是延续了中国现代诗歌中某些传统因素的血脉，是一定程度上的回归。不过，当代诗歌在进入90年代以后，无论是诗歌文本还是诗歌批评，都有一些新现象和新质的出现，这些"新现象"和"新质"带有世纪之交的跨越意味，其中承上启下的愿望是十分明显的。于是90年代以来的诗歌呈现出多元冲突和混杂共生的局面，其内部的矛盾性不仅有其历史的因由和理论源头，同时又与现实中的文学环境密不可分。

上世纪末"盘峰论争"的发生，诗歌界的矛盾得以凸显。透过这次论争，或者以考察这次论争为切入口，探寻20世纪80年代末至新世纪这20年区间的中国诗歌历史，这是我的意图所在。不过，要对一段多元复杂和不断变迁的诗歌历史进行板上钉钉式的描述和定论，其难度是可想而知的。我只是在最大限度搜集和整理资料的基础上，力图勾勒一个时期诗歌历史的脉络，并多多少少做出一些主观上的判断。对脉络的勾勒和判断的正确与否，以及对我工作的价值评定，自然有待方家批评指正。

这部书稿实际上是我在北京师范大学时的博士论文。现在的书名是在通过了人民出版社出版选题之后，编辑高晓璐女士、导师张清华教授和我本人三方讨论之后定下的。能够顺利出版，这是对我在北师大三年岁月最好的交代，同时也是我学术生涯一个阶段性的纪念。从2010年离开北师大到重庆，一晃三年多过去了，这部书的出版，也终将了却我一桩心事吧。

在此特别感谢导师张清华教授在本书写作过程中对我的指导、支持和督促，并且在万忙之中为本书作序。

同时我也十分感谢人民出版社的编辑高晓璐女士，她为本书的出版付出了大量精力。此外，在书稿初期校对时，胡玉洁、周丽、王书等多位学生热情地帮助我，尤其是胡玉洁同学，逐字逐句对全书进行了校改，工作做得十分细致，发现了多处错讹。对学生们的热心帮助，我十分感动，在此我真诚地说声：谢谢！

当然，我书的出版也离不开家人的支持和鼓励，一直以来我都为这份深情而感动不已。

我惟有继续努力前行，力争获得更多更令人满意的成果，才能回报一直以来支持我、鼓励我的老师、亲人和朋友！

周航
2013年12月于重庆涪陵

责任编辑:高晓璐

图书在版编目(CIP)数据

中国诗歌的分化与纷争(1989年—2009年)/周 航 著.
 -北京:人民出版社,2013.12
ISBN 978-7-01-013131-3

Ⅰ.①中… Ⅱ.①周… Ⅲ.①诗歌研究-中国-1989—2009 Ⅳ.①207.25

中国版本图书馆 CIP 数据核字(2014)第 018180 号

中国诗歌的分化与纷争(1989年—2009年)
ZHONGGUO SHIGE DE FENHUA YU FENZHENG(1989 NIAN—2009 NIAN)

周 航 著

人民出版社 出版发行
(100706 北京市东城区隆福寺街 99 号)

北京龙之冉印务有限公司印刷 新华书店经销

2013 年 12 月第 1 版 2013 年 12 月北京第 1 次印刷
开本:787 毫米×1092 毫米 1/16 印张:22
字数:340 千字

ISBN 978-7-01-013131-3 定价:45.00 元

邮购地址 100706 北京市东城区隆福寺街 99 号
人民东方图书销售中心 电话 (010)65250042 65289539